노 본스

NO BONES
by Anna Burns

애나 번스
장편소설

NO BONES 노 본스

홍한별 옮김

erent,
bout that
to wonder if
He laughed as well. Eve
noment realised
e'd walked home,
too. Nothing had happened to her thoug
hadn't met a sinner. She hadn't met a soul

창비

조지아, 마거릿, 미치에게

차례

일러두기

1. 이 책은 Anna Burns, *No Bones*(4th Estate 2018)를 번역 저본으로 삼았다.
2. 본문 중의 각주는 옮긴이의 것이다.
3. 원서에서 이탤릭체로 강조한 부분은 고딕체로, 대문자로 강조한 부분은 작은따옴표 안에 옮겼다.

목요일, 1969년

트러블*은 목요일에 시작됐다. 저녁 6시에. 적어도 어밀리아가 기억하기론 그랬다. 화창했던 그날 오전, 10시 30분이 조금 넘었을 때쯤 어밀리아는 자기 집이 있는 허버트 스트리트 어귀 크럼린 로드 교차로에서 개신교도 튀김가게를 마주 보고 선 채 소중한 애벌레들을 쓰다듬으며 친구들과 이야기하고 있었다. 어밀리아의 친구들인 로버타, 퍼걸, 버나뎃, 빈센트, 마리오, 서배스천이 있었고 이야기하는 도중에 또다른 친구 보시가 고카트**를 굴리며 와서

---

* the Troubles. 1960년대 후반부터 1998년까지 약 30년간 계속된 북아일랜드 독립투쟁을 둘러싼 혼란기. 영국 영토인 북아일랜드 내에서 친영국 진영과 친아일랜드 진영이 무력 충돌을 일으키며 민간인을 포함해 최소 3500명이 넘는 사망자와 수많은 부상자가 발생했다.
** 아이들이 발로 굴려서 타고 다니는 작은 자동차.

이렇게 말했다.

"니들 슬프지 않니? 난 슬퍼." 그러고는 더 말을 않고 입을 닫아버렸다.

보시는 늘 그런 식이었다. 다들 관심을 보일 만한 정보를 딱 던져놓고는 잘못 말을 꺼낸 양 입을 다물어버렸고, 그러면 다들 어리둥절해하고 궁금해하고 안달하며 더 말해주기를 바랐다. 어밀리아도 궁금하고 안달이 났지만 더 말해달라고 조르긴 싫었다. 하지만 빈센트는 매번 낚였다.

"뭔데? 뭔데? 뭔데?" 빈센트가 외쳤다.

"트러블이 있을 거야." 보시가 얼른 말을 시작했다. 어서 입 밖에 내고 싶은 새 소식이 머릿속에 가득했기 때문이다. "오늘밤에 시작한대. 데리에서는 벌써 시작했고. 엄청 위험해진대. 끔찍한 일이 일어날 거란 말이지. 그러니까 이제부터는 우리가 여기 나와서 놀 수가 없다는 말이야."

다른 아이들이 빤히 쳐다보았다. 평소처럼 지낼 수 없을 정도로 위험한 일이 어떻게 있을 수 있지? 길 어귀에서 못 놀 정도로 나쁜 일이 뭐람? 아이들은 보시가 정보를 더 주지 않을까 하고 기다렸다. 보시는 아무 말도 안했다. 두번째 이야기 토막을 던지고는 아이들이 놀라고 흥분해서 더 말해달라고 부추기길 기다리고 있었다. 어밀리아는 짜증이 났다.

"우리한테 말해줄 필요 없어 보시." 어밀리아가 말했다. "이미 다 알거든. 우리도 다 알아." 물론 아무것도 몰랐다.

"어." 보시가 말했다. 보시는 코가 쑥 빠졌다. 자기가 말해줘야만 알 거라고 생각했던 것이다. 보시는 어밀리아만큼 신중하고 조심스러우며 끈덕지게 의심하는 성격이 아니라 어밀리아가 한 말을 곧이곧대로 받아들였다. 보시는 어밀리아의 머리카락에서 떨어진 애벌레 한마리를 땅에서 주워 어밀리아에게 내밀었다. 어밀리아는 애벌레를 받자 너무 야박하게 말했나 싶은 생각이 들어 좀 부끄러워졌다. 그냥 보시가 항상 대장 노릇을 하려 하는 게 못마땅했을 뿐인데.

"근데," 어밀리아가 애벌레를 주머니 안에 있는 애벌레 다섯마리 위에 얹으면서 말했다. 어밀리아는 너그러워지기로 했다. "우리도 다는 몰라 보시. 우리가 모르는 걸 네가 말해주면 좋겠어."

그래서 보시가 이야기했다. 신이 나서 말하기를, 물론 상상을 더했을 수도 있지만, 엄마가 뉴스를 듣고 이웃 사람들 이야기를 듣고는 아빠한테 폭동이 일어날 테니 치워 놓은 장비(총을 말하는 거라고 보시가 설명했다)를 꺼내야 할 때가 되었다고 말했다고 했다. 총격과 포격과 백병전이 있을 거고 몸을 피할 곳을 찾지 못하면, 아도인*을 떠날 방법을 찾지 못하면 침대에서 불타 죽는 것 말고 다른 도리가 없을 거라고 했다.

* 북아일랜드 벨파스트 북부의 구역. 대부분의 주민이 가톨릭계(친아일랜드계) 노동계급이다.

말도 안되는 이야기였다. 꾸며낸 이야기가 분명한 것이, 아니라면 어떻게 나머지 아이들은 아무 이야기도 못 들었겠나? 물론 소문은 들었다. 소문은 누구나 다 들었다. 하지만 그건 데리에 관한 소문이었는데 데리는 완전히 다른 나라, 다른 행성이니까. 데리가 벨파스트하고, 또 우리하고 무슨 상관이 있다고?

그래서 친구들은 보시가 전해준 소식을 무시하고 그날도 평소처럼 길 어귀에서, 이쪽 지역과 개신교도 지역인 샨킬을 가르는 크럼린 로드의 이쪽 편에서 놀았다. 보시가 자기가 대단한 사람인 양, 모든 걸 다 아는 양하려고 지어낸 얘기가 분명했다. 말할 것도 없이 보시가 완전히 잘못 안 것이었다.

트러블은 목요일에 시작됐다. 저녁 6시에. 그런데 어밀리아는 일주일이 지난 뒤에도(하루하루 날짜를 꼽고 있어서 알았다) 정말 그런 게 일어나고 있는지 확신이 안 들었다. 아직 여기에서 그대로 살고 있었기 때문이다. 첫날부터 저녁때가 되면 어른들이 아이들을 일찍 집으로 불러들인 다음 두꺼운 널판을 창문 안팎에 덧대고 앞뒷문에 빗장을 단단히 지르고 자물쇠를 채웠다. 어밀리아는 엄마, 오빠 믹, 언니 리지, 이모 돌러스와 같이 살았는데 아빠는 있

12

을 때도 있었지만 없을 때가 많았다. 아빠는 상선을 타는데 지금은 남아메리카에 가 있었다. 어밀리아의 엄마는 꾸준히 전보를 보냈다. 전보가 남편한테 닿는지 아닌지는 몰랐지만 계속 보냈다. 그밖에 어밀리아 집에는 어밀리아가 사랑하는 애벌레 무리, 종이인형들, 새끼를 밴 개, 오빠의 친구 잿이 있었다. 어밀리아의 엄마도 아기를 가졌는데, 어밀리아는 개가 강아지를 배는 것은 이해할 수 있지만 어째서인지 엄마가 아기를 갖는다는 건 잘 와닿지 않았다. 머릿속에서 받아들일 수가 없는 이상한 정보라서 그 사실을 자꾸 잊어버리곤 했다.

보시가 소식을 전해주었던 목요일 이후 돌아온 수요일까지, 어밀리아가 세어보니 지금까지의 트러블 동안 자기 거리 어귀에서부터 도로 이쪽 편에서는 열세채, 저쪽 편에서는 아홉채의 집이 불에 탔다. 어밀리아의 집은 거리 끝부터 헤아릴 때 여덟번째 집이니까, 어밀리아의 덧셈과 추론에 따르면 집을 불태우는 사람들이 어밀리아의 집에 오기까지 아직 여섯집이 남아 있었다. 그날밤, 폭동이 일어나기 전에 어밀리아는 엄마에게 이 이야기를 하려고 했다. 말해주면 엄마가 안심하고 진정할 줄 알았는데 이상하게도 아니었다.

"어밀리아!" 엄마는 정신이 딴 데 가 있는 것 같았다. "얘야, 제발, 대체 무슨 소리를 하는지 모르겠다. 엄마 좀 내버려둬. 지금 정말, 정말 심각한 상황이야. 가서 조용히 얌전히 있어 좀."

어밀리아는 더 설명하기를 그만두었다. 사람마다 방식이 다르니까. 보면 집이 불타는 것이나 이 전쟁에 대해 집안 여자들 생각이 각각 다른 듯했다. 여자들은 널판으로 창문을 막고, 막대기와 벽돌과 칼과 부지깽이를 준비하고, 집안 곳곳에 물을 받아두고 긴 호스를 수도꼭지에 연결해 놓았다. 리지와 어밀리아는 외출복 차림에 양말, 운동화까지 신은 채로 쿠션과 담요를 들고 식탁 밑으로 들어가서 자라는 지시를 받았다. 열두살인 믹과 잿은 어른들을 도울 수 있도록 허락을 받았다. 여덟살인 리지는 그럴 수가 없어서 화가 많이 났다.

개는 리지와 어밀리아와 같이 식탁 아래에 있었다. 목줄에 매여 있어 개도 화가 많이 났다. 개도 무언가 문제가 있다는 걸 알았고 조금 있으면 고함소리, 남자들 발소리 등 온갖 소음이 다시 시작되리란 걸 알았다. 개는 식탁 다리에 묶인 목줄을 잡아당겼다. "풀어주지 마. 방해만 돼." 어른들이 말했다. 어밀리아는 개에게 말을 걸며 달랬다. 리지는 개의 목덜미를 잡았다.

리지는 깽깽거리는 동생을 돌봐야 한다는 사실에 짜증이 나 으르렁거리고 있었다. 어밀리아는 언니가 화가 난 걸 알고 기분을 풀어주려고 애썼다. 언니 목 뒤를 간지럽히며 이야기를 해주겠다고 했지만, 리지는 페이머스 파이브*나 메리 포핀스나 국왕 살해자 맥베스 씨 이야기에 관심이 없었고 특히 옛날이야기에 나오는 페트루슈카 공주는 러시아 눈밭에 넘겨졌다는 이유만으로 울었다며 역겨워 참을 수 없다고 했다. 엄마는 바깥에서 사람들이 틈새로 집 안을 들여다보지 못하도록 불을 다 꺼버렸다. 약하게 타는 벽난로 불빛 말고는 아무 빛도 없었다. 어밀리아는 어떤 아이디어가 떠올랐지만, 첫영성체를 한 몸이라 그게 죄이고 나쁜 생각이란 걸 알았다. 엄마가 그러면 안된다고 할 것 같았다. 고해성사 때 이 이야기를 해야 할까 고민했다. 그러다가 말하지 않기로 결심했다. 이렇게 결정을 내린 다음에 어밀리아는 몸을 숙여 리지의 귀에 속삭였다.

포격이 시작됐지만 아직까지 집으로 들어오려고 하는 사람은 없었다. 엄마와 믹은 부엌 뒷문 옆에 있었다. 돌러스 이모와 잿은 앞문 쪽에 있었다. 개가 으르렁거리고 리지는 인상을 썼다. 어밀리아는 리지의 팔을 잡았다.

"언니, 뭐가 폭탄에 맞았는지 맞히기 할까?" 어밀리아가 이렇게 속삭였다. 리지가 바로 관심을 보이며 짜증 내기를 멈췄다. 그런데 이 분야에서는 리지의 상상력이 어밀리아보다 훨씬 뛰어났다. 어밀리아는 아무리 머리를 쥐어짜도 성당과 학교 말고 다른 건 떠오르지 않았다. 어밀리아는 성당을 싫어했는데 그래도 학교 건물이 불러일으키는 감정에 비하면 그건 아무것도 아니었다. 아무튼 그 안

* 영국 작가 이니드 블라이턴이 쓴 어린이 모험소설 시리즈.

에서 도무지 어떻게 행동해야 할지 모르겠다 싶은 곳은 이 두 건물뿐이었다. 그러니 확실했다. 둘 다 폭파되어 마땅했다. 그래서 폭탄이 터지는 소리가 들릴 때마다 어밀리아는 그 폭탄을 마땅히 있어야 할 곳에 갖다놓았다. 하지만 리지는 벨파스트에 있는 건물을 죄다 파괴했고, 다음에는 누가 총에 맞았는지를 맞혀보자고 했다. 이건 잘 안됐다. 총성이 울릴 때마다 아무리 머리를 굴려봐도, 선생님 몇명 말고 다른 사람은 하나도 떠올릴 수가 없었다. 왜인지 몰라도 이 놀이는 먼저 한 놀이보다 어려웠다.

어밀리아는 손을 더듬어서 애벌레를 찾았다. 애벌레는 조그만 이와 발 같은 걸로 어밀리아의 손가락에 매달려 있다 떨어져서 담요 위를 기어다니고 있었다. 어밀리아는 손을 뻗어 어둠속에서 애벌레를 더듬더듬 찾았다.

"쉬!" 개가 끙끙대고 리지가 다시 투덜대자 돌러스 이모가 낮은 목소리로 말했다. 무슨 소리가 들렸다. 나지막한 소리. 바깥쪽에서 들려왔다.

문에서 나는 소리였다. 우편물 투입구를 밀어 열려고 하고 있었다. 나흘 전에 엄마가 우편물 투입구를 막아놓았다. 누군지 몰라도 우편물 투입구를 열려던 사람들이 포기하고 창문으로 슬금슬금 다가왔다. 그 사람들이 창문 바로 바깥쪽에 있었다. 그 사람들과 잿 사이에는 나무 널판과 유리 한장과 한뼘 공간밖에 없었다.

엄마와 오빠가 부엌에서 살금살금 걸어나와 돌러스 이

모와 같이 더듬더듬 창가로 왔다. 총을 맞을 위험이 있었기 때문에 창문 바로 앞에 서지는 않았다. 바깥쪽에서 수군거리는 소리가 났다. 집 안까지 들렸다. 밖에 있는 사람들한테 무슨 계획이 있는 것 같았다. 긁고 삐걱거리더니 뭔가를 비트는 소리가 나는 것으로 보아 바깥쪽 널판을 어떻게 하는 게 분명했다. 믹이 귀를 기울이더니 엄마 쪽으로 몸을 숙이며 말했다. "장비가 있어. 널판을 떼어내려고 해."

어밀리아의 엄마는 부지깽이를 집었다가 내려놓고 빵칼을 집었다가 다시 내려놓은 뒤 커다란 배를 앞으로 내밀고 달려가서 안쪽 널판이 확실히 단단하게 붙어 있는지 확인했다. 밖에 있는 사람들이 바깥쪽 널판을 떼어냈다. 널판이 땅에 떨어져 쿵 소리가 나자 사람들이 함성을 질렀다. 그러고 바로 창문으로 와서 유리를 깼다.

나무판자가 쿵 하고 울렸다. 묵직하게. 사람들이 안쪽 널판을 도구로 치고 있었고 뒷마당에서도 더 큰 소리가 들려오기 시작했다. 혼란 중에 오빠와 잿은 엄마와 이모를 두고 뒤쪽으로 달려갔다. 소리가 계속되었다. 그러더니 일시에 느닷없이 멈췄다. 누군가가 의뭉스럽게 어밀리아 집 현관문을 두드렸다.

"계세요?" 구슬리는 듯한 목소리였다. "안에 누구 없어요?" 남자 목소리 같기도 하고 여자 목소리 같기도 했다. 하지만 남자 목소리였다. 꾸민 목소리였다. 가식적인 목소리였다. "우리예요. 그러지 말고 문 좀 열어봐요. 왜 문을 안 열어요?"

"헛짓거리 그만해." 다른 목소리가 쏘아붙였다. "등신짓 그만하고 이리 와. 얼른. 이거나 같이 떼."

어밀리아의 엄마와 이모와 오빠들이 안쪽 널판 위에 두 번째 널판을 덧대려 하고 있었다. 리지는 어둠속에서 식탁 아래에서 기어나가 손을 보태러 갔다. 개도 손에서 빠져나가 컹컹 짖고 낑낑거렸다. 묵직한 배가 흔들리고 배 안의 새끼들이 출렁거렸다. 개는 식탁을 끌면서 앞으로 나갔고 어밀리아가 다시 자기 쪽으로 끌어당기려 하자 사납게 돌아보며 물려고 했다.

그러고 나서 어밀리아는 모든 걸 잊었다. 다시 식탁 아래로 들어가자 걱정이 시작되었다. 심각하게 걱정되었다. 애벌레들이 다 어디로 갔는지 알 수가 없어 걱정이었다. 종이인형도 걱정이었다. 어밀리아는 매주 『번티』 최신호에서 종이인형과 종이옷을 오려서 자기 침대 옆 창턱에 모아놓았다. 폭동이 일어나기 전에 아래층으로 가지고 내려와 가까이에 두려고 했는데 정신없이 서두르는 통에 깜박하고 말았다. 이층에 두고 온 종이인형들은 아직도 거기에 외로이 옷도 입지 않은 채로 있었다. 어밀리아는 여기 일층에 있었고 애벌레는 두마리밖에 없었다. 나머지는 다 어디로 가버렸다.

어밀리아는 잠이 들었다. 자기 집이 있는 길인 허버트 스트리트 끝에 있는 사과 수레에서 사과 한개를 사는 꿈을 꿨다. "허버트 스트리트, 허버트 스트리트." 어밀리아는 꿈에서 자기가 소리 내어 말하고 있는 걸까 생각했다. 사과를 파는 사람이 자기가 악마라면서, 어밀리아가 영성체를 할 나이가 되었기 때문에 어밀리아의 죄를 망라한 긴 목록이 있는데 보고 싶냐고 물었다. 그런데 사과 장수는 목록을 보여주는 대신 빨간 줄무늬가 있는 거미로 변신하더니 크게 웃음을 터뜨렸다. 현실에서는 그 자리에 사과 수레가 없었다. 어밀리아도 알았다. 꿈속에서도 알았다. 꿈에서 깨어보니 어밀리아는 여전히 외출복 차림으로 소파에 누워 있었다. 리지는 몸을 어밀리아 위에 반쯤 올린 채로 코를 골며 잠들어 있었다. 머리 위 전등이 켜져 있고 어밀리아는 손바닥을 핥고 있었다. 악마한테 산 사과의 즙을 핥는다고 생각했다. 그런데 뜨뜻하고 짭짤한 맛이 났다. 어밀리아는 손을 핥기를 그만두고 손바닥을 팔에 문질러 닦았다. 아침이었다. 널판이 그대로 붙어 있었지만 그래도 아침이란 걸 알았다. 폭동이 끝났다. 다들 갔다. 어밀리아는 물을 마시러 갔는데 아직도 싱크대 앞으로 의자를 끌고 와서 올라서야 수도꼭지에 손이 닿았다. 부엌이 캄캄했다. 불은 꺼져 있고 창문은 널판으로 가려져 있었다. 어밀리아는 바로 물을 틀지 않았다. 먼저 수도꼭지에 끼워진 긴 호스를 당기고 또 당겨 빼야 했다.

어밀리아는 다시 잠이 들었다가, 다시 깼다가, 또 잠이 들었다가 이번에는 완전히 깼다. 엄마와 이모와 다른 사람들은 벌써 일어나 있었다. 사방이 조용했다. 어밀리아의 엄마는 또 전보를 보낼 수 있는지 알아보러 나갔다. 믹과 잿은 간밤에 무슨 일이 일어났는지 알아보러 나갔다. 어밀리아는, 애벌레 두마리하고 떼었다 붙였다 할 수 있는 옷을 셀로판테이프로 붙여놓은 종이인형들을 챙겨서 친구 로버타와 같이 불에 탄 집이 몇집이나 되는지 알아보러 나갔다. 돌러스 이모가 밖에 쏘다니지 말고 이제는 길 어귀에서 놀지도 말라고 했다. 돌러스 이모는 집 밖에 나가 길에서 바깥쪽 널판을 수습하고 빗자루를 가져와 깨진 유리를 쓸어담았다. 리지는 밖으로 나가서 가면 안되는 온갖곳에 가서 놀 생각이었으나, 대신 뒷마당에서 불탄 나뭇가지들을 치우라는 지시를 받았다. 목요일, 보시가 처음 어밀리아에게 경고했던 목요일 이후 돌아온 목요일이었다. 그러니까 어밀리아의 계산으로는 이제 트러블이 둘째 주로 접어든 것이었다.

동기 없어 보이는 범죄, 1969~71년

　제임스 톤은 1953년 벨파스트의 아도인 구시가에 있는 반쪽짜리 집에서 어머니 배 속에 들어섰다. 제임스의 부모가 위층 방 두개를 쓰고 어머니의 친척 러빗 가족이 아래층 방 두개를 썼다. 톤 부부는 아기가 태어나기 전에 잉글랜드로 이사를 했고 그러면서 아일랜드와의 연결고리를 다 끊어버렸다.

　제임시는 런던에서 자랐는데, 부모는 제임시에게 거의 말을 하지 않는데다 그들끼리도 서로 대화하는 일이 드물었고 다른 사람을 집에 초대하지도 않았다. 조그맣고 말이 없는 어머니는 저녁이면 소파 가장자리에 앉아 무해한 미소를 짓고 있었고 조그맣고 말이 없는 아버지는 안락의자에 다리를 꼬고 앉아 방 저편에 있는 아내와 아들에게 악의가 가득한 눈빛을 쏘고 있었다. 아버지는 주기적으로 의자에서 일어나서 두 사람을 때렸다. 어느날, 제임시가 열두살 때, 마음속에서 무언가가 살랑여서 아버지 쪽으로 몸을 기울이고 말했다.

"아빠, 그게 뭐예요?"

너무나 뜻밖의 일이라 조그만 남자는 헉하고 놀랐으나, 충격에서 회복하자 의자에서 벌떡 일어나 방을 가로질러 와 아들의 머리를 쳤다. 아들을 쓰러뜨리고 질질 끌며 발로 걷어차가며 부엌으로 가 거기에서, 격분한 채, 무언가 아들을 죽일 도구를 잡으려고 손을 뻗었다. 아무것도 손에 닿지 않자, 아들을 짓누르면서 가스오븐레인지를 당기고 또 당겨 쓰러뜨렸다. 톤 씨는 레인지를 손으로 잡고 온 힘과 온몸의 무게로 내리눌렀고 그 아래 반짝이는 흰색과 검은색 타일 바닥에 누운 아들은 버둥거리기를 멈추고 의식을 잃었다.

아이는 집중치료실로 보내졌다. 9주 동안 병원에 있었다. 조서에는 '끔찍한 사고'로 기록되었고 어른들은 그 일을 다시 입에 올리지 않았고 제임시는 기억을 못했다. 하지만 제임시는 퇴원한 뒤로 좀처럼 집에 머물지 않고 친구나 아는 사람 집에서 주로 지냈다. 4년 뒤, 열여섯번째 생일에 영국군에 입대했다.

1969년 11월 제임시는 벨파스트로 보내졌다. 배에서 내려 임시숙소에 배정된 즉시 제임시는 군모를 쓰고 라이플과 군장을 갖추고 폴스 로드 인근을 순찰했다. 사람들이 다 밖으로 나와 반겼다. 차와 빵을 대접받고, 차와 케이크, 차와 비스킷, 차와 감자칩, 차와 레모네이드, 차와 담배를 대접받았다. 어딜 가든 차가 나왔다.

제임시는 기분이 무척 들떴는데, 특히 무엇보다도 출발하기 며칠 전에 어머니한테 들은 이야기 때문에 더욱 들떴다. 정말 드물게 어머니가 마음을 여는 순간에, 어머니한테서 벨파스트에 친척이 있다는 말을 들었다. 벨파스트에 가족이 있었다. 아일랜드공화국에 톤이라는 성을 가진 사람들이 있다는 건 알았지만 그런 이야기는 안하는 게 최선이었다.* 그렇지만 새로 알게 된 친척은 성이 러빗이고 자기가 배치될 지역에 살고 있다고 했다. 그러니 당연히 찾아가보아야 했다.

그래서 그날밤, 군복을 입은 채로, 이 지역에 친척이 있는 다른 군인들이 으레 그러듯 제임시도 같은 부대 소속 친구 세명과 함께 아도인에 사는 러빗 가족을 만나러 나섰다. 라이플 대신 선물을 챙겼고 가는 길 내내 적절한 선물을 골랐을지, 많이 준비하긴 했지만 그래도 부족하면 어쩌지 하는 걱정이 들었다. 어머니는 러빗 가족이 몇명이나 될지 전혀 모르겠다고 했지만 자기가 알고 기억하는 것은 전부 말

---

* 아일랜드 공화주의자로 1798년 영국의 아일랜드 통치에 저항하는 봉기를 이끈 울프 톤(Theobald Wolfe Tone, 1763~98)의 일가를 두고 하는 말.

해주었다. 그래서 바느질을 잘하는 머라이어 이모를 위해 훅, 단추, 리본을 샀는데 그거 말고 향수를 샀어야 하나 싶기도 했다. 돌러스 이모 몫으로는 밀크초콜릿을 샀는데 다크초콜릿을 좋아할까봐 걱정이었다. 세이디 이모한테 줄 선물로 담배를 샀는데 담배를 끊었을지도 모르는 일이었다. 집에 붙어 있는 일이 드물다는 토미 이모부 선물은 안 샀다. 아홉살이나 열살쯤 되었을 사촌 리지한테는 구슬 목걸이를, 어머니 말에 따르면 제임시 자신보다 세살 정도 어릴 사촌 믹한테는 도버에서 러시아 군인과 물물교환한 은벨트 버클을 줄 생각이었다. 혹시 또다른 친척이 있을 때를 대비해서 사탕을 추가로 더 샀다. 제임시는 이 사람들이 자기를 좋아하지 않을지도 모른다는 걱정, 혹은 처음에는 좋아하다가 자기가 뜻하지 않게 어떤 실수를 해서 좋아하지 않게 되면 어떡하나 하는 걱정을 하면서 길을 나섰다.

군인 네명이 곧 아도인이라는 작고 오래된 가톨릭 구역에 있는 허버트 스트리트의 작고 어두운 집에 도착했다. 페이턴 이등병만 무기를 들고 있었는데, 허가받지 않은 개인 소유 권총이었다. 페이턴 이병은 무기를 지니고 있으면 기분이 좋았기 때문에 어딜 가든 가지고 다녔다. 다른 군인들도 부러워하며 미인가 권총을 구할 기회를 엿보고 있었다. 네 사람은 저녁 8시가 갓 넘었을 때 허버트 스트리트에 들어섰다. 공기가 차가워서 길가에 있는 집 거실에서 흘러나오는 흐릿한 노란색 불빛에 입김이 보였다. 드문드문 보이는 널판을 덧대 가리지 않은 창문과 거리 전체에서 유일하게 깨지지 않은 가로등에서 불빛이 비치고 있었다. 거리 어귀 쪽에 있는, 1950년대에 러빗 가족이 살았던 반쪽짜리 집은 영국군이 도착하기 직전 폭동 와중에 불타버렸다는 걸 알게 되었다. 하지만 군인들을 반기러 나온 동네 사람들이 러빗 가족은 길 끝 쪽으로 이사 가서 살고 있다고 알려주었다. 이웃 사람들이 알려준 집으로 가서 문을 두드렸더니 바로 개가 우는 소리와 어린아이 목소리가 들렸다.

"엄마! 문에 엄마! 누가 문에 왔어. 엄마, 들어봐! 누가 문에 왔어."

"누구세요?" 여자 목소리가 들렸다. 여자는 문에서 멀찍이 떨어져 서서 물었다. 제임시가 말했다.

"저는 제임스 톤이에요. 브라이디 톤의 아들이요. 머라이어 이모세요?"

잠시 침묵이 흐르고, 곧 한바탕 격렬하게 속삭이는 소리가 이어지더니, 빗장이 풀리고 문이 활짝 열릴 듯하다 멈췄다. 삼십대 중반에 만삭에 한쪽으로 굵게 땋은 머리채를 늘어뜨린 여자가 문 앞에 서 있는 군인 네 명을 휙 살펴보았다. 여자는 놀란 표정을 짓더니 잠시 뒤 문을 더 활짝 열어젖혔고 그러자 네 사람에게 환한 빛이 쏟아졌다. 세 자매가 군인들을 집 안으로 들이고 호들갑을 떨었다. 여자들 나이는 삼십대 중반에서 후반 사이이고 모두 머리를 땋아내렸다. 여자들 얼굴에 순수한 놀라움과 또다른 무언가가 있어서 제임시 톤은 기분이 좋았다. 다들 제임시를 보고 기뻐했으므로 제임시도 마음이 따뜻해지고 걱정이 누그러지면서 기쁨이 차올랐다. 예쁘장한 여자아이 하나가 호기심을 보이며 전혀 수줍어하지 않고 신기하다는 듯 빤히 보았다. 이 아이가 리지였다. 일고여덟살쯤 되어 보이는 더 작은 여자아이는 도망가서 개 뒤에 숨었다. 으르렁거리는 개는 중간 정도 크기에 젖이 늘어져 있고 성질이 예민한 잡종견이었다. 개는 계속 으르렁거리며 벨벳 같은 얼굴을 쭈글쭈글하게 일그러뜨렸다. 이를 드러내고 낯선 사람들을 돌아가며 노려보았지만 자기가 독차지하고 있는 낡은 담요 밖으로 나오지는 않았다.

여자들이 개한테 얌전히 있으라고 소리쳤다. 제임시가 영국군 친구들을 소개하자, 여자들은 네 사람을 얼른 의자에 앉히고 서서 빤히 쳐다보았다. 잠시 뒤에 여자들이 이제야 생각났다는 듯 웃으며 찻물을 끓이고 리지를 댈리슨스로 보내 케이크며 비스킷이며 뭐든 가게에 있는 좋은 걸 사오라고 시켰다. 제임시는 모든 게 자기가 꿈꾸었던 대로 되는 것 같아 얼굴이 발갛게 달아올랐고 행복한 심정으로 가방을 열어 선물을 나눠주었다.

"그래 주둔지가 어디야?" 이모들이 물었다. "엄마는 잘 지내?" 또 이렇게 물었다. "편지를 통 안 써서." 그러고, 잠시 머뭇거리다가 ─ "아직 살아 있니, 너희 그, 있잖아, 그 사람, 아빠……?"

제임시는 가족에 대한 질문에 답하면서 막내를 보며 미소를 지었다. 막내는 구석에서 개의 두 귀 사이로 이쪽을 훔쳐보고 있었다. 그애가 제임시의 아버지가 남긴 긴 흉터를 특히 뚫어져라 보고 있다는 걸 제임시는 알아차렸다. 관자놀이에서 턱까지 길게 이어진 흉터였다. 아이는 제임시가 자기를 쳐다보는 걸 알고 눈을 돌려 다른 군인들을 차례대로 보았다. 짧은 머리카락, 녹색 군복, 분홍색 얼굴, 반짝이는 군화. 그레그 페이턴과 눈이 마주치면 고개를 숙였다가 다시 흘긋 보았는데 페이턴이 계속 쳐다보면서 윙크를 하고 우스운 표정을 지어 보이자 다시 고개를 수그렸다.

"토미 이모부는 어디 계세요?" 제임시가 머라이어 이모를 돌아보며 물었다. 제임시는 이모가 큰 접시에 담아 권하는 배튼버그 케이크를 조금 먹었다.

"아, 병원에 있어. 일부러 그러는 거야. 관심을 끌려고 그러지. 자그마한 외국 간호사들을 좋아해. 이번엔 남아메리카에서 그러고 있어."

"많이 편찮으신가요?"

"으, 몰라. 으, 아닐 거야. 원하면 엄청난 기운을 낼 수 있어. 쉬면서 시시덕거리려고 그러지. 꾀병이야. 사실 아픈 데도 없어. 우리보다 훨씬 오래 살 거야."

머라이어 이모는 의자에 조심조심 걸터앉더니 미소를 지으며 깊은숨을 들이마시고 부른 배를 손으로 받쳤다. 이모는 남편 이야기는 더 하지 않았고, 소식이 끊겼던 조카가 해방군이 되어 나타난 게 마냥 신기한 듯했다. 그런데 이 가족들은 모르는 것 같았지만, 제임시에게도 이 가족이 그만큼이나, 어쩌면 그 이상으로 신기했다. 새로 발견한, 이렇게 팔팔하게 살아 있는 가족이니까. 제임시는 친구들과 같이 벌떡 일어나서 이모들에게 앉으라고 자리를 내주었다. 여자들은 아니라며 다시 앉혔다. 군인들은 시키는 대로 다시 앉았다.

"저기요." 막내가 말했다. 이름이 어밀리아였다. 드디어 구석에서 나와서 제임시의 무릎 앞에 서 있었다. 알록달록한 상자를 손에 들고 있었다. 상자를 열더니 안을 볼 수 있게 앞으로 기울여 보였다. 상자 안에는 단추가, 엄청나게 많이, 수백개는 있는 것 같았고 그게 아이의 장난감이었다.

"내 '보물 창고'예요." 아이가 말했다. "내 '보물 창고'라고 불러요. 내 거지만 보고 싶으면 보여줄게요."

"봐요." 아이가 다른 물건 네가지를 또 보여줬다. 아주 작은 트랙터, 1인치 크기의 쇠스랑, 하얀색 플라스틱 양, 검은색 퀸 체스말. 제임시는 물건들을 구경했다. 아이는 그걸 전부 제임시의 손에 올려놓고는 종이인형과 농장 세트를 가지러 위층으로 올라갔다.

"브라이디가 아들을 참 잘 키웠구나." 돌러스 이모가 말했다. 다른 사람들도 고개를 끄덕였다. 그러고는 또 빤히 보았다. 제임시의 얼굴이 붉게 달아올랐다. 친구들이 돌아보며 웃었다. 제임시는 당황해서 고개를 숙여 개를 쓰다듬었다. 개가 물었을 수도 있는데 마침 열쇠로 문을 여는 소리가 들리자 개는 제임시를 무는 대신 낑낑거리며 문으로 달려갔다. 믹 러빗이 들어오자 개가 펄쩍펄쩍 뛰었다. 믹은 열세살이고, 체구가 작고 관절이 고무처럼 유연한 아이였다. 한쪽 어깨에 더플백을 메고 무의식적으로 주먹을 쥐었다 폈다 했다. 개가 가방을 보고 달려들었고 믹은 군인들이 앉아 있는 걸 보고 몸이 굳었다.

"믹 네 사촌이야, 제임스 톤. 제임스는 군대에 있단다. 잉글랜드에서 왔어!"

제임시가 자리에서 일어나 바로 버클이 들어 있는 작은 상자를 어정쩡하게 믹에게 건넸다. 원래는 악수를 하자고 손을 내밀 생각이었던 터라 머쓱했다. 가장자리에 낯선 문자가 새겨진 버클이었는데, 믹이 상자를 열더니 헉 놀라며 버클을 상자에서 홱 꺼내들었다. 다들 놀랐다. 전부 믹을 쳐다보았다. 믹이 왜 그랬는지 설명하길 기다리고 있었다. 왜 그렇게 덮치듯 달려들었는지?

"소련에서 온 거야." 제임시가 설명했다. "군용이고. 네가 좋아할 것 같아서."

"아." 사촌은 실망한 듯 보였다. 버클을 더 쳐다보지 않고 주머니에 쓱 넣더니 개를 찰싹 쳤다.

"앉아, 다카우!"

"닥카우, 괜찮아." 어밀리아가 개를 달랬다. 개가 더플백에 달려들지 못하게 붙잡으려고 애썼다. "따뜻하고 좋은 집으로 갔어. 행복하게 잘 지낼 거야."

리지가 콧방귀를 뀌었다.

"새끼들을 찾는 거예요." 리지가 군인들에게 무언가를 암시하는 듯한 투로 말했다. 리지는 웃고 있었다. 군인들이 리지를 쳐다보았다. 리지는 오빠를 가리켰다.

"믹이 처리했어요. 새끼들은 좋은 곳에 있어요."

어밀리아가 뭔가 불길한 기미를 감지한 듯한 표정으로 고개를 들었다. 어머니는 리지에게 경고의 눈빛을 쏘았다. 리지는 나이보다 조숙해 보였다. 이모들은 혀를 끌끌 찼지만 아무 말도 하지 않았다. 제임시가 이번에는 믹에게 손을 내밀었다. 믹은 더플백에서 레모네이드 병을 꺼내느라 바빠서 못 봤는지 아니면 못 본 척하는지 제임시가 내민 손을 잡지 않았다.

"오호!" 페이턴 이병이 외쳤다. "그건 뭐야? 그게 그 유명한 ─ 거 뭐더라 ─ 포틴*이야?"

"성수예요." 믹이 병을 엄마에게 주며 말했다. 세이디 이모가 덧붙였다. "밤에 집의 가호를 비는 데 쓴단다." 페이턴은 재미있다는 표정이었다. 제임시 쪽을 쳐다보았지만 제임시는 기분이 좋았으므로 우스꽝스러운 말을 하는 사람들, 레모네이드 병에 든 성수, 죽은 강아지들과 야박한

---

* 아일랜드 전통 증류주. 밀주로 제조되었다.

주인이 '다카우'라는 음울한 이름*을 붙여준 신경이 과민한 어미 개에 관련된 농담을 거들고 싶은 생각이 없었다.

믹의 친구인 소년 셋이 뒤따라 들어왔다. 여자들이 서로를 소개해주었다. 주전자에 물을 더 끓였다. 믹 친구들도 최근의 다른 북아일랜드 사람들처럼 군인들에게 열렬한 관심을 보였다.

"어느 연대 소속이에요?" 리엄이 물었다.

"군인들 전부 몸이 좋아요?" 테리가 물었다.

"권총 볼 수 있어요?" 잿이 물었다. 잿은 엑스레이 같은 시력으로 그레그 페이턴의 허리춤을 꿰뚫어보았다.

페이턴이 총알을 빼지도 않고 권총을 보여줬다. 왜 총알을 빼겠나? 당연히 잿은 총알도 보고 싶어할 텐데. 라이플을 가져오지 않아 라이플 구경은 시켜줄 수 없어서 로즈 이병과 핸스퍼드 이병이 그림을 그려가며 총기 분해, 재조립, 총구 확인까지 죽 설명했다. 소년들은 푹 빠져 설명을 들었고 여자들은 너그러운 미소를 띠며 보고 있었다. 막내는 이제 수줍어하지 않고 군인들 사이를 돌아다니며 여기저기 끼어들면서 자기 물건을 전부 보여주었다. 믹은 말없이 의자 가장자리에 앉아 사촌과 다른 사람들을 보고만 있었다. 믹은 친해지려는 제임시의 시도를 무시하고 계속 뚱하게 굴어 엄마 성미를 돋웠다. 친구들이 대신 친근하고

* Dachau. 독일어로는 '다하우'. 뮌헨 인근의 소도시로 2차대전 때 나치의 강제수용소가 있었다.

붙임성 있게 굴며 감탄하면서 맞장구를 쳤다. 그중에서도 잿 맥데이드가 특히 살갑고 싹싹하고 극진했다.

자리를 접을 즈음 군인 두 명이 설거지를 하겠다고 일어섰다. 이모들이 놀라면서 못하게 말렸다. 리지가 할 거라고 말했다. 그래서 젊은이들은 떠날 준비를 하면서 이모들에게 한바탕 포옹을 받고 다른 사람들과는 악수를 하거나 고개를 숙여 인사를 나눴다. 집 밖 거리로 나온 제임시는 믹이 제 발과 바닥을 차면서 서성거리는 것을 보았다. 사촌이 무언가 하고 싶은 말이 있는 것 같았다.

"그 시계, 회중시계요." 믹이 마침내 입을 열었다.

믹은 목소리를 낮추어 제임시 쪽은 쳐다보지도 않고 말했다. "아직도 집에 있어요? 아직 갖고 있어요?"

제임시는 무슨 말인지 알 수가 없었다. "무슨 시계 말이야 믹?" 제임시가 사촌 쪽으로 몸을 숙였다. 뭐라도 도움이 되고 싶었다. 믹의 목소리가 더 낮아졌다. 다른 사람들이 듣지 못하게 속삭였다.

"있잖아요," 믹이 머뭇거리며 말을 꺼냈다. "그 사람 시계요. 울프 톤 시계." 제임시는 계속 어리둥절한 표정이었다. 그러다가 아주 오래전에, 어머니가 또 한번 속을 터놓는 순간이 왔을 때 했던 이야기가 떠올랐다.

"위층 네 아버지 서랍에." 아버지의 성미가 또 한차례 폭발한 뒤라 어머니는 끙끙 앓으며 말했다. 찢어진 입술에 젖은 수건을 대고 있었다. 어린 제임시도 자기 입에 비슷한 천을 대고 있었다. "잉글랜드로 온 뒤에 여기 적응한다고 최선을 다했어." 어머니가 말했다. "그 비슷한 건 전부 버렸는데 네 아버지가 그런 게 남아 있다는 걸 기억하는지 마는지 모르겠어."

"울프 톤의 시계!" 제임시가 소리치는 바람에 다른 사람들의 주의가 쏠렸다. 그게 믹은 못마땅했다. 제임시의 얼굴이 환해졌다. 사촌 믹에게 중요한 무언가를 해줄 수 있을 듯해서 기뻤다. "뭐 말하는지 알겠다, 믹." 드디어 제임시가 알아들었다.

잿 맥데이드가 끼어들었다.

"아, 그러면 형도 울프 톤하고 같은 집안이에요?"

"울프 톤이 누군데?" 그레그 페이턴이 눈썹을 치키며 물었다.

제임시는 믹을 쳐다보았다. 제임시는 어머니 가족이 시어볼드 울프 톤과 아무 혈연관계가 없다는 걸 알지만, 흥분해 달아오른 사촌의 얼굴을 보고는 맞아, 믹도 나도 같은 집안이야 하고 말했다. 잿은 이미 잔뜩 흥분해서 듣는 둥 마는 둥 손톱만큼의 구실만 있으면 늘 그러듯이 아일랜드 정치사의 영웅과 순교자 들에 대해 떠들고 있었다. 따분해하는 영국군 그레그 페이턴 이병에게 그러고 있으니 그레그는 한 귀로 흘려들으며 하품을 쩍쩍 했다.

"하지만 그 사람은 개신교도였잖아, 아냐?" 테리가 끼어들었다. 리엄이 고개를 끄덕였다. "게다가 '불쌍한 아일랜드인' 어쩌고 하는 걸 너무 좋아했고." 친구들은 울프 톤을 대단치 않게 생각하는 듯했다. 잿은 화가 났다. 아일랜드인 연맹*의 주요 멤버로서…… 잿이 말했다. 아일랜드 공화주의의 아버지로서…… 이렇게도 말했다. 조국과 신념을 위해 죽었어…… 또 말했다. 세 소년은 말씨름을 시작했다. 그레그 페이턴은 씩 웃으며 소년들 쪽으로 고갯짓을 했다. 제임시는 영문을 모르고 있다가 믹이 자기를 돌아보며 말하자 깜짝 놀랐다.

"부탁이 있는데 들어줄 수 있어요?" 믹의 목소리는 다급했다. "저랑 바꿔요. 시계를 주세요. 갖고 싶어요. 대신 뭐 갖고 싶어요?"

제임시는 저녁 내내 혼자 묵묵히 있던 아이가 갑자기 열 띤 목소리로 말하는 데 놀라서 사촌을 쳐다보았다. 오직 믹 때문에, 자기가 머나먼 조상과 정말 핏줄이 닿았더라면 좋았겠다는 생각이 들었다. 그게 믹에게 활기를 불어넣는 유일한 것처럼 보였으니까. 제임시는 믹의 어깨에 손을 얹었다.

"됐어, 믹." 제임시가 말했다. "그냥 너 줄게. 어머니한테 보내달라고 할게." 믹은 놀란 얼굴이었다. 그러더니 못 믿겠다는 표정이 되었다. 언제 누가 그렇게 아무 대가 없이 무얼 내준 적이 한번이라도 있었나? 믹은 비뚤어진 모양

* Society of United Irishmen. 1791년 아일랜드 독립정부 수립을 목표로 창설된 단체.

의 턱을 문지르며 고맙다는 말 같기도 한 무슨 말을 웅얼 거렸다. 제임시는 자기가 사촌의 비뚜름한 얼굴을 빤히 보고 있다는 사실을 깨닫고 얼른 눈을 돌렸다. 믹도 알아차리고 턱에서 손을 뗐다.

"사고가 있었어요." 믹이 걸걸한 목소리로 설명했다. 민망한 듯했다. "아버지하고요. 오래전에. 어떻게 된 건지 기억은 안 나요." 믹이 제임시를 보더니 씩 웃었다. "형 얼굴은 왜 그래요? 그것도 사고예요?"

제임시가 다음번 파견을 나왔을 때는 분위기가 전혀 달랐다. 이제는 영국군이 아도인에서 환영받지 못하는 존재였지만, 어쨌거나 아도인으로 들어갔다. 사람들이 영국군을 향해 돌을 던지고 쓰레기통 뚜껑을 쾅쾅 치고 호루라기를 불고 주먹을 휘둘렀고 밤이면 "살인자아아" 하고 부르짖기도 했다. 여전히 영국군에게 차를 갖다주는 티시 브래니프는 동네에서 미운털이 박혔다. "누군가의 아들들이잖아." 티시 브래니프가 말했다. 그렇지만 영국군이 티시의 집 문을 걷어차고 마룻장을 뜯고 성모상을 변기에 집어던지고 티시의 개 불릿이 낮에 영국군을 보고 짖었다고 밤에 목을 따버리자 티시도 생각을 바꿨다. "지옥에서 온 자들. 지옥불에 타버려라!" 티시가 외쳤다. 그 와중에 제임시는 이모들에게 각각 편지를 보냈다. 아무도 답장을 쓰지 않았다. 믹에게도 편지를 썼다. 어머니한테 답장이 온 다음에 썼다. 시계! 회중시계라고! 어머니의 글에는 놀란 기색이 담겨 있었다. 무슨 시계? 못 찾겠는데. 네가 착각했나보다. 어쨌거나, 뭐 하러 오래전에 끊어진 관계를 다시 쑤석이니? 어머니는 썼다. 옛날 일들 다 묻어놨는데도 불쌍한 너희 아버지가 잉글랜드에서 엄청 고생하지 않았니? 제임시는 다시 편지를 보내 어머니에게 한번 더 잘 찾아보라고 했다. 사촌에게 약속했다고. 어머니는 깜박했는지 답장을 보내지 않았다. 그러다가 아버지가 살해되었고, 제임시도 시계 문제는 잊었다. 장례식에 참석하러 잉글랜드에 돌아가서야 다시 기억이 났다. 시계는 아버지의 키 큰 서랍장 가장 아래 칸에서 쉽게 찾았다. 무늬 없는 은제 케이스 시계가 손수건으로 싸여 있었는데 바늘이 멈췄고 더럽고 묵직했다. 제임시는 시계를 닦아 윤을 냈다. 이제 골동품이 되었을지도 모른다. 큰돈이 될지도. 그래서 뭐? 제임시에게는 의미 없는 물건이고 내버려두면 어머니가 갖다버릴 것이다. 하지만 믹에게는 중요한 의미가 있는 물건이고 믹에게 주겠다고 약속을 했으니까. 제임시는 시계를 짐에 같이 꾸려서 벨파스트로 가지고 갔다.

1971년이었고 아무 동기도 없어 보이는 범죄가 숱하게 일어나고 있었다. 특히 시체가 많이 나왔고 일부 신문의 뒤쪽 면에 기사가 부지런히 실렸다. 제임시와 동료들은 주의해야 한다고 들은 것들을 주의하게 되었고, 순찰할 때는 얼굴을 기억하고 손을 주의 깊게 보고 지붕, 창문, 문간을 샅샅이 살폈다. 담벼락이나 아이들을 엄폐물로 삼고 사방을 계속 겨누었다. 총을 든 사람, 무기를 든 사람을 맞닥뜨리면 발포해도 된다는 것, 그러니까 사람을 쏴도 된다는 걸 알았다. "아일랜드에 배치됐다고 불만들이 많지만," 어떤 병사가 말했다. "그래도 누굴 쏠 기회가 있으니까." "스키 타는 거나 등산하는 것보다 나아." 다른 군인이 말했다.

그래서 제임시는 다른 군인 열아홉명과 함께 아도인의 버틀러 스트리트에서 늘 해야 하는 순찰을 하고 있었다. 라이플을 들고 이쪽저쪽을 돌아보며 죽음의 왈츠를 추면서 전진했다. 그때 돌러스 이모와 사촌동생 어밀리아가 이쪽으로 걸어오는 게 보였다. 이모는 고개를 돌리고 있어 제임시를 못 알아본 듯했다. 그 옆에서 아이는 등에 작은 더플백을 메고 종종걸음으로 걷고 있었다. 서로 가까워졌을 때 제임시는 얼른 라이플을 어깨에 메고 다급하게 불렀다.

"돌러스 이모?" 그런데 이모는 아무 대답도 하지 않았다.

이모는 걸음을 멈추지 않고 가던 길을 계속 갔지만, 녹색 털모자와 장화 차림의 어밀리아가 제임시를 올려다보더니 곧 얼굴이 환해졌다. 기억한 것이다. 어밀리아가 이모를 잡아당기며 엄지장갑을 낀 손으로 제임시의 흉터를 가리켰다.

"돌러스 이모 ── 군인이요! 사촌! 그 사람이요!"

"가자." 여자가 말했다. 거칠게 끌어당기자 아이가 온통 타르가 튀어 있는 가로등 기둥에 부딪혔다. 아이가 중심을 잃고 비틀거렸다. 제임시가 반사적으로 손을 뻗었으나 여자가 무시하듯이 손을 쳐냈다.

"아 녀석, 바보 같긴." 이모가 이를 앙다물고 잇새로 말했다. "앞 좀 잘 보고 걸어, 응?" 그러고는 어밀리아의 목덜미를 잡았다. "제발 발 좀 똑바로 디디고!"

두 사람은 지나가버렸고, 아이는 계속 뒤를 돌아보다가 귀싸대기를 한대 맞고서야 고개를 돌렸다. 제임시는 걸음을 멈추었다. 길 한가운데 서서 멀어지는 두 사람의 등을 바라보고 있었다. 다른 군인이 다가와 재촉했다.

"계속 걸어. 왜 그래? 저 아줌마가 뭐라 했어? 움직여. 마음에 두지 말고. 움직여. 멈추지 말고."

돌러스 이모가 겁이 났나보다, 제임시는 생각했다. 계속 걸었다. 박공벽을 보았다. 겁이 났나보다. 벽에 '적과 교류 금지'라고 적혀 있었다. 커다랗고 하얀 글씨로. '적과 교류 금지'. 타르가 튄 가로등을 보았다. 겁이 났나보다, 제임시는 결론을 내렸다. 영국군이 겁났나보다.

제임시는 자기가 어디로 가는지도 모르고 앞에 가는 군인의 군홧발만 따라갔다. 얼굴을 훑어보고 머리에 담아두거나 모퉁이를 마음의 눈으로 관찰하는 것도 잊었다. 정신이 딴 데 가 있었다. 그러다 머릿속에 모든 사람에게 좋은 방법이다 싶은 아이디어가 떠올랐다. 내일, 비번일 때 얼른 평복으로 갈아입고 나와서 이모들을 만나러 가는 거다. 그러면 분위기가 훨씬 편안할 것이다. 돌러스 이모가 어제는 불안해서 그랬다고 해명할 거고 그러면 제임시는 "괜찮아요, 이모. 그러신 줄 알았어요"라고 말할 것이다. 다음날 또 무슨 일들이 이어질지 계속 상상을 펼쳐보았더니 기지로 돌아올 즈음에는 마음이 한결 가벼워졌다.

그 상태가 오래가지는 않았다. 부대 식당에 앉아 있는데 공허함이 다시 닥쳐왔다. 이모의 경직된 얼굴, 화강암 같은 피부, 그리고 그가 늘 의식하면서 살아온, 무시당하는 것에 대한 예민한 감각이 다시 살아나 그를 괴롭혔다. 눈앞이 흐릿해지고 급기야는 음식을 삼킬 수가 없었다. 이유는 모르겠지만 어쩐지 어머니와 통화를 하고 싶어져서 야간 순찰을 나가기 전에 전화를 걸러 갔다. 동전을 넣었다.

"엄마……"

"아 제임시, 지금 시간이 없어. 수전 윌슨이 또 디너파티를 연단다. 나도 초대받았어! 이번에는 열두명이 온대. 서머스 판사님도 올 거야. 내가 바로 그분 옆에 앉는단다!" 어머니의 잉글랜드식 벨파스트 말투가 점점 벨파스트식 잉글랜드 말투로 바뀌고 있었다. 중요한 사람들과 어울리게 되었다며 점점 더 흥분하는 기색이 역력했다. "생각해보렴!" 어머니가 외쳤다. "아내를 잃으셨다고, 수전이 그러는데……" 계속 떠들었지만 이제는 무언가에 화가 난 말투로 바뀌었다. "……미용실에서 말이야……" 얼마 지나지 않아

순수한 벨파스트 말투로 말했다. "그 쪼깐헌 지집한테 말 했당게, 내가 혼구녕을 내부렀어…… 혼날 만허니께 혼난 거여, 한주먹거리도 안되는 게…… 내가 말했당게, 어디서 감히 그따우로 굴어, 새파랗게 어린년이, 망아지 같은 년 궁딩이를 찰싹 쳐줄랑게, 나한테 그따우로 말하면! 말이 된 다냐! 그 어린 것이! 제임시, 나 가야겠다. 택시가 왔어."

쇼트 스트랜드를 순찰할 때 장대비가 쏟아졌다. 다섯살배기들 몇이 비가 오고 날이 찬데도 거리로 나와 "야, 야, 영국놈들"이라고 외치면서 돌을 던졌다. 그러더니 다른 다섯살배기들도 나와서 소리를 지르고 돌을 던졌다. "영국인 꺼져! 영국인 꺼져!" 다섯살배기들이 더 나와서 외쳤고 아이들이 잠자리에 들 시간이 될 때까지 그런 일이 계속되었다. 나이 많은 사람들은 대체로 순찰대를 무시했다. 거기 없는 것처럼. 존재하지 않는 것처럼. 영국군과 말 섞지 말 것. 영국군에 대처하는 유일한 방법임. 무시당하는 걸 못 견뎌함. 새벽 4시가 되어 군인들은 순찰을 마치고 차에 올라탔다. 텅 빈 도니골 스트리트로 해서 병영으로 돌아갈 참이었다.

그때 그 남자를 발견했다. 마치 아이처럼 조그만 남자였고 라이브러리 스트리트에서 비틀비틀 나오고 있었다. 술에 잔뜩 취했다. 남자는 로열 애비뉴로 접어들었다. 장갑차와 지프가 멈췄다.

"오줌 누려나봐."

"검문하자."

활기를 되찾은 군인들은 차에서 내려 바로 남자를 에워쌌다. 남자는 흐릿한 눈으로 담뱃진이 쩐 코트 소매를 젖은 입가에 갖다대며 군인들을 올려다보았다.

"신분을 밝혀라." 잉글랜드인 목소리가 말했다.

"여기에서 뭐 하고 있나?" 다른 잉글랜드인 목소리가 말했다.

나이 많은 남자는 눈을 끔벅이며 사방을 둘러싼 검게 칠한 얼굴들을 쳐다보았다.

"누구냐?" 다른 잉글랜드인 목소리가 물었다. 그 목소리가 남자를 뒤쪽에서 밀쳤다. 어깨뼈 사이를 밀어 앞으로 넘어지게 만들었다. 남자는 제임시 쪽으로 엎어졌다. 제임시는 남자를 다시 뒤로 밀었다.

"난……" 남자가 입을 열었다가 누군가에게 머리를 얻어맞고 말을 멈췄다. 군인들은 남자의 말을 막고 남자가 고개를 들 때마다 뺨을 휘갈겼다.

"……검문을 거부했어."

남자가 팔을 치켜들었다. "여보게들, 아이고 친구들……"

남자가 떠밀려서 바닥에 쓰러지자 누군가가 군홧발로 밀어서 다시 일으켜세웠다. 제임시는 그렇게 한 사람이 자기 자신이라는 걸 깨닫고 조금 놀랐다. 제임시는 자기가 그렇게 하는 걸 보았고 다른 군인들도 따라 하는 걸 보았다.

"이름 매카더 —" 남자가 무어라 말하려 하고 있었다.

"글렌케언에…… 살아……"

"뭐라는 거야?" "뭐라고?" "하, 무슨 상관이야!"

남자가 눈앞에서 죽어버리자, 일행 중 두 사람이 시신을 끌고 가 라이브러리 스트리트에 갖다놓았다. 어둡고 비좁고 바닥이 자갈로 포장된 골목길이었다. 시신을 으슥한 곳에 엎어진 채로 두고 군인들은 칼과 칼집을 닦기 시작했으나 결국 굳이 그럴 필요 없다는 결론을 내렸다. 차로 돌아가 올라타고 병영으로 돌아갔다.

"……여보게들, 아이고 친구들……"

제임시는 침상에서 눈을 떴다.

머리가 어질어질했고 방금 그 말이 자기 입에서 나온 것만 같았다. 다른 사람들은 아직 자고 있었고, 제임시의 손에는 얼룩이 있었다. 얼룩이 보였다. 다시 봤다. 손에 아무 얼룩도 없었다. 제임시는 숨을 깊게 들이마셨다가 내쉬었다. 괜찮아, 괜찮을 거야. 제임시는 내일 계획을 떠올렸다. 친척들을 방문할 예정이었다. 아도인에 사는 가족. 제임시는 눈을 감고 다시 잠을 청했다. 잠들기 전, 동료들과 그 조그만 글렌케언 남자를 골목길에 다시 데려다놓을 때 앙상하고 늙은 팔에서 '죽음과 불명예' 문신, '유니언잭' 문신, '신과 얼스터*' 문신을 보았던 것을 떠올렸다. 개신교도였

* 원래는 아일랜드섬 북부 지방을 이르던 옛 명칭. 북아일랜드를 얼스터라고 부른다는 것은 이 지역을 영국의 일부로 보는 연합주의자-개신교도라는 뜻.

다. 그 조그만 남자는 개신교도였다. 제임시의 아버지도 개신교도였다. 제임시는 어떤 감정을 느꼈는데 그 감정은 안도감이었다.

그날 오후에 제임시는 좋은 청바지와 가벼운 셔츠를 입었다. 울프 톤의 수수한 시계를, 아버지의 손수건에 싸인 그대로, 사촌에게 주려고 허리띠 옆 주머니에 넣었다. 몸을 부르르 떨었다. 얼굴이 창백했다.

"제임스 톤! 설마 외출하나?" 누군가가 물었다. 제임시는 처다보는 둥 마는 둥 했다. "몰라……?" 또다시 묻는 소리. "못 들었어…… 어젯밤에 스코틀랜드 애들 셋이 죽은 거?" 제임시는 대답해야 한다는 걸 잊었다. "시내 밖으로 나가지 마." 목소리가 말했다. 제임시가 돌아보았다. 누가 한 말이지? 그레그 페이턴은 어떻게 됐지? 아. 기억이 났다. 다리가 날아갔지, 맞아.

제임시는 병영에서 나와 시내 중심가로 이모와 사촌 들에게 줄 선물을 사러 갔다. 담배를 사고 카운터에 두고 나왔고, 몇집 건너에서 초콜릿과 술을 샀다. 두번째 가게에서 나왔을 때도 손에 아무것도 들려 있지 않았다. 먼저 술 한잔 하러 술집으로 갔다.

사람이 많았다. 시끌벅적한 가운데 어떤 여자가 있었다. 제임시가 안으로 들어설 때 가까이에 있었는데 바 자리로 건너갔을 때도 가까이에 와 있었다. 여자는 제임시를 보고 있었다. 기다리고 있었다. 제임시도 여자의 존재를 의식했지만 어떻게 해야 할지 몰랐다. 아마 언젠가는 알 수 있을 테지만 그날은 지금은 아니었다.

"안녕." 여자가 기다리기 지겨운지 먼저 말을 걸었다. 여자는 제임시가 앉은 의자 바로 옆 의자에 엉덩이를 들이밀었다. 주위 사람들은 이야기를 나누고 있었다. 아무도 관심을 기울이지 않았다. 제임시가 보기에 이 여자는 일행 없이 혼자 온 것 같았다. 하지만 제임시가 틀렸다. 그 순간에 여자는 제임시를 살해할 공모 방법을 생각하고 있었을 것이다. 제임시는 아일랜드에서 잉글랜드인으로 있는 것이 어떤 의미인지 이해하지 못했다. 바깥에서는 천둥이 우르릉거리고 그 순간 이 안에 제임시가 아는 사람은 한명도 없었다. 여자가 제임시의 손을 건드렸다. 제임시의 손은 유리잔을 잡고 있었다.

"뭐 마셔요?" 여자가 웃으며 물었다. 제임시는 몰랐다. 뭘 주문했는지 기억이 없었다. 여자는 머리카락을 뒤로 넘겼는데 머리카락이 목덜미에서 반짝이는 검은색 추처럼 앞뒤로 흔들렸다. 제임시는 굵게 땋아내리면 예쁠 것 같다고 생각했다. 좋은 사람 같았다. 친절해 보였다. 하지만…… 제임시는 여자의 손을 밀어냈다.

"이러지 마요." 제임시가 말했다. "일이 있어요. 저리 가세요." 여자는 움찔했고 어찌나 놀랐는지 자기가 거기에 있던 이유를 까맣게 잊은 듯 의자에서 내려가 제임시가 잔을 내려놓는 것을 멍하니 보고 있었다. 여자는 남자 동지

들을 돌아보며 눈썹을 치켰다. 남자들은 구석에서 지켜보고 있었으나 어떤 이유 때문인지 누가 보기에도 군인이 빤한 이 사람을 따라가서 제거하려는 이는 없었다.

그래서 제임시는 허버트 스트리트 어귀에 있는 목책에 혼자 도착했다. 군에서 설치한 빡빡한 회전문을 통과해 러빗 가족의 집이 있는 구역으로 직진했다. 한 무리의 여자들이 피시앤드칩스를 사려고 식당 앞에 줄을 서 있었고, 어떤 여자들은 자기 집 문간에 서서 아도인에 들어온 낯선 사람을 지켜보았다. 낯선 사람은 아파 보이고 머리가 짧고 잉글랜드인이고 군인이었다. 여자들이 조용히 집안 남자들을 불렀고 남자들이 옆으로 와 문간에 섰다.

제임시는 머라이어 이모 집 문을 두드렸다. 지켜보고 있던 사람 몇몇은 만족한 듯 집으로 들어갔다. 러빗네 손님이네, 그럼 됐지, 군인은 아닐 거야. 하지만 어떤 사람들은 우호적인 시기에, 군인들에게 차를 대접하던 기간에 군인들이 러빗네 집을 찾아왔던 일을 기억했다. 그 일을 기억하는 사람들은 자세히 보려고 밖으로 나왔다. 제임시는 선물하려고 했던 물건들이 어디에 있는지, 왜 가족들에게 선물할 게 손에 하나도 안 들려 있는지 생각하느라 지켜보는 눈길을 알아차리지 못했다.

"누구예요?" 문 안쪽 멀리서 여자 목소리가 들렸다. "누구예요? 왜요? 왜 문을 두드려요?"

"제임스 톤이에요. 머라이어 이모세요?" 안에서는 아무

소리도 들리지 않았다. 개 짖는 소리도 나지 않았다. 어쩌면 다카우가 이제 없는지도, 세상에 존재하지 않는지도 몰랐다.

"들여보내주실래요, 이모?" 아무도 대답하지 않았다. "머라이어 이모?" 다시 불러보았다.

"묵주기도 중이야." 여자가 대답했다.

"저도 같이 해도 돼요?"

다시 침묵이 흘렀고, 그러다 이모가 배 속에서 우러나오는 목소리로 말했다.

"아니 안돼. 가라. 넌 잉글랜드 놈이잖아. 이제 오지 마."

안쪽 문이 쾅 닫히는 소리가 나고 이어 기도문을 웅얼거리는 소리가 들렸다. 제임시는 여기저기 페인트가 덧칠된 갈색 나무판을 보았다. 팔을 거기에 댔다. 팔에 머리를 댔다. 안에서, 아기가 울음을 터뜨렸다. 결국 제임시는 몸을 떼고 섰다.

비틀거리며 길을 따라 그 구역 중심부로 향했다. 남자와 여자 몇명이 서로 마주 보더니 따라오기 시작했다. 아이들도 들떠서 따라오려고 했지만 어른들이 가만히 있으라고, 집에 들어가라고 으름장을 놓았다. 제임시는 길모퉁이를 돌아 큰길로 접어들었고 그러다보니 아도인으로 더 깊숙이 들어가게 됐다. 제임시가 그럴 생각이 있었다면 그 길을 따라가서 아도인 성당 쪽으로 나가 그 지역을 벗어날 수도 있었을 것이다. 그쪽에는 군대가 설치한 회전문이 아직 없었

46

다. 하지만 제임시 톤은 아무 생각 없이 걷고 있었다.

말없이 따라가던 사람들이 제임시를 따라 모퉁이를 돌 았을 때, 누군가가 갑자기 나타나 먼저 그 길로 들어갔다. 그가 누구인지 보고 다른 사람들은 걸음을 멈추고 물러났 다. 그 사람더러 알아서 하라고. 제임시는 조용히 빠르게 다가오는 발소리를 듣고 뒤를 돌아보았다. 허버트 스트리 트 이모 집에 들렀었으니 이모가 따라왔을 수도 있을 거란 생각이 들었다. 이모가 야박하게 말한 게 미안해진 거라 고, 그래서 왜 그랬는지 모르겠다고 말하려고, 그를 붙들 고, 안아주고, 다시 집으로 데려가려고 온 거라고.

이모가 아니었다. 잿 맥데이드였고 잿이 원숭이처럼 제 임시 위에 올라탔다. 팔이 올라가고 칼이 들어가고 제임시 는 물처럼 바닥에 쏟아졌다. 길 위에 누워, 피를 쏟으면서, 그의 생에 남은 십오초의 시간 동안 흘러가는 구름을 보았 다. 잿이 제임시의 몸을 뒤집고 위인의 시계를 찾으려 몸 을 뒤져 시계를 손에 쥐고 달아났다. 다른 사람들은 이미 가고 없었다. 자기들 집으로 돌아가는 길이었다. 발걸음을 서둘러 점점 더 빠르게 걸었다. 집 안으로 들어갔다. 대문 을 닫고 잠금장치를 잠그고 빗장을 걸었다. 무슨 일이 있 었는지 아무도 말하지 않을 것이다. 사실 아무 일도 일어 나지 않았다. 사방에서 벌어지는 동기 없는 범죄 가운데 또 하나가 일어났을 뿐.

십자포화, 1971년

어린 어밀리아는 시에 푹 빠져 있었다. 수업 시간에 책에서 발견한 시였다. 책상 아래로 무릎 위에 책을 펼쳐놓고 손가락으로 한 단어 한 단어 짚어가며 집중해서 읽었다. 시가 전개되는 방식이 마음에 쏙 들었다. 이런 시였다.

> 에설레드는 고작 세살
> 인가 그쯤 되었을 때
> 다양한 방식으로
> 열광의 조짐을 보였다.
> 오토바이와 자동차의
> 특징을 익히려고
> 작은 수첩을 가지고

숫자를 적어넣었다.

어머니가 종종 말했지만

"조심해라 에설레 —"

어밀리아는 빠르고 강하고 확고한 힘으로 옆으로 떠밀렸다. 의자에서 떨어지지 않으려고 책상을 잡았고 그 순간 교실에 완전한 정적이 내려앉았다는 걸 깨달았다. 고개를 들어보니 모두가, 교실 안에 있는 사람 전부가 어밀리아를 보고 있었다. 정말 끔찍하게도 정말로 끔찍한 일이었다. 이 교실에서 주목을 받는다는 건 결단코, 절대로, 유쾌한 일이 아니었다. 모두가 어밀리아를 쳐다보고 있는데 지금은 평소처럼 폭력적인 미치광이 교사가 한명 있는 것도 아니고 세명이나 있었고 셋 다 시한폭탄처럼 똑딱거리며 언제 폭발할지 모르는 상태였다. 다른 학생들은 조용했지만 저마다 불안해하면서도 조금 안도하며 기뻐하기도 했다. 이번에는, 오늘은 지목당해서 호통을 듣는 사람이 자기들이 아니라 어밀리아 러빗이라는 사실에.

"귀가 먹은 거야 아니면 멍청한 거야?" 어밀리아를 밀친 진 핸래티 선생이 쏘아붙였다. 핸래티 선생은 한때 노엘 키넌 부인이 될 뻔했으나 키넌 씨가 정신을 차리고 도망가버렸다고 했다. "너한테 말하고 있잖아!" 핸래티 선생의 무시무시한 얼굴이 바싹 다가왔다. 적갈색 머리카락에 검은 주근깨가 있고 입술은 갈색이고 언제나 거친 타탄체크 스커트와 트위드를 입었는데 속치마도 속바지도 입지 않아서 다리를 계속 긁을 수밖에 없었다.

"말했잖아." 핸래티 선생이 소리를 지르며 다리를 북북 긁으며 자기 살을 꼬집었다. "말했잖아, 말했잖아, 말했잖아, 말했잖아 ──" 하지만 소용이 없었다. 진 핸래티 선생은 자기가 무슨 말을 했는지 기억할 수가 없었다. 성미가 과격한데다 알코올중독 상태가 오래되다보니 단기기억이 백지처럼 지워지곤 했다. 대신 핸래티 선생은 어밀리아의 손에서 책을 낚아채 교실 저편으로 날려버렸다. '영어 응급처치'라는 제목이 붙어 있었는데, 그렇게 보이긴 하나 실제로는 그 책이 아니었다. 표지만 그랬다. 말썽꾸러기 아이 하나가 학급문고에 있는 책의 커버를 몽땅 뒤죽박죽으로 바꿔놓고 한바탕 웃어보려고 했는데 진 핸래티 선생에게 들켜 더 웃을 수가 없게 되었고 울면서 커버를 원래대로 되돌려놓다가 몇권을 빠뜨렸다. 게다가 이 책은 원래 초등 7학년 책인데 어떤 실수 때문인지 6학년 교실에 와 있었다. 어쨌거나 핸래티 선생이 집어던진 책이 교실 구석에 떨어지며 빠각 쪼개지는 소리와 함께 책등이 부러졌고 슬프고 슬프게도 그것이 그 책의 최후였다. 죽고 말았다.

다른 두 교사, 화이트 선생과 게스 선생은(그렇다, 이름을 정말로 G-H-E-S-S라고 쓴다) 핸래티 선생만큼이나 못생긴데다 병적으로 제정신이 아닌 것도 매한가지지만 하느님께서는 모든 인간을 다르게 창조하시므로 조금씩 다른 방식으로 미쳤는데, 방금 일어난 엄청난 시간 낭비가 기가 막히다는 듯 고개를 절레절레 흔들었다. 진 핸래티가 딱하게도 삼분이나 들여서 학급 경연대회 절차를 설명했는데 어떻게 됐나? 구석에 앉은 망할 여자아이는 듣지도 않고 있었다! 만약 지니 핸래티가 다시 설명해주지 않겠다고 하더라도 저 쪼그만 바보는 어쩔 수 없는 거지. 대체 어쩌려고 저러는지 원.

"다시 설명 안할 거야!" 핸래티 선생이 소리를 질렀다. 핸래티 선생은 두꺼운 노란색, 검은색, 갈색 체크무늬 천 위로 허벅지를 북북 긁으면서 다가왔다. "벌써 한번 설명했으니까! 다시 설명 안해! 내가 너 좋으라고 여기 있는 줄 아니! 다른 할 일이 없어서 이러고 있는 줄 알아! 너 —"

핸래티 선생이 말을 멈췄는데 폭주하는 자기 자신을 다잡고 태도를 좀더 정상적으로 바꿔야겠다고 생각해서 멈춘 것은 아니었다. 그게 아니라 대회가 끝날 때까지 시간이 얼마 남지 않았는데, 자기 반 아이들은 아직 시작도 못했기 때문이었다. 애들은 다른 때 언제라도 때려줄 수 있으니까. 그래서 핸래티 선생은 일단 어밀리아를 한번 매섭게 노려보는 것으로 만족하고 자기 다리를 한번 시원하게 긁어주고 짧지만 뾰족한 손톱을 퉁퉁한 엉덩이 쪽으로 옮겨가다가 말고 교실 앞쪽으로 걸어갔다.

"내가 말했듯이 —" 핸래티 선생은 다시 설명 안하겠다고 말한 것은 이미 잊어버리고 재차 설명하기 시작했다.

그렇지만 무슨 말을 해야겠다 떠올린 지 일초도 안되어 다시 잊어버려서 게스 선생이 일러주어야 했다. "그래, 그래, 맞아." 게스 선생이 작은 소리로 죽 읊어주자 핸래티 선생이 도끼눈으로 쏘아보았다. "그렇게 자세히 말 안해도 돼. 나 치매 아니거든." 핸래티 선생이 학생들을 돌아보았다. "오늘은 희망의 날이자 안타깝지만 배신의 수요일*이기도 해. 북아일랜드 전역의 9세 학생들 전부 오늘 너희와 똑같은 것을 하게 되어 있다. 사실 다른 애들은 이미 하고 있지. 우리는 시작이 조금 늦었지만 그렇다고 나를 실망시키진 않겠지. 내가 시킨 대로 정확히 해야 해. 얌전히 앉아 말 잘 듣고 야무지고 재빠르게 하는 거야. 모두 평화에 대한 시를 하나씩 써야 해."

아이들은 크게 실망했다. 그런 걸 하고 싶은 사람은 아무도 없었다. 아이들이 가장 하기 싫은 게 바로 그거였다. 아이들은 저마다 그날 할 일을 마음속에 계획해놓고 있었다. 예를 들어서 두명의 메리는 자기들이 2000년에 몇살이 될지 계산해보고 싶었다. 메리는 서른아홉살이 될 거라고 생각했지만 메리는 아냐, 틀렸어, 마흔살이 될 거라고 했다. 메리는 아냐, 네가 틀렸어, 더하고 빼고 해보면 알게 될 거라고 했다. 메리는 그래, 좋아, 그렇게 나올 거면 해봐, 너는 내가 틀렸다고 생각하지만 내가 맞을걸, 두고 봐, 했

* 유다가 예수를 팔아넘길 계획을 공모한 날. 부활절 전 수요일.

다. 메리는 알았어, 해볼게, 그랬고 메리도 좋아, 그래, 했
다. 하지만 메리가 그렇게 해보기도 전에 이 일이 일어났
고 메리들은 평화에 대한 시를 써야 하는 상황에 내던져졌
다. 이제 서로 말을 하지 않는 메리들 말고도 평화에 대한
시를 쓰고 싶지 않은 아이들은 많았다. 로버타도 그중 한
명이었다. 로버타는 계단과 계단실에 대해 쓰고 싶었다.

"난 계단이 좋아." 로버타가 그날 학교에 오는 길에 어
밀리아에게 털어놓았다. "우리집에 계단이 열아홉칸 있어
어밀리아. 뒤쪽 바깥에도 네칸 있지만 그건 안 쳐." 어밀리
아는 로버타가 친구니까 들어주었지만 사실 이제 계단에
별 관심이 없었다. 전에는 있었다. 당연히 그랬다. 하지만
그건 어릴 때 이야기다. 어밀리아가 여덟살 때 일이다. 지
금은 아홉살이고 계단에 싫증 난 지 이미 오래다. 당연한
수순을 따라 이제 단추로 관심이 옮겨갔다. 로버타는 발달
이 조금 더딘 모양이라고 어밀리아는 생각했다.

"위층으로 올라갔어 어밀리아." 로버타가 자세히 말했
다. 탈의실에서 코트를 걸고 장화를 벗는 참이었다. "그다
음에 아래층으로 내려왔어. 그다음에 다시 올라갔어. 그
다음에 좀 이따가 내려왔어. 그다음에 뒷걸음으로 올라갔
어, 그다음에 옆걸음으로 내려왔고, 그다음에……" 도무
지 말을 하지 않을 수가 없어서 어밀리아에게 들려주는 중
이지만 사실 로버타는 주말에 이 일이 일어났을 때부터 줄
곧 이 흥미진진한 이야기를 글로 쓰려고 계획하고 있었

다. 다음 주에 학교에 가면 이 이야기를 써서 다른 아이들에게 보여주고 칭찬과 미소와 관심을 (당연히 좋은 관심을) 받으려고 아끼고 또 아끼고 있었다. 그게 다가 아니었다. 당연히. 글을 다 쓴 다음에는 직접 손으로 자기가 집 계단을 오르내리는 삽화를 앞에서 뒤에서 옆에서 본 각도로, 긴 머리카락이 (사실 로버타는 머리가 길지 않지만) 멋지게 오른쪽으로 멋지게 왼쪽으로 멋지게 등과 어깨에서 사방으로 찰랑이도록 그려넣을 생각이었다. 나흘 동안 끊임없이 그 생각에 골몰하며 어떻게 할지 머릿속에 정확하게 그려놓은 상태였다. 하지만 지금 로버타는, 계획이 좌절되어 속상해하는 다른 아이들과 마찬가지로, 계획이 좌절되어 속상해하고 있었다, 반드시 평화에 대해 시를 써야 하기 때문에.

  어밀리아는 당연히 자기가 가장 큰 문제에 맞닥뜨렸다고 생각했다. 책에 이미 쓰여 있어 외울 수 있는 시가 있는데 누가 계단 따위에 관심을 보인다고? 책에 있는 시는 물론 평화 시가 아니지만. 누가 평화 시 따위를 신경 쓴다고? 어밀리아는 불쌍한 에설레드 이야기 서른세행을 통째로 외우고 싶었다. 머릿속에 넣고 계속 반복해 읊으면서 돌아다닐 생각이었다. 어밀리아는 시를 외우고 혼자 시를 읊는 걸 좋아하지만 자기가 좋아하는 시여야만 했다. 마음에 안 드는 시가 나오면 인상을 쓰고 책을 내려놓고 고개를 돌렸다. 하지만 지금, 에설레드 이야기의 첫 부분밖에 못 읽었는데, 『응급처치』가 산산조각이 나서 장렬하게 죽고 말았다. 가녀린 책등이 갈라진 채 벽 앞에 피를 흘리며 누워 있었다. 어밀리아는 핸래티 선생님의 야만성에 충격을 받았지만, 핸래티 선생님은 어른이니까 아마도 아이인 자기가 잘못해서 이런 일이 일어났을 거라고 생각했다. 어밀리아가 열심히 생각하고 있을 때 버니가 이렇게 속삭이며 생각을 방해했다. "책이 죽은 게 문제라고 생각해? 시를 외우지 못하게 하는 게 문제라고 생각해? 뭐가 진짜 문제인지 너도 알게 될 거야 어밀리아. 네가 나처럼 감자를 잘라서 물감에 찍고 싶다면 말이야." 버니가 하고 싶은 것은 그거였다. 버니는 그걸 너무나 하고 싶었고 그래서 평화 시는 그들 모두에게 내려진 끔찍한 저주이자 재앙이라고 생각했다. 너무나 성가시고 신경 써야 할 일도 많은데다가 평화에 대해 경쟁적으로 시를 쓴다는 게 있을 수 있는 일인지? 무슨 할 말이 있지? 선생님들이 바라는 게 뭐지? 누가 힌트라도 주지 않으려나? 또 그 평화라는 게 두루뭉술하게 모든 사람을, 그러니까 개신교도들까지 포괄해야 하나, 아니면 콕 집어서 우리한테 한정된 것이어야 하나? 아이들은 대체로 시는 나쁜 징조라고 생각했다. 아무도 관심 갖지 않는 것에 대해 왜 굳이 글을 써야 하나? 물론 아이들 누구도 이런 생각을 입 밖에 내지는 않았다. 이는 아주, 아주 현명한 일이었는데, 왜냐하면 학교 선생님들이 아주 민주적이고 평화롭고 다정한 분들은 아니었기 때문이다.

핸래티 선생은 평화 시의 기본 규칙을 설명하고 있었다. 어딘가에 있는 누군가가 만든 규칙이 있는 모양이었다. 핸래티 선생은 긴 막대기를 쥐고 중요한 포인트마다, 가끔은 그냥 어떤 단어가 나올 때마다 교탁을 탕탕 쳤다. 시는 ─ 탕! ─ 순수한 창작물이어야 하고 ─ 탕! ─ 현장에서 실시간으로 ─ 탕! ─ 학교 안에서 ─ 탕! ─ 써야 하고 집에 가져가서 몰래 어른의 도움을 받으면 안된다. 제목은 '평화' ─ 탕! ─ 이어야 하고 '나는 우리나라의 평화를 바랍니다' ─ 탕! ─ 라는 문장으로 시작해서 '그러나 아 평화는 곧 올 것입니다/네, 평화는 올 것입니다' ─ 탕탕! ─ 로 끝나야 한다. '평화'라는 단어를 쓸 때는 반드시 ─ 핸래티 선생은 이 부분의 중요성을 강조하기 위해서 연출된 동작으로 교탁을 빠르게 여러번 쳤다 ─ 대문자로 시작해야 한다. 수업 시간에 글자, 소문자, 대문자, 필기체 등등을 다 배웠으므로, 제대로 못 쓰는 사람은 여러대를 맞을 것이다. 알아볼 수 없는 글자, 신경질적이거나 독특하거나 실험적이거나 새로운 글자체는 봐주지 않을 것이다. 'm'이나 'w'를 정확하게 쓰지 않거나, 's'를 너무 길게 쓰거나, 'g'가 'j'처럼 보이거나 'j'가 'g'처럼 보이거나 하는 것도 안되지만 무엇보다 중요한 건 ─ 집중해 탕탕! ─ 오른쪽으로 기울여 써서 글자가 종이 바깥으로 벗어나는 것은 용납 못한다. 행이 기울어진 사람은 무조건 맞을 거다. 종이를 두장 이상 망치는 사람도 맞는다. 펜촉을 부러뜨리거나 혀에 잉크를 묻혀도 맞을 것이며 ─ 핸래티 선생은 이렇게 말을 마쳤다. "종이 둘레에 예쁘게 테두리를 그려."

이렇게 말한 담임이 자리에 앉아 콧김을 흥흥거리고 숨을 식식거리고 몸을 긁는 사이에 학생들도 자리에 앉아 종이와 필기구를 나눠주길 기다리고 있었다. 각자 어울리는 낡은 원피스와 카디건 세트에 진주목걸이를 한 화이트 선생과 게스 선생이 필요한 물품을 나눠주었다. 다들 나름대로 준비를 마친 다음 핸래티 선생이 "시작!" 하고 외쳤으나 아이들은 펜을 든 채 그대로 쥐고 있었다. 아이들은 선생님들을 쳐다보았다가 서로 마주 보았고 아무도 먼저 시작하지 않았다. 평화에 대한 시를 잘못 썼다가 닥칠 수 있는 끔찍한 일들이 잔뜩 기다리고 있기 때문이었다.

다른 아이들처럼 어밀리아도 어찌할 바를 모르고 있었다. 평화를 반대한다거나 그래서 그런 것은 아니었다. 단지 아무 할 말이 없었을 뿐. 평화에 대해 아는 게 뭐지? 누구한테 물어볼 수 있지? 물어볼 사람이 없었다. 어밀리아가 아는 사람 누구도 평화에 대해 아는 바가 없었다. 한편, 이 사실을 떠올리니 마음속이 환해졌는데, 어밀리아는 에설레드에 대해서는 알았다. 엔진을 좋아하는 아이, 『응급처치』 시 끝부분에서 죽는 아이에 대해. 에설레드가 뇌리에 깊이 남아 어밀리아를 슬프게 하는데, 평화 대신 그 아이에 대한 시를 쓰면 안되나?

"맙소사! 세상에! 이게 뭐야!" 핸래티 선생이 심장마비를 일으키며 어밀리아의 어깻죽지를 두대 때렸다. 자전거를 타던 남자아이가 기차를 모는 어른으로 성장해서 차고에서 트랙터에 치여 죽는 이야기를 끼적이는 미친 아이를 보고는 기절하지 않기 위해 책상을 두 손으로 붙들어야 했다. 핸래티 선생은 분노하여 숨을 헉헉 몰아쉬며 종이를 구겨버리고 어밀리아를 의자에서 끌어내 귀를 잡고 끌고 갔다. 질질 끌고 가 교실 다른 쪽에 있는 책상에 앉히고, 쿵쾅거리며 갔다가 다시 쿵쾅거리며 돌아와 종이와 필기구를 어밀리아의 머리에 던졌다.

"십분 남았어." 선생이 손목에 찬 커다란 자주색 시계를 확인하며 말했다. "정신머리가 있는 애라면 그 시간을 현명하게 쓰겠지."

어밀리아의 눈에서 성난 눈물이 쏟아졌다. 굵은 눈물방울 두개가 주르르 흘러 툭 떨어지며 종이 위에 젖은 얼룩을 만들었다. "나는 우리나라의 평하를 바랍니다." 어밀리아는 아무 생각 없이 평화를 소문자 'p'로 시작해서 썼고 그러면 안된다는 게 생각났지만 이미 엎질러진 물이었다. 어밀리아는 소문자를 대문자로 바꾸었으나 그러고 나니 꼬리가 달린 대문자 'B'처럼 되어버렸고 그래서 꼬리 부분을 펜으로 뭉갰더니 두엄밭에 빠진 'B'처럼 보였다. 더 어떻게 할 방법이 없다는 걸 깨닫고 핸래티 선생님이 못 보기만을 바라며 그대로 내버려두었다. 그러고는 지긋지긋한 시의 다음 부분으로 넘어갔다. 두번째 행을 쓰면서 글자로 눈물방울을 가릴 수 있을지 보려고 약간 비스듬하게 썼다. 잉크가 번지면서 펜이 지나간 자리에 검은 얼룩이 남았다. 어밀리아는 눈살을 찌푸렸다. 펜촉을 혀로 핥고 교복에 문질러 깨끗하게 닦았다. 어떤 아이 하나가 교실 저편으로 끌려갔다. 어밀리아는 쳐다보지 않았다. 글쓰기에 재미를 느끼기 시작했기 때문이다. 세번째 행을 쓰기 시작했고 곧 완전히 빠져들었다. 규칙들은 다 잊어버리고는 가장 중대한 실수까지 범해가며 평화를 주제로 짧은 전쟁 시를 써내려갔다.

이 시에는 강이 나오는데, 엄청 성이 났고 성질이 나쁘고 과민하고 피해망상적이고 방어적인 강으로 사람을 죽이고 갈기갈기 찢어 이리저리 밀고 다녔다. 시에 다리가 많이 나오는데, 특히 낡은 타탄체크 원피스를 입은 위아래가 뒤집힌 다리와 앙상한 목에 진주목걸이를 두르고 카디건 세트를 입은 여자의 몸통도 있었다. 강이 불어났다가 다시 줄어들었다가 했고 그렇게 놓치고 나면 죽은 사람이 하나 나왔다. 어밀리아가 자기가 쓴 평화 시에 기분이 좋아져서 '상어'와 운이 맞는 단어가 뭐가 있을까 고민하고 있을 때 화이트 선생이 멀리에서 의자 하나를 들어 쾅 하고 내리쳤다.

"시간 다 돼간다!" 화이트 선생이 소리쳤다. "거의 다 끝났어. 이제 마무리해! 내 말 들어! 마무리하라고! 마무리! 왜 마무리 안해?"

게스 선생도 소리를 지르며 테두리를 그리라고, 테두리를 채색하라고 했고 세상에 맙소사 메리랑 조지프 — 너희들 귀가 먹었니? — 이제 평화 시는 그만 쓰라고 했다. 핸래티 선생은 화이트 선생과 게스 선생이 하란 대로 안하는 애들은 돌아다니면서 때려주겠다고 소리를 쳤다. 또 꾸무럭거리며 서두르지 않는 사람도 때리겠다고 했다.

아이들은 평화 시보다 테두리를 그리는 데 훨씬 더 정성을 쏟은 것 같았다. 로버타의 테두리는 정교하지만 단조로웠는데, 전체가 다 계단으로 되어 있었다. 막대기 몸에 머리카락을 찰랑이는 작은 사람이 계단을 끊임없이 오르내리고 있었다. 어밀리아의 테두리는 안쪽으로 뾰족뾰족하게 송곳니와 이빨 자국이 나 있었고 특히 제목인 '평화' 주위에 집중되었다. 메리들은 덧셈과 숫자 계산을 많이 적어넣었는데, 메리는 테두리 아래쪽에 총합 '39'라는 숫자를 커다랗고 굵고 알록달록하게 그려넣었고 메리는 마찬가지로 굵고 금색으로 대범하게 '40'이라고 적었다. 버니는 주황색 노란색 빨간색 선이 그어진 감자를 그렸고, 보시는 카우보이와 인디언을, 마리오네타는 머릿가죽과 모닥불을, 데비는 호루라기와 쓰레기통 뚜껑을, 폴린은 줄줄이 늘어선 조그만 병사들이 조그만 사람들을 줄줄이 세우고 수색하는 그림을 그렸다. 이런 테두리들이 H 선생, G 선생, W 선생 마음에 들지는 않았지만 모든 아이를 다 때리고 다시 시킬 시간이 없었기 때문에 하는 수 없이 그대로 두었다.

어밀리아는 책상 아래에서 다리를 흔들면서 마지막 마무리를 하고 있었고 평화에 대한 시를 한편 더 써볼까 하는 생각마저 들던 참이었는데 그때 낡은 타탄체크 원피스 선생이 다가와서 종이를 빼앗아갔다.

"시간 다 됐어!" 선생이 소리쳤다. "평화 시 내놔! 네 꼴 좀 봐라! 어쩜 이렇게 지저분하니! 대체 집에서 뭘 배운 거니?" 선생은 다음 사람한테로 넘어갔다. "내놔!" 아이의 손에서 시를 낚아챘다. "네 꼴 좀 봐라! 정말 지저분하구나! 대체 어떤 집구석이길래……" 어밀리아는 책상 위에 낙서를 했다. 아무 생각 없이 그렸지만 카디건 세트 선생 시체가 운동장에 널브러져 있는 그림이었다. 다른 아이들도 이제 시 쓰기가 끝났으므로 코를 훌쩍거리고 킁킁거리면서 책상 위에 폭력적인 그림을 그리고 있었다. 곧 평화를 위한 시가 모두 수거되었고 엄숙하게 캐비닛으로 들어가 열쇠로 잠겼다. 나가서 점심 먹을 시간이라고 선생들이 말했다.

"이제 나가서 우리를 좀 평화롭게 해주렴!" 선생들이 외쳤다. "그리고 제발 징징대지 좀 말고! 대체 무엇 때문에 징징거리는 거야?" 선생들은 눈을 부라리고 어깨를 으쓱하고 타탄 스커트를 긁고 파스텔색 원피스 주름을 폈다. 아이들은 기가 죽어서 배도 고프지 않은 채로 식당으로 터덜터덜 걸어가 우울하게 자기들 감정을 먹었다. 하지만 이

걸로 이날이 끝난 것도 아니었다.

점심시간이 끝난 뒤에도 아이들은 충격이 여전한 상태로 코를 훌쩍이고 방귀를 뀌는 동시에 재채기를 해댔지만 확실히 어느 한가지가 우세한 건 아니었다. "우리 게임하자." 어떤 사람들이 교실로 들어와 문을 닫으며 말했다. "걱정할 거 없어." 그 사람들이 말했는데 그러니까 뭔가 겁낼 만한 일이 있다는 뜻이었다. 다음에 일어난 일은 아주 빠르게 여러 각도에서 진행되고 순식간에 끝나버리는 꿈 같았다. 정말 그 일이 일어난 건가? 아이들이 환각에 빠진 건가? 오전 수업 때문에 무척 힘든 상태였으니까. 낯선 사람들은 대체로 친절하고 다정해 보였지만 아이들은 본능적으로 뭔가 이상한 데가 있다고 느꼈다. 일단 이 사람들은 너무 많이 웃었다. 너무 많이 쓰다듬었다. 무언가가 든 가방이 하나 있는데 안에 뭐가 들었는지는 보이지 않았고 대신 초콜릿과 사탕이 든 다른 가방 안은 보였다. 어밀리아는 핸래티, 화이트, 게스 선생님이 없다는 걸 알아차렸다(알아차리지 못할 수가 없지만). 이 사람들 혹시 주사를 놓으려고 온 의사들일까?

"아주 재미있는 걸 할 거야." 여자가 까르르 웃으면서 아이들 이름이 적힌 카드 한묶음을 꺼냈다. 싫어, 어밀리아는 생각했다. 싫어, 버니가 말했고 메리들도 고개를 가로저으며 서로 손을 꽉 잡았다. "겁낼 거 없어." 다른 사람이 까르르 웃으며 말하더니 아주 얇은 흰 장갑을 손에 꼈다. 그 여자가 잉크 패드와 종이를 꺼냈다. 몇몇 아이들이 더 잘 보려고 몸을 앞으로 숙였다. 나머지 아이들은 대부분 뒤로 물러섰고 집에 가고 싶었다.

아이들은 줄을 섰고,
어밀리아도 거기 있었지,
아무도 빠져나갈 수 없었어.
어밀리아 차례가 되었을 때,
여자 경찰이 붙들고
어밀리아의 손가락을 꾹 눌렀어.

지문을 다 찍고 난 다음에
카드를 한장 받았고
다른 사람에게로 넘겨졌어.
이 사람은 엷은 미소를 띠면서
어밀리아의 손을 닦아주고
등을 두드리며 "가봐"라고 말했어.

그래서 어밀리아는 갔고,
책을 받았고

하교 시간까지 조용히 있으란 말을 들었어.

『영어 응급처치』 책이었는데

산산조각이 나서

불쌍한 에설레드가 나오는 제일 재밌는 부분이 없었어.

그래서 어밀리아는 앉아서 고심하며

머리를 쥐어짜서

23행 다음에 무슨 일이 있었는지 기억하려고 했어.

에설레드가 죽었나, 살았나,

포기했나,

아니면 사라진 기억이 되어 잊혔나?

　집에 갈 시간이 되었을 때 아이들은 전부 사탕을 하나씩
받았다.

보물 창고, 1972년

　밤마다 낮마다 어밀리아는 위층 방에 올라가 자기 보물을 들여다보았다. 소중한 물건들을 어밀리아는 '사소' '보통' '중요' 등급으로 나누었다. 하나하나 전부 대단한 보물이긴 하지만 그중에서도 압도적으로 가장 소중한 것은 영국군이 쏜 검은색 고무탄 서른일곱개였다. 그걸 모으려고 어밀리아는 고무탄이 있는 곳으로 달려가고, 몸을 던지고, 다른 아이들과 물물교환도 했고 이제는 자기가 아도인 전체에서 고무탄을 가장 많이 모았다고 확신할 경지에 이르렀다. 어쩌면 벨파스트 북부에서 가장 많이 모은 사람이 자기일지도 몰랐다. 어밀리아는 길이 15센티 직경 4센티 고무탄 서른일곱개를 제각각 더 중요하고 덜 중요한 여러 다른 보물들과 같이 큼직한 낡은 여행가방 안에 넣어 침대 아래에 두었다. 가방에 이렇게 표시했다.

어밀리아 보이드 러빗 소유
개인 물건
접근 금지

어느날 어밀리아는 충분히 시간을 들여 보물들을 감상
한 다음 다시 가방을 잠가 침대 밑에 밀어넣고 세상에 무
슨 일이 있나 알아보러 거리로 나갔다. 퍼걸 매클래버티가
롤러스케이트를 타고 있었다.

"안녕." 퍼걸이 인사했다.

"안녕." 어밀리아가 인사했다.

"탈래?"

둘이서 잠깐 놀았다.

"그거 알아 어밀리아?" 퍼걸이 말했다. "깜박하고 말 안
했네. 영국군이 고무탄을 사들인대. 막사로 가져가면 개당
50펜스 준대!"

"그래서?" 어밀리아가 말했다.

"그래서! 무슨 소리야 '그래서'라니? 왜 네 거 안 팔아?
열개쯤 있지 않아?"

"서른일곱개야!" 어밀리아가 화를 냈다. 퍼걸의 입이 쩍
벌어졌다.

"어밀리아! 너 부자 되겠다! 생각해봐 —— 37에다가 50을

곱하면……" 퍼걸은 끙끙거리며 암산을 했다.

"파는 거 아니거든!" 어밀리아가 쏘아붙였다. 진심이었다. 다른 아이들이라면 고무탄을 갖다 팔 수도 있겠지만 고무탄 판 돈으로 사탕을 사서 다 먹어버리고 나면 더 자랑할 게 안 남아 있을 게 아닌가. 걔들도 후회할 게 빤했다. 반대로 어밀리아는 끝까지 수집품을 고수할 테고 그러다 보면 나중에는 세상에서 고무탄이 가장 많은 사람이 될 수도 있었다.

"너 미친 것 같아." 퍼걸이 말했다. "군인들이 집 수색을 하면 어쩌려고? 그러면 어쨌거나 가져갈 거고 돈도 못 받을걸."

어밀리아가 퍼걸을 쳐다보았다. 충격이었다. 그 생각은 미처 못했다. 지금까지 집 수색을 당한 건 딱 한번이었는데 그때는 어밀리아가 단추를 모을 때였다. 온갖 모양과 색과 크기의 단추가 이백육십삼개 있었다. 같은 종류끼리 나누어 실에 꿰고 커다란 마블 분유통에 넣어 계단 아래에 두었다. 군인들이 와서 통을 엎고 단추들을 쑤석이고 심지어 밟기도 했지만 단 한개도 가져가지는 않았다. 그렇지만 이번에는 다를 거라는 느낌이 들었다. 다시 집 수색을 해서 어밀리아의 최신 보물을 발견한다면 그건 가져갈 것 같았다. 그리고 다시 집 수색을 당할 가능성이 상당히 높기도 했다. 믹 오빠가 강제 구금될 수 있는 나이에 가까워졌기 때문에(엄마가 이런 말을 하는 걸 두번 넘게 들었다)

언제라도 골치 아픈 일이 일어날 수 있었다.

그러니 심각한 문제였다. 어밀리아는 인사하는 것도 깜박하고 퍼걸을 두고 집으로 달려갔다. 당장 새로 숨길 장소를 찾아내야 했다. 쾅 하고 문을 열어젖히고 집으로 들어가 가파른 계단을 뛰어올라 앞쪽 침실로 향했다. 방은 이층 침대, 싱글 침대, 테이블, 거대한 옷장, 서랍장 그리고 여동생이 잠들어 있는 아기 침대로 꽉 차 있었다. 어밀리아는 돌러스 이모와 같이 쓰는 싱글 침대 옆에 무릎을 꿇고 앉아 먼지 속으로 손을 뻗어 여행가방을 꺼냈다.

늘 지니고 다니는 열쇠로 가방을 열고 먼저 위에 있는 '사소'와 '보통'을 꺼냈다. 어떤 것들이냐 하면 조그만 플라스틱 양, 검은색 퀸 체스말, 뚜껑을 누르면 닫히는 작은 상자, 노래가 나오는 작은 열쇠고리, 현관문에서 파낸 포탄 파편, 평화를 위한 기도가 새겨진 동전, 어른들이 쓰는 레이스 손수건, 말린 불가사리, 색유리 조각, 옛날에 쓰던 10실링 지폐의 분홍갈색 귀퉁이, 막대사탕 막대 예순네개, 풀 한통, 반짝이 튜브, 금색 별 스티커 등이었다. 이런 물건들을 신속하고도 조심스럽게 옆으로 치우고 가방 밑바닥에 네줄로 놓인 길고 크고 단단한 것들을 보았다. 탄탄하고 당당한 고무탄들이 잠자는 로켓처럼 누워 있었는데 정말 굵직했다. 아빠보다, 굵은 막대기 사탕보다 굵었고, 아주아주 굵은 양초만큼 굵었다. 고무탄 사이 여기저기에 일반 총알, 탄피, 특이하게 생긴 스위치 같은 게 있었는데 전부 길거리 여기저기에서 어밀리아가 찾아내거나 줍거나 파낸 것이었다.

덜 중요한 보물들은 사라져도 상관없지만 고무탄만은 어딘가에 감춰야 했다. 어밀리아는 고무탄을 두개씩 꺼내기 시작했다.

"그거 뭐야 어밀리아?"

어밀리아는 화들짝 놀라 얼른 고무탄을 가방에 던져넣고 뚜껑을 쾅 닫은 뒤 그 위로 몸을 던졌다.

"아무것도 아냐!" 어밀리아가 외쳤다.

"고무탄이잖아!" 오빠가 말했다. 그러고는 손을 뻗었다.

"아냐. 저리 가!" 어밀리아는 오빠가 손대지 못하게 가방을 침대 아래로 밀어넣고 그 앞에 누웠다.

"어떻게 구했어?" 믹이 말했다. "어떻게 그렇게 많이 모았어? 몇개야? 보여줘!"

어밀리아는 토할 것 같았다. 지금까지 식구들 중에서 어밀리아의 보물 창고를 궁금해한 사람은 아무도 없었다. 아무도 관심조차 없었다. 특히나 믹은. 믹이 여행가방을 건드리지 않은 이유는 가방에 도니 오즈먼드나 데이비드 캐시디 따위의 연예인 사진이나 가득할 거라고 생각하기 때문이란 걸 어밀리아도 알았다. 어밀리아가 도니 오즈먼드와 데이비드 캐시디의 사진을 가지고 있는 것은 사실이었다. 그렇긴 하지만 그 사진은 아래층에 있는 『재닛과 존』 그림책에 끼워놓았다.

믹이 눈을 희번덕거리더니 손가락을 최대한 멀리 뻗었다. 흥분해서는 바닥에 있던 '보통' 보물들을 마구 밟으며 달려들었다. 열쇠고리가 부스러지는 소리가 났다. 어밀리아는 가방을 발끝으로 밀어서 벽에 닿을 때까지 최대한 멀리 보냈다. 그 바람에 어밀리아의 몸도 거의 대부분 침대 아래로 들어가 있었다.

"보여주면 하루 동안 내 레코드 다 들을 수 있게 해줄게."

"싫어!"

"이틀 동안 듣게 해줄게."

"싫어!"

"내 쌍안경으로 해日 볼 수 있게 해줄게."

"싫어!"

믹의 목소리가 바뀌었다.

"그럼 더이상 널 포로로 잡지 않을게."

어밀리아는 자기가 함정에 빠졌다는 걸 깨달았다.

"그래." 믹이 고개를 끄덕이고 웃으며 말했다. 어밀리아가 싫어하는 너무나 익숙한 모습이었다. "이번에는 네 발로 걸려들었네 어밀리아. 거기 가둬두기 정말 쉬워졌잖아. 옷장하고 서랍장하고 테이블을 여기로 끌어다놓으면 꼼짝없이 거기 갇히겠구나, 내가 풀어주지 않는 한 영원히. 먹을 건 갖다줄게. 안 갖다줄 수도 있고."

믹이 코듀로이 바지에 손바닥을 문질러대는 걸 보니 신이 나서 잠시 어밀리아의 존재를 잊은 것도 같았다. 어밀리아는 오빠의 머리가 어떻게 돌아가는지 극도로 예민하게 감지하기 때문에, 지금 오빠가 '망각된 포로'를 생각하고 있을 거라고 짐작했다. '망각된 포로'는 오빠가 아래층 부엌 식탁에서 아주 오랜 시간 공들여 조립한 모형 세트였다. 높이 30센티미터쯤 되는 모형인데 반쯤 썩은 해골이 벽에 사슬로 묶여 있고 그 주위에 쥐와 두개골과 한번도 열린 적 없는 작은 감옥 문들이 있었다. 어밀리아는 이 문들이 나오는 악몽을 꿨다. 이 '장식품'(엄마 말에 따르면)이 집 안에 버젓이 놓여 있는데도 불편해하는 사람은 어밀리아 말고 아무도 없는 것 같았다. 하지만 그게 무섭다고 말하는 건 미친 짓이었다. 그건 그냥 자살행위였다. 그런 말을 하는 건 자기한테 쏟아부을 탄약을 건네주는 짓이나 다름없었다. 그래서 어밀리아는 무시무시한 '망각된 포로'에 대해 아무 말도 하지 않았고, 믹이 그걸 떡하니 전시해놓거나 혹은 앞에 놓고 앉아서 자기가 좋아하는 어두운 색 페인트로 칠하고 있을 때는 쳐다보지 않으려고 애썼다. 그럴 때 믹은 색칠하기에 집중해서 입을 살짝 벌리고 혀끝을 내밀었고 숨을 깊고 아주 조금 가쁘게 쉬었다.

믹이 서랍장부터 옮기기 시작했다. 어밀리아는 입을 열고 목청껏 비명을 질렀다. 부엌문이 확 열리더니 엄마가 계단 아래에서 호통을 쳤다.

"어밀리아 러빗! 애기 깨면 너……"

"엄마!" 어밀리아가 외쳤다. "믹이 날 포로로 만들려고 해! 믹이—"

"경고했어 너!" 엄마는 부엌으로 돌아가 문을 닫았다.

"널 포로로 만든다고는 한 적 없다." 믹이 말했다. 눈을 흡떴다. "네 멋대로 넘겨짚지 마! 내가 원하면 할 수 있다는 말이었지." 믹이 어밀리아를 응시했다. "그런데 어밀리아, 네가 포로가 되고 싶은 것처럼 보이는데."

어밀리아는 침대 아래 깔린 비닐장판 위에 누운 채로 몸이 뻣뻣하게 굳는 것 같았다. 눈을 가늘게 뜨고 믹을 올려다보았다. 방 안이 어두워서 늘 켜놓는 알전구가 믹의 머리 뒤쪽에 있었다. 빛이 믹의 편에서 어밀리아를 내립떠보며 믹을 거드는 것처럼 보였다. 가슴이 마구 뛰었지만 어밀리아는 정신을 바짝 곤두세우고 믹이 어디에서 공격해들어올지 머리를 굴렸다. 하지만 늘 그러듯 너무 늦었다. 믹의 공격이 이미 시작되었다.

"알겠다!" 믹이 다정한 목소리로 말했다. 살가운 표정을 지으면서 활짝 웃었다. 러빗 가족을 모르는 사람이 보았다면 어밀리아가 믹이 가장 좋아하는 누이동생인 줄 알았을 것이다. 하지만 아니었다. 어밀리아는 그 표정이 무언가 못된 일의 전조라는 걸 알기에 숨을 깊이 들이마시고 공격에 대비했다. "체스 한판 할래? 우리 체스 둔 지 오래됐잖아."

그건 사실이었다. 오래된 일이었다. 왜냐하면 마지막으로 체스를 둔 게 3년 전인데 어밀리아가 이기기 일보 직전이 되자 믹이 어밀리아를 위층 창문 밖으로 던져버리려고 했기 때문이다. 바로 이 방에서 체스를 두고 있었는데 어밀리아가 믹이 꽉 쥐고 절대 내놓지 않으려 하는 믹의 검은색 퀸을 따냈고 믹이 다른 말과 바꾸자고, 잡힌 폰 전부와, 혹은 나이트와, 캐슬과 바꾸자고 해도 거절했으며 심지어 다음에는 어밀리아가 흑을 할 수 있게 해주겠다고 약속했는데도 거절했다. 어밀리아는 고개를 젓고는 어리석게도 기분 좋은 표정을 지었는데 그러자 믹이 분노에 휩싸여 체스판을 옆으로 걷어차버렸다. 그러고는 어밀리아를 창턱으로 끌고 가 창밖으로 던져버리려 해서 어밀리아는 몸부림을 치고 발버둥을 쳤는데 아빠가 아래층에서 축구 중계를 듣다가 방해된다고 소리를 지르며 계단을 뛰어올라와 둘을 떼어놓고 때린 덕에 겨우 살아남았다. 믹은 그 일은 전부 잊은 모양이었다.

"아주 재미있을 거야." 믹이 손바닥을 문지르며 선반 위에 놓인 체스 세트에 손을 뻗었다.

"안해!" 어밀리아가 소리쳤다.

"내가 흑 할게. 아! 이왕이면 더 재미있게 내기하는 거 어때? 너는 네 가방에 있는 거 아무거나 걸고, 나는 지면 다시는 널 포로로 잡지 않기로 하고."

"나 괴롭히지 마, 나쁜 놈아!"

믹의 얼굴이 굳어졌다. 러빗 집안 식구들이 대체로 그렇듯 믹도 감정 조절이 잘 안됐다. 믹이 체스판에 말을 놓다 말고 체스판을 집어던졌고 오래전에 사라진 검은색 퀸 대신 쓰는 위스키 병마개가 믹과 어밀리아 사이 바닥에 떨어졌다. 믹이 병마개를 어밀리아의 얼굴로 걷어찼다.

"당장 나와서 두지 않으면 후회할걸!"

믹이 덤벼들 때에 대비해 어밀리아는 색유리 조각을 손에 잡았다. 하지만 믹은 다른 생각이 떠올랐는지 쭈그리고 앉아 검은색 퀸을 집었다. 어밀리아의 가슴이 철렁했다.

"내놔!" 어밀리아가 외쳤다.

믹이 주머니칼을 꺼냈다.

"검은색 퀸 줘!"

"고무탄 줘."

어밀리아가 망설였다. 믹이 검은색 퀸의 머리를 자르기 시작했다.

어밀리아는 침대 밑에서 튀어나와 달려들며 유리를 믹의 뺨에 박았다. 믹은 어밀리아를 옆으로 던지고 발로 차서 얼굴 상처를 되갚고는 재빠르고 매끄러운 동작으로 여행가방을 잡았다. 어밀리아가 벌떡 일어서서 다시 몸을 날렸지만 맨바닥에 쿵 떨어지고 말았다. 믹은 이미 사라지고 없었다. 강탈의 충격이 너무 커서 잠시 시간이 흐른 뒤에야 어밀리아의 머리가 제대로 돌아가기 시작했다. 어밀리아는 정신이 들자 침대 밑으로 기어들어가서 집이 떠나가라 울음을 터뜨렸다.

"내 보―물―!"

쿵쾅거리며 계단을 올라오는 소리가 들리더니 엄마가 방으로 들어와 어밀리아를 침대 밑에서 비닐장판 위로 끌어냈다.

"말했지! 내가 뭐라고 했어!"

아기 조가 깨서 아기 침대에서 일어서서 난간 사이로 손을 뻗으며 울고 있었다. 어밀리아의 엄마는 "못살아!" 하고 천장을 보고 외치더니 어밀리아를 찰싹 때리고 더러운 걸레처럼 집어던진 다음 울부짖는 조지핀을 안아올렸다. "그래-그래-그래-그래-그래." 엄마가 말했다. "그래-그래-그래-그래-그래." 엄마는 아기를 위아래로 흔들며 얼렀는데 그렇게 해야 더는 못 참겠어 세상에 왜 좋은 일이라고는 일어나질 않지 하면서 아기를 벽에 집어던지지 않을 수 있었다. 한편 어밀리아는 방에서 나가 잠긴 뒤쪽 방문을 발로 차고 두드리고 어떻게 해서든 들어가겠다고 문에 몸을 던졌다.

"고무! 도둑! 엄마 아빠 돌러스 이모!"

엄마가 인내심을 잃고 소리를 지르고 있었고 아기 조는 인내심을 잃고 울부짖고 있었고 어밀리아는 급작스러운 상실로 인한 충격 속에서 울면서 몸을 던지고 있었다. 말도 안되게 부당한 사태를 어밀리아는 도저히 머리로 받아들일 수가 없었고 그러니 다른 사람에게 조리 있게 전달할 수도 없었다. "엄마!" 어밀리아가 외쳤다. "엄마!" 간신히 말을 꺼냈다. "믹이 — 속여서…… 포로…… 서른일곱개…… 내 거, 통통하고 까만 거, 파편, 없어졌어!" 어밀리아가 나름대로 말했고 엄마도 조금 알아듣고 나름대로 조치를 취했다. 엄마는 아기 조를 골반에 얹고 뒤쪽 방문을 두드렸다.

"야!" 엄마가 소리쳤다. "문 열어! 쟤 장난감 돌려줘. 들었어? 어서, 믹!"

나무문 뒤에서 밀고 당기고 잠그고 닫고 하며 무언가를 꽁꽁 숨기는 소리가 들려서 어밀리아는 너무나 불안했다. 어디, 대체 어디에 숨기는 걸까? 믹은 느긋하게 여유를 부리고 있었다. 믹은 매번 그런 식이었는데 그러고도 항상 무탈했다. 마지막으로 무언가가 딸깍 잠기는 소리가 났고 어밀리아의 총탄은 이제 믹의 것이 되어 어딘가 보이지 않는 곳에 감춰졌다. 그제야 믹은 어슬렁어슬렁 문 쪽으로 와서 문을 열었다. 믹은 우울하고 괴로운 듯한 표정을 짓고 있었다.

"속임수야 엄마!" 어밀리아는 믹이 입을 열기도 전에 이렇게 외쳤다. "뭔지는 몰라도 그거 아니고 오빠도 알면서 그러는 거야!"

"엄마." 믹이 심각하고 슬픈 목소리로 말했다. "이런 얘기 정말 하기 싫지만 어밀리아가 열여섯살이 되면 IRA*에

* Irish Republican Army. 영국으로부터 독립을 주장하며 무장투쟁을 전개한 준군사조직인 아일랜드공화국군을 가리킨다. 줄여서 공화국군(RA) 또는 임시파(Provisionals) 모두 IRA를 가리키는 말이다.

들어갈 거고 아무도 자길 막을 수 없을 거라고 길거리에서 떠들었어."

어밀리아의 입이 떡 벌어졌다. 귀를 의심할 수밖에 없었다. 이런 순간에 그런 얘길 지어내다니, 어밀리아가 열여섯 살이 되면 하겠다고 (그때가 되려면 아직 5년 6개월 3주나 남았지만) 마음먹은 것은 단 하나, 최대한 빨리 학교에서 벗어나 다시는, 결단코 다시는 돌아가지 않는 것 하나뿐인데. 게다가 어밀리아는 커서 뭘 할지 아직 정하지도 않았다. 아 정말 약아빠졌어, 어밀리아는 생각했다. 교활한 놈. 어밀리아는 어처구니가 없어 아무 말도 안 나왔다. 엄마도 마찬가지였다. 아기 조도 울음을 그치고 조용히 세 사람을 보고 있었다. 믹이 계속 말을 이었다.

"쟤 가방에서 뭘 찾았는지 봐. 이게 증거야." 믹은 특이하게 생긴 스위치 같은 것을 들어 보였다. 어밀리아가 어느 날 쓰레기장에 갔다가 그게 덩그러니 외롭게 놓여 있길래 주워온 것이었다. 어밀리아는 어리둥절했다. 그냥 스프링이 있고 전선이 있고 양쪽 끝이 코르크로 막힌 관 같은 게 있는 장치였다. 아무 의미도 없었다. 진짜 보물도 아니었다. 그냥 그게 그날 어밀리아의 기분처럼 불쌍해 보여서, 우울해 보여서, 녹슬어가는 게 슬퍼 보여서 집으로 가져와 보물 창고에 넣어둔 것일 뿐이었다.

"내가 갖다버릴게 엄마." 믹이 의젓한 큰아들 연기를 하면서 말했다. "걱정 마. 내가 다 알아서 할게."

"그게 대체 뭔데?" 러빗 부인이 말했다.

"뇌관이야 엄마."

러빗 부인이나 어밀리아나 아기 조에게는 아무 뜻도 없는 말이었다. 믹이 더 설명을 해야 했다.

"폭탄을 터뜨릴 때 쓰는 거라고 엄마."

러빗 부인이 헉하고 놀랐다. 어밀리아도 헉하고 놀랐다.

"세상에 맙소사!" 엄마가 소리쳤다. "정말이니 어밀리아?"

"아냐!" 어밀리아가 소리쳤다. "아니, 몰라!"

어밀리아는 믹의 뻔뻔스러움에 경악했다. 믹은 침착하게 태연하게 자신의 탐욕스러운 절도 행위에서 다른 주제로 빠져나가고 있었다. 아무것도 아니란 걸 너도 알고 나도 아는 걸 들고 나와서는 어른인 척하면서. 아니 그게 뇌관이면 뭐 어떻다고! 그게 폭탄을 터뜨리는 거면 어떻다고! 지금은 폭탄하고 연결되어 있지도 않고 아무것도 아닌데. 특별히 멋있지도 않았다. 대단한 것도 아니었다. 서른일곱개의 탐스럽고 까맣고 굵직한 고무탄도 아니었다. 어밀리아가 달려가서 싸우고 경쟁과 역경을 뚫고 모은 고무탄들. 그거 맞으면 죽을 수 있어, 어밀리아는 그런 말을 누누이 들어서 그렇단 사실을 잘 알고 있었다. 또 로즈메리 래퍼티가 고무탄을 맞아서 눈 하나를 잃었다는 것도 알았다. 그러니까 그 고무탄을 얻기 위해 어밀리아가 운을 걸고, 위험을 무릅쓰고, 엄청난 노력을 쏟았다는 말이었다. 어밀리아는 자기가 그랬다는 걸 알았다. 믹도 알았다.

하지만 엄마는 절대 아무것도 이해하지 못할 것이다. 어른들은 도무지 아무것도 이해를 못한다. 어리석고 늘 딴 데에 정신이 팔려 있고 생각이 없는 족속들이다. 아무것도 모른다. 항상 뭐든 엉뚱하게만 받아들인다.

절망의 심연에 송두리째 잠겨버리려던 순간에 어밀리아 머리에 퍼뜩 엄청나게 번뜩이는 아이디어가 떠올랐다. 3년 전에 어밀리아가 셋째 줄 검은 칸으로 전진했을 때의 영리한 한 수하고 비슷했다. 그 한 수 덕에 검은색 퀸이 믹 같은 인간의 수중에 떨어지지 않도록 구출할 수 있었다.

"엄마!" 어밀리아가 방방 뛰며 말했다. 자기가 천재라는 생각이 들었다. "그런데 믹이 어떻게 알아? 그게 폭탄을 터뜨리는 거란 걸?"

이건 중대한 문제고 엄마도 그렇다는 걸 알 것이다. 엄마가 난리를 피울 게 분명했다. 사람들이 폭탄 때문에 죽어나가고 있는데 (열 살밖에 안 됐고 여자아이인) 어밀리아가 폭탄을 터뜨렸을 리는 없으니까. 하지만 믹은 남자아이고 거의 열여섯 살이 다 되었으니 누가 보기에도 빠져나갈 구석이 없었다. 어밀리아의 엄마는 어리석은 어른이기는 하나 딸의 말뜻을 알아들었고 얼굴을 잔뜩 일그러뜨리며 믹을 돌아보았다.

"넌 어떻게 아니 믹? 어떻게 알아? 폭탄 터뜨리는 걸?"

어밀리아는 만족감과 안도감과 행복감을 느꼈지만, 아주 짧은 순간뿐이었다. 어쨌거나 자신의 소중한 보물 창고를 아직 돌려받지 못했으니까. 믹은 전혀 꿀리는 데가 없어 보였다.

"아, 엄마." 믹이 얌전한 성당 복사服事 연기를 하며 말했다. "텔레비전 보면 다 나오는데요. 만화에도 나오고 책에도 나와요. 도서관에 가서 한번 보세요. 화염병이나, 고무탄이나, 폭동이나, 오후에 마시는 차처럼 흔하디흔한 거예요."

믹은 엄마 등 뒤에서 어밀리아에게 히죽히죽 웃어 보였다. 러빗 부인이 이 노릇이 지긋지긋해진데다가 아기 조가 다시 울기 시작했기 때문에 이미 등을 돌린 것이었다. 엄마는 계단으로 내려가면서 "그거 갖다버려" "우리집 쓰레기통에 말고" "어밀리아 너 만약 IRA 들어간다 어쩐다 하는 소릴 했다가는……" 등등 잔소리를 하면서 부엌으로 들어가 문을 닫았다. 어밀리아와 믹 둘만 복도에 남았다.

어밀리아에게는 다행스럽게도 믹은 여동생을 신체적으로 괴롭힐 기분은 아닌 것 같았다. 다른 계획이 있었기 때문에 삼십분 동안 어밀리아의 목을 졸랐다가 풀어줬다가 하지는 않았다. 어밀리아가 뒤로 물러서자 믹은 웃으면서 뇌관을 어밀리아에게 던졌다.

"자 멍청이." 믹이 말했다. "너 가져. 이거 그냥 쓰레기야. 수은 스위치. 기폭장치도 아니고 뇌관도 아니고 아무짝에도 쓸모없는 거야." 그러더니 믹은 방문을 열고 안으로 들어가 문을 잠갔다. 어밀리아 혼자 복도에 남았다. 모두 가버렸고 전부 사라졌다.

아무것도 아닌 것으로 밝혀진 기계장치가 어밀리아의 가슴팍에 부딪히고 바닥에 떨어졌다. 비닐장판 위 다른 보물들 사이에. 이제는 '사소'와 '보통'만 남고 고무탄은 없었다. 어밀리아는 앞방 구석에 쓰러져서, 가슴을 들썩이며, 다리를 베이고 팔과 머리와 뺨은 쑤시는 채로, 몸을 앞뒤로 흔들며 상실을 애통해했다. 계속 이렇게 몸을 흔들다가 비닐장판의 흰 사각형 무늬 위에 편안하고 당당하게 누워 있는 검은색 퀸이 눈에 들어왔다. 어밀리아는 울음을 그쳤고 두가지 사실이 동시에 떠오르면서 화가 치솟았다. 하나는 자기가 검은색 퀸을 구하려고 소중한 보물을 두고 침대 밖으로 나왔다는 사실이고, 또 하나는 애초에 검은색 퀸을 구할 필요가 없었다는 사실이었다. 검은색 퀸은 원래 믹의 것이니까. 어밀리아는 얼굴을 찌푸리며 퀸을 집어들어 뚜껑을 누르면 닫히는 상자에 넣었다. 상자를 딸각 하고 닫자 조금 복수한 기분이 들었지만 아주 잠시 동안뿐이었다. 다시 분노가 솟았고 그래서 어밀리아는 상자를 서랍장 아래 깊은 곳에 밀어넣은 뒤 자기 침대 위에 벽을 보고 누웠다.

무기의 실용적 사용, 1973년

누군가가 현관문을 두드렸다. 침묵. 정적. 러빗 씨가 성큼성큼 걸어가서 문을 열었다. IRA 소속 청년 두명이 현관 계단에 서 있었다. 십대 후반 정도의 젊은이들이었는데 자신이 중요한 사람이고 상대보다 우위에 있으며 이 문제에 있어 무엇이든 원하는 대로 할 힘과 권한을 지녔다고 확신하는 분위기를 풍기며 화를 냈다.

이 모든 일의 발단은 머라이어 러빗이라는 여자였다. 머라이어 러빗은 세이디 레이버리와 자매지간인데 두 사람은 몇해 전부터 툭하면 싸웠다. 보아하니 최근에 다툼을 벌이다 세이디 레이버리가 머리카락을 쥐어뜯겼고 그래서 아직 피가 흐르는 채로 단원들을 찾아가 상처를 보여주며 자기 동생을 고발하고 조치를 취하라고 요구한 모양이었다. 머라이어 러빗은 미쳤어, 세이디가 말했다. 동생이고 뭐고 도무지 제정신이 아닌 여자니 저지하고 자제시키고 교훈을 주기 위해, 세이디 레이버리가 복수를 할 수 있게 부디 무언가 조치를 취해달라고 했다. 허바나 스트리트 79번지의 은신처에 있던 IRA 단원 여덟명은 차를 홀짝이면서, 꽥꽥 소리를 지르고 피 묻은 증거를 들이대며 그들을 괴롭히는 정신 산란한 여자를 지켜보았다. 여자가 광분하며 떠들고 할퀴이고 찢긴 팔을 휘두르기를 마침내 멈추자, 단원들은 한숨을 쉬며 찻잔을 내려놓고는 알아보겠다, 어떤 조치를 할 수 있는지 보겠다, 누군가를 보내서 조사하겠다고 말했다.

"하지만 이건 알아두세요." 한 사람이 말했다. "우리는 중재하고 화해를 이끌어내는 것까지만 해요. 누군가가 우리를 엿 먹이지 않는 한 직접 개입은 안해요. 그러니까 우리가 복수를 도와드릴 수는 없어요."

레이버리 부인은 크게 실망했지만 일단 얻을 수 있는 것에 만족하기로 했다. 당연히 레이버리 부인은 화해를 원하지 않았다. 혼란과 전쟁과 유혈과 시신을 원했다. 하지만 IRA를 보내는 것도 일종의 복수였고 아무것도 안하는 것보다는, 그 쌍년 동생한테 아무 일도 안 일어나는 것보다는 훨씬, 훨씬 나았다. 그래서 못마땅한 대로 고맙다고, 감사하게 생각한다고, 참 좋은 젊은이들이라고 말하고 그곳을 떴다.

문이 닫히고 난 다음 IRA 단원들은 서로 마주 보며 그래, 이제는 그 골치 아픈 가족을 손봐줄 때가 됐다고 결론을 내렸다. 사소하고 가소로운 집안 문제고 군인을 죽이는 일 따위처럼 중대한 어른들의 일은 아닐지라도, 이 해묵은 소란과 다툼을 중단시켜야 했다. 소동이 점점 커지면서 쓸데없는 관심을 끌고 있었는데 그들, IRA는 어떤 종류의 관심도 끌지 않기를 바랐기 때문에 신경이 쓰였다. 영국군이 지척인 플랙스 스트리트의 옛 공장 자리에 주둔하고 있는데, 이 가족이 싸움만 벌였다 하면 영국군이 무장 반군이 있나 찾으려고 장갑차를 타고 등장했다. 핀 하나만 떨어져도 동네에 군인이 쫙 깔릴 판인데 자매끼리 뼈를 부러트리고 식구들끼리 골을 빠개면 이제 막 성장 중인 아일랜드 조직에 크나큰 불편을 끼칠 수밖에 없었다. 솔직히 단원들이 무장이 더 잘되어 있었다면 자연스러운 미끼로 삼기에 딱 알맞은 사건이기도 했지만, 무기가 부족한 상황에서는 중뿔나게 성가신 일이거나 짜증 나게 따분한 일이거나 아니면 둘 다였다.

그 젊은 단원들 중에서 두명이 더 나이 많고 높은 사람들의 지시에 따라 지금 러빗네 집 문간에 와 있는 까닭이 바로 그것이었다. 러빗 씨는 아내가 조금 망가진 몰골로 매우 의기양양하게 손에 언니 머리카락을 한움큼 쥐고 흥분한 상태로 집에 들어왔을 때 저녁 준비를 하고 있었는데, 지금은 문설주에 한 손을 짚고 서서 자신을 쳐다보는 젊은이들을 쳐다보고 있었다. 어둑한 집 안에 있던 러빗 부인은 다음 문제를 마주하러 현관문 쪽으로 향하고 있었고 세 아이들, 열두살 먹은 리지, 열한살 먹은 어밀리아, 네살 먹은 조시는 집 안쪽 구석에서 감자튀김, 콩, 소시지, 콩, 달걀, 콩, 홍차, 버터 바른 빵을 먹고 있었다. 아이들은 다음에 무슨 일이 일어나는지 보려고 포크를 든 채 손동작을 멈췄다.

다음에 무슨 일이 일어났냐면, 두 젊은이 중 한명이 러빗 씨에게 별로 공손하지 않은 말투로 이렇게 말했다. "들어가서 아내 나오라고 해. 당신이 필요하면 부를 테니."

아이들은 서로 마주 보았다. 충격이었다. 누구도 자기들 부모에게, 특히 아빠에게 이런 식으로 말하는 것은 들어본 적이 없었다. 저 사람은 뭘 모르나? 어디가 아픈가? 이 동네 출신이 아닌가?

러빗 씨는 그 젊은이를 쳐서 길에 쓰러뜨렸다. 이어 들어올려 다시 때리고 또 때려 길에 주차되어 있는 차의 보닛 위로 넘어뜨렸다. 거리에 차가 딱 한대 있었는데 건너편 집 앞쪽에 반듯이 주차된 하얀 차였다. 러빗 씨는 자동차 보닛 위로 뛰어올라갔고 나머지 IRA 청년도 잠시 머뭇거리다가 주춤주춤 보닛 위로 올라갔다. 러빗 부인도 앞길을 가로막고 있는 아이들을 밀어 치우고 벽난로 옆 부지깽이를 쥐고 달려나가 차 위로 올라갔다. 러빗 부인이 부지깽이로 두번째 IRA 청년의 머리를 후려쳤지만 그뒤에는 더 싸움에 끼지 못하고 물러섰는데, 러빗 씨가 토네이도처럼 휘몰아치고 있어서 자칫하다가는 거기 휩쓸려 뼈가 부러진 채로 바리케이드 너머 개신교도 지역인 샨킬 한가운데 떨어질 위험이 있었기 때문이다. 이웃 사람들이 전부 집 밖으로 나와 멀찌감치 서서 구경했다. 러빗네 아이들은 다시 밥을 먹기 시작했다.

얼마 지나지 않아 젊은이 두명 가운데 한명만 남았다. 남은 한명이 머리에서 흐른 피가 눈으로 들어가는데도 죽었는지 기절했는지 모를 쓰러진 젊은이를 길 위로 질질 끌고 갔는데, 러빗 씨는 이미 싸움이 끝났다는 것을 인정 못하겠다는 듯 계속 발길질을 하고 쓰러진 젊은이로 길바닥을 닦으려고 했다. 두번째 젊은이는 미친 남자의 쉴 새 없는 마구잡이 공격을 받으며 쓰러진 동료의 무거운 몸을 끌고 잡아당기며 비틀비틀 몇걸음 가다가는 급기야 겁에 질려 동료를 놓고 임무도 포기하고 달아났다. 러빗 씨는 가물거리는 생명의 불꽃이라도 있으면 달려가서 꺼뜨리려는 미친 짐승처럼 쫓아가려고 했으나 러빗 부인이 부지깽이를 놓고 남편의 팔을 잡은 채 "토미! 토미!"하고 외치며 남편이 정신을 차리고 고개를 돌리고 자기를 쳐다보게 하려고 애썼다.

"빨리!" 러빗 부인이 날카롭게 말했다. "들어가! 어서! 들어가! 서둘러!" 러빗 부인은 여전히 정신없이 날뛰는 좌절한 거인을 밀고 잡아당겨 작은 집 안으로 끌고 들어가

쾅 하고 문을 닫았다. 이웃 사람들도 잽싸게 제때 사라졌다. 집집이 문이 쾅 닫히는 순간, 영국군이 플랙스 스트리트 모퉁이를 돌아 들어섰다. 영국군은 쥐 죽은 듯 조용한 길 위아래를 훑어보았다. 엎어져 있던 IRA 청년도 사라졌고 거리에는 아무도 없었으며 사방이 완벽히 고요했다. 군인들은 닫힌 문을 보고, 갓 뿌려진 핏자국을 보고, 우그러지고 유리가 박살 난데다 핏방울이 흩뿌려진 하얀 차를 보고, 땅바닥에서 누가 질질 끌려갔거나 혹은 기어간 듯한 핏자국을 보았다. 핏자국은 몇걸음 떨어진 곳에 있는 불타버린 집으로 이어졌다. 역시 피가 튄 1미터는 되는 기다란 부지깽이가 인도 가장자리에 놓여 있었다.

순찰대 몇명이 불탄 집을 조사하러 가고 몇명은 차 주인이 사는 집으로 갔다. 그들이 가진 기록에 따르면 주인은 더피 씨라고 하고 혼자 사는 것으로 되어 있었다. 나머지 사람들은 경계 태세를 취하며 오른쪽을 보고 왼쪽을 보고 왼쪽을 보고 오른쪽을 보고 위를 보고 아래를 보고 연습 삼아 아무것이나 조준했다. 더피 씨 집을 맡은 군인들이 문을 쾅쾅 두드리자 더피 씨가 크게 놀란 얼굴로 문을 열었다.

"아!" 더피 씨가 말했다. "제 차에 무슨 일이 일어났습니까? 몰랐습니다. 알려주셔서 감사합니다. 안녕히 가세요."

"잠깐만요." 군인이 문 안에 발을 밀어넣으며 말했다. 더피 씨는 눈썹을 치켰지만 그러면서도 적극적으로 협조하겠다는 표정을 지었다.

"아, 뭐 이런 일이 일어나곤 하죠." 양쪽에서 아무 말도 하지 않은 채로 잠시 시간이 흐른 뒤에 더피 씨가 말했다.

"어떤 일 말입니까?" 군인이 물었다.

"아." 더피 씨가 어깨를 으쓱했다. "글쎄요." 한숨을 쉬었다. 더피 씨는 처음에는 자기 발을, 다음에는 군인의 발을, 다음에는 다른 군인들의 발을, 그리고 군인들의 라이플을, 또 박살 난 자동차 앞유리를, 움푹 들어간 보닛을, 검붉은색 핏방울을, 마지막으로 아주 깊이 연루된 모습으로 바깥쪽을 향해 자기 옆 땅바닥에 놓여 있는 러빗네 부지깽이를 둘러보았다.

"그러니까 지금," 그러는 내내 더피 씨를 지켜보고 있던 군인이 물었다. "집에 있었는데도 밖에서 무슨 일이 일어나는지 전혀 몰랐다는 겁니까?"

"네…… 네……" 더피 씨가 거짓말을 했다. "하지만요," 또다른 거짓말을 보탰다. "지금 막 들어와서요."

"지금 막 들어왔는데, 차의 상태나 핏자국이나 이 물건을," 군인이 부지깽이를 발로 걷어차자 부지깽이가 쨍그랑 소리를 내며 도로로 굴러갔다. "집에 들어오는 길에 못 봤다고요?"

"네네, 이렇다는 걸 몰랐는데 아까도 말했지만 알려주셔서 정말 고맙습니다."

더피 씨는 누가 봐도 수상쩍게 행동하고 있었다. 군인들도 그걸 알았고 더피 씨 본인도 알았을 것이다. 하지만 이곳의 모든 사람이 다 수상쩍게 행동하는 마당에 더 캐고 말고 할 것도 없었다. 그래서 군인들은 더피 씨를 들여보냈고, 불탄 집으로 간 군인들도 아무것도 (예를 들어 죽었거나 의식을 잃은 IRA라든가) 찾아내지 못했다. 부지깽이는 어떻게 할 필요도 못 느껴 그대로 두고 쥐 죽은 듯 조용한 거리를 마지막으로 한번 더 훑어보고는 차나 한잔 마시거나 아니면 다리를 위로 올리고 쉬려고 막사로 돌아갔다.

길 건너 러빗네 집 안에서는 엄청난 소동이 벌어지고 있었다. 러빗 씨가 원투, 원투스리 펀치로 벽을 치고 있었다. 20년 전에 그때부터도 눅눅하게 무너져내리고 있었던 삐딱한 벽에 삐딱하게 바른 벽지의 야한 빨간색과 금색 백합 문장에 펀치가 날아들었다. 널을 대고 벽토를 바른 오래된 벽에 그나마 붙어 있던 벽토가 벽지 뒤에서 바스라져 흘러내려 걸레받이 아래쪽으로 쏟아져나왔다. 러빗 부인이 러빗 씨를 달래려고 애쓰고 있었다.

"왜 그러는 거야 토미?" 러빗 부인이 소리쳤다. "제발, 어째서 늘 그렇게 충동적이냐고." 언니의 금발 머리카락이 아직도 손에 쥐여 있고 이틀하고 한나절 전에도 육촌의 아내와 싸워서 상대의 얼굴 피부가 아직도 손톱 밑에 끼여 있는 사람의 입으로 하기에는 조금 어처구니없는 말이긴 했다. 그러나 러빗 부인은 사실 자기 행동의 결과를 예민하게 의식하는 사람이었다. 언니를 미친 듯이 두들겨패는 일과 IRA 단원을 죽을 때까지 혹은 거의 죽을 만큼 패는 일은 전혀 달랐다. 그보다 훨씬 사소한 일을 저지르고도 쥐도 새도 모르게 사라지는 사람이 많았다. 그런 반면 러빗 씨는 행동의 결과라는 것에 전혀 신경을 쓰지 않았다. 사실 그런 게 있다고 생각하지조차 않았다. 러빗 씨의 세계에서는 목소리의 톤, 얼굴 표정, 누군가가 나를 불쾌하게 하느냐 아니냐만이 중요했다.

그래서 러빗 씨는 아내가 하는 말을 귓등으로도 듣지 않았고 그래서 러빗 부인은 점점 성질이 나기 시작했다. 러빗 부인의 뺨 한가운데 붉은 점 두개가 나타났는데 이건 보통 러빗 부인이 인내심의 한계에 다다라 폭발하기 직전일 때에 나타나는 것이었다. 러빗 부인은 화를 낼 만한 일이라고 생각했다. 남편이 자신을 무력한 존재로 생각하는 건지? 싸움도 할 줄 모르는 사람이라고 생각하는지? 왜 모든 걸 자기 위주로 하려고 하는지? 그리고 지금, 이 새로운 골칫거리가 생긴 마당에, 남편이 자기가 끼어들어 아내의 싸움을 떠맡았으니 아내가 이 일 저 일 덮어놓고 자길 걱정해줄 거라고 생각한다면, 그냥 나가서 래건강에 뛰어드는 게 좋을 거라고 했다.

그래서 러빗 씨는 계속 화를 내며 벽에 주먹질을 했고 러빗 부인도 계속 화를 내며 설교를 늘어놓았고 한참 그러고 있다가 두 사람은 아이들이 뭔가 이상하다는 걸 느꼈다. 러빗 부부는 세 딸이 콩 먹기를 멈추고 닫힌 현관 쪽으로 고개를 돌린 까닭이 무엇인지 보려고 고개를 돌렸다. 바로 경계 태세가 되어 숨죽이고 현관을 주시했다. 밖에서는 아무 소리도 들리지 않았지만 러빗 씨는 벽에서 주먹을 떼고 성격대로 바로 현관으로 성큼성큼 걸어가 문을 열어젖혔다.

이번에는 여섯명이 있었고 연배가 러빗 씨 또래인 사람들이었다. 또 이번에는 권총 세자루를 들고 왔다. 일부는 집 뒤로 돌아가 러빗 씨가 도망가지 못하게 뒷문을 지키고 있었다. 러빗 씨가 도망갈지 모른다고 생각했다는 데서 그들이 러빗 씨의 심리를 전혀 이해하지 못한다는 걸 알 수 있었다. 남자들은 빌리 맥데이드가 오길 기다리는 중이었다. 이 문제를 어떻게 처리할지는 우두머리가 결정할 일이기 때문이다.

"안돼!" 러빗 씨가 여섯명 전부와 싸우겠다고 뛰쳐나가자 러빗 부인이 외쳤다. 사실 아이들도, 솔직히 말하자면 러빗 부인도 러빗 씨가 그렇게 하리란 걸 알고 있었다. 러빗 씨한테는 전략이라는 게 아무 의미가 없었다. 그냥 이전의 비슷한 충돌 경험에 기반해 즉흥적으로 대응했다. 무작정 덤볐다가 닥치는 대로 헤쳐나가는 스타일이었다.

여섯명이 다들 한대씩 치고 싶어서 자기도 치려고 러빗 씨를 붙든 손을 놓다보니 그 틈을 타서 러빗 씨도 몇대 휘두를 수 있었다. 그렇긴 해도 세명이 붙들고 두명이 두들겼으니 당연히 일방적인 싸움이었다. 나머지 한 사람은 권총을 꺼내들었는데 쏘려는 게 아니라 겁주고 위협하려는 목적이었다. 총을 쏠 생각은 전혀 없었다. 쏠 수가 없었다. 바로 모퉁이만 돌면 플랙스 스트리트에 군인들이 있었기 때문이다. 총을 든 남자는 펄쩍 뛰고 춤을 추고 러빗 씨 앞에 무기를 흔들어 보이면서 러빗 씨가 총을 보고 겁이 나서 항복하게 만들려고 했다. 하지만 러빗 씨는 싸움에서 이기겠다는 생각밖에 없었다. 어리숙한 총 든 남자는 상대가 따라야 할 규칙이 있다는 사실조차 모르는 사람임을 깨달은데다가 동네 사람들이 다 나와서 구경하고 있으니 머쓱해져서 총을 치우고 주먹질에 동참했다.

그런데 이 일련의 일 전부가 영국군 때문에 침묵 속에서 이루어져야 했다. 정말 놀라울 정도로 조용한 가운데 잘 이루어지고 있었는데, 러빗 부인이 남편을 돕는다고 부지깽이를 휘두르다가 목표물이었던 IRA 단원의 머리 대신에 불쌍한 더피 씨의 차 뒷유리를 쳐서 깨뜨리고 말았다. 와장창 소리가 플랙스 스트리트 쪽을 향해 뻗어나갔다.

순식간에 거리가 텅 비었다. IRA들은 실신했거나 어쩌면 죽은 러빗 씨를 들어 러빗 부인과 같이 집 안으로 밀어넣었다. 자신들도 작고 어두운 집으로 꾸역꾸역 밀고 들어가서 창가에 감시 태세로 섰다. 권총 세자루밖에 없으니 전투 준비가 되어 있다고는 할 수 없었지만 그래도 만약의 총격에 최대한 대비했다.

영국군이 즉시 출동해 크럼린 로드 모퉁이를 돌았다. 오늘 두번째로, 쥐 죽은 듯 조용한 거리를 위아래로 훑었다. 아무도 없고, 고요하고, 집집마다 문이 닫혀 있었다. 그런데 이번에는 새로 생긴 핏자국이 아까보다 늘어나 있었고, 하얀 차는 더 많이 망가졌으며 아까의 그 긴 부지깽이가 뒷좌석에 놓여 있었다.

"이번에도 집에 막 들어왔습니까?" 더피 씨를 맡은 군인이 더피 씨 집 현관문을 두들기고 이렇게 물었다. 더피 씨는 문턱 위에 서서 처음에는 자기 발을 다음에는 군인의 발을 다음에는 그밖의 모든 사람의 발을 둘러보았다. 말할 것도 없이 수상한 행동이었다. 군인들도 알았다. 더피 씨도 알았다. 그밖의 모든 사람도 알았다. 군인들은 한숨을 쉬었다. 짜증 나는 일이었다. 이번에는 핏자국이 똑바로 러빗네 집으로 이어져 있었는데 무전으로 확인한 정보에 따르면 이 집에 무장세력에 가담한 사람은 없지만 그들 자체만으로도 골치 아프고 성가신 가족이라고 했다.

군인들은 더피 씨에게 현관에서 기다리라고 하고는 러빗네 집으로 가서 문을 두들겼다. 문을 두들기는 도중에 문이 벌컥 열렸는데 군인들은 문을 열어준 러빗 부인이 피투성이라 놀랐다. 입에서 피가 흘렀고 코에서도 피가 흘렀고 옆머리에서도 피가 흘렀다. 팔에는 피가 엉긴 긴 상처가 있었다. 이날 오전에 언니가 뜨개바늘로 낸 상처였다. 얼굴은 땀에 젖었고 입은 벌어졌고 이는 가지런했으며 가슴이 힘겹게 들썩거렸고 빛바랜 녹색 유리병색 원피스는 가슴팍까지 찢겨 있었다. 문을 두드린 군인을 포함해 다들 입을 떡 벌리고 쳐다보았고 잠시 아무도 입을 열지 않았다. 러빗 부인은 자기 바로 앞에 서 있는 군인의 눈만 뚫어져라 봤다. 집으로 들어올지 말지 결정할 사람은 그 사람이었기 때문이다. 러빗 부인은 들어오든 말든 상관없다는 듯 문을 느슨히 잡고 있었지만 두들겨맞은 채 카펫 위에 널브러져 있는 남편이나 주위 벽에 그림자를 드리우고 있는 총잡이들이 보이지 않을 정도로만 문을 열었다.

"무슨 일이 있었습니까?" 문을 두드린 군인이 물었다.

"싸웠어요." 러빗 부인은 말하기 전에 침을 삼키고 대답한 다음 입가에서 피를 닦았다. 붉고 생생한 피가 계속 흘러 연신 훔쳐야 했다. 군인이 보기에 러빗 부인은 정신이 딴 데 가 있는 듯, 딱히 적대적이지도 않고 들어오든 말든 상관없다는 태도였다.

"이 집 거예요?" 군인이 부지깽이를 쑥 내밀며 물었다. 러빗 부인도 팔을 뻗어 부지깽이를 받았다.

"정말 고마워요." 러빗 부인이 말했다. 목소리는 쉬었고 손은 떨렸다. 러빗 부인과 군인은 한동안 서로 노려보았는데 결국 군인이 먼저 눈길을 돌렸다.

문가로 몰려와 있던 다른 군인들도 그 모습을 보고 뒤로 물러섰다. 돌아가려는 것이었다. 의문은 풀렸다. 심각한 일은 아니었다. 이번에도 미친 러빗 가족이 일으킨 소동이었다. 군인들은 쥐 죽은 듯 조용한 거리에 마지막으로 한번 느긋한 시선을 던지고 막사로 돌아갔다. 아마 돌아가서 또차 한잔을 마시거나 또 다리를 위로 올리고 쉴 것이다.

러빗 부인은 문을 닫고 깊은 한숨을 내쉬었다. 한가지 문제는 해결했다. 그때 러빗 부인은 뒤를 돌아보고 화들짝 놀랐는데 빌리 맥데이드가 뒷문으로 집에 들어와 있었기 때문이다. 빌리 맥데이드는 말없이 거실에 서 있었다. 러빗 부인을 보고 있었다. 총을 꺼내들고 있었다. 총을 아래로 내리고 있었는데 총은 안전장치가 풀리고 총구가 남편의 얼굴을 향한 채였다. 남편은 여전히 바닥에 죽은 듯 누워 있었다. 카펫에 등을 대고 긴 소파와 나란히 누웠고 아이들이 소파 위에 웅크리고 앉아 아빠를 내려다보았다. 아빠는 엉망진창에 처참한 상태였고 딸들은 아빠가 숨을 쉬는지 아닌지 알아내려고 열심히 보고 있었다.

"아직도 고약한 성질은 그대로인가봐 라이어, 당신 남편?" 맥데이드 씨가 러빗 부인에게서 눈을 떼지 못하며 말했다. 러빗 부인은 그에게로 가까이, 더 가까이, 거실 안으로 들어왔다. 맥데이드는 부하들에게 밖에 나가서, 아니면 부엌에서, 어디든 원하는 데서 기다리라고 하면서 어쨌든 여기서 나가서 문을 닫으라고 말했다. 부하들한테는 내키지 않는 일이었는데 맥데이드가 마땅히 그래야 하는 만큼, 그리고 이 여자만 아니었다면 마땅히 그랬을 만큼 단호하게 일을 처리하지 않을 게 분명했기 때문이다. 어쨌든 대장인 빌리 맥데이드의 말이니 따라야 했다.

빌리 맥데이드는 토미 러빗의 시체 같은 몸 건너에 선 머라이어 러빗을 보았다. 손을 뻗어 머라이어 뺨의 피를 만졌다. 뺨을 쓰다듬었다. 몸을 건드렸다. 러빗 부인이 손을 밀어냈다. 맥데이드가 한숨을 쉬었다. 두 사람은 각자 마주 보는 안락의자에 앉았다. 맥데이드는 권총을, 러빗 부인은 벽난로 부지깽이를 들고 있었다.

"저자가 내 부하들을 때리도록 놔둘 순 없어 라이어." 맥데이드가 말했다. 러빗 부인은 "그놈들이 먼저 시작했어"라고 하고 싶었으나 꾹 참았다. 지금은 때가 아니었다. 남편의 목숨을 구해야 했다.

"금세 떠날 거야 빌리." 러빗 부인의 목소리는 더 쉬었고 입술이 부풀어오르고 있었다. "잉글랜드로. 런던으로. 일하러……"

"당신네 집안 문제 말이야 라이어." IRA 대장이 말했다. "이제 좀 화해할 수 없어?" 머라이어 러빗은 충격 받은 얼굴이었다. "응어리를 풀고?" 머라이어 러빗은 우습다는 표정을 지었다. "타협할 순 없어?" 머라이어 러빗은 대꾸 없이 보고만 있었다. 빌리 맥데이드는 계속 설교하고 설득하고 엉뚱한 소리를 속 편하게 떠들었다. "성격 말고 원칙을 따르라고. 당신도 알잖아 라이어. 우리가 하는 것처럼." 러빗 부인은 비웃음이 나왔지만 신중하게, 극도로 신중하게 겉으로 드러내지 않으려고 눌렀다. 빌리 맥데이드는 단 한순간도 제대로 이해하지 못했던 여자를 이해한다고 착각하면서 자리에서 일어섰다. 차라리 아까 그 영국 군인이 일초 만에 이해한 게 더 정확할 터였다. 맥데이드는 총을 집어넣고 문 쪽으로 가서 걸쇠에 손을 얹은 채 돌아보았다.

"내가 언제까지 이 자리에 있을지 모르는 거야 라이어." 맥데이드가 말했다. 러빗 부인도 자리에서 일어났다. "내 말은." 잠시 말을 멈췄다가 이었다. "저 사람더러 계속 런던에 있으라고 해야 할지도 모르겠다. 언제까지나 나한테 결정권이 있지는 않을 거라고."

맥데이드가 좁은 사각형 현관에서 러빗 부인과 악수를 나누고 떠난 뒤에 러빗 부인은 현관문을 닫았고 이제 정말 정신이 산란해졌다. 아이들의 존재는 잊은 채 부지깽이를 놓고 부엌으로 가서 수도꼭지를 틀어 커다란 대야에 물을 받았다. 아이들도 엄마를 의식하지 못한 채 아빠만 보고 있었다. 아이들 입이 벌어지고 가슴이 들썩거렸고 머릿속에는 의문이 가득했다. 아빠가 이렇게 여기 누워 있는데, 죽지 않았으나 망가진 채라면, 자기들이 세상에서 살아남을 수 있을까?

러빗 부인이 물, 천, 소독약을 들고 돌아왔다. 가져온 물건 전부를 카펫 위에 내려놓고는 아이들에게 나가라고 했다. 그러고는 자기 머리카락을 뒤로 쓸어넘기고 바닥에 주저앉아 남편의 몸 위로 몸을 숙였다. 남편, 단 하나, 유일한 사랑의 얼굴에 입을 맞추고 머리를 품에 안았다.

아기, 1974년

메리 돌런이 아기를 낳았다고 누군가가 말했다. 아기가 나오면서 문제가 있었는데, 메리의 나이 때문이었을 거라고 했다. 메리의 아빠는 아직도 자기와 아무 상관이 없는 일인 양했고 메리의 엄마는 여전히 아무것도 몰랐다. 아무도 의사를 불러오지 않았다.

메리는 낡은 장난감 유아차를 밀고 돌아다니기 시작했다. 브롬프턴 파크를 따라 올라가다가 길 끝에서 돌아 하이버리를 따라 내려오고, 돌아서 홈딘으로 올라가고, 돌아서 스트래스로이로 내려왔다. 사람들 말이 이렇게 나란히 뻗은 길들을 따라 지그재그로 바리케이드가 나올 때까지 간다고 했다. 바리케이드가 나오면 뒤로 돌아서 갔다. 다시 또다시 또다시.

나는 학교를 제끼고 놀다가 집에 가는 길에 그러고 있는 메리를 만났다. 하교 시간이 되어 폭격을 맞은 옛 로그 술집 뒤쪽에서 막 기어나와 교복에서 먼지를 터는데 고개를 들어보니 앞에 메리가 있었다. 알은체하고 싶지 않아서 길을 건너갔는데 유아차가 방향을 꺾어 삐걱거리며 내 뒤를 따라왔다. 길 건너 인도로 올라간 다음 나는 홱 돌아섰다. 메리는 도로 한가운데에서 한 발을 내딛은 동작 그대로 우뚝 멈춰섰다.

"메리, 뭐 하는 거야?" 내가 퉁을 줬다. "왜 날 따라와?"

메리는 대답하지 않았다. 그러면 내가 자기를 못 볼 거라고 생각하는 듯 가만히 있었다. 메리가 고개를 숙이자 딱지를 뜯은 자리에 고인 고름이 보였다. 나는 혀를 쯧 찼다.

"그 유아차 도로에서 치워야 하지 않아?"

메리는 유아차를 밀고 인도 위로 올라와서 바로 내 앞에 두었다. 그러더니 근처에 있는 산울타리로 가서 잎을 하나 뜯었다. 메리가 잎을 접고 또 접고 또 접자 잎이 찢어지고 메리 손에 풀물이 들었다. 메리는 잎을 더 땄다.

"메리, 네 유아차 좀 치워줘." 내가 말했다. "지나갈 수가 없잖아. 나 가야 해." 메리는 고개를 끄덕이고 또 끄덕이면서도 여전히 그 자리에 꿈쩍 않고 막대기 같은 다리로 서 있었고 사방에 찢어진 잎이 흩어졌다.

"아 좀!" 나는 유아차를 밀려다가 동작을 멈췄다. 아기한테서 양배추 냄새 같은 게 났다. 누군가가 그런 냄새가 난다고 말하는 걸 들은 적이 있었다.

나는 메리를 쳐다보았다. 이제 메리는 내 말에 동의한다는 듯 더 확고히 고개를 끄덕이고 있었다. 다시 유아차를 보았다. 오리 모양의 딸랑이 묶음이 유아차에 얹혀 있었다. 오리 몇마리는 유아차 밖으로 대롱대롱 나왔다. 유아차 덮개가 씌워져 있고 후드가 내려와 있었다. 뒤쪽을 돌아보았다.

티타임이라 집집이 전부 문이 닫혀 있었다. 거리에는 나와 메리 — 그리고 아기 말고 아무도 없었다. 그때, 장갑차가 소리 없이 플랙스 스트리트에서 모퉁이를 돌아 나타나더니 천천히 브롬프턴 파크 쪽을 향해 전진했다. 뒤따라온 보병 순찰대가 집 앞쪽을 따라 슬금슬금 다가왔다. 보병대가 우리를 보았다.

"아기." 메리가 내 뒤에서 말했다. 나는 화들짝 놀랐다.

"나 가야겠어." 내가 말했다.

"아기." 메리가 다시 말하며 나를 보았다. 나는 도로로 내려섰다.

"그러지 마. 가." 내가 속삭였다. "저리 가 메리 돌런."

메리가 죽은 아기를 데리고 가버렸으면 했는데 메리는 대신 내가 말릴 사이도 없이 손을 뻗어 유아차의 후드를 젖혔다. 그 아래 노란색 걸레에 싸인 조그만 덩어리가 있었다. 나는 가까이 가서 들여다봤다. 아기가 아니었다. 이상하게 생긴 회색 덩어리였는데 검은색 전선 같은 게 연결되어 있고 위쪽에 퍼티가 덮여 있었다.

머릿속으로 이게 뭔가 생각하는데 선두에 있는 군인의 라이플 총신이 눈에 들어왔다. 고개를 들었다. 군인이 너무 어려 보이고 내가 모르는 베레모를 쓰고 있다는 생각이 드는 한편 메리 돌런이 유아차에 싣고 돌아다니는 게 뭔지 퍼뜩 떠올랐다.

군인이 유아차를 보았다. 그러더니 나를 보았다. 메리가 아니라. 나를. 유아차가 내 옆에 있었다. 내가 아니라 재예요, 나는 생각했다. 난 몰랐어요. 같이 있던 거 아니에요. 재가 날 따라왔어요. 삼초 안에 내가 장갑차로 끌려가 재판에 회부되고 평생 감옥에 갇혀 사는 장면이 줄줄이 떠올랐다.

군인은 고개를 돌리고 길 건너편에 있는 다른 군인들과 같이 지나갔다. 다음에 두명이 더 왔고, 또 이어 다른 군인들이 와서 어느덧 우리는 순찰대 한가운데에 있었다.

"아기." 메리가 더 큰 소리로 말했다. 이번에는 내가 정신을 차리고 얼른 유아차 후드를 내렸다.

"아기를 갖고 싶다네." 잉글랜드인 목소리가 말했다. 다른 군인이 뭐라고 받아치자 웃음이 터졌다.

"허, 인형 갖고 놀기에는 너무 큰데." 첫번째 군인이 말했다. 그러더니 능글능글 군인 웃음을 지으며 메리를 쳐다보았다. 메리가 고개를 들고 처음으로 군인들을 쳐다보았다.

"나한테 총이 몇자루나 있게?" 군인이 시시덕거리며 친구를 돌아보았다. 메리는 빤히 보다가 입을 열었지만 혀가 굳은 것 같았다.

"세상에, 정말 못생겼네." 뒤쪽에서 친구가 웃었다. 그 말을 한 군인도 웃었다. 라이플을 손에 든 채로 같이 웃었다. 유아차 안에 있는 게 인형이라고 생각하고. 나는 메리한테로 몸을 돌렸다.

"가자." 내 목소리가 갈라지고 떨렸다. "집에 갈 시간이야. 바-바-밥 먹을 시간." 메리는 계속 군인들을 보고 있었다.

"유아차 잡아 메리."

메리는 움직이지 않았다. 그래서 세상에 맙소사 하는 수 없이 내가 허리를 숙여 유아차 손잡이를 잡고 밀기 시작했다. 대롱대롱 매달린 오리 두 마리가 뒷바퀴에 부딪혀 달그락거리고 책가방은 자꾸 어깨에서 흘러내리는 가운데 나는 조그만 메리 돌런처럼 장난감 유아차를 낑낑거리며 밀고 갔다.

그때 에디 브린의 아이스크림 트럭이 나타났다. 어떤 때는 레모네이드 트럭, 어떤 때는 우유 트럭, 뭐든 그때 인기 있는 것 트럭이 되는 에디 브린의 트럭이 끼익 소리를 내며 모퉁이를 돌았다. 군인들을 보고는 더욱 빠른 속도로 그다음 모퉁이를 돌았다. 「당나귀 세레나데」 곡조가 「핑키와 퍼키」* 스타일로 요란하게 흘러나왔다. 트럭이 하이버

* 사람이 조종하는 돼지 인형이 나오는 어린이 프로그램. 녹음된 음성을 2배속으로 재생한 기계음 같은 목소리로 노래를 부른다.

리 가든스로 꺾어지기 직전에 군인들이 총을 쏘았다. 그러더니 장갑차로 달려갔다. 늘 그러듯 모든 것이 초고속이면서 동시에 초저속으로 이루어졌다. 나는 유아차를 두 팔로 들고 걷기 시작했다.

"빨리 와 메리." 등 뒤로 불렀다. "내 팔 잡아. 오늘밤에 우리랑 같이 놀러 갈래?" 늘 메리와 팔짱을 끼고 같이 놀러 다니는 사이인 양 말했다.

메리는 대답하지 않았고 관심도 보이지 않았지만 '폭탄'이라는 말만 안하면 아무래도 좋았다.

"빵." 마지막 군인이 내 머리를 겨누는 연습을 하고 있다가 입으로 총소리를 내고는 총구를 내렸다. 어느 집 담 뒤에 쭈그리고 앉아 있다가 일어선 참이었다.

"넌 죽었어." 군인이 말했다. 그러더니 몸을 돌려 브린 씨와 브린 씨의 아이스크림을 쫓아 움직이는 장갑차에 올라탔다. 브린 씨가 트럭에 채워넣은 게 아이스크림인지 아닌지는 모르지만. 우리는 반대 방향으로 걸어 버려진 옛 술집으로 다시 갔다. 그러는 동안 사람들이 칼과 포크를 들고 문밖으로 나왔다. 소란스러운 소리가 나는 길 어귀 쪽을 내다보았다.

무너져내리는 로그 술집 뒷마당으로 들어선 다음 나는 유아차를 내려놓고 메리 돌런의 어깨뼈를 잡았다. 메리의 떡진 생머리가 멍한 얼굴 위로 휘날리도록 세게 어깨를 흔들었다.

"그러지 마!" 메리가 소리를 질렀다. "뇌줘."

"야 이 바보야!" 내가 말했다. "이 바보 멍청이야!"

나는 메리를 밀쳤다. 메리는 담장으로 쓰러졌고 눈에 눈물이 고였다. 손으로 바닥을 더듬더니 돌을 하나 주워 입에 넣으려고 했다. 나는 손을 뻗어 메리의 손에서 돌을 쳐냈다.

"그러지 좀 마!"

우리는 말없이 잠시 가만히 있었다. 그러다 내가 말했다.

"자, 메리. 왜 유아차에 폭탄이 있는 거야?"

메리가 머리카락 한가닥을 당겼다.

"어디서 났어?"

메리는 머리카락을 입에 넣었다. 그 꼴을 보니 메리를 탱크 아래에 밀어넣고 싶었다.

"메리! 대답 안해? 네 아기는 어디 있어?" 메리는 놀란 듯 고개를 들더니 유아차를 가리켰다.

"아냐. 그건 폭탄이잖아."

"아냐. 아기야." 메리가 말했다.

메리는 뭔가 또 입에 넣을 게 없는지 보려는 듯 주위를 둘러보았다. 나는 유아차를 다시 보았다. 그러고는 가까이 가서 후드를 젖혔다. 덮개를 벗기고 천을 들어냈다. 양배추 냄새가 진하게 풍겼다. 구역질이 났다.

회색 덩어리를 자세히 보았다. 표면 아래에 분명 끈이나 가는 철사처럼 보이는 게 있었다. 정말 폭탄인가? 폭탄이 어떻게 생겼지? 군인처럼 생기진 않았겠지. 손으로 건드려보았다. 가죽 같은 느낌에 건조하고 조금 물렁했다. 위쪽에 덮인 두꺼운 퍼티를 뜯고 열어보았다.

그때 겉에 덮인 재질이 투명하다는 걸 알아차렸다. 퍼티 대부분이 껍데기 안쪽에 있었는데 다시 보니 퍼티가 아니었다. 아기 머리의 일부였다. 그때 곤죽 덩어리 속에 오리발처럼 생긴 오그라진 발이 보였다. 가운데에는 검은색 탯줄이 있었다. 나는 펄쩍 뛰어 뒤로 물러섰다.

"세상에 메리! 무슨 짓을 한 거야? 아기를 어디에 넣은 거야?"

"안 넣었어." 메리가 말했다. 메리는 유아차에서 멀찍이 선 채 어깨를 으쓱했다.

"어디에 넣었냐고! 말해!"

"몰라."

"어떻게 몰라? 봉지잖아! 아기를 봉지에 넣었다고!"

"안 그랬어."

"그랬어."

"안 그랬어."

"그랬어."

"안 그랬어."

"그럼 누가 그랬는데?"

"하느님이."

얼굴이 일그러진 고양이가 풀쩍 뛰어 담장으로 올라왔

다. 수염과 꼬리를 빳빳하게 세우고 우리를 보더니 다시 뛰어내려갔다. 메리는 이것저것 만지작거리기를 그만두고 내 쪽으로 한걸음 다가왔다. 나는 물러섰다.

"그렇게 나와." 메리가 말했다. "나올—때—그렇게 나온다고. 흰색하고 빨간색이었다가 저런 색이 됐어."

나는 메리를 쳐다보았다. 그게 말이 되나?

"거짓말 마 메리." 내가 말했다. "어떻게 아기가 봉지에 담겨 나와?"

"그랬어. 봉지에 들어 있었어."

메리는 나를 보고 있다가 몸을 떨기 시작했다. 나는 도저히 참을 수가 없었다. 교복이 너무 더웠다. 온몸이 근질거렸다. 나는 겉옷자락을 들어 그걸로 얼굴을 닦았다. 그러고는 가방을 고쳐메고 담장에 난 구멍 쪽으로 갔다. 메리는 꿈쩍도 하지 않았지만, 내가 구멍을 통과해 나갈 때 메리가 부르는 소리가 딱 한번, 크지도 않게 났다.

"어밀리아." 메리가 불렀다.

나는 구멍으로 빠져나와 집으로 갔다.

아주 작은 부주의, 1975년

디스코는 최고였다. 파우더 케그(화약통)에는 월요일과 금요일에, 리코니선스(정찰)에는 수요일과 토요일에, 아틸러리(포병대)에는 화요일에, 리어가드(후방)에는 목요일에, 홀리 블레스드 차일드(축복받은 성스러운 아이)에는 일요일에 갔다. 지난밤은 화요일이었으니 평소처럼 아틸러리에 갔다. 리지 언니하고 같이 갔다.

도착한 다음에는 당연히 각자 갈라져서 언니는 그레인(다음 날 총에 맞은 그레인이 아니라 언니 친구 그레인)을 비롯해 언니가 어울리는 다른 미친 여자애들 쪽으로 갔다. 나는 버니, 로버타, 보시 등등을 만나 늘 그러듯 춤을 추고 칼스버그를 마셨다. 잠시 뒤에 어떤 남자애가 마리오에게 물어봐달라고 해서 마리오는 퍼걸한테 묻고 퍼걸은 로버타한테 묻고 로버타는 보시한테 묻고 보시는 나한테 그 남자애랑 같이 나갈 생각이 있냐고 물었다. 나는 잠깐 생각해보고 좋다고 했고 그 메시지가 왔던 길을 따라 다시 전해졌다. 속으로 처음 보는 애라고 생각했던 게 기억난다. 이름은 셰이머스라고 했는데 같이 걷고 얘기하고 키스하고 헤어졌다. 내 옷 속으로 손을 넣으려는 시도는 딱 한번으로 끝났다. 그애가 어디 산다고 말한 기억은 없다. 그런 말을 한 적이 있는지, 내가 물어보기나 했는지도 모르겠다. 어쨌든 그애는 다시 만나자고 했고 나는 싫다고 했다. 원래 나는 늘 그런다. 디스코 클럽에서 한번 같이 나간 걸로 충분했다.

다음 날은 수요일이니 당연히 리코니선스의 날이었다. 이날 아침은 화창했고 이유는 잘 모르겠지만 어쨌든 학교에 가기로 마음을 먹었다. 브릭필드 가까이 오니 브로나 매케이브와 그레인 베이츠가 샛문 근처에서 잔뜩 화가 나서 서로 노려보고 있는 게 보였다. 표정이나 서로 붙들고 있는 모양새를 보니 이날 안에 싸움이 벌어질 듯했다.

"안녕 브로나." 나는 인사를 하고 지나갔다. 다른 아무개한테는 아무 말도 안했는데 너무 싫은 애이기 때문이다. 걔는 항상 못된 짓만 하는 그런 종류의 인간이다. 약한 사람을 괴롭히길 좋아하고 도무지 분위기 파악을 못한다. 농담을 예로 들어보자. 한번은 나이 많은 딜레이니 선생님 ―우울증에 시달려 화장실에 틀어박혀 있을 때가 많은 영어 선생님 — 이 "싸우자는 건가 3A반!" 하고 버럭 소리친 적이 있었다. 여학생들 몇몇이 선생님이 칠판 쪽으로 돌아설 때마다 선생님 쪽으로 쪽쪽 입맞춤 소리를 냈기 때문이다. 브로나가 "선생님, 저희가 그런 거 아니에요. 저흰 전부 동-성-애-자거든요"라고 농담을 던지자 아이들이 웃음을 터뜨렸고 선생님도 웃었다. 그레인만 빼고. "난 퀴어 아니야!" 그레인이 얼굴을 시뻘겋게 일그러뜨리고 외쳤다. 그러니까 그레인은 누군가의 머리를 때리거나 바닥에 피를 쏟게 하는 일 말고는 어떤 장난도 이해하지 못하는 애였다. 그레인이 특별한 IQ를 뽐낸 적도 있었다. 하도 둔해서 어느 해인가 병원에서 검사를 받아야 했다. 정말 머리가 나빠서 그러는 건지 확인을 해야 했는데 혹시라도 너무 똑똑해서 정상인이 보기에 바보처럼 보일 일말의 가능성도 있었기 때문이다. 그런데 아니었다. 아둔해서 그런 게 맞았다. "그래서 IQ가 뭐의 약자야?" 그레인이 병원에서 돌아왔을 때 내가 물었다. 그레인은 몰랐고 내가 그런 걸 물어서 애들이 웃음을 터뜨리게 만들었다고 나한테 화를 냈다. 하지만 난 정말 몰라서 물어본 거였는데. 아무튼 내가 무슨 말을 하는지 알 거다. 빤한 의미를 읽지 못하거나 혹은 아무 뜻도 없는 데서 엉뚱한 의미를 읽는 게 바로 그레인의 특기라는 걸.

어쨌든 원래 하던 이야기로 돌아가서, 그레인과 브로나가 그러고 있었다. 나중에, 두 사람 사이에 불꽃이 튄 까닭이 멍청이 그레인이 전날밤 아틸러리에서 브로나의 남자친구와 같이 나갔기 때문이라는 걸 알게 되었다. 브로나는 전날 아틸러리에 안 왔다. 나는 무엇보다도 브로나에게 남자친구가 있다는 데 놀랐다. 브로나와 사귀는데다가 심지어 브로나를 속이고 바람을 피우기까지 할 정도로 미친놈이 있다니? 그런데 실제로 그랬던 모양이고 그 일 때문에 브로나와 그레인이 오전 내내 말싸움을 하고 있었던 것이다. 브로나는 점점 더 끓어올랐고 그레인은 브로나의 남자친구를 만났다는 사실을 부인하지 않으면서 계속 화를 부추겼다. 미친 짓이었다. 제정신이라면 브로나 매케이브의 남자친구와 어울릴 리도 없지만 그랬더라도 사후에 잡아떼기라도 해야 하지 않나? 하지만 말했듯이 그레인의 IQ가……

점심시간에 탈의실에서 리지 언니를 만나서 혹시 관심 있으면 알아두라고, 학교 끝나고 본 힐스에서 싸움이 벌어질 것 같다고 말했다. 여자애들은 보통 본 힐스에서 싸웠는데, 리지는 거의 늘 그 현장에 있었다. 싸움 당사자일 때가 많아서이긴 했지만. 브로나 매케이브와 그레인 베이츠가 붙을 거야, 내가 말했다. 언니한테 핵심을 추려 말해주었다. 리지 언니는 핵심을 좋아했다. 핵심은 이해도 잘되고 안심되고 시간과 말을 아껴주기 때문이다. 언니는 웃더니 나더러 조심하라고 했다. 내가 뭘 조심해? 하고 물으니 언니가 말해주었다. 언니는 처음에 내가 다 알면서 모르는 척한다고 생각했다. 하지만 난 정말 몰랐어, 그걸 내가 어떻게 알아? 그러자 언니는 네가 당연히 아는 줄 알았지, 다들 아는데 어떻게 너만 모를 수가 있어? 했다. 내가 정말로 꿈에도 몰랐다고, 내가 걔가 브로나 남자친구인 줄 알았으면 걔랑 같이 나갔겠냐고, 내가 미쳤냐고 하자 그제야 언니도 내 말에 일리가 있다는 걸 인정하고 납득했다. 언니는 고개를 흔들더니 "아아아 부울쌍한 것"이라고 아주 길게 늘어지게 걱정스러운 듯한 목소리로 말했지만, 난 우리 언니를 아니까 언니가 조금도 걱정하지 않는다는 걸, 언니한테는 그저 재미있는 일이기만 하다는 걸 알았다. 세상에는 정말 끔찍한 사람이 있다. 언니하고 나는 세상을 사는 방식 자체가 달랐다. 언니가 어떤 일들을 전혀 걱정하지 않는 게 나에게는 놀랍기만 했다. 언니 세계에서는 폭력이 비타민제를 먹는 일이나 다름없었다. 나하고는 정반대였다.

"목소리 낮춰!" 언니가 아무 말도 안했는데도 나는 예민하게 반응했다. 갑자기 탈의실 벽에 걸린 코트들이 눈에 들어오면서 누가 그 사이에 숨어 엿듣기는 식은 죽 먹기일 거라는 생각이 들었다. 언니는 내가 정말 웃기는 이야기를 했다는 듯 웃어젖히더니 점심 먹으러 간다고 유유히 가버렸다.

나는 오후에 입을 운동복 치마를 손에 든 채 혼자 남았다. 쇼크 상태였다. 브로나는 덩치가 엄청났기 때문이다.

내가 아는 덩치 큰 여자애들 중에서도 압도적으로 컸다. 내 유일한 희망은 그레인 베이츠가 무슨 일이 일어나든 자긴 그런 적 없다고 부인하지 않고 계속 버티는 것뿐이었다. 나는 점심을 단 한입도 먹을 수가 없었고 다른 애들한테 한조각의 위로도 얻을 수 없었다. 알고 보니 내 친구들 전부 내가 다 알고 한 일이라고 생각하고 있었다.

오후 수업 시간 내내 너무 긴장이 되어 계속 손톱을 물어뜯었다. 다들 싸움이 예정되어 있으며 학교가 끝나면 한판 시작되리란 걸 알고 있었다. 마지막 두시간은 체육 시간이었다.

"오늘은 밖에 나가서 라운더스*를 하자." 선생님이 말했다. "다들 옷 갈아입고 내가 화내기 전에 재빠르게 모여."

브로나는 상대 편이고 그레인은 나하고 같은 편이었다. 경기가 시작되었다. 브로나가 뛰다 아웃을 당했다. 애들이 "아웃! 너 아웃이야!" 하고 외쳤다. 그러다가 브로나 얼굴에 어두운 기색이 서린 걸 보고는 목소리가 잦아들었다. 아웃이 아닌 것도 같다고 우리는 결정을 내렸다. 그런데 그레인 베이츠는 계속 소리쳤다. "아웃! 아웃! 넌 못생겼고 넌 아웃이야!"

브로나가 그레인을 돌아보았다. "아웃 아냐." 그레인더러 더 까불지 말라고 경고하는 목소리였다. 그레인은 더

* 야구와 비슷한 영국의 구기 종목.

까불었다. 펄쩍펄쩍 뛰었다. "넌 뚱뚱하고, 못생겼고, 네 남자친구도 네가 싫대. 쓸데없이 공간만 차지하고. 넌 아 웃이야!"

브로나는 꽃무늬 덮개가 있는 자기 책바구니로 가서 덮 개 틈에 손을 집어넣었다.

나중에 다들 말하길 바구니 자체가 이상했다고 했다. 책 하고 칼로리 계산기를 넣어두는 책바구니를 누가 체육 시 간에 운동장으로 갖고 나오나. 브로나가 뭐라고 외쳤다고 하는데, "누가 아웃인지 보여주겠어!"라고 했다는 사람도 있고 남자친구 이름을 외쳤다고 하는 사람도 있었다. 남자 친구 이름이 뭔지 그때는 다들 알았다. 하지만 IRA나 공화 국군이나 아일랜드민족해방군이나 트러블하고는 상관없 는 말이었다는 데 다들 의견이 일치했다. 브로나가 뭐라고 했건 나는 못 들었는데 왜냐면 브로나가 방아쇠를 당기는 순간 머릿속에 어떤 기억이 번뜩 떠올랐기 때문이다.

초등학교 때 어느날이었고 어떤 낯선 일이 일어나고 있 었는데 나는 그게 싫었고 왜 싫은지도 몰랐다. "우리 게임 하자." 어느 화창한 오후에 교실 문으로 들어온 사람들, 주 로 여자들이었던 이들 중 한명이 이렇게 말했다. 무슨 가 방을 들고 왔는데 그 안에는 시커멓고 손에 잘 묻는 무언 가가 들어 있었다. 초콜릿과 사탕이 가득 든 투명한 가방 도 들고 왔다. 게임을 할 거라며 우리를 한줄로 세웠다. 문 앞에 남자 한명이 서 있었는데 아무도 나가지 못하게 막기 위해서라는 게 보였다. 다들 줄을 서고 준비를 마치자 지문을 찍기 위해 한명씩 한명씩 불려나갔다. 그들은 우리 이름을 확인하고, 손을 잡고, 손가락을 쫙 편 다음에 작은 상자 안에 지문을 가지런히 대게 했다. 유쾌하고 까르르거리는 여자들이 아주 다정한 목소리로 말하고 유쾌하게 까르르거리며 질문을 하면서 우리 손을 꽉 붙들고 놓아주지 않았다. 웃는 여자 괴물이 내 손을 검댕에 대고 누른 다음 깨끗한 종이 위로 휙 당겨 꽉 눌러서 지문을 남기게 만들었다. 그런 다음 나한테 초콜릿을 주고 등을 두드려주었는데 몇년이 지난 지금, 중등학교 운동장에서 브로나 매케이브가 그레인 베이츠를 쏘는 순간 멍해져서 갑자기 그 기억이 떠오르다니 정말 이상하다는 생각 말고 다른 생각은 할 수가 없었다.

총격 이후에 선생님들은 계속 떠들었다. 계속 지껄이고 수런대고 진정하지를 못했다. 어떤 선생님은 자기가 선생님이라는 것도 잊고 우리가 친한 친구인 양 말을 걸었다. "내내 총을 쏘려고 계획하고 있었던 거야!" 테니슨 선생님이 내 옆구리를 세게 찌르며 속삭였다. 왜 권총을 숨겨놨겠어, 안 그래 어밀리아? 바구니 안에! 세상에 그랬어! 세상에 저랬어! IRA 소속은 아니겠지. 너무 어려서 못 들어가지 않아? 들어가려면 열여섯살이 돼야잖아?

견딜 수가 없었다. 머리가 터져버릴 것 같았다.

달아나야 했다. 지문 채취 사건에 대해 또 떠오르는 게 있나 기억을 더듬어보고 싶었다. 기억이 가물가물해서 아주 조금이라도 부주의했다간 영원히 잊고 말 것 같았다. 다시 또 잊고 싶지는 않았다. 그런데 그럴 기회가 없었다. 경찰이 와서 아무도 나가지 못하게 했기 때문이다. 나는 수첩에 기억해야 한다는 메모를 남겼다. 경찰 세명이 문가에 섰고 우리한테 온갖 질문이 쏟아졌다. 왕립얼스터경찰, 영국인들, 헬리콥터와 구급차가 왔을 뿐 아니라 평소에 보이지 않지만 가끔은 보이는 어떤 사람들도 다 와서 무슨 일이 일어난 건지 알아내려고 했다.

그레인은 병원으로 옮겨졌는데 총상이 심하지 않은 것으로 드러났다. 브로나는 체포되어 미성년자 총기 사용이라는 죄목으로 기소되었고 나는 여러해 동안 브로나를 잊고 지냈다. 사실 그날 무슨 일이 어떤 순서로 일어났는지 지금은 잘 기억나지 않는다. 두가지 뚜렷하게 생각나는 것은, 그날도 화창한, 아니 더운 날이었다는 것 그리고 1971년 다른 화창하고 더운 날에 왕립얼스터경찰 특수부가 나름의 목적으로 내 손가락에 검댕을 묻히고 초콜릿을 주었다는 사실이다.

정치적인 무엇, 1977년

무언가 정치적인 일이 일어났다. 그게 무엇이었나? 단식투쟁? 아니, 그건 몇년 뒤의 일이다. 부처*가 또 살인을 저질렀나? 이번에는 아니었다. 동네에서 누가 총에 맞았나? 아, 그거였다. 동네에서 누군가가 총에 맞았다. 전에 이 학교 학생이었던 여자가 동네에서 총에 맞았고 그게 발단이었다.

그 사람 이름이 뭔지는 기억이 안 나지만, 학교에서 모퉁이를 돌면 바로 나오는 그레이스힐 스트리트의 자기 집 난롯가에 앉아 있다가 죽었다. 늦은 오전이었는데 충성파 총잡이가 집 안으로 쳐들어와 총을 쏘고 달아났다. 죽

---

* 친영국 성향의 얼스터 충성파 갱단인 샨킬 부처스(Shankill Butchers) 단원을 가리키는 말.

은 사람이 IRA라는 사실이 알려졌고, 그래서 정치적인 것에 간여하기를 거부하는 메리 파티마 수녀는 아무 간여를 하지 않겠다고 선언했다. 조회 시간에 총격을 언급하지도 죽은 영혼을 위해 기도를 드리지도 않겠다고 했다. 반응이 좋지 않았다. 학생들은 못마땅해했다. 학생들은 성에 차지 않았다. 그래서 학생들은 들고일어나기로 했다.

모두가 다 그쪽 성향인 것은 아니었다. 어디에서든 당연히 그랬다. 소요에 참가하고 싶지는 않지만 그래도 해야만 한다고 생각한 학생들도 있었다. 신앙이나 영혼과 관련된 모종의 정치적 이유 때문이었다. 하지만 다른 이들(어떤 사람들을 말하는지 알 거다), 그러니까 사이에 긴 사람들, IRA는 아니어도 이런 시기에는 늘 동참하는 특수한 동조자들도 있어서, 이런 사람들에 둘러싸여 있으면서 나는 안 한다고 말하기는 정말, 정말 어려운 일이었다. 하지만 그 선생, 배넌 선생님인가 누군가는 용감하게도 5학년 교실 창문에 매달려서 "무식쟁이들! 아일랜드에 대해 아무것도 모르면서! 지도에서 아일랜드가 어딘지 찾지도 못하잖아!"라고 외쳤는데 사실 핵심을 놓치고 있는 것이었다. 선생님은 밤에 집에 갈 때 그 지역을 지나가지 않아도 되니 말이다. 집이 그 지역에 있지 않으니까. 그러니 아일랜드에 대해 알건 모르건 그게 중요한 게 아니었다. 이쪽도 저쪽도 무식쟁이이긴 마찬가지인 듯했다.

그래서 거시기 선생님이 창밖을 향해 꽥꽥거리고 학생

들이 작은 소요에 합류해 창 안을 향해 꽥꽥거리고 본격
소요가 본 공원 언저리에서 벌어지고 있을 때 나는 식당에
2차 순번으로 점심을 먹으러 갔는데 예상보다 훨씬 빨리
식당에 들어가게 되었다. 식사 거부가 저항의 첫 단계인
모양이었다.

사실 나는 3년 전부터 매우 개인적이고 극비이며 내 영
혼과 관련된 이유로 식사를 거부하고 있었다. 그렇지만 안
타깝게도 그날은 먹는 날이었다. 나는 일주일에 사흘만 먹
었다. 규칙이 엄격했는데(내가 정한 규칙이기 때문에 잘
알았다) 먹는 날에 먹지 않았다고 해서 그걸 안 먹는 날로
넘겨 먹을 수는 없었다. 안 먹는 날은 안 먹는 날이었다. 먹
는 날은 먹어도 되고 안 먹어도 됐다. 이게 규칙이고 타협
은 불가능했다.

알고 보니 1차 순번 때 모든 테이블에서 학생들이 식사
를 거부했고 그 사실을 메리 파티마 수녀에게 똑똑히 일러
준 뒤에 밖으로 나가 난동을 부리고는 거리로 조금씩 기
어나오고 있는 시위대에 참여하러 간 거였다. 그리고 우
리 차례가 되었다. 우리는 식당으로 터덜터덜 갔다. 나는
배가 고파 죽을 것 같았다. 테이블에 앉았다. 스테인리스
스틸 식판에 담겨 우릴 기다리는 감자가 보였다. 여덟명
이 앉는 테이블인데 무조건 한번 앉은 자리에 끝까지 앉아
야 했다. 그게 메리 파티마 수녀의 규칙 가운데 하나이고
이것도 타협은 불가능했다. 메리 파티마 수녀는 누가 어떤

의자에 앉았다가 마음을 바꿔 다른 의자로 옮겨앉는 걸 못 참았다. 특히 먼저 앉은 의자를 빼놓고 가버렸다 하면 기세가 험악해졌다. 나는 메리 골트 옆에 앉게 됐는데 메리 골트는 전에는 괜찮았지만 요새는 답이 없었다. 메리에게 인사를 하면 얼굴을 홱 돌려버리거나 아니면 아예 들은 척도 안했다. 우리가 같이 있게 되는 건 언제나 순전한 우연 때문이었다.

데브라 롤러는 반대편에 앉아 있었다. 데브라는 늘 나를 샘냈는데 이유를 알 수가 없었다. "왜 나를 샘내는 거야?"라고 물어보고도 싶었지만 그런 종류의 질문을 할 수는 없지 않은가? 그래서 데브라가 늘 기분 나쁘게 쳐다보고, 화를 내거나 싸울 정도까지는 아니어도 어쨌든 불쾌한 말들을 흘리는 걸 그냥 두고 보는 수밖에 없었다. 또 마젤라 매기가 있었는데 전에는 좀 맹하긴 해도 괜찮았는데 이제는 괜찮지도 않고 맹하기는 더 맹해졌다. 성격이 바뀌었는데 초경을 하면서부터인지 IRA에 열을 올리기 시작하면서부터인지 모르겠다. 마젤라는 IRA에서 온갖 짜릿한 일이 다 일어난다고 했다. 그럴 수도 있겠지만 난 잘 모르겠다. 비비언 드와이어는 당연히 IRA였고, 도무지 알 수 없는 애였다. 학교에 꼬박꼬박 오고 늘 옷을 단정하게 입고 숙제도 꼬박꼬박 다 하고 날마다 누구보다도 일찍 등교했다. 비비언에 대해 할 수 있는 이야기는 딱 거기까지였다. 아 그리고, 비비언의 오빠가 총을 맞았고 다음에는 아빠가 총을 맞았고 다음에는 또다른 오빠가 총을 맞았다. 무뚝뚝하거나 그런 건 아니지만 친구를 사귀거나 누구와 친한지 드러내는 그런 부류는 아니었다. 그러니까 디스코 클럽에서 한번도 못 봤다는 말이다. 테이블 양쪽 끝에 있는 배식 당번은 명목상으로만 공화주의자인 애들이었는데 내가 싫어하는 그레인 베이츠와 내가 무서워하는 흐릿한 눈빛의 음흉한 시네이드 톨이었다. 나머지 한명은 누구였는지 기억이 안 난다. 누군가 중요하지 않은 인물이었을 것이다. 메리 파티마 수녀가 기도를 드리게 하고 이제 앉아서 먹으라고 했다.

"우린 저항의 뜻으로 먹기를 거부할 거야." 데브라 롤러가 말했다. 누구든 무얼 하라고 시키면 절대 따르지 말라고 우리 엄마가 그랬는데.

"맞아. 우리도 동조해야 해." 그레인 베이츠가 말했다. "수녀님이나 많이 먹으라고 해. 우린 나가서 저기 싸우는 사람들에 합류할 거고 또 행진하고 탄원서에 서명하고 그다음에…… 다음에는……" 목소리를 딱 듣고 판단해, 엄마가 말했었다. 들어보면 안다고. 나는 듣고 있었다. 자기들끼리 어떻게 할지 다 정해놓고는 나를 보고, 다음에 메리를, 마지막으로 누군지 기억이 안 나는 누군가를 쳐다보았다. 다시 나한테로 시선이 돌아왔다. 말했듯이 감정이 고조된 상태였고 이럴 때면 언제나 희생양이 반가운 법이다.

메리를 흘긋 보았다. 메리는 듣지도 않고 있었다. 그렇

120

다고 메리가 다른 애들한테 맞설 것 같지는 않았는데 그 애들이 거기 있다는 사실조차 의식하지 못하는 듯 보였기 때문이다. 그런 한편 메리가 밥을 먹지도 않으리란 걸 알았다. 원래 안 먹으니까. 메리는 그냥 음식을 보려고 온 거였고 지금 그렇게 하고 있었다. 자기가 마음만 먹으면 보는 것만으로 배를 채울 수 있다는 듯이 노려보고 있었다. 내가 알기로 메리는 이런 규칙을 따랐다. 일주일을 굶고, 다음 일주일을 굶고, 다음 일주일을 굶고, 루바브 한접시를 먹었다. 그런 식이었다. 물론 내가 메리하고 어울린 건 꽤 오래전 일이고 당연히 물어보면 기분 나빠할 거라 확실히 물어볼 수는 없었다. 그러니까 최근에 더 세세한 규칙을 추가했을 가능성도 있었다.

다른 애들은 의자를 뒤로 빼고 일어서기 시작했다. 여전히 우리를, 특히 나를 보고 있었다. 그레인 베이츠와 데브라 롤러는 이상한 웃음을 띠고 있었고 내 머릿속에는 여전히 엄마가 한 말이 맴돌았다. 엄마의 생각은 잘 이해가 안 가는 부분도 있지만(예를 들면 괴롭힘을 당하는 것이 수치스러운 일이고 괴롭히는 것은 수치스러운 일이 아니라든가) 나 스스로 그보다 나은 생각을 해낼 수는 없었다. 나는 버틸 생각이 없었고 사실 메리 파티마 수녀나 그 미친 역사 선생님에게 인정받아봐야 실제 세상에서는 아무 의미도 없었다. 그래서 마침내, 사실은 금세 나도 의자를 빼고 일어섰다. 식당에서 나가면서도 다른 애들의 얼굴을 똑바로 볼 수가 없었다.

하지만 시위를 하러 가지는 않았다. 그런 데 마음이 동한 적이 없었다. 사람들이 모인 곳 저편에서 그애들이 내가 가는 걸 보고 있다는 걸 알았다. 잘됐다고 생각했다. 나는 하라는 대로 다 하지는 않을 것이다. 그래도 식당에서 싸우지 않고 고분고분 따랐던 건 부끄러웠다. 집으로 가려고 방향을 돌렸다.

소요 세력이 기세등등했지만 내리막으로 접어들자 벌써 먼 일처럼 느껴졌다. 한쪽에서는 학교 벽이, 다른 쪽에서는 본 힐스가 소음을 차단했다. 필디 댐 근처 모퉁이에 다다랐을 즈음에는 벌써 무언가 기분 좋은 생각을 하고 있었는데, 그때 고개를 들어보니 그애들이 있었다. 나를 보면서 기다리고 있었다. 다른 쪽 길로 서둘러서 먼저 도착한 모양이었다. 비비언은 없고 네명만 있었다. 걔들이 다가왔다.

"왜 시위 참가 안해?" 걔들이 물었다. 엄마의 싸움 규칙이 머릿속에 떠올랐다. 두가지가 있다. 이런 식이다.

규칙 1: (ㄱ) 싸움을 걸지 마라. (ㄴ) 누가 먼저 싸움을 걸면 맹렬히 달려들어라. 그래야 이기든 지든 위신을 지킬 수 있으니. (ㄷ) 안전하지 않은 구역에 있다면, 그냥 안전하지 않은 구역에서 싸워라. 어쨌거나 위신을 지켜야 하니까. (ㄹ) 싸움을 걸어온 사람이 한명이면 맨손과 발을 써라. 상대가 무기를 쓰지 않는 한은. 만약 무기를 쓴다면 (ㅁ) 무기

122

를 원하는 만큼 써도 된다. (ㅂ) 상대가 한명 이상이면 그쪽에 무기가 없다고 하더라도 수적 열세를 만회하기 위해 무기를 필요한 만큼 써라. (ㅅ1) 만약 상대가 한명 이상이고 승산이 적을 때(저쪽은 다 무기가 있는데 나는 없다든가 상대 구역이라든가)는 한놈만 패라. 빨리 결정을 내리고(생긴 걸 보면 알 수 있다) 끝까지 물고 늘어져라. (ㅅ2) 가장 위험한 놈을 골라라. 두번째로 위험한 놈은 소용없다. (ㅇ) '이놈은 내가 죽인다'라고 생각하고 남은 평생 더 불쾌할 일은 딱 이거 하나뿐이라는 듯 죽어라 매달린다. (ㅈ) 무기가 없고, 상대가 떼로 덤비고, 시간이 없는 등 정말 불리한 상황이라면 가장 위험한 놈을 골라서 딱 하나 눈만 노린다. 그래, 엄마가 고개를 끄덕이며 말했다. 그걸로 충분하진 않겠지만 네가 죽더라도, 아마 죽을 텐데, 최선을 다한 거고 도망치지는 않은 거니까. **규칙 2: 절대 도망가지 마라.**

물론 믹 오빠나 리지 언니는, 심지어 아직 여덟살밖에 안된 조시까지도, 이 규칙을 잘 따랐다. 믹과 리지는 자기들 멋대로 규칙을 약간 뒤틀어서 싸움을 먼저 걸기도 했지만. 하지만 어째서인지 나는 그렇게 잘 안됐다. 예를 들어, '규칙 1'을 순간적으로 시행하기는 쉽지 않았고 '규칙 2'는 아예 이해가 안 갔다. 뭔가 단단히 잘못되었다는 생각이 들었다. 당연하지만 규칙에 이의를 제기한 적은 없었다. 엄마가 좋아하지 않을 것 같았다. "확실하고 명료하게 설명해주잖아." 엄마가 이렇게 말한 적이 있다. "내 말 들

어 어밀리아. 잘 들으라고 했어. 진정하고 들어. 그래 그렇
게 —들어봐. 왜 자꾸 질문을 해서 문제를 복잡하게 만드
니? 이해가 안 가? 머리에 안 들어가? 이런 순간에는 —
그럴 때는 —절대 —생각하고 말고 할 시간이 없어."

지금도 시간이 없었다. 물론 저기 본 습지에 취해 드러
누운 죽은 나무통 눈으로 보기에도 넷 중에서 가장 위험한
인물은 시네이드 톨이라는 게 빤했다. 딱 생긴 것만 봐도,
그리고 양옆으로 지시를 내리는 것을 봐도, 눈만 마주쳐도
내 살이 떨리는 걸 봐도, 무언가로 시네이드의 머리를 쳐
서 쓰러뜨리고 제압한 다음 얼른 눈을 파내는 것만이 살길
이라는 걸 알았다. 그것도 바로 지금, 쟤들이 예상 못하고
있을 때, 내가 그러리라고 생각 못하고 있을 때, 그러니까
나 같은 애가 감히 그러리라고는 생각 못할 때 해야 했다.
하지만 할 수가 없었다. 손끝 하나도 댈 수 없었고 저 피부,
차가운 피부, 거미가 들러붙은 뱀 같은 피부를 건드릴 수
가 없었다. 나는 그래서 두번째로 위험한 인물을 쳐다보았
는데 —엄마 말이 맞았다. 가장 위험한 인물이 멀쩡히 서
있는 한 두번째로 위험한 인물은 아무 의미가 없었다. 사실
걔들이 아직 나를 완전히 둘러싼 건 아니라서 도망갈 수도
있었다. 하지만 알다시피 '규칙 2'라는 문제가 있었다.

이제 둘러싸였다. 조그만 시네이드 톨이 한쪽에 조용히,
무심한 듯, 아무 관심이 없다는 듯한 태도로 서 있었다. 적
어도 나한테는 그렇게 보였다. 그런데 내가 다른 애들을

보려고 고개를 돌린 순간, 시네이드가 들고 있는지도 몰랐던 무언가로 내 머리를 내리쳤다.

나는 균형을 잃고 바닥에 쓰러졌고 꼼짝 못하게 짓눌렸다. 머릿속에서 생각이 뒤죽박죽으로 엉켰고, 당기고 비틀고 붙들려고 했으나 하나도 제대로 못하고 엉망진창이었다. 나는 싸움에는 재주가 없고 정말 젬병이었다. 평생 싸움이 벌어질 것을 예상하면서 늘 경계하며 살아왔는데도.

바닥에 쓰러진 내 몸 위에 그레인이 올라탔다. 그레인은 흥분해서 제정신이 아니었다.

"빨리 해." 그레인이 외쳤다.

"네가 빨리 해." 시네이드 톨이 말했다. "내가 말한 대로. 지금." 시네이드는 내 머리를 팔로 조르듯이 눌러 꼼짝 못하게 붙들고 있었다. 그런데도 목소리는 따분하다는 듯, 귀찮다는 듯한 기색이었다. 물론 조금 전에도 그런 투로 말하고는 내 머리를 무언가로 쳤으니 전혀 믿을 수 없었지만. 나머지 두 사람은 버둥거리는 내 팔, 다리, 몸통을 누르고 있었다. 마젤라에 대해선 진작에 기대를 접었다. 마젤라와 친구가 아니게 된 지 이미 꽤 됐고 데브라는 나한테 있는데 자기는 없다고 생각하는 무언가 때문에 복수를 하고 싶어 안달이 나 있었다. 그렇지만 내 얼굴로 손을 뻗은 것은 그레인 베이츠였다. 나는 시네이드가 그레인에게 뭘 시켰는지 깨닫고는 비명을 질렀다.

그레인 베이츠는 다리를 벌리고 내 위에 올라타 본 힐스의 말라붙은 흙과 갈색 풀 위에 나를 꼼짝 못하게 내리누르고는 못생긴 입을 벌리고 침을 질질 흘리면서 제정신이 아닌 듯한 표정을 지었다. 그레인이 몸을 들썩거리며 도리질하는 내 얼굴을 손가락으로 붙들려고 했고, 시네이드는 내가 움직이지 못하게 머리통과 머리카락을 당겼고, 나는 걔들이 무슨 짓을 하려는지 알고 머릿속으로 엄마 엄마 하고 외쳤다. 내 눈을 원하는 거였다. 내 눈. 나는 눈을 질끈 감고 눈꺼풀에 최대한 힘을 주었다. 눈만은 어떻게든 지켜야 했다.

"그레인 베이츠!" 어떤 목소리가 들렸다. "뭐 하는지 봤어. 다 보여, 그레인 베이츠. 다 봤다고."

허공에서 꺽꺽거리고 웅웅거리는 희한한 소리가 들렸다. 처음에는 시위대가 우리 쪽으로 오는 줄 알았다. 소리가 멈췄을 때에야 그레인 베이츠의 목에서 나오는 소리라는 걸 깨달았다. 그레인도 자기가 소리를 낸다는 걸 모르는 것 같았다. 그레인은 고개를 들고 목이 졸리는 소리를 내더니 바로 손을 풀고 일어섰다. 다른 애들도 그렇게 했다. 나는 일어나 앉아 입에서 흙을 뱉고 주위를 둘러보았다. 비비언 드와이어가 몇걸음 떨어진 곳에 서 있었고 시네이드 톨은 어느새 사라지고 없었다.

비비언은 반짝이는 옥스퍼드 브로그를 신고 깨끗한 베이지색 타이츠, 2학년 말에 유행이 끝난 앞주름이 있는 폴리에스터 롱스커트를 입고 서 있었다. 검은색 블레이저

의 금색 버튼을 채워 입는 사람은 아무도 없었는데 비비언은 가슴까지 단정하게 채우고 있었다. 녹색과 노란색 꽃무늬 천으로 덮인 단정한 책바구니를 팔에 걸었다. 머리카락은 늘 그렇듯 양 갈래로 땋았고 머리카락 한가닥 삐져나오지 않았으며 머리채 끝을 촌스러운 리본으로 고정했다. 금색과 보라색 리본이었다. 내가 앉은 자리에서는, 더군다나 내 정신 상태 때문에, 비비언 뒤쪽에서 해가 지고 있어 마치 비비언 주위로 후광이 비치는 것처럼 보였다. 비비언이 다가와서는 그레인 베이츠를 제정신이 아닌 사람 보듯, 뭔가 못된 짓을 하다 들킨 사람을 보듯, 한때는 재미있었을지 몰라도 지금은 전혀 재미없는 일이 된 무언가를 또 하다 걸린 사람을 보듯 쳐다보았다. 그레인은 뒷걸음질로 물러섰고 다른 애들도 그랬다.

"먼지를 털어야겠다 어밀리아." 비비언이 말했다. 비비언이 나를 일으켜세우고 뒤쪽을 털어주었다. 그리고 앞쪽도 털어주었다. 나는 뭘 하고 있었는지 모르겠다. 비비언의 바구니가 바닥에 놓여 있는 걸 보았던 게 생각난다. 바구니 가장자리는 고무줄이 든 커버로 덮였는데 가운데 틈으로 나무 자가 튀어나와 있었다. 그밖에 많은 것을 본 기억이 난다. 습지 한가운데에서 자라는 가늘고 긴 분홍색 갈대가 바람에 흔들리는 모습, 필디 댐 벽에 흰 페인트로 쓰인 '일어서라 임시파, 일어서라 공화국군, 일어서라 IRA'라는 구호, 언덕 한쪽을 따라 이어진 백악, 다른 언덕 꼭대기에 있는 철책, 하늘, 부풀어오른 흰 구름 — 많은 것을 봤다. 그러는 동안 다른 사람들은 슬그머니 사라졌다.

비비언이 바구니에서 트윅스 초코바를 꺼내더니 봉지를 뜯어 한개를 나한테 줬다. 떨리는 손으로 받았다. 나는 고맙다고 했고, 두들겨맞은 것에 대한 수치나 눈을 뜯기는 것에 대한 공포가 어느덧 가라앉더니 사라지는 것 같았다. 비비언이 팔을 구부려 내밀었고 나는 팔짱을 꼈고 우리는 내리막을 같이 걸어내려갔다. 멀리에서 벌어지는 소요를 뒤로하고, 밤이 되면 술 마시는 사람들로 가득 찰 샴록 술집을 지나, 아도인을 향해 같이 걸었다.

잡다한 일들, 1978년

몇가지 일이 동시에 일어났다. 일단 로버트 드니로가 나오고 러시안룰렛이 등장하는 영화*가 있었다. 그리고 또 신페인당** 소속 회계 담당자가 있었는데, 돈을 관리해야 할 사람이 몰래 쓰고 있었다. 마지막으로 싫증을 잘 내고 뭐든 따분해하는 비행청소년들이 하루 동안 자경단인 척하며 돌아다니기로 했다. 이 세가지 일이, 보통 세가지 일이 으레 그렇듯 함께 일어났고 네번째 뜻밖의 일을 낳았다. 하지만 전사前史를 아는 몇몇 사람들은 말도 안된다고,

---

* 마이클 치미노 감독의 「디어 헌터」(1978).

** Sinn Fein. 게일어로 '우리 스스로'라는 뜻. 아일랜드의 완전한 독립을 내걸고 1905년 창설된 정당으로 아일랜드공화국군(IRA)의 모태가 되었다.

네번째 일은 세가지 일과 아무 상관도 없다고, 오래전부터 예정되어 있었고 어떻게든 결국 일어났을 일이라고 했다.

러시안룰렛 게임을 하기로 한 이들은 러시안룰렛 게임을 하기로 할 법한 딱 그런 종류의 십대들이었다. 자기들이 하려는 일에서 전혀 이상한 점을 느끼지 못했다. 본인들 생각에는 자기들은 그냥 평범한 보통 남자애들이었다. 평소 같으면 그냥 나가서 부수고 망가뜨리고 문제를 일으키고 한바탕 재미를 보았을 텐데, 다만 이날은 전날밤에 샴록에서 로버트 드니로 영화를 보고 크게 감명을 받은 참이었다. 암울하고 도발적이고 아주, 아주 흥미진진한 영화라 다 보고는 권총을 하나 구해서 자기들도 러시안룰렛에서 총알을 피해갈 수 있을지 보면 재미있겠다고 생각했다. 그래서 다음 날 오후 느지막이 총을 한자루 구하러 나갔다. 내기나 돈을 거는 부분에는 관심이 없었는데, 그게 대체 무슨 의미가 있는지 이해를 못했기 때문이다. 이게 신이 나서 할 만한 놀이가 아니란 것도 몰랐고 "베트남전 군인이라니 뭔 말이야?"라고 묻는 사람도 있었다. 무기고(그런 게 있다는 사실은 모르는 것으로 되어 있고 알더라도 입에 올리면 안되는 곳)에서 무기를 '빌렸다'. 탄창이 돌아가는 제대로 된 권총이었다. 총알도 하나 구했다. 총을 협동조합 슈퍼 비닐봉지로 싸서 들고 브롬프턴 아래쪽에 있는 폐허가 된 로그 술집으로 갔다. 로그 술집은 그 지역 주민들의 기이하고 괴상하고 음침한 행동이 관습적으로 이루어지는 곳이었다.

그렇게 러시안룰렛을 하려는 이들이 할리우드 스타가 되는 환상, 자기 장례식에서 사람들이 구슬피 우는 환상에 빠져 행복하게 에트나 드라이브를 따라 걷고 있을 때, 신페인당 H블록 분과위원회 부회계 담당자 대리의 대리인 앨로이시어스 팰런은 자기 집 위층 창문에서 이 젊은이들을 내려다보며 질투심을 느꼈다. 그들의 젊음이 부러웠고 아무 걱정 없음이 부러웠고 무사태평함이 부러웠고 어떤 것에도 신경 쓰지 않아도 되는 게 부러웠다. 쟤들 좀 봐, 팰런은 생각했다. 활짝 웃으며 돌아다니네. 아, 젊은이들은 살기가 얼마나 편할까! 팰런은 한숨을 쉬고 커튼을 놓고는 자신의 심각한 곤경을 다시 직시했다.

팰런이 H블록의 넉넉했던 기부금이 얼마나 남았는지 세어보려고 방에 올라갔다가 그 결과에 기절초풍했다고 말한다면 무지막지하게 누그러뜨려 말한 셈일 것이다. 팰런은 6327파운드 56펜스를 H블록 분과위원회 임시 대리 회계 담당자 데시 애그뉴에게 넘겨야 했다. 그런데 애그뉴가 테러방지법 11조에 따라 체포되었고 그래서 팰런에게 당분간 돈을 가지고 있으라는 지시가 떨어졌다. 그래서 그렇게 하고 있었는데, 사실은 그렇게 하지 않고 있었다. 조금씩, 그리고 나중에는 많이씩, 경마에 잃고 경견에 잃었고 이제 목숨을 부지하려면 (정말 말 그대로 죽지 않으려면) 어떻게 해야 하나 고민 중이었다.

침대 위에 놓인 돈궤를 다시 보았다. 3000파운드를 지저분한 똥개들한테 쓰고, 2000파운드를 뚱뚱한 말들한테 쓰고, 온갖 종류의 술에도 상당히 쓰고, 시내에 있는 인색한 매춘부들에게도 한번에 5파운드씩 썼다. 다른 푼돈은 여기저기 또 어딘지 모를 곳으로 사라져 지금 남은 돈은 2펜스뿐이었다. 도박, 알코올, 섹스 등등에 심각하게 중독된 미치광이 앨로이시어스 팰런이지만 그래도 신페인당에 2펜스를 내밀고 무탈하기를 기대할 수 없다는 건 알았다. 팰런은 아는 IRA나 그밖의 사람들 중 죽은 이들을 떠올리며 군자금통에 기대어 조용히 절망했다.

한편 그 지역 다른 곳에서 십대 남자애들 다섯명이 IRA 단원에게 불량하게 굴고 말썽 일으키지 말라는 경고를 받고 있었다. IRA 단원이 계속 말썽을 부리면 무릎에 총을 맞고 구타를 당할 테니 똑똑히 들어두라고 최종 경고를 하는 동안 아이들은 나름 집중해서 귀 기울여 들었으나 남자가 돌아간 다음에는 흙을 발로 차고 먼지를 일으키고 좀 그러다가는 아무래도 재미있게 시간을 보낼 방법은 다시 비행청소년이 되는 것뿐이라는 결론을 내렸다. 그래서 위협적인 색, 합법적이거나 불법적인 조직들이 가장 좋아하는 시커먼 색 옷으로 갈아입고 약국에서 '빌린' 장갑과 발라클라바와 선글라스를 착용한 뒤 알록달록하고 헤어스프레이 냄새가 나는 엄마 스카프로 얼굴을 가렸다. 이렇게 차려입고 서로 "하!" "스피드 좀 봐!" "멋진데 퍼걸!" 이런 말들로 칭찬을 해주고는 작업에 착수했다. 무슨 작업이었 냐면, 그 지역으로 들어오는 사람과 탈것을 전부 다 멈춰 세우고 검문하고 위협하고 신분증을 확인하는 것이었다. 할머니 몇명은 검문을 면제해주었는데, 당연하지만 자기 들 할머니였기 때문이다.

다 장난으로 한 일이었다. 사람들이 정말 진지하게 받아 들이리라고는 생각도 안했다. 그런데 바리케이드를 세운 것도 아니고 무기 같은 게 있는 척하지도 않았는데 다들 멈춰서고 차 창문을 내리고 굽실거리며 협조했다. 뭐라고 묻든 고분고분 답했다. 아이들은 너무 쉽게 자기들 뜻대로 되는 걸 보고 신나서는 이렇게 얻은 권력을 남용했다. 거 칠고 인정사정없는 자경단 역할을 하며 영광을 누리다가, 5시 30분쯤이 되자 배가 출출해져서 이제 가서 뭔가 맛난 것을 먹기로 했다.

톰 아저씨 가게에 가서 다크 초콜릿 홈휘트, 미스터 키 플링 케이크, 우유, 빵, 햄, 레모네이드 등등 온갖 먹고 싶 은 걸 강탈하려고 했는데, 마침 3톤짜리 양조장 트럭이 채 텀 스트리트에서 모퉁이를 돌아왔다. 그걸 보고는 다 같이 "술!"하고 외치며 행복하게 잡으러 달려갔다. 배고픔은 잊었고, 끝내주는 보드카가 가득한 트럭을 털어 로그 술집 으로 가서 진탕 취하자는 장대하고 빤하고 본능적인 아이 디어를 다 같이 떠올렸다.

비행청소년들에게는 안된 일이지만 이 트럭은 술 트럭

이긴 하나 이 지역에서 과격하기로 악명 높은 에디 브린의 트럭이었다. 그러니까 트럭에 든 게 술이 아니었다는 뜻이다. 트럭에는 IRA의 다이너마이트가 가득 있었고 IRA 무기고에서 무기를 필요로 하는 다른 곳으로 애지중지 운반하던 길이었다. 말할 필요도 없이 에디 브린은 방해꾼들이 달갑지 않았다. 에디 브린은 스스로를 느긋하고 성질 좋은 사람이라고 생각했지만 그 좋은 성질이 도발을 당했을 때도 유지된 적은 단 한번도 없었다. 아이들은 어리석은 짓이란 걸 미처 깨닫지 못하고 손을 흔들어 트럭을 세웠다. 에디 브린은 브레이크를 꽉 밟고 선 다음 창밖으로 주먹질을 하며 소리소리 질렀다. "스카프 내려 이 사기꾼들아!"

비행청소년 자경단은 하란 대로 하는 대신 반대편으로 달아났다. 에디 브린은 쫓아가서 붙잡고 싶었지만, 워낙 뭐가 우선인지 잘 알고 시간 약속을 철저히 지키는 사람이었다. 그래서 일을 마친 다음에 다시 와서 누군지 알아내 한명 한명 잡아 족치겠다고 소리치는 것으로 일단 만족하기로 했다.

자경단은 버틀러 스트리트를 따라 브롬턴 파크 사거리로 달려가 난간에 기대 오줌을 지렸다. 웃고 울고 소리를 지르고 공중에 주먹질을 하고 서로 밀치고 비틀거리며 걷다가 좁은 입구 너머로 기어들어가 드러누웠다. 데굴데굴 구르며 아무거나 붙들고 질질 짜며 헉헉거렸다. 자경단 흉내가 세상 무엇보다도 재미있었고 심지어 야한 농담보다 더 재밌었다. 마침내 좀 진정하고 난 다음에는 자기들이 얼마나 운이 좋았는지, 얼마나 재미있었는지, 이러다 백살까지 살 수 있지 않겠는지, 다음엔 뭘 하면 좋을지 떠들어댔다.

저녁 6시가 되어 러시안룰렛을 하기로 한 이들 여덟이 로그 술집 문턱을 넘어섰다. 어둠에 눈이 적응하고 난 다음 처음으로 시야에 들어온 것은 구석에서 혼자 중얼거리고 있는 빈센트 리틀이었다. 빈센트는 그들을 본 순간, 아니 비닐봉지에서 권총이 나오는 걸 본 순간, 마침 권총을 들고 있던 랩 매코믹에게 달려왔다.

"랩!" 빈센트가 외쳤다. "랩 맞지? 오크필드 스트리트에 사는? 있잖아 랩." 빈센트가 다가왔다. "관심 있는지 모르겠는데, 내가 그 45구경에 기본이나 양각으로 소용돌이 무늬랑 모노그램 새기게 해줄 수 있어. 어때? 천천히 생각해봐. 서둘러 결정할 필요 없어. 너만의 독특하고 개성 있는 장식을 새길 수 있다고. 미국에서 대유행이야. 어때? 장식 무늬 새기고 싶어? 그래? 그래? 아니면 이런 것도 있어." 빈센트는 랩의 다른 쪽 귓가로 옮겨서 어깨에 손을 얹을 듯 말며 말했다. "지하 총기 보관 상자 필요해? 동시에 열여섯자루를 수납할 수 있어. 만약에 방아쇠 공이치기에 관심이 있다면, 양손잡이용 엄지 보호 탄창도 있는데 꽤 구부러졌지만 망가지진 않았어 ── 권총에 장착하려면 총알을 한발 한발 칼로 빼내야 하긴 해. 아니다 그게 아니라, 일반적으로 말해서" 빈센트가 첫번째 귓가로 돌아갔다. "시간과 탄약을 절약하는 방법이나 아무 카메라가게에서 손쉽게 구매할 수 있는 수명 긴 리튬전지 알아?"

"맛이 갔어." 다른 사람들이 빈센트를 보며 입을 가리고 속삭였다.

불쌍한 랩 매코믹은 침을 삼키며 가만히 있었다. 미친 사람을 어떻게 대해야 할지 몰라 조금 긴장해서 도움을 청하듯 친구들을 쳐다봤다. 빈센트 리틀은 북아일랜드에서 모르는 사람이 없을 정도로 확실히 유명한 미친 사람이었다. 누구나 아는 사실이고 심지어 이런 사소한 일에는 관심 없는 왕립얼스터경찰과 영국군조차도 알았다. 빈센트는 늘 퍼디스번 정신병원을 들락날락하고 미친 사람들이 먹는 약을 먹고 정신과 의사를 찾아가 상담을 받고 포크, 나이프, 유리, 종이, 연필 등등 아무거로나 언제나 어디에서나 자해를 했다. 가장 미친 점은 그가 정상인 사람들에게 총과 탄약을 팔려고 한다는 것이었다. 무기 같은 건 전혀 갖고 있지 않은 게 분명한데도. 그러니 누가 보기에도 미친 게 빤하지 않나?

그래서 다들 무기에 예쁜 무늬를 새기라고 설득하는 빈센트의 말은 무시하고 등을 돌리고 자기들 할 일을 했다. 낡은 차 상자와 빈 맥주통, 널빤지 등등을 끌고 와서 둥그런 모양으로 놓고 게임 준비를 했다. 한 친구가 미친 소년을 내보내려고 문 쪽으로 데리고 가기도 했지만 성공하지는 못했다. 빈센트를 문밖으로 밀어내려는 순간 다른 남자 애들 한 무리가 안으로 밀고 들어왔기 때문이다. 룰렛을 하려는 이들이 뭔가 목적이 있는 것처럼 걸어가는 모습을 보고 뭘 하는지 궁금해져서 따라온 사람들이었다. 새로 온 아이들이 술집 안에 차려놓은 것을 보고는 물었다. "왜 궤 짝 위에 총이 있어?"

신페인당 회계 담당자는 죽음의 공포가 덮치기 전에 얼 른 로그 술집에 가서 목숨을 끊을 생각이었다. 집중해서 빨리 일을 처리하면, 처음부터 되는 일이 없었던 존재의 실수와 실패도 같이 끝날 것이다. 자기가 목을 매는 게 섹 스 때문인지 술 때문인지 도박 때문인지 횡령 때문인지 사기 때문인지 혹은 자기가 중독된 그런 것들이 상징하 는 무엇 때문인지는 생각하지 않았다. 그가 아는 사실은 (ㄱ) IRA의 보복을 감당할 수는 없다, (ㄴ) 집에서 죽을 수는 없다, 어린 아들이 아무 생각 없이 집에 왔다가 발견하면 안되니까. 그래서, 늘 그러듯 일상적인 것들 — 이웃 사람 들, 하늘, 분홍색 노을, 팔을 스치는 늦여름 산들바람 — 을 무시하며 어떤 것에도 눈을 주지 않고 길을 따라 걸었 다. 앨로이시어스 팰런의 세계에서는 그게 당연한 일이었 다. 일상적인 것들을 뭐 하러 보나? 그게 지금 나를 구해줄 수도 없는데.

로그 술집 안은 난리법석이었다. 문가에서 들여다보니 십대 한 무리가 꽥꽥거리며 티격태격하고 옥신각신하면서 팰런이 보기에는 아주 신나는 시간을 보내고 있었다. 팰런의 눈이 어둑한 천장에 딱 하나 무너지지 않고 남은 들보를 향했다가 먼저 와서 자리를 차지한 배려심 없는 젊은이들에게로 돌아갔다. 빌어먹을 놈들, 앨로이시어스 팰런은 어쩔 수 없이 돌아섰다. 유서와 아내의 붉은색 나일론 빨랫줄이 든 슈퍼마켓 비닐봉지를 더 꽉 쥐었다. 그 빨랫줄을 매달 무언가를 제외하고, 팰런의 남은 생에 필요한 물건은 전부 그 봉지 안에 있었다.

폭약 배달부이자 우유 배달부, 레모네이드 배달부, 흔들목마 놀이기구 운영자이기도 한 에디 브린은 지역 IRA와 즉석 회동을 마치고 나온 참이었다. 에디 브린은 비행청소년들 때문에 진절머리가 난다고 말했다. 사실은 말한 정도가 아니라 고래고래 소리를 질렀다. 여기가 자기들 구역인 양 사람을 서라 마라 한다고. 그러지 못하게, 더 말썽을 부리지 못하게 자기가 당장 가서 총으로 쏴버리겠다고 했다. 같은 부대 사람들이 에디 브린을 달래며 당신은 최정예 요원이다, 능력도 재주도 최고인 당신 같은 사람이 잡다한 일에 기력을 낭비할 필요가 없다고 설득했다. 집에 가서 저녁 먹고 좀 진정하고 발을 올려놓고 쉬라고. 나중에 또 중요한 일에 그가 필요할 테니까. 에디 브린은 이런 말에 좀 누그러지긴 했지만 그래도 아직 평소 자처하는 곰살맞은 좋은 성격으로 돌아가지는 않은 상태로 자리를 떴다. IRA는 문제아들을 찾아오라고 조 콜럼바 헤일을 보냈다.

이날에만 두번째로 찾으러 가는 것이었다.

자경단 행세를 하던 문제아들이 이번에는 훔친 술을 팔에 한아름 안고 버틀러 스트리트를 따라 비틀거리며 가고 있었다. 스미스웍스 한통, 바스 한통, 알코올이 든 것이라면 닥치는 대로 쓸어담아 채운 궤짝을 들고 있었다. 전부 들고 로그로 가서 취할 생각이었는데 조 콜럼바가 갑자기 앞에 나타나자 아이들은 화들짝 놀랐다. 이 지역의 젊은이들은 주변 상황이 이러한데도, 아니 어쩌면 이러하기 때문에, 자기들이 죽을 수도 있다는 생각은 안했다. 이웃 사람이나 형제나 어머니나 애인 들은 죽을 수 있지만 자기들은 영원히 끝내주게 살 거라고 생각했다. 게다가, 사방에서 이렇게 큰 소동이 날마다 일어나는 판에 자기들 같은 조무래기를 누가 신경이나 쓰겠냐고 생각했다. 그런데 신경을 쓰는 모양이었다. 조 콜럼바가 준엄하고 군인 같은 태도로, "잘 있었어?" 같은 최소한의 인사말도 없이, 오늘 저녁 7시에 로그 술집으로 뛰어와 무릎 쏘기 처벌을 받으라는 가차 없는 명령을 내렸다.

"내가 경고했지, 등신들." 조 콜럼바는 이렇게 말하고는 뒤돌아서 나름의 정상적인 삶을 계속하러 갔다. 아이들은 그의 뒷모습을 바라보다가 심란해져서 어떤 애들은 "난 안 가!"라고 외치고 어떤 애들은 씨발 씨발 씨발 하고 내뱉었지만 실은 전부 허세에 불과했다. 지시대로 7시에 그 자리에 안 나타났다가는 어떻게 될지 아주 잘 알았기 때문이다. 그러니 지체할 시간이 없었다. 최대한 빨리 술에 취해야 했다. 다섯명이 손목시계의 시간을 맞추고는 로그 술집까지 가고 말고 할 것도 없이 그 자리에 앉아서 술을 마시기 시작했다. 오십삼분 안에 만취해야 했다. 텔레비전에 의사가 나와 만취의 위험성에 대해 누차 경고했었다. "무릎 쏘기를 당하게 되었을 때는 제발 제발 제발 ─ 술을 마시지 마세요!" 의사들이 당부했다. "취한 상태에서는 상처를 처치하기가 힘들어서 우리 일이 훨씬 어려워집니다." "그러든가 말든가!" 아이들은 이렇게 이기적으로 반응했다. 이들한테는 취해야 할 확실한 이유가 있었고 그것도 최대한 많이 취해야 했다.

로그 술집에 새로 온 사람들은 러시안룰렛을 하겠다는 이들이 미쳤다고 생각하면서도 구경하고 동참하고 싶어했다. 술집 벽 쪽으로 가서 총에서 최대한 멀찍이 자리 잡고는 총쏘기 의식이 시작되기를 기다렸다. 게임을 할 사람이 열다섯명이 되어 있었다. 최초의 여덟명에 여섯명이 추가된데다, 빈센트 리틀은 자기가 왜 여기 앉아 있는지도 모르는 채 앉아 있었다. 참가자들은 대충 둥그런 모양으로 차 상자 위에 걸쳐놓은 널빤지에 앉았고 가운데에는 뒤집힌 궤짝 위에 총과 총알 한개가 놓여 있었다. 참가자들은 어쩔 수 없이 구경꾼의 존재를 받아들였고 내심 그래서 더 잘되었다고 생각하는 사람도 있었다. 못마땅해하면서 투덜거리고 인상을 쓰고 "쟤들이야 나야!" 하고 외치는 사람도 있었지만 진심으로 최후통첩을 한 것은 아니었다. 다들 이 새로운 게임에 참여하고 싶어했고 아도인에서 최초로 (그들은 그렇다고 생각했다) 러시안룰렛을 한 중요한 인물로 기억되고 싶어했다.

강한 인상을 심어주고 싶다는 집착이 구경꾼들과 참가자들 전부를 사로잡았다. 젊은이들 모두, 빈센트만 빼고, 앞으로 러시안룰렛 게임을 얼마나 자주 할 수 있을까 생각했다. 정규 대회 같은 걸로 만들어서 주말에 개최하고 아무나 참가하지 못하게 하고 금요일 밤 특별 행사 같은 것으로 삼으면? 그러면 소문이 퍼져서 유명해지겠지? 팬들이 영화도 만들고? 전 세계에서 배웠다는 사람들이 모여들어 다큐멘터리를 찍거나 특집 기사를 쓰고? 몽상꾼들이 계획을 세우고 성을 짓고 세부 사항을 수정하고 또 수정하고 있는데 랩 매코믹이, 관심 받기를 싫어하면서도 은근히 즐기는 열여섯살 소년이 총알을 약실에 넣고 탄창을 빙그르르 돌리고 방아쇠를 당긴 다음 죽어서 바닥으로 쓰러졌다.

길에서 술을 마시던 가짜 자경단도 총소리를 들었지만 당연히 아무 관심이 없었다. 정신을 잃지 않는 한도 안에서 최대한 의식이 없는 상태에 가까워지느라 바빴다. 제때로그 술집으로 무릎 쏘기를 당하러 갈 정도의 정신은 남겨두어야 한다는 걸 알았다. 하지만 총알이 파고드는 통증을 느낄 만한 의식은 남겨두고 싶지 않았다. 적당한 상태

가 되었다 싶어 로그 술집으로 가려고 비틀거리며 막 일어
서려는데 다른 남자애들 한 무리가 모퉁이를 돌아 질주해
오며 "누가 죽었는지 알아?" 하고 외치는 통에 놀라 나자
빠졌다.

랩 매코믹이 하고많은 게임 중 하필이면 러시안룰렛 게
임을 하다 스스로를 쐈다는 말을 듣고 자경단 아이들은 아
무도 그 자리에 자기들을 부르지 않았다는 사실에 일단 약
이 오르고 삐쳤다. 하지만 누구 탓을 하고 어쩌고 할 시간
이 없었다. 놀랍고 믿기지 않는 소식인 한편 불쌍한 랩 매
코믹이 옛 술집에서 그런 일을 저질렀으니 언제 경찰과 영
국군이 들이닥칠지 모르는 일이었다. 골치 아픈 상황이었
다. 무릎 쏘기를 당하러 무단으로 안 갔다가 나중에 군경
이 깔렸다는 핑계를 대보아야 무사하기 어려울 것이다. 그
렇다고 술집에 갔다가는 경찰이나 영국군에 잡혀갈 게 뻔
했다. 총격 이후에는 주변 젊은이들을 다짜고짜 잡아가는
게 보통이었다. 그러면 캐슬레이*로 끌려가 흥미롭지만 아
직 잘 모르는 일에 대해 부당하게 취조를 당해야 할 터였
다. 괴롭고 절망적인 상황이었으나 해결 방법이 떠오르기
는커녕 똑바로 생각할 수조차 없었다. 주변이 너무나 소란
한데다 잔뜩 취해 있었기 때문이다.

결국에는 근처에 가서 얼쩡거리고 있는 수밖에 없다고

* 벨파스트 동부 지역으로 심문소로 악명 높은 왕립얼스터경찰 본부
가 있었다.

142

생각했다. 그러면 군경의 동태를 살피고 있을 IRA가 그들이 오긴 왔다는 건 알아줄 테니까. 다섯명이 이렇게 뜻을 모으고 막 출발하려는데, 열두살 남자아이가 최신 소식을 전하러 모퉁이를 돌아 달려왔다. 아이는 피어너* 소년 단원으로서, 무릎 쏘기를 당하러 로그 술집으로 가는 대신 가까이에 있는 빈 안가로 가라는 전갈을 전하러 온 것이었다. 아이는 안가 뒤쪽으로 돌아가면 책임을 맡은 동조자가 ─ 그러니까 바로 자기가 문을 열어줄 거라고 가슴을 부풀리며 말했다. 군경이 돌아갈 때까지 안에서 기다리고 있으면, 모인 사람들이 흩어지고 다시 평화로워졌을 때 적절한 사람들이 와서 데리고 나가 정해진 대로 무릎을 쏠 거라고 했다. 아이는 안가 열쇠를 가지러 떠났고 자경단은 새로운 접선 지점으로 향했다. 얼마나 오래 기다려야 할지 알 수 없었기 때문에 추가로 마실 술을 가지고 갔다. 이상적으로는 영원히 마실 만큼 술이 있으면 좋겠지만 일단은 이 밤을 버틸 만큼이면 됐다.

브롬프턴 파크와 에트나 드라이브 교차로에 사람들이 모여들었다. 총소리를 듣고 나이 많은 어른들이 어두컴컴한 로그 술집으로 달려가 검은 석유처럼 보이는 웅덩이에 쓰러져 있는 누군지 알아볼 수 없는 시신을 발견했다. 총격 현장에 있었던 십대 아이들 일부는 상황이 종료될 때까

* 1909년 창설된 아일랜드 민족주의 청년 단체이자 준군사조직인 피어너에런(Na Fianna Éireann).

지 돌아오지 않을 요량으로 본으로 도망갔다. 몇몇은 잠시 뒤에 몰래 돌아가 구경할 요량으로 브릭필드까지만 갔다. 호기심이 강하고 짜릿함에 중독된 이들이 브릭필드에서 걸음을 멈추고는 정신을 추스르고 숨을 가다듬고 로그로 돌아갔다. 그렇지만 로그 근처에 모여 있는 어른들에게 그 일에 대해서는 한마디도 하지 않았다. 어른들도 묻지 않았고 대신 자기 자식들이 로그에 펼쳐진 끔찍한 광경을 보지 못하게 막으려고 했다.

왕립얼스터경찰이 도착해 현장을 접수했고 장갑차, 보병대, 헬리콥터 한대와 구급차 한두대도 왔다. 모인 사람들은 현장을 구경하다가 정보를 듣다가 "무슨 일이야? 이번엔 또 무슨 일이 일어났대?" 하며 숙덕거렸다. 자기들끼리 사라진 아이들의 수와 정체를 헤아리면서 죽은 소년의 미스터리를 순식간에 풀었다. 당연히 목격자는 한명도 없었고, 경찰이 사람들을 붙들고 신문을 했지만 대개, 늘 그러듯이 아무 정보도 얻지 못했다. 경찰은 바닥에 흩어진 살과 피에, 벽에 튄 살과 피에, 옛 술집 천장에 튄 살과 피에 원을 그렸다. 기자들은 손에 쪽지를 들고 메모를 했다. 동네 사람들은 대놓고 혹은 안전한 거리를 두고 숨어서 지켜보았다. 다른 사람들은 또 창문 뒤에서 혹은 반쯤 닫힌 문 뒤에서 제복을 입은 사람들을 총으로 겨누는 연습을 했다.

이런 일들이 일어나고 있을 때 사복형사가 장갑차에서 내려 길 건너에 모인 사람들을 둘러보았다. 특히 불쌍한 미친 소년 빈센트를 눈여겨보았다. 빈센트는 총이 발사된 후에 다른 아이들을 따라 도망갈 정신머리가 없어서 남아 있었다. 지금은 로그 술집 둘레에 쳐진 흰 테이프 옆에 서 서 늘 그렇듯 자기만의 환상에 빠져 있었다. 형사가 빈센트를 눈여겨본 까닭은 아프고 이상한 아이라서가 아니라 몸 오른편에 무언가가 점점이 뿌려져 있어서였다. 사복형사가 아주 작은 붉은 점들을 미심쩍게 보고 있자니 제복 입은 경찰 한명이 다가와서 설명했다.

"저 친구는 신경 쓰실 것 없습니다." 그가 말했다. "꼴통, 머저리, 100퍼센트 미친놈, 머리에 스피커가 든 애, 완전히 황당한 녀석이에요."

형사는 화난 얼굴이었다. "내 말이 틀렸으면 틀렸다고 하게 순경. 저 머저리가 붉은 점 수천 수만개로 덮여 있나 아닌가?" 순경이 빈센트를 보았다. "네, 그러네요." 이렇게 대답하고는 더 자세히 보았다. "점으로 뒤덮여 있네요. 그럼 가서 체포할까요?"

경찰, 군인, 구급차는 랩 매코믹의 시신과 빈센트 리틀과 비협조적인 사람들로부터 얻어낸 얼마 안되는 정보를 가지고 돌아갔다. 돌아가는 길에 피어너 꼬맹이를 지나쳤다. 소년은 안가 열쇠를 가지러 가는 길이었다. 그런데 실망스럽게도 누가 이미 열쇠를 가져갔다는 걸 알게 되었다. 예비 열쇠를 가지러 로자페나까지 가야 했다. 서둘러야 했다. 열쇠를 가지고 돌아가서 문을 따고 기다리는 사람들을 안에 들이고 열쇠를 되돌려놓고 다시 달려가서 흥미진진한 러시안룰렛 사건에 대해 자세히 알아볼 생각이었기 때문이다.

그래서 열쇠를 가져왔는데, 사실은 금방이었지만 어린 아이들은 워낙 인내심이 없고 조바심이 많고 성질이 급한 법이라 마치 평생이 걸린 것 같았다. 아이는 허바나 스트리트 79번지에 있는 빈집으로 달려가 열쇠 구멍에 열쇠를 넣고 돌리고 안으로 들어갔다. 문을 닫고 어둠속으로 한발을 디뎠다. 무언가 이상했다. 그래서 그 자리에 우뚝 멈췄다. 곧 눈이 어둠에 적응하기 시작했고, 어둠에 익숙해진 눈으로 아이는 보았다, 자기 아빠가, 벽에 죽은 채 매달려 있는 것을.

무릎 쏘기를 맡은 행동대 네명이 허바나 스트리트 79번지에 도착했지만 안으로 들여보내주는 사람이 없었다. 왜 이렇게 아마추어적이야, 그들은 생각했다. 아주 프로답지 못해, 그러면서 눈살을 찌푸리며 뒷문으로 들어갈 수 있나 보려고 집 뒤로 갔다. 뒷문 근처에서 다섯 자경단이 불안에 떨며 손톱을 물어뜯으며 술에 충분히 취하지 않았으면 어쩌지 하고 걱정하다가 다음 순간에는 여기 왔다는 것 자체가 미친 짓 아닌가 하고 걱정하고 있었다. 뒷문도 잠겨 있었지만, 이 가짜 자경단을 만나는 게 목적이었으므로 이제 집 안에 들어가고 말고는 문제가 되지 않았다.

행동대의 리더인 잿 맥데이드가 총을 꺼내고 다섯명에

게 일렬로 서라고 했다. 띄엄띄엄 서서 가만히 있으라고, 꿈틀거리지 말라고 했고 양쪽 다리를 다 쏠 거라고 했다. 지시 사항이 수정되었기 때문에 이제는 한쪽 무릎만 쏘지 않는다고 설명했다. 사실 지시 사항이 수정된 게 아니고 잿 맥데이드가 지금 즉석에서 바꾼 것이었다. 잿은 그랬다. 자기가 맡은 일에 늘 무언가를 추가했다. 열여섯살 풋내기인 나머지 대원들은 아무 의문도 제기하지 않았다. 차렷 자세로 서서 지시를 기다렸다.

한편 미키 러빗은, 이 행동대 중 한명은 아니고 사실 IRA인지 민족해방군 소속인지 그도 아니면 독자적인 암살단 리더인지 알 수 없는 인물인데, 무릎 쏘기 처벌이 임박했다는 소식을 듣고 몹시 못마땅해했다. 한때 친구였던 잿이 무릎 쏘기를 자진해서 맡았다는 데 뭔가 꿍꿍이가 있다고 생각했다. 잿이 그 일을 하겠다고 한 건 다섯 중 네명은 신나게 두들기고 나머지 한명한테는 상해를 최소한만 가하려는 수작이라고 짐작했다. 다섯 중 한명이 잿의 사촌 브렌디였으니, 믹의 예상이 맞는다면 브렌디한테는 조그만 상처 하나만 내고 끝낼 터였다. 믹 입장에서는 너무 부당한 일이었다. 처벌의 정당성에 먹칠을 하는 짓이니 그대로 두지 않겠다고 믹은 결심했다.

믹 러빗이 특별히 도덕적인 인물이라거나 브렌디 맥데이드에게 개인적 유감이 있어서 그런 것은 아니었다. 그저 (ㄱ) 브렌디 맥데이드는 잿 맥데이드의 사촌이고, (ㄴ) 잿은 자기 사촌은 내버려두고 남의 사촌을 죽이는 버릇이 있었으며, (ㄷ) 믹의 사촌이 의문의 죽임을 당한 일이 있었는데 (ㄹ) 믹은 그 죽음에 의문의 여지가 없다고 생각했다. 잿이 영국군 친척을 죽인 게 못마땅한 것은 아니었다. 그저 그때, 열다섯살 때 잿이 자신에게 먼저 물어봤어야 했다는 생각이 들어서였다.

물론 그렇다는 사실을 다른 사람에게나 무엇보다 자신에게나 대놓고 인정하지는 않았다. 일단 브렌디를 죽이기로 결심한 다음, 거꾸로 거슬러 올라가며 죽여야만 하는 그럴듯한 명분을 찾았다. 오래 걸리지 않았다. 믹은 뇌의 논리적이고 직선적이고 어른스러운 부분을 사용해서 삼십초나 시간을 들여 장단점을 따져보았고 거의 미친 사람만큼 합리적으로 숙고한 다음 브렌디를 죽여도 갈등이나 분쟁이나 논란이 일지 않으리라는 결론에 도달했다. '대의'를 위해서 불가피한 일이기만 하다면. 믹은 대의를 위한 일이라고 결정을 내렸고, 결론이 내려졌으니 이제 앉아서 기다리다가 잿이 어떻게 했는지 알아보고 자기 의심이 맞았는지 아닌지 확인하기만 하면 됐다.

오래 기다릴 필요도 없었다. 잿의 행동대가 9시 46분에 부대에 보고를 했다. 모든 일이 전반적으로 만족스럽게 진행되었다고 했다. 잿 자신이 직접 반사회적 행동자 네 사람의 다리에 총알 열여섯발을 박아넣었지만, 어쩌다보니, 이 대목에서 잿은 쑥스러운 듯 미소를 지었는데, 마지막 사람은 명중시키지 못했다고 했다. 상처만 내는 데 그쳤다고 했다. 상처를 스위스 아미 나이프로 냈다는 말은 하지 않았다. 그것도 플라스틱으로 된 장난감, 실은 가상의 스위스 아미 나이프라는 사실도. 요약하자면, 다섯명 중에서 네명을 처단했으니 1회 출동의 성과로 나쁘지 않으며, 이 일로 다른 비행청소년들에게 본보기가 되었을 터이니 전반적으로 '대의'를 위해 잘된 일이라고 선언했다.

요즘에는 무릎 쏘기 처벌이 있을 때 누군가는 죽는 게 당연한 일이 되었다. 이번 경우도 예외가 될 수 없었다. 잿이 뭐라고 말했는지 전해들은 다음 믹은 바로 건물에서 나가 허바나 스트리트로 갔다. 자경단 아이들이 피 웅덩이 속에서 악쓰며 울부짖고 있었다. 몸을 버둥거리며 일어서려 하고 옆에 있는 사람의 발목을 잡으려 하고 신음과 비명을 지르다 다시 쓰러졌다. 누구든 듣고 있을 사람들에게 빨리 구급차를 불러달라고 빌었다. 무릎에 총을 맞기 전에 미리 구급차를 불러놓을 생각은 못한 모양이었다.

믹은 예상했던 대로 울부짖는 아이들 가운데 브렌디 맥데이드가 없다는 걸 확인한 뒤 주위에 물어서 자기 사냥감이 톱밥 깔린 함석 건물 술집 어디에 있는지 알아냈다. 손더스 술집인 것을 알아낸 다음 허리에 찬 권총을 확인하고 걸음을 재촉해 버틀러 스트리트로 가서 손더스를 향해 걸었다.

브렌디가 안에 있었고, 지친 상태라 오렌지·사과 레모

네이드를 마시고 있었다. 갓 총에 맞은 친구들을 생각할 겨를은 없는 듯 보였는데, 실제로 그랬기 때문이다. 이 지역 사람들 누구나 그렇지만 브렌디도 지난 일은 잊고 다음 일을 해야만 했다. 다음 일이라는 게 손더스에 가서 다른 애들하고 떠드는 것이었다. 브렌디는 자경단이 되려면 어떻게 해야 하는지, 죽음을 무릅쓰는 저돌적인 사람이 되려면 어떻게 해야 하는지 강연을 하고 있었다. 사촌 덕에 총을 안 맞은 것에 안도하고 들뜬 터라 그 일에 대해서도 도저히 떠벌리지 않을 수가 없었다. "와, 정말이야?" 러시안룰렛 현장에 있었던 사람 한명이 감탄했다. "말도 안 돼! 어떻게 그렇게 간덩이가 커? 그래 그다음에 어떻게 됐어?" 그다음에 일어난 일은 미키 러빗이 손더스로 들어온 일이었다. 브렌디는 입을 다물었다. 다들 쳐다보았다.

몇분 뒤, 경찰, 군인, 구급대가 다시 왔고 일부는 손더스로 가서 죽은 브렌디를 싣고 나머지는 허바나 스트리트 79번지로 갔다. 일단 부상자들을 들것에 실어 밖으로 데리고 나왔다. 부상자들은 구급차가 이미 세대나 와 있는데도 구급차를 불러달라고 아우성이었다. 술 냄새가 코를 찔렀는데 구급대원들은 "안 먹었더라면 좋았을 텐데"라고만 말했다. 이런 일이 벌어지는 한편 방탄조끼를 입은 경찰이 총을 빼들고 지나가는 차를 일일이 멈춰세우고는 수색하고 신분증을 확인했다. 허바나 스트리트 뒤쪽에 있던 경찰들은 핏자국과 뼛조각과 다른 부인할 수 없는 증거 들에 일일이 원을 그려 표시하기를 포기하고 피에 물든 문간 전체에 분필로 테두리를 그렸다.

안가 안에서는 피어너 소년 단원과 군경, 경찰견, 시신과 관련해 정해진 절차가 수행되고 있었다. 아이는 머리카락이 쭈뼛 솟은 채로 얼어붙어 있었고 군인이 아이를 담요로 싸서 들고 나왔다. 회계 담당자 시신은 범죄수사대, 법의학자, 경찰 사진반이 올 때까지 매달린 채로 그대로 두었다. 자기 목을 붙들고 있는 손이 아직 살아 있는 것처럼 보였다. 마지막 순간에 마음을 바꾼 것 같았다. 앨로이시어스 팰런다운 일이었다. 앨로이시어스 팰런은 늘 왔다 갔다 오르락내리락 이랬다저랬다 하는 사람이었다.

그리고 이웃 사람들이 있었다. 다양한 사람들. 지금 일어나는 일에 대해 고찰하러 밖으로 나온 사람들이었다.

"그래, 하지만 그렇다고 왜 목을 매지?" 사람들끼리 유서를 돌려보고 난 다음에 어떤 남자가 말했다. 다른 피어너 소년 단원이 경찰이 오기 전에 유서를 빼냈다. 하지만 앨로이시어스 팰런의 아들을 데리고 나오는 데는 실패했다. 아이가 아빠에게 시선을 고정한 채 계속 보고 있으려 했기 때문이다.

"앨로이시어스가 자기 처지를 그 사람들한테 해명해볼 수도 있었잖아." 망상에 빠진 어떤 여자가 말했다.

"IRA가 이해해줬을 수도 있는데." 망상에 빠진 어떤 남자가 말했다.

"원래 문제가 있는 사람인 걸 감안해줬을 수 있지." 망상에 빠진 어떤 여자가 말했다.

"조금씩 나눠 갚을 수도 있었잖아." 완전히 정신이 나간 어떤 남자가 말했다.

"내가 궁금한 건," 또다른 이웃 사람이 아까 벌어진 불쌍한 랩 매코믹의 죽음을 상기하며 말했다. "그 불쌍한 애가 창창한 앞날을 두고 왜 자살했냐는 거야. 창창한 앞날이 60년, 70년은 남았는데." 아무도 그 말에 뭐라 답할지 몰라 알 수 없다는 듯 고개를 저었다. 사람들은 숙연해졌고 마음이 무거워져 고개를 숙이고 우울감에 빠졌다. 아무리 생각해도 왜 사람이 다른 사람에게 죽임을 당하지 않으려고 스스로 목숨을 끊는지, 왜 열여섯 먹은 아이가 60년, 70년 남은 시간을 살고 싶어하지 않는지 알 수가 없었다.

불쌍한 브렌디에 대해서는, 당연히 다들 입을 다물었다. 브렌디는 잿의 사촌이고 잿은 한때 미키 러빗의 친구였고 믹 러빗은 의문스러운 살인 사건으로 사촌을 잃었다. 그래서 이웃 사람들 전부 아무것도 묻지 않고도 어떻게 된 일인지 알았다. 결투나 개인적 원한에 대해서는 아무 말 않고 묻어두는 게 최선이었다.

일요일에 장례미사는 없었지만 월요일에 앨로이시어스 팰런, 로버트 존 매코믹, 그리고 브렌던 맥데이드의 합동 장례식이 치러졌다. 세 사람은 그날 오후에 밀타운 공동묘지에 묻혔다. 다들 처참한 일이다, 끔찍한 일이다, 안타

까운 일이다, 영영 잊지 못할 것이라고 했다. 하지만 아니었다. 그렇지 않았다. 모든 일이, 언제나 그렇듯, 그다음의, 새로운, 과격한 죽음에 묻혔다.

메아리, 1978년

보건복지부에서 나더러 실업수당을 신청하지 말고 새로 생긴 청년 훈련 프로그램에 들어가라고 했다. 청년 훈련 프로그램은 크럼린 로드에 있는 오래된 공장 자리, 교도소 바로 옆 부지에서 문을 열었는데 양쪽 공동체에서 학교를 갓 졸업한 청년들을 한데 모으자는 아이디어에서 시작되었다고 했다. 남자들은 페인트칠, 실내장식, 목공, 자동차정비 등의 일을, 우리 여자들은 물론 타자 치는 법을 배울 수 있었다. 월요일에 처음 갔는데 아직 공사가 끝나지 않은 상태였다. 콘크리트 바닥에 비닐이 덮여 있고 파티션과 이동식 건물이 여기저기 있고 드릴 소리가 나고 전선이 늘어져 있고 사람들은 우왕좌왕했다. 전에 있던 커다란 방적기계는 사라졌고 건물 안은 춥고 메아리가 울렸다.

임시 사무실 안으로 들어갔더니 버니가 있어서 반가웠다. 버니도 아도인 출신이었다. 다른 사람들은 샨킬에서 온 이들이었다. 공장 쪽에도 가톨릭교도는 많지 않았다. 남자들 사이에 종파 싸움이 벌어질 때를 대비해 작업장마다 감독관을 두명씩 뒀지만 사무실에는 한명밖에 없다고 했다. 여기는 우리 여자들밖에 없으니까.

제시간보다 두시간 늦게 브로나가 왔다. 타자기 쓰는 법을 익히고 있는데 브로나의 우렁찬 목소리가 들렸다.

"난 사무실로는 안 갈 거예요!"

고개를 들어보니 브로나가 매니저인 클레멘트 스트레인을 비웃고 있고 불쌍한 매니저는 당황해서 어쩔 줄 몰라 했다. 그때 브로나가 창문 안을 들여다보고 나를 발견하고는 달려와 플라스틱 판을 탕 쳤다.

"어밀리아! 너도 여기 온 거야? 개자식들! 실업수당 담당하는 놈들은 다 개자식들이야!"

"너 쟤 알아?" 메이블이 역겨운 표정으로 나를 보며 물었다.

"우리 동네 살아." 버니가 대답하고 브로나에게 손을 흔들었다. 브로나가 버니를 보고는 플라스틱을 더 세게 쳤다. 부서졌다.

"브로나 이매큘라타!" 클레멘트가 소리쳤다. 클레멘트는 말투가 조곤조곤한 존재감 없는 남자로 BBC2 심야방송에 나와 평화를 주창하는 부류 중 하나였다. 브로나는 다시 비웃었다.

"쟤 여기 못 오게 해요." 메이블이 낮은 목소리로 말했다. 케이는 웃기만 했다.

클레멘트가 일어서서 책상을 돌아 브로나에게 가서 나가라고 했다. 부서진 플라스틱을 살피고 자로 잰 다음 브로나에게 조심하라고, 유의하라고, 주의하라고, 조심하고 무엇보다도 조심하라고 했다. 입만 아플 소리라고 나는 생각했다.

나는 메이블을 돌아보며 브로나는 남자들하고 같이 밖에서 일할 테니 걱정 말라고 안심시켰다.

"누가 걱정해? 난 걱정 안해! 누가 걱정한데? 난 쟤 안 무서워!" 메이블의 말에 나는 어깨를 으쓱하고 타이핑하고 있던 애거사 크리스티로 눈을 돌렸다. 책을 읽으면서 동시에 타자 치는 법을 배우는 영리한 방법이었다.

브로나는 페인트칠·실내장식반으로 갔다. 두시간 만에 샨킬에서 온 데니스가 뽕브라 어쩌고 하면서 브로나한테 시비를 걸었다. 데니스는 큰 소리로 웃음을 터뜨렸다. 브로나는 더 큰 소리로 웃고는 데니스에게 손을 뻗었다.

"네 좆 아직 붙어 있냐?" 브로나가 말했다. "좀 보자." 그러고는 데니스의 작업복 위로 그걸 덥석 잡았다. 싸움이 벌어졌고 페인트통이 사다리 위에서 떨어졌고 남자들 둘도 같이 떨어졌다. 브로나는 구두경고를 받고 자동차정비반으로 보내졌고 데니스는 고환 부상 때문에 집으로 돌아갔다.

다음으로 브로나는 마리오 모렐리가 새로 산 오토바이를 타고 싶어했다.

"함 타자! 함 타자고!" 브로나가 마리오의 머리, 엉덩이, 등짝을 세게 치면서 외쳤다.

"여기 없어 브로나." 마리오가 대답했다. "아도인에 있어. 정말이야. 이러지 마."

"거짓말 마 모렐리." 브로나가 말했다. "찾아내겠어."

그러고 찾아냈다. 수요일에 나는 속도와 숙련도를 높이기 위해 잡지에 실린 정신이상에 관한 글을 타이핑하고 메이블은 스톱워치로 시간을 재고 있었다. "시작해 어밀리아! 시작!" 메이블이 외쳤고 나는 타이핑을 시작했다. 음식에서 실제로는 존재하지 않는 구더기를 보는 사람들이 나오는 대목까지 왔는데 귀중한 오토바이가 부르릉 달려가는 소리가 들렸다. 브로나가 빠른 속도로 사무실 창문 앞을 지나치더니 식당으로 돌진했다. 우리는 문으로 달려갔다.

"내보내야 해." 자동차정비반 감독관 중 한명인 에디가 말했다. 에디는 충돌 소리를 듣고 정비 중인 차 아래에서 나왔다. "우리 차에 무슨 짓을 할지 어떻게 알아. 배관 쪽으로 보내."

배관반에서도 브로나를 원하지 않았다. 남자들이 구석에 모여 세면대용 렌치와 기다란 스패너를 손바닥에 탁탁

치며 웅얼거렸다. 감독관인 마이크가 나타나자 남자들이 몰려가서 호소했다.

"마이크! 왜 우리예요? 다 망쳐버릴 거예요. 다른 여자들하고 같이 사무실에 있어야 해요."

"그래요——사무실요, 사무실로 보내요." 다 같이 우는 소리를 했다.

"아 절대 안돼요!" 메이블이 작지만 통통하고 다부진 몸으로 길을 막으며 외쳤다. "이건 성차별이에요!"

성차별이라는 말이 나오기가 무섭게 우리 사무실 감독관인 얼리샤 플로가 문을 벌컥 열어젖히고 거대한 범선처럼 미끄러져 나왔다. 얼리샤 플로는 마흔살쯤 되었고 하루 중 대부분의 시간을 메리 데일리*라는 사람이 쓴 책을 읽는 데 보내며 남자가 무슨 말만 하면 "성적 편견이야! 성적 편견!"이라고 외치는 사람이었다. 또 툭하면 열아홉살밖에 안되었을 때 퀸즐랜드 남부로 영혼을 일깨우는 여행을 다녀온 이야기를 했다.

"나무 위에 만든 집에 살았었어." 우리가 처음 온 날에 이렇게 말했다. 우리는 그냥 멍하니 보고만 있었다. 얼리샤 플로가 고개를 끄덕였다. "그래, 맞아. BBC 라디오 원도 들을 수 없었고, 「아이 로스트 마이 하트 투 어 스타십 트루퍼」나 아바를 들을 수도 없었고, 미스 셀프리지

---

* Mary Daly(1928~2010). 미국의 여성학자이자 급진적 페미니스트.

에서 쇼핑을 할 수도 파우더퍼프 쿠키를 먹을 수도 없었지……" 얼리샤는 거기에 결핍되어 있었던 무수한 것들에 경탄하더니 감격한 듯 말을 잇지 못했다.

그런 얼리샤가 지금 마치 식료품가게처럼 보이는 자기 사무실에서 나왔다. 얼리샤의 책상 위에는 갓 낳은 달걀 바구니가 있고 연간계획표 옆 벽에는 햄 한덩이가 매달려 있었다. 얼리샤는 못마땅한 얼굴로 모여 있는 남자들을 둘러보았다. 아름다운 브로나가 남자들 사이에서 몸을 일으켰다.

"와 끝내줬어." 브로나가 행복하게 웃으며 몸에서 흙먼지를 털면서 말했다. "조금 늦게 멈춘 것 같긴 하지만."

"내 오토바이!" 마리오가 울부짖었다.

"이런 괜찮니!" 얼리샤 플로가 마리오를 밀어내고 브로나에게 다가가며 말했다. "피투성이잖아!" 그러더니 얼굴을 찌푸리고 몸을 가까이 숙였다. "말해봐 브로나 이매큘라타. 겁내지 말고. 저 남자애들 중 누가 널 때린 거니?"

브로나는 더 큰 소리로 웃었다.

독Dock이라는 별명으로 불리는 디고리가 한걸음 앞으로 나왔다. 배관반 감독관이고 세상에서 언젠가 일어나게 되어 있는 온갖 끔찍한 일들을 습관적으로 걱정하느라 마치 노인처럼 보이는 사람이었다.

"우리 생각에는, 얼리샤 플로런스, 브로나 이매큘라타는 다른 여자들처럼 사무실에서 일하는 게 좋겠어요."

"성적 편견이에요!" 얼리샤 플로가 외쳤다.

"종교 차별이죠!" 브로나가 즐거워하며 말했다. "배관반에는 프락치들밖에 없어서 나를 거부하는 거예요!"

"아 아냐 조용히 해, 그러지 마." 얼리샤 플로가 속삭였다. "물론 차별이긴 해. 하지만…… 성적 차별이야."

남자들 쪽에서 항의가 터져나왔고, 그때 신교도들과 구교도들이 서로 너무 가까이 서 있다는 걸 알아차렸다. 기분 좋은 일이 아니어서 얼른 시정했다. 서로 밀고 치고 이런 욕설을 주고받았다. "조심해 피니언* 새끼들." "꺼져 오렌지** 쓰레기들."

"무슨 일이야?" 클레멘트 스트레인은 BBC2 방송국에서 젊은이들이 얼마나 화합을 잘하고 있나 하는 주제로 인터뷰를 마치고 기분 좋게 돌아오던 길이었다. 실랑이를 멈추고 다들 클레멘트에게 달려가 저마다 자기 이야기를 하려 했다.

"조용!" 클레멘트가 손으로 크게 엑스 자를 그려 보이며 외쳤다. 클레멘트는 조각조각 들은 내용을 조합해 무슨 일이 일어났는지 알아냈고 피해 상황을 파악했다. 클레멘트가 브로나를 마주 보았다.

"자 이번이 두번째 구두경고야. 다음에는 서면경고가 나갈 거야. 가서 씻고 마이크 따라 배관반으로 가."

* 북아일랜드에서 가톨릭교도를 낮잡아 이르는 말.
** 오렌지색은 신교도, 연합주의자의 상징.

배관반 남자들은 끙 하는 소리를 냈고 욕설을 중얼거리는 사람도 있었지만 그래도 씨발년이라는 욕을 하는 사람은 없었는데 얼리샤 플로가 입을 앙다물고 팔짱을 낀 채 그 말이 나오는지 아닌지 귀 기울여 듣고 있었기 때문이다. 다들 돌아간 다음 얼리샤는 우리에게 "좋아, 계속해"라고 말하고는 돌아서 자기 식품저장실로 돌아갔다. 우리는 얼리샤의 뒷모습을 보며 고개를 저었다. 정말 희한한 사람이었다.

한동안은 배관반 분위기가 괜찮았다. 브로나가 흥미를 보였다. 직경 0.5인치 파이프를 손으로 구부리고 좋아했고 0.75인치 파이프를 구부림 막대를 가지고 구부린 다음에는 더욱 좋아했고 장비들을 분류하는 것, 물이 흐르는 것도 좋아해서 마이크와 아기 배관공들도 조금 마음을 놓을 수 있었다. 그렇게 3주째에 접어들었는데 브로나가 레스터한테 홀딱 빠졌다.

레스터는 샨킬 출신이었다. 목공반에서 일했는데 중요한 사실은 아름다운 눈과 미소와 긴 다리가 있다는 것이었다. 사무실에 있는 우리들은 1일째에 이미 그 다리에 주목했다.

"이상한 이름이긴 해." 버니가 얼굴을 찡그리며 말했다. "개신교도 잉글랜드인스러운 이름이야. 내가 레스터란 이름을 가진 사람하고 사귀었다간 집에서 쫓겨날걸."

"그렇지만 버니." 내가 말했다. "모든 사람이 이그네이

셔스 세인트 스티븐 핀바 같은 이름을 가질 수는 없잖아."
버니의 남자친구 이름이었다.

처음에는 브로나가 레스터의 존재를 알아차리지 못했
는데, 그러다 어느날 보니 브로나가 사다리 위에서 몸을
뒤틀고 물탱크를 감싸안은 자세로 목공반과 아주 가까
운 위치에 있었다. 레스터도 브로나를 보고 있었다. 레스
터가 다가가서 브로나를 올려다보며 물었다. "도와줄까?"

브로나가 사무실로 왔다.

"이름이 이상한 금발 남자애 말야." 브로나가 말했다.
"걔 뭐야?"

"레스터는 타이그*하고는 안 사귀어." 메이블이 브로나
에게 등을 돌린 채로 단호하게 말했다. "말도 안되는 일이
지. 자연의 섭리를 거스르는 짐승 같은 짓이야." 메이블이
나와 버니 쪽으로 몸을 숙이며 말했다. "니들 기분 나쁘라
고 한 얘긴 아냐."

"하지만 로신은?" 내가 말했다. 로신은 새로 온 애인데
쉬는 시간이면 레스터와 잡담을 나누었다. 물론 우리가 불
만스러워하는 까닭은 로신이 레스터를 차지할지 모른다는
가능성 때문이 아니라 터프로지에 사는 로신이 애초에 우
리 훈련 프로그램에 들어온 게 이상한 일이었기 때문이다.

"균형을 맞추려고 그러는 거야." 케이가 말했다. "니들

---

* 북아일랜드에서 가톨릭교도를 낮잡아 이르는 말.

같은 가톨릭 수를 더 늘리려고."

"그래도 들어오면 안되지." 메이블이 말했다. "니들도 가톨릭인 건 알지만, 적어도 니들은 바로 길 건너에 살잖아. 로신은 폴스나 그런 데 있는 청년 훈련 프로그램에 들어가야지."

브로나는 그러는 내내 얼굴을 잔뜩 찌푸리고 있었다. 그러다가 생각이 정리되었는지 이렇게 말했다.

"흠, 내가 로신보다 먼저 가서 사귀자고 해야겠다."

우리는 다 같이 꺅 소리를 질렀다.

"안돼, 브로나, 안돼! 여자들은 그러는 거 아냐!"

"그리고 내가 이미 말했잖아." 메이블이 크게 푸욱 한숨을 쉬며 말했다. "레스터는 타이그 안 만난다고." 그러고는 몸을 획 돌려 브로나를 위아래로 훑어보면서 이렇게 덧붙였다. "게다가 넌 딱히 여자답지도 않잖아?"

브로나는 나가려다 말고 걸음을 멈췄다. 태어나서 처음으로 브로나는 당황했다.

"무슨 소리야?" 브로나가 물었다.

"내 말은," 메이블이 말했다. "로신하고 너하고 비교해 보라고!"

"무슨 소리야?" 브로나는 자기 몸을 내려다보며 말했다.

"내 말은," 메이블이 눈을 굴렸다. "로신하고 널 비교해서 한번 보라고!"

"무슨 소리야?"

로신이 안으로 들어왔고 우리 모두 조용해졌다. 브로나가 로신을 쳐다보는 걸 보고 나는 싸울 각을 재는 건 줄 알았다. 그러나 브로나는 고개를 갸웃하고 말없이 서 있더니, 배관반으로 돌아가는 대신 얼리샤 플로의 사무실로 들어갔다. 점심시간에는 어디에 있는지 보이지 않았다.

브로나가 오후에 화장품 가게의 갈색 쇼핑백을 들고 사무실로 돌아왔다.

"있잖아 어밀리아." 브로나가 쇼핑백을 만지작거리며 말했다. "내일부터 배관 대신 사무를 배우려고." 내 귀를 믿을 수가 없었다.

"여기 아이새도 있잖아……" 브로나가 쇼핑백을 열며 말했다.

"그건 블러셔야 브로나."

"아! 그래, 여기 아이펜슬 있잖아……"

"그건 립라이너야 브로나."

"아! 그래, 이거……"

나와 버니와 케이는 서로 마주 보았다. 브로나가 단장한 모습은 한번도 본 적이 없었지만 대재앙이 될 게 보나 마나 빤했다. 내 생각이 옳았다.

다음 날 아침 나는 닥터 베리 임포턴트가 쓴 「거식증을 치료하는 유일한 방법은 강제 급식」이라는 글을 타이핑하고 있었다. 메이블은 혼자 철자법 시험을 보면서 슬쩍슬쩍 커닝을 했다. 버니는 케이와 같이 모노폴리를 하고 로신은 사무실 밖 합판 옆에서 여유롭게 레스터와 이야기를 하고 있었다. 레스터도 느긋한 태도였다. 문이 열리고 브로나가 들어왔다.

맙소사, 나는 생각했다.

"아 브로나!" 버니가 외쳤다.

"아 정말 궁금한데!" 메이블이 채점 안한 다음 문제에 손가락을 얹은 채로 말했다. "그게 얼굴이야 그림이야?"

"내가 해결할게." 케이가 자기 화장품 가방을 들고 브로나를 화장실로 끌고 갔다.

돌아왔을 때 브로나는 케이가 북북 문질러 닦은 뺨이 불그레해진 것을 제외하면 거의 정상적으로 보였다. 둘이 자리를 비운 사이, 버니는 브로나가 입은 터질 듯한 블라우스와 엉덩이에 비해 너무 작은 스커트 그리고 의미 없는 어깨 패드 등등에 대해 한마디 할 때가 되었다고 결정을 내렸다. 나도 한마디 하겠다고 했다. 나는 브로나에게 끌, 망치, 드라이버, 바퀴 버팀대, 온갖 종류의 못 등등 브로나가 새 클러치백에 쑤셔넣은 물건들에 대해 말할 생각이었다. 그런데 그러기 전에 목공반 감독관인 톰이 사무실 지붕에서 외치는 소리가 들렸다.

"레스터, 이리 올라와. 아직 쉬는 시간 아냐."

"맙소사!" 브로나가 외치며 책상에서 뛰어내려 하이힐을 벗어던지고 사무실 문을 홱 열어젖혔다. "기집애가 또 나가서 꼬리 치고 있었어!"

우리는 레스터의 멋지고 우아한 다리가 사다리 위로 올라가고 브로나의 그다지 멋지지 않은 다리가 따라가는 것을 보았다.

"기다려 레스터. 내가 도와줄게." 브로나 목소리가 들렸다. 남자 하나가 비명을 지르더니 밀쳐지기 전에 제 발로 뛰어내린 듯 지붕에서 뛰어내렸다.

"브로나 이매큘라타 매케이브!" 톰이 외쳤다. "뭐 하는 거야? 내려가. 위험해! 그 보 조심해. 그……" 부욱 찢어지는 소리가 났다.

"스커트야." 버니가 고개를 끄덕였다. 우리는 모두 천장을 쳐다봤다.

"그 널판 가까이 가지 마…… 거기 디디면……" 우지끈하는 소리가 났다.

브로나의 거대한 허벅지가 천장을 뚫고 내려왔고 이어 브로나의 몸 전체, 다음에 톰, 다른 남자들 전부가 내려왔다.

"악!" 메이블이 천장에서 쏟아지는 것들을 피해 옆으로 뛰면서 말했다. "쟤는 정말 부끄러운 걸 모르네."

사람 좋은 톰마저 인내심을 잃었다. 톰이 먼지로 뒤덮인 브로나를 일으켜세워 가까이 있는 회전의자에 앉혔다. 그러고는 떨리는 한 손으로 브로나를 눌러앉히며 다른 손으로 타자기에 종이를 끼웠다. 톰이 브로나의 손가락을 키위에 얹으려 하는 동안 브로나는 레스터를 보며 웃고 있었다. 메이블이 레스터를 포함해 덜덜 떨고 있는 먼지투성이

166

남자들을 전부 문밖으로 밀어냈다.

"쳐! 쳐!" 톰이 브로나의 손가락을 누르며 외쳤다. 톰은 필사적이었고, 그의 공구 벨트에 꽂힌 망치가 책상 가장자리에 쾅쾅 부딪혔다. 톰이 우리를 보았다.

"여기, 도와줘!"

로신이 사뿐사뿐 걸어가 타자기 위로 몸을 숙였다.

"브로나." 로신이 말했다. "여기 이게 키야. 이걸 탁 치면 글자가 찍혀." 잠시 말이 끊겼다. "하지만 이런 헛소리보다 더 중요한 건 뭐냐면, 레스터랑 내가 오늘밤에 영화 보러 가기로 했다는 거야."

"윽 사실 레스터는 늙은 잡년이지." 케이가 결론을 내리듯 말했다.

"쟤들 12일 축일*이 되면 헤어질걸." 내가 덧붙였다.

소용이 없었다. 브로나의 기분은 조금도 달라지지 않았다.

"레스터가 자기가 무슨 짓을 하는지 알아야 할 텐데." 메이블이 말했다. "잘못된 곳에 발을 들여놓고 있다는 거."

클레멘트가 먼지가 가득한 사무실로 들어와 기침을 하면서 브로나의 첫번째 서면경고를 책상 위에 탕 내려놓고는 브로나를 노려보며 다시 기침을 하고 몸을 돌려 나갔다. 그러거나 말거나 브로나는 쳐다보지도 않았다.

* 얼스터 개신교 축일로 7월 12일이다. 개신교도인 윌리엄 3세가 가톨릭교도 제임스 2세를 물리친 일을 기념한다.

"음, 잘리더라도," 메이블이 말했다. "너 같은 애들은 듀 배리 같은 데서 일자리를 구할 수 있으니까."

브로나가 고개를 들었다. "뭐라 했어?"

메이블이 코웃음을 쳤다.

"누구나 아는 사실이잖아. 창녀들만 발찌를 한다는 거."

브로나는 자신의 굵직하고 튼튼한 발목에 둘린 앙증맞은 은발찌를 내려다보았다. 인상을 쓰며 몸을 일으키고는 책상 위에 놓인 물건들을 쓸어버렸다.

"뭐라 했어?" 브로나가 다시 말했다.

"들었잖아. 창녀들만 발찌를 한다고." 메이블이 말했다.

문 두개가 동시에 열렸다. 얼리샤 플로와 클레멘트 스트레인이 각각 자기 방에서 나왔다.

"뭐라 했어?" 브로나가 말했다.

"무슨 일이야?" 클레멘트가 물었다.

"창녀들만 발찌를 한다고."

"메이블!" 얼리샤 플로가 외쳤다. "방금 뭐라고 했니?"

"뭐라 했어?" 브로나가 말했다.

"창녀들만 발찌를 한다니까."

"뭐라는 거야?" 클레멘트가 물었다.

"뭐라 했어?" 브로나가 말했다.

"그만해!" 클레멘트가 말했다.

"창녀들만 발찌를 해."

클레멘트가 책상을 탕 쳤다.

"뭐라 했어?" 브로나가 말했다.

"브로나 이매큘라타! 두번째 서면경고를 받을 ―"

"창녀들만 ―"

"메이블 뎀프스터! 이게 네 첫번째 ―"

"뭐라 했어?"

"……발찌를 한다고! 발찌를 해! 발찌를 해!"

"뭐라 했어? 뭐라 했어? 뭐라 했어?"

클레멘트 스트레인은 이쪽저쪽을 계속 돌아보았는데 그 모습을 보기만 해도 어지러웠다. 브로나는 다리를 벌리고 허리에 손을 얹고 사무실 한쪽 구석에 서 있었고 빨간색 36B 사이즈 원더브라가 찢어진 먼지투성이 블라우스 사이로 존재감을 드러냈다. 메이블은 허리를 꼿꼿이 펴고 고개를 들고 역시 먼지투성이인 남색 핀스트라이프 정장 차림으로 다른 쪽 구석에 서 있었다. 사무실에 다시 사람들이 몰려들기 시작했다. 이번에는 공장에서 일하는 남자들이 전부 다 몰려와서는 안으로 들어오려 하고 있었다. 다들 손에 연장 같은 걸 하나씩 들고 있었다.

"창녀들만 발찌를 한다고." 메이블은 남자들이 와 있기 때문에 얼굴을 붉히긴 했지만 그래도 똑같은 말을 되풀이했다.

"그만 ― 너 해고야!" 클레멘트가 외쳤다.

"얘들아! 아가씨들!" 얼리샤 플로가 울부짖었다.

브로나가 입을 열었다.

"너희 둘 다 해고야!" 클레멘트가 브로나 앞으로 끼어들며 말했다.

몸은 여전히 메이블을 향한 채로, 브로나의 시선이 사무실 저편 로신 쪽으로 옮겨갔다. 로신은 구석에 있는 자기 타자기 옆에 서 있었다.

"어이!" 클레멘트가 몰려온 남자들을 이제야 보고 말했다. "어서 일하러 가!" 클레멘트가 남자들에게 소리쳤다. "어서 일하라고!" 클레멘트가 우리한테 소리쳤다. 개신교도들도 가톨릭교도들도 꿈쩍도 안했다.

"계속해 브로나." 남자 하나가 뒤에서 브로나를 부추겼다.

브로나는 메이블에게 말을 하면서도 이제 로신을 똑바로 보고 있었다.

"뭐라 했어?" 브로나가 말했다.

경찰이 부상자 전부를 면담했다. 내 상처 봉합이 막 끝날 즈음에 내 차례가 왔다. 나는 피니언, 타이그, 빌리 보이*, 기억하라 같은 말과 욕설, 교황은 여기 없어 따위의 말을 들었다고 진술했다. 아뇨, 어떻게 됐는지는 몰라요…… 아뇨, 저는 거기 끼어들지 않았어요…… 아뇨! 블랙 앤드

* 친영파 개신교도를 낮잡아 이르는 말.

데커 공구로 일어난 일은 못 봤어요. 아뇨, 전 콘크리트 블록에는 손도 안 댔다니까요? 몰라요? 당연히 '경계' 때문에 일어난 일이죠.

로신은 예외였다. 로신은 집중치료실에 있었다. 브로나는 병영에 있었다. 타자기도 병영으로 갔다. 타자기에 있는 지문과 브로나의 지문을 대조하기 위해서였다. 나는 앞으로 오랜 세월 동안 브로나를 다시 보지 못하리라는 예감이 들었다.

BBC는 북아일랜드 공동체 통합 프로그램에 대한 다큐멘터리를 제작하지 않기로 했다. 공장은 그날로 문을 닫았고 나는 다음 날 실업수당을 신청하러 갔다.

트러블, 1979년

믹과 미나는 스타 술집에서 일찍 돌아왔다. 낄낄거리며 L자 모양의 낡은 인조가죽 소파에 믹의 엄마와 아빠, 동생 하나, 사촌 넷, 친구 다섯, 이웃 셋, 네살 먹은 딸과 같이 끼어앉고는 늘 그러듯 서로 물고 빨았다. 곧 섹스를 시작했다. 다른 사람들은 「스타스키와 허치」*에 눈을 고정했다. 잠시 뒤에 미나가 조금 있으면 휴지가 필요하겠다고 큰 소리로 속삭였다. 하도 재치 있는 말이라 미나와 믹은 다시 한바탕 낄낄 웃었다. 그러자 믹의 엄마가 거대한 가래 덩어리를 뱉었고 믹의 아빠는 부지깽이로 난롯불을 쑤셨고 이웃 사람 하나는 텔레비전 소리를 높였다. 그걸로는 부족

* 1970년대 후반에 인기를 끈 미국 TV 범죄액션 드라마 시리즈.

172

했다. 러빗 씨는 자기 애인지 조카인지 친구인지 손녀인지 누군가에게 제발 얼스터 TV로 채널을 돌려달라고 했다. 얼스터 TV에서는 끔찍한 유혈 사태가 벌어지려 하고 있었고 그래서 다들 거기에 집중했다. 사랑을 나누고 있는 부부만 빼고. 당연하지만 다들 못 본 척했다.

마침내 믹의 엄마가 이층에 올라가서 머리가 터져라 소리를 질러야 한다는 사실을 떠올리고 일어서서 거실을 나갔다. 믹의 아빠는 가서 문가를 지키고 서 있어야 한다는 게 생각나서 무릎에 얹혀 있던 며느리의 떨리는 다리를 밀쳐내고 일어섰다. 이웃 사람 셋은 아 그래, 날씨가 좋으니 밖에 돌아다니면서 무슨 일이 있나 봐야겠다고 하면서 나갔다. 열살이 된 조시는 가서 좀 취해야겠다고 했고 사촌과 친구들이 거들어주겠다고 했다. 마지막으로 꼬마 올라마저 건방진 인형들을 묶어놓고 한바탕 신나게 두들겨주러 가서 거실에는 부부만 남았다. 그들은 옷을 찢고 서로의 몸에 올라타 거실 곳곳을 돌며 질펀한 섹스를 했다. 두 사람이 낡은 가구 위에서 끙끙거리고 헉헉거리는 동안 그 아래에서 잡종개 불릿은 앞발로 귀를 누르고 끙끙거리고 헉헉거렸다.

하프타임이 되어 믹이 "뭐 먹자"라고 했고 둘은 손을 잡고 부엌으로 갔다. 여기에서 잠시 설명이 필요하겠다. 둘이 서로 손을 잡은 것은 아니었는데 만약 그랬다면 참 부끄러운 일이었을 것이다. 그게 아니라, 이런 사전 준비가 있었다. 평소처럼 벌거벗은 미나의 손을 앞으로 모은 다음 믹이 밧줄로 빙빙 감고 또 빙빙 감고 또 빙빙 감고 또 감고 다음에는 손목 사이를 빙빙 감고 또 감았다. 다 감고 나서 믹은 미나가 자기 힘으로 풀지 못할 만큼 단단히 감겼는지 확인한 다음 발목도 비슷한 방법으로 묶었다. 미나의 준비를 마친 다음 믹은 아주, 아주 자랑스럽게 생각하는 반짝이는 보라색 트렁크 팬티를 다시 입고는 자기 양 팔목을 맞대고 자기 손도 꽁꽁 묶인 척했다(믹한테는 대단히 생생한 상상력이 있었다). 당연히 진짜로 손이 묶인 건 아니었고 그런 일은 절대 있을 수가 없었다. 믹은 그런 짓은 변태 남자들만 한다고 생각했기 때문이다.

그래서 모든 게 믹이 원하는 대로 꼭 맞고 단단하고 완벽하고 정확하고 적절하게 된 다음 부부는 손을 잡고 부엌으로 갔다. 처음 눈에 들어온 것은 레인지 위에 있는 냄비였다. 믹의 아빠가 늘 그러듯 어제도 다음 날 저녁거리로 큰 냄비에 커리를, 또다른 큰 냄비에는 밥을 해놓았다. 러빗 씨는 음식을 만들면 항상 천천히 느긋하게 제 속도로 식으라고 레인지 위에 올려두었다. 식으면서 온갖 종류의 세균이 번식하도록. 러빗 씨는 우울증에 시달렸는데 '이 음식이 식중독을 일으키지 않을까?'라는 기대가 상황에 대처하는 최신 방법이었다. 그렇게 냄비는 레인지 위에서 식으면서 눈에 보이지 않는 작은 미생물들을 증식하고 있었다. 앞쪽에 있는 가장 큰 냄비에는 병에 든 망고 처트니를 첨가한 치킨 커리가 가득하고 뒤쪽 두번째로 큰 냄비에는 찰진 밥이 수북했다.

믹은 단단히 묶인 척했던 손을 풀고 손끝으로 커리 냄비를 만져보았다. 차가웠다. 뚜껑을 열고 안에 손을 넣었다. 미나도 불편한 동작으로 두 손을 냄비에 넣었다. 둘은 손을 넣어 커리를 퍼먹었다. 미나가 기름과 커리 범벅이지만 아직 무감각해지지는 않은 손가락으로 밥솥 뚜껑을 열었다. 두 사람은 밥에 손을 넣고 손바닥, 손가락, 손마디, 팔에 들러붙은 달달한 밥알을 핥고 이에 들러붙은 밥알을 혀로 떼어내거나 손끝으로 튕겨 날렸다. 여기에서 믹과 미나가 각자 자기 손바닥을 핥았고 자기 이에 붙은 밥알을 날렸음을 분명히 해둬야겠다. 두 사람이 하지 않는 것, 사실상 단호히 반대하는 것 중 하나가 섹스와 음식을 뒤섞는 것이었다. "뭔가 역겨운 데가 있어." 믹이 위압적인 태도로 말한 적이 있고 당연히 미나는 믹의 말을 반박하지 않았다. "뭔가 역겨운 데가 있어." 미나도 말했다. "섹스와 음식을 뒤섞는 사람들은 역겨운 변태야." 믹이 말했다. "섹스와 음식을 섞는 사람들은 정신병원에 가야 해." 미나가 말했다. "그런 사람들은 머리를 걷어차줘야 해." 믹이 말했다. "사랑해 믹." 미나가 말했다. 믹과 미나는 전혀 이상한 사람들이 아니었다. 섹스와 음식을 가까이, 아주 가까이 두는 것은 좋아했다. 다만 섞이지는 않아야 한다는 게 지론이었다.

그래서 두 사람은 좁은 부엌에서 음식을 입에 쑤셔넣었다. 체구가 작고 마르고 힘이 센 믹은 조그맣고 단단한 엉덩이를 자랑스러워했고, 덩치가 크고 잘 익은 배처럼 터질 듯한 미나는 자기가 차지하는 공간 크기를 자랑스러워했다. 믹이 빵 한덩이를 찢었고 둘이 같이 침을 흘리며 빵을 입에 쑤셔넣고 씹으면서 웃어댔다. 이들은 정상인처럼 먹을 수가 없었기 때문에, 사람들 말에 따르면 정상이 아니었기 때문에, 음식을 사방에 뱉어냈다. 음식 조각이 싱크대, 창문, 식기건조대, 자기들 몸 위에 떨어지거나 냄비 안으로 다시 들어갔다.

"우리 이러면 안될 것 같아." 이 일이 끝나갈 즈음에야 미나가 말했다. 원래 미나는 믹이 먼저 의견을 제시하기 전에는 의견을 내놓는 일이 없었다. 지금 의견을 밝히는 이유는 끝내주게 좋은 섹스의 전반전을 마쳤으니 일이 잘되면 간절히 바라는 후반전도 즐길 수 있을 터라, 그러려면 그 사이에 무모하고 무도한 말을 몇마디 던져야 하기 때문이었다. 미나가 마땅히 해야 할 일이었다. 가끔 믹은 미나가 그런 말을 하고도 무사하게 내버려두기도 했지만 가끔은 참지 못하고 입에 재갈을 물렸다.

몇가지 사실: 믹 러빗이 변태와 차에 커튼을 치는 사람과 더불어 도저히 참지 못하는 것이 있다면, 팔을 흔들며 돌아다니며 떠들고 자기가 하고 싶은 말을 뭐든 입 밖에 내는 여자였다. 이런 여자들을 보면 믹은 정신이 산란해졌

다. 머릿속에 욕망의 소용돌이가 솟고 사타구니에 증오의 발작이 솟았다. 어떤 각도에서 보든(믹은 공정하게 보려고 노력했다) 이런 종류의 여자들이 입을 많이 열고 의견을 많이 낼수록 믹에게는 꼼짝 못하게 제압해달라고 사정하는 걸로 보였다. 믹이 이런 여자들을 다루는 방법은, 미나가 그런 사람인 척하는 것이었다. 미나가 두 사람 다 아는 성질을 긁는 어떤 여자인 척 가장할 때도 있고 아니면 그런 여자를 상상으로 꾸며낼 때도 있었다. 오늘은 그런 여자를 꾸며낸 것이었다. 평소처럼 미나가 어떤 말을 하고 어떻게 행동하고 어떻게 보이고 어떻게 존재하고 어떤 척해야 하는지를 다 해내고 있긴 하지만, 지난번에 저쪽 동네에 사는 진짜 여자를 빌려왔던 이래로 그런 척하기의 차원이 달라지긴 했다. 그때 그 경험에 무언가 너무나 환상적이고 금지되었으면서 억제되지 않았고 본질적인 데가 있어서 자기들의 섹스 라이프를 위해 그런 진짜 여자를 곧 또 하나 섭외해야 한다는 걸 알았다. 그 전까지는 일단 상상의 여자로 만족해야 했다.

"……뭘 이러면 안될 것 같아?" 믹이 미나의 뻔뻔하고 대담한 의견 제기를 맞받아쳤다. 믹은 이래라저래라 하는 여자를 싫어했다. 건방진 여자가 믹을 사로잡을 일은 결코, 결단코 없었다. "나한테 건방 떠는 건 아니겠지. 나한테 건방 떠는 거야?" 믹은 손가락을 핥고 냄비 속으로 밀어넣었다.

"아냐, 믹." 미나가 말했다. "내가 허영심 많고 남성혐오하는 쌍년이라 한번 호되게 혼나봐야겠지만, 지금은 그냥 다른 사람 먹을 걸 좀 남겨야 하지 않나 하는 말이었어. 당신 아빠가 식구들 먹으라고 만든 거니까."

믹이 인상을 썼고 두 사람은 냄비 안을 들여다보았다. 남기고 말고 할 만한 게 없었다. 너무 조금 남아 있어서 차라리 안 남기는 게 나을 법했다.

"그거 남길 거야." 믹이 말했다. "조금만 더 먹고. 먹어 미나, 먹으라고."

"알았어." 미나가 손으로 커리를 조금 더 푸고 밥을 조금 더 퍼먹었고 믹은 옆에서 보고 있었다.

"이제 됐어." 믹이 말했다. "그만 먹으라고. 차를 우려 미나, 차를 우리라고 했어."

"알았어." 미나가 꽁꽁 묶인 발로 깡충깡충 뛰어 주전자 있는 데까지 가서 꽁꽁 묶인 손의 번들거리는 손가락으로 주전자를 들고는 싱크대로 가서 내려놓았다. 그러고는 꽁꽁 묶인 손으로 수도꼭지를 틀고 주전자 주둥이를 물줄기에 대고 물을 받았다. 그러느라 시간이 꽤 걸렸고 미나가 헉헉거리고 낑낑거리며 손을 뻗고 몸을 숙이며 마블 분유와 차를 찾고 있을 때 믹의 여동생, 가운데동생, 거식증이 있는 동생이 문을 열고 들어왔다.

몇가지 사실: 이 동생 이름은 어밀리아이고 열일곱살이고 음식을 도무지 먹지 않고 늘 복통에 시달리면서 왜 그

런지도 몰랐고 터무니없을 정도로, 성性적으로 말랐다. 어밀리아는 40킬로그램도 안되는 단식투쟁가들이 (적어도 특별히 들뜬 상태인 동안에) 자랑하는 활기를 뽐내며 팔을 흔들면서 안으로 들어왔다. 그러니 그 순간이 오기 전까지는 행복했다고 말할 수 있을 것이다. 그렇지만 자기 식구들의 모습을 보는 순간 행복감은 사라졌고 팔 흔들기도 멈췄고 들뜬 마음도 순식간에 가라앉았다. 자기 아내가 낑낑대는 모습을 지켜보는 오빠의 페니스가 보라색 트렁크 밖으로 점점 더 삐져나오고 있고, 오빠의 아내가 당당하게 벌거벗고 꽁꽁 묶인 채 헉헉거리며 여기저기로 손을 뻗어 그걸 부추기고 있는 광경을 못 보았다고 하더라도, 보통 여동생 같으면 엉망이 된 집 안 꼴만 보고도 오빠 부부가 또 뭘 하고 있었는지 알아차렸을 것이다. 보통 여동생이라고 한 이유는, 소파가 뒤집어져 산산조각 나고, 거실장은 부서져 서랍이 다 쏟아지고, 그릇장은 폭격을 맞은 듯하고, 개는 다리 사이에 꼬리를 감추고 있고, 의자 일습이 차마 앉기 무서운 꼴이 되어 있음에도 불구하고, 어밀리아 러빗은 엄청난 의지의 힘으로 아무것도 보지 않고 아무 반응도 하지 않으려 애쓰고 있었기 때문이다.

원래 그런 식이었다. 오래전부터 어밀리아는 동전의 한 면에서, 믹과 미나는 다른 면에서, 어밀리아는 믹과 미나가 뭘 하는지 보지 않으려고 기를 쓰고 믹과 미나는 자기들의 행태를 어밀리아의 눈앞에 들이밀려고 기를 쓰면서 일종의 무언의 평형상태 같은 것을 유지해왔다. 이런 상태가 몇년 동안 잘 유지되었으나, 최근에는 어밀리아가 더는 못해먹겠다고 느끼기 시작했다. 단식가의 요새가 마침내 무너져내리기 시작한 것이 어밀리아에게는 충격이자 절망이었고 믹과 미나에게는 놀라움이자 기쁨이었다. 어밀리아의 갑옷에 균열이 생기기 시작했고 아무리 음식을 안 먹어도 소용이 없었다. 그럴수록 믹과 미나의 탐욕스러운 섹스는 집 안 곳곳에서 점점 노골적이 되어갔다. 믹과 미나에게는 흡족한 소식이었다. 어밀리아에게는 정반대였고.

문고리를 잡은 채 이 거식증 환자는 거대하고 뚱뚱하고 음식으로 가득 채워진 광경을 보고는 처음으로 피할 수 없는 현실을 직면하고 충격에 입을 열었다. "니네들은……" 그러나 '더럽고 추접한 쓰레기야'라든가 '구역질 나고 돼지 같은 밥벌레야'라는 말로 문장을 맺는 대신 위층을 돌아보며 소리쳤다.

"엄마!" 어밀리아가 외쳤다. "아빠!" 어밀리아가 비명을 질렀다. "위에 있는 거 알아요! 내려와서 어떻게 좀 해봐요!"

유감스러운 일이었다. 일단 하필 이런 때 믹과 미나를 맞닥뜨린 게 불운이었고 둘째로는 몸을 돌려 도움을 요청하는 건 언제나 잘못이었다. 당연히 나이 든 러빗 부부는 내려오지 않을 테고 당연히 꼬마 올라는 계단 난간에서 인형을 자위시킨 다음 숨이 끊길 때까지 목을 매다느라 너

180

무 바빠서 할머니 할아버지를 불러올 수가 없었다. 그래서 어밀리아는 홀로 연인을 상대하려고 다시 몸을 돌릴 수밖에 없었고 연인은 함께 어밀리아에게 맞서려고 다가왔다. 어밀리아는 몰랐지만, 어밀리아가 등을 돌린 순간 두 사람 사이에서는 의미심장하고 흥분감이 가득한, 자기들만의 일급비밀 계획을 예고하는 눈길이 오갔다.

두 사람은 동생을 덮쳐 쓰러뜨리고 움직이지 못하게 제압하고 숨길을 일부 막고 동생의 몸 안에 최대한 많은 것들을 쑤셔넣기로 텔레파시라는 해묵은 방법을 이용해 합의를 보았다. 이 일이 강간이라든가 그런 험악한 것이라고는 여기지 않았는데 자기들 논리로는 딱히 비사교적이라고 할 수 없는 장난스러운 행동일 뿐이라고 생각되었기 때문이다. 쟤는 괜찮을 거야, 그들은 생각했다. 똑똑한 애도 아니잖아. 기억도 못할 거야. 어쨌거나 최종적으로는 살려둘 테니 괜찮잖아?

부부는 계속 눈길과 텔레파시를 주고받으면서 아무 나쁜 의도가 없는 척 가장하며 천천히, 아주 천천히 조금씩 부엌에서 나와 동생 쪽으로 다가갔다. 믹은 난데없이 눈앞에 펼쳐진 믿을 수 없게 신나는 일에 황홀했고 왜 진작에 이 생각을 못했는지 어이없을 뿐이었다. 당연히 그런 생각을 한 적이 있었으나 까맣게 잊은 거였지만. 미나는 황홀하다기보다는 너그러운 마음으로, 사랑하는 남편이 원하는 건 뭐든 기쁘게 했다. 일이 끝날 즈음에 자기도 세게 갈

겨주기만 하면 됐다. 게다가 이 조그만 엉덩이를 만지작거리려 충격을 주는 건 꽤 재미있는 일이 아니겠나? 그러면 어밀리아 몸무게가 좀 늘지도 모르겠다고 미나는 생각했다. 폭식증이 생길지도 몰랐다. 미나를 능가하는 대식가가 될 수도 있었다. 생각해보니 정말 재미있는 일이었다. 그래서 엄청나게 즐거워졌다. 거식증이 있는 사람을 혐오하는 미나에게 한가지 위안이 되는 사실은 삶이 끊임없이 장난을 친다는 것이었다. 아무리 게걸스럽게 굶더라도, 아무리 과도하게 안 먹더라도, 만약 그렇게 무지막지하게 굴고도 죽지 않는다면 최종적으로는 뚱뚱해진다는 게 삶의 농담 가운데 하나였다.

그래서 미나는 숨을 헐떡이며 온 힘을 다해 자세를 가다듬고 혀로 입술을 핥지 않으려고 참으며 기대감을 감추고 무력하고 불쌍한 존재로 보이려고 애쓰면서 묶인 손을 내밀었다.

"어밀리아." 미나가 간청했다. "좀 도와줘."

어밀리아는 돕고 싶지 않았다. 차라리 미나가 벼랑에서 떨어져 땅바닥에서 펑 하고 폭발하기를 바랐다. 새언니가 역겹고 구역질 나는 뚱뚱한 괴물이라 일부러 몸무게를 나날이 배로 늘려간다고 생각했다. 어밀리아는 터무니없이 혼란한 조직으로 이루어진 생명체로부터 주춤주춤 물러섰고 곧 다시 복도로 나갔다. 미나가 두 발로 깡충깡충 뛰며 따라왔고 믹도 그 뒤를 따랐고 두 사람의 딸은 난간에서 제가 '까딱이'라고 부르는 행동을 하면서 지켜보았다. 아이의 인형은 난간에 매달려 있었고 인형들도 위아래로 까딱까딱 움직였다. 어른들은 난간에 매달린 벌거벗은 인형에 부딪히면서도 알아차리지 못하고 아무 생각 없이 손으로 밀쳤다. 믹과 미나는 만면에 웃음을 띠고 동생을 향해 나아갔다. 하지만 이렇게 웃으면서 인내심을 발휘하는 게 쉬운 일은 아니어서 곧 인내심이 바닥났고 어밀리아를 붙잡을 준비를 하느라 손이 움찔거렸다.

어쨌든 전반적으로 일이 젊은 부부에게 끝내주는 방향으로 진행되는 참이었다. 어밀리아가 바로 몇걸음 앞에 있었다. 만약 믹이 손을 떼고 미나더러 알아서 하라고 했다면 원하는 바를 이루었을 것이다. 그런데 아니었다. 미나가 어밀리아를 붙잡아 꼼짝 못하게 누르려고 하는데, 믹이 싸움의 전희를 섹스의 전희와 혼동한데다 음식에 대한 자신의 엄격한 규칙도 깨뜨리는 실수를 저지르고 말았다. 성급하게도 자제심을 잃고 커리 한덩이를 동생에게 던진 것이다. 커리가 동생의 광대에 정확하게 찰싹 내려앉았어야 했지만 어밀리아가 고개를 숙이는 바람에 대신 리지한테로 날아갔다. 리지는 거식증은 전혀 없는 다른 동생인데 그 순간 막 문으로 들어오는 참이었다.

몇가지 사실: 리지 러빗은 열아홉살이고 무한한 파괴적에너지가 있고 언제나 어디에서나 모든 문제를 싸움으로 해결했다. 사람들은 대부분 시간을 내서, 이를테면 섹스

같은 걸 하지만, 리지는 아니었다. 리지의 사고방식으로는, 싸움으로 이어질 가능성이 있는 괜찮은 대립의 기회가 있다면 성관계 같은 것은 얼마든지 포기할 수 있었다. 그런 기회란 그냥 지나가면서 스치듯 건넨 말일 수도, 장난기 어린 농담일 수도, 멈추지 않는 무거운 망치일 수도, 피투성이 드잡이판일 수도 있었다. 리지의 이런 폭력적 행동은 부모한테서 물려받은 것이었다. 쓸모없고 겁 많은 존재가 되기 전인 예전의 부모 말이다. 리지는 당연히 부모의 상태가 변했다는 걸 알아차리지 못했는데, 뭐 하러 알아야 하겠나? 리지는 젊고 튼튼하고 무자비하고 자유롭고 창창한 앞날과 표독함을 무기로 거느리고 있었다. 리지는 IRA에 들어가지 않았는데 IRA에서 받아주지 않아서였다. 민족해방군에도 들어가지 않았는데 민족해방군은 포악하고 잔학한 내부 분쟁에 바빠서 외부인에 신경 쓸 여유가 없었기 때문이다. 금지된 불법 무장단체에 들어갈 수가 없어 처음에는 조금 실망했지만 나중에는 잘되었다고 여기게 되었다. 생각해보라. 자원병이 되었다면 리지의 활동에 엄청난 지장이 생겼을 것이다.

그런 리지가, 지금 현관문으로 들어오며, 생각에 빠져 아마 콧노래도 조금 불렀을 텐데, 그 순간 축축한 덩어리가 얼굴에 턱 하고 얹힌 것이다. 리지는 얼굴을 찌푸렸고 리지와 가장 친한 친구들, 늘 리지 근방에서 발견되는 친구들도 얼굴을 찌푸렸다. 친구 일곱명이 있었다 — 섀런 메리, 비 메리, 테리사 메리, 그레인 메리, 앤 메리, 메리 메리, 메리 앤 케이트였다. 여덟명은 어릴 때부터 친구였고 같이 학교에 들어갔고 같이 학교에서 도망쳤고 같이 가톨릭 성례를 받았고 같이 십대 자경단을 했고 첫 키스와 처음 질에 뭘 넣는 연습도 같이 했고 서로를 끔찍이 아끼면서 나머지 사람들 전부에는 병적인 적의를 느끼는 것도 똑같았다. 자, 이 여자들이 보통에서 그럭저럭 만족스러움 사이로 평가한 싸움을 막 마친 뒤 흥분이 채 가시지 않고 피에 전 상태로 문으로 들어오다가 믹 러빗의 도발을 함께 목격한 것이다. 믹이 시작한 게 분명했고, 믹이 무사히 빠져나가지 못하리란 것도 분명했다. 믹과 미나가 어밀리아를 덮치는 순간 리지와 메리 메리 들도 믹을 덮쳤기 때문이다. 나이 든 러빗 부부는 물론 간섭하지 않고 자기네 침실에 머물렀고, 난간에서 한창 바쁘던 올라 러빗과 인형들은 섹스 활동을 잠시 멈추고 지켜보면서 배웠다. 불럿만은, 강아지일 때부터 다양하고 심각한 신경쇠약을 겪어온 터라 기회가 나자마자 현관문 밖으로 빠져나가 울부짖으면서 저 멀리 달아났다.

지금 이 일의 동기를 잠깐 살펴보아야겠다. 믹 입장에서는, 이 일이 강간하고는 전혀 상관없는 일이었다. 그냥 어밀리아를 조금 빌려서 놀라게 하고 쓰러뜨리고 미나더러 누르게 한 다음에 실험적으로 뭘 좀 해보고 한발 더, 그다음에 또 한발 더 나아가볼 생각이었다. 커리 덩어리는 사고였으니 리지가 그렇게 성급하게 화를 낼 이유가 없고 리지 친구들도 자기 일이나 신경 쓰면 좋겠다고 생각했다. 저 일당은 도무지 각자의 삶이 없는 것 같았다. 따로 떨어져서는 작동할 수가 없는 것 같았다. 누가 믹에게 의견을 묻는다면 기이한 인간들이라고 할 것이다.

어밀리아 입장에서는, 절대적으로 강간이고 당연히 강간이었지만 그렇다는 사실을 인정하지는 않을 터였다. 어떻게 인정할 수가 있겠나? 어밀리아는 칼로리를 계산하고 변비약을 먹고 좌약을 밀어넣고 거울을 돌려놓고 음식과 친구가 되고 음식과 친구가 되지 않고 옷에 관한 끔찍한 꿈을 꾸고 자기 몸, 실은 모든 몸과 전쟁을 벌이고 있었으니 사람의 신체가 어밀리아에게는 가장 큰 타격이었다. 이 복도에 몸이 정확히 열개 있었다. 어밀리아 자신의 몸까지 헤아리면(어밀리아 본인은 분명 그렇게 할 것이다) 열한 개였다.

미나 입장에서는, 이 일이 핍박이며 자기와 사랑하는 남편의 권리가 침해되는 일이라고 느꼈다. 두 사람은 어밀리아를 제압하려 했을 뿐이고 이 일과 아무 상관이 없는 리지와 미친 친구들은 건드릴 생각이 전혀 없었다. 그런데 갑자기 나타난 이들을 보자 머지않아 믹과 자기가 죽어 함께 눕게 되리란 예상이 들었다. 이 끔찍하면서 동시에 로맨틱한 생각이 떠오르자, 일이 모두 끝난 다음에 믹이 결박을 풀어주고 안아주고 얼러주고 나비처럼 가볍게 입을 맞춰줘 믹의 품에서 행복한 눈물을 흘리며 잠에 빠져들 수 있었으면 좋겠다고 바라게 되었다. 그런 한편, 어밀리아에게 칼을 휘둘러 가능한 한 최선을 다해 상처를 입히고 싶다는 생각도 했다.

마지막으로 리지와 친구들 입장에서는, 유일한 관심사는 믹 러빗이었다. 그래서 뚱뚱한 미나는 일찌감치 발로 차서 싸움판 밖으로 내보냈다. 어밀리아는 언제나 그렇듯 아무 쓸모 없는 잉어였기 때문에 당연히 아무도 존재 자체를 몰랐다.

싸움이 계속되었고, 그러다가 끝이 났다. 나이 든 러빗 부부가 위층에서 "안돼! 우리가 뭘 어쨌길래 이 지경이 된 거지? 지금이라도 우리가 할 수 있는 일이 있을까?"라고 소리치면서 달려내려왔기 때문에 끝난 것은 아니었다. 그런 일은 일어나지 않았다. 싸움이 끝난 것은 한참 두들기고 당기고 부딪고 치고 한 다음에 리지가 부지깽이를, 그 길고 뜨겁고 오래전부터 소중한 보물로 내려오던 든든한 부지깽이를 들고 "이거 받아 이 쌍년아!" 하면서 오빠의 머리를 수차례 갈겼기 때문이다. 리지는 오빠의 머리카락을 태우고 머리에, 등에, 손에 화상을 입히고 모든 사람에게 화상을 입히고 카펫 여기저기에 거대한 구멍을 냈다. 마침내 믹이 쓰러졌고 리지와 메리들이 그 위를 덮쳤다. 그들은 믹을 갈기갈기 찢고 몸에서 살점을 뜯어내고 복도 바닥에 죽으라고 내버려두었다. 단 몇초 만에 일어난 일이었다. 일이 끝난 다음에 여자들은 상쾌하고 활기찬 기분으로 부엌으로 갔다. "힘내." 그들이 미나의 벌거벗은 엉덩이를 찰싹 치고 지나가면서 말했다. "웃어줘. 그런 일은 없을 거야. 우리 말 믿어. 두고 봐."

미나는 손가락이 따끔거리고 배 속은 요동치는 상태로 작고 뭉툭한 버터나이프를 꽁꽁 묶인 손으로 잡고 비쩍 마른 어밀리아를 공격하기를 그만두고 무기를 떨어뜨리고 죽은 것 같은 남편에게 기어갔다. 어밀리아는 정수리가 찢어진 머리를 쳐들고 기어서 반대 방향으로, 복도를 따라갔다. 복도 끝에 있는 부엌 안에서는 여자들이 다시 하나로 똘똘 뭉쳐 있었다. 세상의 변태들을 비웃으며 그들이 어디에나 존재한다는 증거물인 믹의 화려한 트렁크 팬티를 서로 주거니 받거니 던졌다. 소금과 후추를 먹고 있었는데, 그들은 믹, 미나나 어밀리아처럼 음식이 뭔지 몰랐고 다른 음식을 먹을 수 있다는 사실도 몰랐기 때문이다. 여자들은 소금과 후추를 먹고 서로 먹여주고 쓰다듬고 어루만지고 요란하게 몸을 섞다가, (대략 자기들 중 한명과 친척인 걸로 아는) 어밀리아가 문을 열고 들어와 바닥에 쓰러지자 조용해졌다. 하던 일을 멈추고 어밀리아를 보았다가 서로 마주 보았는데, 표정으로 보건대 다들 이 상황이 만족스럽지 않은 게 분명했다.

어밀리아의 블라우스가 찢어져 허리까지 벌거벗은 상태라서 그런 건 아니었다. 리지와 친구들의 블라우스도 찢어져서 허리까지 벌거벗은 상태였으니, 그건 괜찮았다. 아무 문제 없었다. 피나 잘린 젖꼭지 때문도 아니었다. 자기들 젖꼭지도 찢어져 피가 흐르고 있었고 그렇다는 사실에 신이 나기도 했으니까. 아니었다. 그런 것은 아니었다. 어밀리아의 얼굴, 아니 어밀리아의 얼굴에 있는 신경 하나, 광대 근처에서 움찔거리고 씰룩거리는 신경 때문이었다. 여자들은 움찔거리는 신경은 정신과 관련이 있는 것이고 정신과 관련 있는 것은 무서운 것임을 알았기 때문에 서로 마주 보았고 아주아주 무서워했다. 머리가 아픈 사람은 무서웠다. 머리가 아픈 사람은 전염성이 있었다. 그들은 머리가 아픈 사람은 멀리해야 한다는 걸 본능적으로 알았다. 그래서 어밀리아의 기분을 풀어주기로 했다.

"안녕." 비 메리가 아무 문제 없는 듯, 사실은 그들이 별로 싫어하지 않는 어밀리아가 지금 자기들 앞에서 정신적으로 무너져내리고 있지 않다는 듯 불렀다.

"어디 갔었어?" 메리 메리가 다정하게 웃으며 친절하게 말했다. "얼굴은 어떻게 된 거야? 일어나서 앉아봐 어밀리아. 우리한테 다 얘기해봐."

"대단한 싸움이 있었는데 너 놓쳤구나." 메리 앤 케이트와 테리사 메리가 입을 모아 말했다. "우리가 변태 믹을 혼내줬어. 죽었어. 여기 오는 길에 복도에 누워 있는 거 못 봤어?"

"자." 리지가 어밀리아에게 변비약이 담긴 쟁반을 내밀며 말했다. "이거 먹어. 너 이런 거 좋아하잖아."

　어밀리아가 아무 반응을 보이지 않고 말을 들은 것 같지도 않자 리지는 쟁반을 발치에 놓았다. 리지 일당은 사실 세나코트라고 하는 이 약을 좋아하지 않았는데 그렇다고 신성모독이라고 할 수는 없었다. 그들 같은 사람들은 동그란 알약에 들어 있는 마법의 힘을 절대 이해하지 못할 테니까. 어쨌거나 그들은 어밀리아의 기분을 북돋웠다 싶었으므로 다시 어밀리아에게서 등을 돌리고 자기들끼리 뭉쳤다. 다른 사람들에 대해서는 잊고 12년 된 너트메그를 나눠먹고 얼음 몇개를 씹고 오래된 겨잣가루 한봉지와 녹슨 콩 통조림과 함께 목구멍으로 넘겼다.

　어밀리아는 아직 바닥에 쓰러진 채로 손을 앞으로 내밀었다가 경련이 일어난 다리가 쟁반을 차버리는 바람에 놀라 다시 손을 당겼다. 쟁반은 세탁기에 부딪히고 구석으로 굴러갔다. 어밀리아는 일어나서 밖으로 나갈 수가 없었다. 가랑이 사이가 축축하게 젖었기 때문이다. 전에는 이런 일이 일어난 적이 없었다. 어밀리아는 절대 이런 일이 일어나지 않게 신경 썼다. 순전히 사고였지만 아무도 믿지 않을 거고 다 어밀리아의 잘못이라며 화를 낼 것이다. 흥분하고 젖었다는 건 어밀리아가 그걸 요구했다는 증거, 그걸 당할 만하다는 증거, 무슨 일이 일어나든 자초한 것이라는 증거라고 할 것이다. 어밀리아는 그러니 그 자리에서 꿈쩍하지 않고 머물러 있으면서 몸이 말라 자기에게 불리한 증거가 사라질 때까지 기다려야 했다. 그래서 어밀리아는 부엌에 가만히 누운 채로 아무것도 하지 않고 두가지 생각만 반복했다. 한가지 생각은 사람이 어떻게 그런 걸 자발적으로 하지?라는 것이었다. 다른 생각은 어떻게 사람이 섹스라는 걸 할 수가 있지? 하는 것이었다.

복도에 있는 연인은 무너지지 않고 굳건했다. 믹의 파편이 사방에 흩어져 있긴 했지만 아플 때나 건강할 때나 쪼개져 있을 때나 믹을 사랑하는 미나가 이제 청회색으로 변한 손으로 파편을 모아 최선을 다해 뭉쳤다. 미나는 순교자처럼 불평하지 않고 남편에게 순종과 헌신을 바쳤다. 믹도 그걸 알았고 눈을 뜨고 미나가 자기를 돌보는 모습을 보고 감동을 받았다. 미나는 충실하고 애정 깊은 아내답게 몸을 숙이고 믹을 보살피고 간호했다. 믹은 충실하고 애정 깊은 남편답게 분노했다. 자기 여자가 꽁꽁 묶인 채로 이렇게 가혹한 취급을 받아서 화가 난 것이었고, 동생 리지가 가끔 너무 심할 때가 있다고 생각했다. 인내심이 바닥났으니 언젠가 리지를 손봐줘야겠다고 생각했다. 하지만 오늘은 아니었다. 오늘은 아내를 너무 사랑하느라 다른 사람을 다치게 할 겨를이 없었다.

"여보." 믹이 웅얼거리며 몸을 뻗어 아내에게 입을 맞췄다. "자, 내가 도와줄게. 내가 그 끔찍한 끈 풀어줄게."

"사랑하는 자기." 믹은 다정하게 속삭이며 끈을 풀었고 미나는 조용히 울기 시작했다. "아 자기, 괜찮아, 다 끝났어, 내가 있잖아, 울지 마 내 비둘기, 울지 마 내 사랑."

이렇게 믹이 미나의 결박을 풀고 미나는 믹의 파편을 모으고 이 모든 일이 너무나 감동적이어서, 만약 그들의 딸 네살배기 올라 말고 이 모습을 본 다른 사람이 있었다면 너무나 낭만적인 광경에 세상이 무너져내리고 말았을 것이다.

계단에서 올라는 부모 구경과 '까딱이'를 마치고 난간에서 물러나더니 한쪽 발목에 걸려 있던 속바지를 차서 날려버리고 인형들을 모았다. 인형을 묶은 끈을 풀고 입을 맞추고 "사랑하는 자기, 여보" 하고 웅얼거리며 신발 상자에 넣고 뚜껑을 닫았다. 올라는 계단 위에서 인형 옆에 누워 잠이 들었고 그 옆에 있는 나이 든 러빗 부부의 방문은 끝까지 열리지 않았다. 밤이 되어 자식들이 모두 집에서 나가기 전에는 열리지 않을 것이다. 부엌에 있던 여자들은 썩은 콩이 배 속에서 하나씩 폭발하자 그게 너무 우습다고 웃어댔다. 서로 배 위에 손을 얹고 새로운 현상의 즐거움을 함께 만끽하고 배 속이 꾸르륵거리고 뿡뿡거릴 때마다 낄낄거렸다. 그 옆에서 단식투쟁가는 아무것도 하지 않고 가만히 앉아 있었고, 복도에서 사랑하는 부부는 서로 끌어안고 잠이 들었다. 이렇게 잠시 조용한 소강상태 뒤에, 집은 깨어나 기지개를 켜고 하품을 하고 다시 살아날 것이다.

헌치 씨가 승기를 잡다, 1980년

"다들 내 말 잘 들어봐요." 파커 씨가 말했다. 파커 씨는 느긋하게 다리를 꼬고 이름난 스물네벌의 의상 가운데 하나를 입고 있었다. 그중에서 빈센트가 좋아하는 것은 '성조기' 의상과 '반짝이와 크리스마스트리 장식줄' 의상이었고, 가장 좋아하지 않는 것은 '백오십삼번의 자상刺傷' 의상이었다. 그 의상은 원래는 빈센트의 아버지 것이었는데 이제는 파커 씨의 소유가 되었고 갈기갈기 찢어진데다 가장 끔찍한 검붉은색으로 물들어 갓 구운 빵 냄새가 나는 제빵사 제복이었다는 걸 알아볼 수 없게 변해 있었다. 오늘 파커 씨가 입은 의상은 '평범한 흰색 가운과 클립보드'였다.

"정신병은 세상 최악의 경험입니다." 의사가 말했다.

"고립된 황무지이고, 절대적 공포의 세계이며, 더더군다나 최악인 것은 증오로 가득한 세상이란 겁니다. 이제 우리 이야기를 나눠야 할 때가 된 것 같군요."

일부러 성난 잠에 빠져 있던 환자들이 화들짝 놀라 깨어나서는 바로 그 증오의 영역에서 뚱하게 쳐다보았다. 수줍음 많고 소극적이고 우울해하고 약에 취해 있는 남자 환자들과 들떠 있고 사납고 공격적이고 약에 취해 있는 여자 환자들이 각자 헤매던 내면의 길에서 걸음을 멈추고 이 지옥에서 온 정신과 의사가 다음에 뭐라고 하려는지 귀를 기울였다. 공허한 눈에 희미한 빛이 반짝이고 화강암처럼 단단한 턱이 삐걱하는 소리가 나고 고드름 같은 몸이 적대적이면서도 애매하게 움찔거렸다. 의사가 한 말에 비해 상당히 많은 반응이 일어났다. 그러나 파커 씨가 이렇게 노골적인 문장을 세개나 이어서 말한 적은 없었고 더더군다나 심리치료를 시작할 때 서두 삼아 그런 적은 한번도 없었다. 충격적이고 자극적이고 매혹적이고 부적절한 일이라 빈센트조차도 파커 씨에게 주목했다. 빈센트한테는 처음 있는 일이었다.

"우리끼리 하는 말이지만," 파커 씨가 말을 이었다. "진단하고, 약물치료를 하고, 필요할 때는 강제수용하고, 그밖의 것에는 크게 신경 쓰지 않는 게 내 일입니다. 여러분, 그런데 오늘은 그게 아니고요. 뭔가 다른 걸 제안하려고 합니다. 준비됐나요?"

빈센트 입장에서는, 의사가 별나고 기이하고 터무니없이 틀린 말이기는 하나 어쨌든 또렷하게 말을 시작했음에도 불구하고, 그뒤에 하는 말은 늘 그러듯이 '구시렁구시렁' 하는 불분명하게 웅얼거리는 소리로 들렸다. 빈센트가 의사의 말을 알아들을 수 없었던 것은, 헌치 씨가 두 사람 사이에 끼어들어 말을 하기 시작했기 때문이다. 헌치 씨는 누군가가 주도권을 가져가려는 기미만 보이면 항상 나타나 끼어들었다. 빈센트 눈에 헌치 씨가 보이는 건 아니었지만 헌치 씨가 한 공간에 있을 때는 언제나 확연히 느낄 수 있었다.

"내가 뭐라고 했어 빈센트!" 헌치 씨가 거친 목소리로 말했다. "누가 널 우롱하려고 하면 알아차릴 때도 되지 않았어? 거짓말쟁이가 거짓말을 한다는 걸 알아차릴 때도 되지 않았냐고? 파커가 마치 걱정하는 것처럼, 잘 아는 것처럼 보이긴 하지만 잘 들어보면 실제로 무슨 말을 하는지 알 거야."

빈센트는 시키는 대로 잘 들어보았고 정말로 늘 그렇듯 헌치 씨가 이번에도 옳았다. 빈센트의 눈앞에서, 빈센트가 막아볼 새도 없이, 의사는 어느새 의상을 갈아입었고 이제 더이상 쳐다보기도 싫은 제빵사 제복을 걸치고 있었다.

"빈센트 군은 말이죠," 파커 씨가 빈센트를 마주 보며 말했다. 수백군데의 칼자국이 동시에 눈에 들어왔다. "자유낙하하는 급성 집중 공황 단계이고, 장난감 권총, 상상의 폭약을 지니고 있고 실제로 일어나지 않았던 일을 이야기하는 목소리를 듣습니다. 빈센트 군이 여기 다시 오게 된 것도 전혀 놀라운 일이 아니죠." 파커 씨가 미소 지으며 말했다.

빈센트는 새로운 방식의 치료라는 게 이토록 직설적인 데 충격을 받았다. 과거의 병원 같으면 이런 방식이 허락되지 않았을 거란 확신이 들었다. 어쩌면 지금도 그러면 안되는 건지도 몰랐다. 파커 씨가 하도 이상하게 굴어서 환자들끼리는 파커 씨가 진짜 의사가 맞냐, 어쩌면 파커 씨도 자기들 같은 사람 아니냐는 이야기를 나누곤 했다. 그러는 동안 의사는 빌리 배틀스 쪽으로 몸을 돌렸다. 빌리 배틀스는 실수로 풀려 있을 때만 빼면 언제나 신체가 구속되어 있는 환자였다. 파커 씨는 배틀스는 살인자이자 편협하고 따분한 인간에 불과하다고 진단했다. 에나에게는 대상포진이 있다고 했는데 에나는 정신병적 열등의식이 있다는 말을 듣고 싶었기 때문에 울부짖으면서 발작을 일으켰다. 파커 씨는 에나를 무시하고 'A'에게 몸을 돌렸다. 'A'는 연하불능嚥下不能이라고 했다. 다음에는 'B'였다. 'B'는 경조증輕躁症이 있다고 했고, 'C'를 보면서는 온갖 종류의 병이 다 있지만 다 증상이 경미해서 언급할 가치도 없다고 했다. 그다음 모든 사람의 단점과 결함을 지적했고 그러고도 아무 탈이 없었는데 왜냐하면 파커 씨는 의사고 그 말을 들은 사람들은 모두 감금된 환자였기 때문이다.

사실 빈센트가 파커 씨를 싫어한다거나 그런 것은 아니었다. 정당히 평가하자면 파커 씨는 정신병을 의심하거나 그러진 않았다. 우울증이 있는 사람들을 비웃지도 않았다. 환자가 어떤 나쁜 일을 떠올릴 때마다 "아 그것 참 편리하네!"라고 통을 주는 사람은 아니었다. 환자들이 말을 많이 하도록 부추겼는데 그런 방식이 논란을 일으킬 때도 많았고 다른 정신과 의사들은 그런 걸 보며 기겁을 했다. 어쨌거나 파커 씨가 무슨 꿍꿍이인지, 그러든 말든 내버려두어야 하는 건지? 환자들과 환자들의 인권은 어쩌고? 빈센트는 늘 그러듯 이런 말을 입 밖에 내지는 않았고 다른 사람과 눈을 마주치고 생각을 주고받느니 놀이방처럼 고무로 된 바닥 재질을 응시하는 편을 택했다. 바닥은 흰색 바탕에 흰색 무늬가 있는 큼직하고 두툼한 타일로 덮여 있었는데, 딱딱하진 않지만 푹신한 것도 아니고 물건이 많이 집어던져지는 장소에 적합한 재질이었다. 이곳에서는 물건이 던져지는 일이 많다는 걸 빈센트는 생생하게 기억했다.

"달라질 수 있어요." 파커 씨가 하는 말이 아주 멀리 떨어진 곳에서 들려오는 말처럼 들렸다. "내 말 잘 들어요, 여러분. 이런 내적 전쟁은 불필요합니다."

"당연히 필요하지." 헌치 씨가 말했다. "대체 무슨 개소리를 하는 거야? 빈센트 어서 일어나. 이제 갈 시간이야."

"어디 가요 빈센트 군?" 파커 씨가 물었다. "아직 안 끝났어요. 규칙 알잖아요. 다시 앉아주세요."

빈센트는 의자를 뒤로 밀며 일어섰고 약에 취해 있는데도 걸어서 사람들을 지나 문까지 갔다. 헌치 씨가 서두르라고, 사람들을 만나고 거래를 성사시키고 장비를 확인하고 제품을 옮겨야 한다고 말했다. 바로 시내로 가서 사업을 시작해야 한다고 했다. 빈센트는 문이 잠겨 있으리라는 걸 알았기 때문에 열려고 하지도 않았다. 평소 쓰는 방법으로 문을 통과해 순식간에 그곳을 떠났다.

바깥쪽은 밤이었고 아주, 아주 만족스러웠다. 바람이 기분 좋게 불었고 흐릿한 불빛이 아른거렸다. 지평선 위에 낮게 걸린 거대한 금빛 오렌지색 달이 비추는 빛이었다. 사방이 옅고 희미하고 부연 녹색이었다. 빈센트는 옅고 희미하고 부연 녹색을 좋아했는데 탁하고 어두운 녹색하고 정반대이기 때문이었다. 빈센트는 달도 대체로 좋아했다. 달을 놀라울 정도로 강렬하게 느끼곤 했는데 오늘밤에는 놀랍게 강렬해질 여유가 없었으므로 달에게 작별인사를 고하고 반대로 돌아섰다. 빈센트는 자기가 달의 존재를 기억하든 안하든 달이 그 자리에 그대로 걸려 있고 계속 존재한다는 사실을 도무지 이해하기가 어려웠다. 이런 이해력 부족이 병의 일부라고 파커 씨는 종종 말했다. "이해해야 해." 파커 씨가 말했다. "사물이나 사람은 네가 그것에 대해 생각하지 않는다고 해서 해체되지 않아. 네가 없다고 생각한다고 존재하지 않게 되는 게 아니라고. 네가 접하든 아니든, 좋아하든 아니든 삶은 계속되고, 사실 등 돌리고 떠나는 건 너 자신일 때가 많잖아." 빈센트는 영국에서 새로 온 딱한 의사가 무슨 소리를 하는지 알 수가 없었고 이 파커라는 친구한테도 단점과 결함 몇가지는 있을 것 같다는 생각이 들었다.

빈센트는 주위를 둘러보았다. 소란스러웠다. 간이매점과 가판대에 사람들이 바글거렸는데 반대편에 있는 구경거리만은 뭔가 문제가 있는 듯 보였다. 황량하고 극도로 고통스럽게 보였는데, '우울을 견디는 법'이라는 이름이 붙어 있었으니 인기가 없는 것도 당연했다. 사람들의 관심은 눈부시고 화려한 다른 볼거리들에 쏠렸다. 「죽음과 반죽음!」「롤러코스터에서 떨어지기!」와 특히 「시신을 확인하라」 전시가 성황이었다. 안에 들어가려고 선 줄이 1킬로미터는 되었고 '그 무리'도 줄 서서 잔돈을 쩔렁거리고 있었다. 빈센트는 인사를 하고 싶었지만 그냥 돌아섰다. 무언가가 정강이뼈에 너무 성급하고 너무 생생하게 와닿았고 「시신을 확인하라」 전시가 마치 집중 공황 단계처럼 느껴졌기 때문이다.

그래서 빈센트는 돌아섰고 그러다가 믹 러빗에 정통으로 부딪쳤고 믹 러빗은 빈센트를 밀치고 때리고 욕을 했다. 빈센트가 쓰러지자 믹 러빗은 빈센트를 발로 차려 했지만 다른 데 정신이 팔린데다 마음이 급해서 헛발질을 했다. 믹 러빗은 빈센트에게 다시 발길질을 하는 대신 서둘러 갔다. 시신 확인 전시 쪽을 향해 가는 게 보였다. 믹은 걷는 내내 고개를 푹 숙이고 몸을 숨기며 계속 뒤쪽을 돌아보았다. 꼭 사선死線에 있는 사람처럼 보였다. 믹이 시야에서 사라지자 빈센트는 일어나서 흙먼지를 털고 빨간 펜을 꺼내어 몸에 선을 그었다. 믹 러빗이 건드린 정확한 위치에 선을 그었다. 팔뚝에 긴 붉은 선 다섯개가 생겨났다. 펜을 집어넣고 다시 외투를 입고 단추를 채우고 먼지를 털고 고개를 들어보니 메리 돌런이 보였다. 길 건너편에 서 있었다.

메리 돌런은 빈센트를 보고 있지 않았고 걱정스러운 표정에 늘 그렇듯 상태가 엉망이었다. 메리는 어릴 때부터 친구인 아주 오래된 친구였고 요즘에도 가끔 만났다. 이런 이벤트가 있을 때 종종 나타나는 듯했다. 그런데, 물론 그게 메리 잘못은 아니지만, 메리는 잿 맥데이드의 사촌인가 동생인가 배다른 동생인가 딸인가 첩인가 그랬다. 빈센트는 돌런-맥데이드 관계에 대해 불안을 느꼈고 특히 잿 맥데이드가 집중 공황 단계라 불안했다. 잿 맥데이드는 친위대 혹은 프리랜서 암살단을 거느리고 있었고 그랬기 때문에 빈센트는 잿 맥데이드 근처에 얼쩡거리지 않으려고 애썼다. 하지만 메리가 걱정스러운 표정이라 그대로 둘 수 없어서 뭔가 도울 일이 있는지 보려고 다가갔다.

메리는 빈센트를 보고 반가워했다. 반색하며 바로 무슨 말을 했다. 똑같은 말을 빠르게 계속 반복했다. 메리는 말을 조리 있게 하지 못해서, 말을 짜맞춰보고 나서야 빈센트는 메리가 임신했고 그게 두번째라는 사실을 알게 됐다. 6년 전에도 임신한 적이 있었지만 메리는 여전히 어떻게 해야 할지를 몰랐고, 그 점에 있어서는 물론 빈센트도 마찬가지였다. 빈센트는 폭탄과 총기에 대한 것밖에는 몰랐다. 하지만 이 여성들의 현상에 대해 조금씩 주워들은 게 있어서 메리에게 자기가 아는 내용을 말했는데 메리는 알고 싶지 않은 듯 보였다. 지난번에 어땠는지 전혀 기억이 없고 아기가 나올 때 좋지 않았다는 것밖에는 생각이 안 난다고 했다.

"그럼 애기를 꺼내." 빈센트가 말했다. "눈 딱 감고 끝내버려." 메리는 망설이더니 괴로운 표정으로 다리를 넓게 벌렸다. 그러고 몸을 숙여 아기를 꺼냈고 둘이 같이 아기를 보았다. 메리의 엄지손가락 위에 얹혀 있었고 의심할 여지 없이 아기였다. 그 아기의 아비가 누구인지도 의심할 여지가 없었다. 메리 돌런의 손가락에 얹혀 있는 것은 명백하게 미키 러빗의 얼굴을 가진 여자아이였다.

메리는 정말로 진짜로 아기가 있다는 사실에 어찌나 충격을 받았는지 말이 조리 있게 나올 지경이었다. 메리가 조목조목 말하니 몹시 놀라웠다. 그때 빈센트는 누군가가 다가오는 걸 느끼고 겁이 덜컥 났고 고개를 들어보니 메리의 아버지가 있어서 더욱 겁이 났다. 안돼 그러지 마, 메리가 아기를 아버지에게 보여주려는 듯해서 빈센트는 이렇게 말하려 했는데 돌런 씨가 벌써 가까이 다가와 보고 있었다. 돌런 씨는 믹 러빗의 아기라는 걸 보고는 화를 냈다. 메리는 자기 아기만 가져야 하기 때문이었다. 그래서 메리를 때려 쓰러뜨리고 메리의 입에서 피가 나도록 구타했지만 아기를 메리에게서 떼어낼 수는 없었다. 밧줄 같은 걸로 연결되어 있었기 때문이다.

메리가 세대, 네대, 다섯대, 아빠에게, 삼촌들에게, 사촌들에게, 오빠들에게 맞은 다음, 그들은 잿 맥데이드를 찾으러 갔다. 무슨 일이 일어났는지 알리고 어떻게 해야 하는지 지시를 받기 위해서였다. 묵직한 발걸음이 멀리 사라진 뒤, 다시 안전해졌으므로 빈센트는 메리에게 돌아갔다. 빈센트는 메리에게 미안하지만 지금 생각해보니 아기를 꺼내면 안되었던 것 같다고, 그러면 아기가 죽을 거라고 했다. 만약 아기가 죽기를 바라는 게 아니라면, 다시 빨리 다리를 벌리고 안에 넣어야 할 거라고, 처음에 뭔가 큰 걸 이용해서 길을 내고 다음에 아기를 넣으면 아기는 작으니까 쉽게 들어갈 거라고 했다. 메리는 남배리* 차통을 집어 자기 몸 아래에 놓았는데, 두 사람 다 설마 그게 들어갈 거라고는 생각을 못했다. 그런데 잠시 뒤에 메리가 해냈다.

* 벨파스트에서 설립된 차(茶) 회사.

"이제 됐어." 빈센트가 거리를 두고 서서 신중한 판단을 내렸다. "이제 차통을 꺼내고 최대한 재빨리 아기를 넣는 거야." 메리는 차통을 꺼냈고 빈센트는 엄지손가락에 얹혀 있던 조그만 러빗을 메리의 엄지손가락 위로 넘겨주었고 메리는 손가락에 얹힌 아기를 손쉽게 쏙 넣었다. 빈센트는 메리를 토닥이며 잘했다거나 그런 칭찬을 해주지는 않았다. 메리가 그런 걸 좋아하지 않을 테고 빈센트도 마찬가지였기 때문이다. 대신 빈센트는 땀을 흘리면서, 땀을 흘리고 있는 메리를 남겨두고 돌아서, 엄지손가락 위, 러빗 아기가 얹혀 있던 자리에 빨간 점을 그렸다. 이윽고 펜을 집어넣고 대형 천막을 향해 갔다. '내부 조직'이 빈센트에게 지시한 접선 대상을 찾아야 했다.

헌치 씨와 '내부 조직'이 일찌감치 빈센트에게 메시지를 전달했다. 평소처럼 빈센트의 뇌로 연결된 몸 안 링크를 통해서였다. 전날 저녁에 빈센트가 파커 씨와 일대일 면담을 하는 와중에 그 무리가 접속해 새로운 계획에 대해 말해주었다. 헌치 씨, 덱스터 그린, 스내치 맥거번 등등은 0시 200분에 「시신을 확인하라」에서 모이기로 했다. 빈센트는 그리디 맥더모트의 파이가게 옆에 자연스럽게 서 있되 음식은 사 먹으면 안된다는 지시를 받았다. 음식에

MI5*의 도청장치가 들어 있기 때문이었다. 총기 전시대도 감시당하고 있으므로 가까이 가면 안되고 특히 크롬비 코트를 입고 가짜 억양으로 말하고 양쪽 끝에 전선이 튀어나온 상자를 들고 있는 남자를 조심해야 했다. 그런 상자를 보면 그게 사실은 군대 카메라이며 사진을 '저리 비켜 범퍼카'로 전송하고 있다는 사실을 알아두라고 했다. 이런 일이 일어난다면 빈센트가 잘못된 위치에 있다는 뜻이었다. 적절한 위치에 가면 미행이 없는지 확인해야 하고, 어떤 상황에서도 절대로 무기를 지니고 있으면 안되었다. "알겠어?" "알겠어?" 그들이 전부 한명씩 돌아가며 이렇게 물었고 빈센트는 고개를 끄덕이며 알겠어요, 그럼요 하고 대답했다. 그러는 동안 내내 무어라 말을 하고 있던 파커 씨가 빈센트 쪽으로 몸을 숙이고 물었다. "빈센트, 지금은 누구랑 이야기하고 있어?"

"쉬." 그들이 속삭였다. "참견쟁이 파커한테 말하지 마." 그러더니 흩어지며 그들 쪽에만 있는 링크 스위치를 꺼버렸다. "잊지 마." 그들이 다시 스위치를 켜고 빈센트에게 거듭 당부했다. "절대적으로, 철저하게, 독립적으로 혼자와야 해." 그러고 다시 흩어졌다. 순식간에.

이런 순간에 빈센트는 늘 버려진 느낌이 들었고 또 피가 요동치는 느낌이 들었다. 빈센트는 혼자 남겨지는 걸 잘

* 영국 정보국.

견디지 못했다. 조금만 참으면 된다고 스스로 달랬지만 그래도 힘들었다. 이럴 때 웅 하는 소리가 들리기 시작한다면 '내부 조직'이 아주 가버린 건 아니라는 뜻이었다. 빈센트로부터 허구의 인물이라는 의심을 받는 파커 씨가 대답을 기다리듯 빈센트를 빤히 보았다. 빈센트가 아무 대답도 하지 않자 파커 씨는 다시 제멋대로 떠들기 시작했다. 죽은 아기, 죽은 제빵사, 환각과 망상 등등 의사들이 스스로 거론할 자격이 있다고 믿는 것들에 대해 떠들었다. 빈센트는 무시했다.

그래서 지금, 빈센트는 적절한 시간이긴 하나 잘못된 장소에서 나쁜 파커가 준 정신을 혼미하게 하는 약 때문에 착오를 일으켜 비밀 출입구 안으로 들어가겠다고 문을 두드렸다. 문을 열어준 사람이 파커 씨인 걸 보고 빈센트는 놀랐다. 파커 씨는 크롬비 코트를 입고 가짜 억양을 흉내 냈고 양쪽 끝에 전선이 튀어나온 상자를 들고 있었다. 이 정신과 의사가 정보에 목말라서 자기 뇌세포 하나하나를 도청하고 자기를 미행하고 있었던 게 분명했으므로 빈센트는 잔뜩 긴장했다. 자기 몸의 펜 자국 때문일 거라고 빈센트는 확신했다. 파커는 그 문제에 집착했다. 빈센트가 붉은 선을 그릴 때 어떤 기분인지 알아내려 혈안이었다. 나중에 생각해보니 위장한 이중첩자일지도 모른다는 의심이 들었다. 이 게임에서는 누가 누구인지 확실히 알 수 없을 때가 많았다. 만약 파커가 '내부 조직'이라면, 그것으로 이런 무작위성을 설명할 수는 있겠지만, 아직 확실하지 않으니 일단 협조하는 척만 하는 게 좋겠다고 빈센트는 생각했다.

"들어와, 빈센트. 자 어서." 덩치 크고 키도 큰 파커 씨가 우렁찬 목소리로 불렀다. 파커 씨는 크고 힘이 세고 뼈마디도 굵고 조금 느슨하고 후줄근한 사람이었다. 그런 것도 무해한 털북숭이 개처럼 보이려는 위장의 하나였다. 파커 씨는 뻔뻔하게도 빈센트 아버지의 피에 젖은 앞치마를 입고는 손짓으로 빈센트를 옆쪽 취조실 한가운데 조명 아래에 놓인 의자로 불렀다. 빈센트는 머뭇머뭇 게걸음으로 다가갔으나 어떤 함정이 있을지 몰라 의자에는 앉지 않으려했다. 대신 바닥에 앉았는데, 바닥에는 흰색 바탕에 흰색 무늬가 있는 큼직하고 두툼한 타일이 깔렸고 이전에 심문을 당한 사람들이 남긴 핏자국이 갈색으로 말라붙어 있었다. 빈센트는 핏자국이나 살점이나 치아 등을 못 본 척했고 의사도 그런 게 안 보이는 척했다. 두 사람이 게임을 할수 있겠지, 빈센트는 생각하면서 헌치 씨 무리에게 약속한대로 절대적으로 침묵을 지키겠다고 다짐했다. 전파가 정보를 방 밖으로 빠르고 강하게 전송하고 있었다.

"……치료는 효과가 없어요, 파커. 당신이 독불장군이라는 사실을 인정해요! 왜 문제를 일으켜요? ……시간 낭비예요…… 더러운 패배자들…… 그 사람들은 어쩔 수 없어요."

"……동의할 수 없어요…… 어떤 범주로도 분류할 수가 없어요…… 딱 조현병에도 해당하지 않고…… 그런데 데니스, 진단명에 대해서는……"

"제발요! 그럼 경계성이라고 하든가요. 정신병적 사건이라고 하든가 마음대로 불러요! 봐요, 당신도 제정신이 아니야, 이러다 잘려요. 됐어요. 몇시 퇴근이에요? 어디 가서 한잔할래요……"

파커 씨가 문을 닫자 '목소리'와 '소음'과 '사람들'이 사라졌다.

"자 그럼." 파커 씨가 말하며 앉았다. 다행히도 빈센트 옆에 앉지는 않았다. 파커 씨는 두 손을 첨탑 모양으로 모으고 마치 염려하는 듯한 눈으로 빈센트를 보았다. 그러더니 허리에 묶은 밀가루 묻은 앞치마 끈을 만지작거리기 시작했는데, 빈센트는 똑같은 끈이 오래전 집 빨랫줄에 걸려 있어서 그걸 가지고 놀았던 기억이 떠올랐다.

"지금은 기분이 어때 빈센트? 어제 우리가 이야기한 것에 대해 생각 좀 해봤어?"

빈센트는 대답하지 않았다. 어제 무슨 이야기를 했는지 기억이 안 났다. 빈센트는 어제를 기억 못했다. 어쨌든 이런 더러운 인간들을 상대할 때는 입 다물고 아무 말도 하지 않고 말려들지 않는 게 최선이라고 헌치 씨가 말했었다.

"네 대장이 누구야?" 파커가 물었다. "빈센트, 나를 믿지? 날 도와줄 거지? 남자야? 여자야? 물건이야? 눈에 보여? 안 보여? 소리는 들리겠지. 어서. 말 좀 해봐. 네가 말하는 거 들은 지 정말 오래됐다. 스내치와 그리디와 맥데이드와 러빗 이야기는 했지만, 네 대장에 대해서는 말하지 않으려고 했었지. 대장이 지금 이 방 안에 우리랑 같이 있니?"

빈센트는 대답하지 않았다. 빨리 '내부 조직'이 여기로 와서 그를 구해주고 파커의 약을 먹지 않아도 되게 해주면 좋으련만. 얼마나 오래 버틸 수 있을지 알 수 없었다.

"저 밖에서 내가 조현병이라고 말하는 '목소리' 들었어요. 난 조현병 아니에요."

"나도 동의해 빈센트." 파커 씨가 말했다.

"조현병······"그 덩치 큰 남자가, 혹은 왕립얼스터경찰 제복을 입고 검은 발라클라바를 뒤집어쓴 누군가가 말했다. 발라클라바 안쪽 눈빛이 어두웠다. "······이라는 건 우리 의사들이 쓰는 용어에 불과해. 실제로 존재하지 않는 무언가를 보고 듣는 사람들에게 적용하는 병명이지. 이상한 생각도 이 범주로 분류해. 그러니까 빈센트 네가 하는 것 같은 생각들 말이야. 그렇지만 조현병과 상관없이 정신병자가 될 수도 있다는 거 아니? 처음에는 멀쩡했다가 미치게 될 수도 있어. 이 다툼을 예로 들어보자고. 네가 계속 이야기하는 거, 어제도 얘기했고, 네 인물 믹 러빗과 잿 맥데이드 사이의 분쟁 말이야."

빈센트는 아무 말도 하지 않았지만 입안에서 혀가 확연하게 움찔거렸다. 혀가 자기를 배신하고 폭로해버리려고 하는 걸 알 수 있었다. 당혹스러웠고 이런 상황에서는 어떻게 해야 하나 혼란스러웠다. 자신의 혀를 믿지 못한다면 누구 혀를 믿으란 말인가? 빈센트는 혀를 깨물어 피를 냈다. 피를 삼켰더니 찝찔한 맛이 났다. 파커 몰래 이런 일을 하고 있다는 것만으로도 의미가 있었다.

"그리고 또 메리……" 파커가 빈센트를 뚫어져라 보면서 말했다. 빈센트는 메리의 이름을 듣고 놀라서 삼키지 못한 찝찔한 피를 뱉고 말았다.

"조금 있다 다시 올게." 헌치 씨가 말했다. "명심해 빈센트. 내 얘기는 하지 마."

"아무 얘기도 안해요!" 빈센트가 소리치자 파커 씨가 벌떡 일어나 거드는 척했다. "억지로 시키지 말아요." 빈센트는 이렇게 말한 다음 자기가 "안돼!"라고 울부짖는 소리를 들었다. 몸이 떨렸고 몸이 떨린다는 사실을 자각하자 겁이 났다. 자기 몸이 멋대로 작동하는 걸 빈센트는 좋아하지 않았다. 어떤 때는 몸이 저절로 앞으로 나가고 숨을 들였다 냈다 했다. 이 숨쉬기가 특히 머리 아래쪽으로는 위험한 일이라 빈센트는 자기 숨한테 "살살, 살살" 하고 속삭이며 집중 공황 단계에 가지 않으려고 애썼다. 파커 씨가 호흡은 좋은 거라고, 특히 심호흡이 도움이 된다고 말했지만 빈센트의 귀에는 들어오지 않았다. 빈센트는 손으로 귀를 덮었으나 파커 씨는 굴하지 않고 '내부 조직' 암살단에 대해 은근히 물었다. "네 마음속에 그 사람들을 떠나보내고 싶지 않은 마음이 있는 거지. 그 사람들이 너니까. 너의 일부니까."

"아녜요!" 빈센트가 소리쳤다. "그 사람들은 내가 아녜요. 나하고 전혀 다른 존재예요!"

"지금까지는." 파커 씨가 다리를 반대쪽으로 꼬고 또 손을 첨탑 모양으로 모으며 말했다. 빈센트는 질끈 감은 눈 사이로 파커 씨를 보았고 잠시 뒤에 다시 더 얕게, 상체에서 멀리 저 꼭대기 쪽으로 숨을 쉬었다.

"파커 선생님," 빈센트가 눈을 크게 떴다. "아니에요. 그 사람들은 내 일부가 아녜요. 그 점에 대해 내 입장을 알았으니 이제 뭐라고 말하시겠어요?"

"같은 얘기." 파커 씨는 빈센트보다 훨씬 침착해 보였다. 빈센트는 의사의 배가 오르락내리락 숨을 쉬는 걸 보았다. "내가 오래전부터 해오던 이야기를 그대로 할 거야, 아들." 파커 씨가 몸을 앞으로 숙였다. 파커 씨한테서 구운 빵 냄새가 어렴풋이 났다. "그 사람들은 네가 만든 것이라고. 너는 그 사람들이 떠나지 않길 바라는 마음이 크고. 자," 파커 씨가 뒤로 몸을 기댔다. "그 점에 대해 내 입장을 알았으니, 이제 너는 뭐라고 할 거니?"

"전혀 아녜요." 빈센트가 고집을 부렸지만 이제 목소리에 자신감이 훨씬 줄어 있었다. 빈센트는 이 파커라는 사람 정말 보통내기가 아니군, 하고 생각했다. 최고의 특수요원 캠프 같은 데서 훈련을 받은 게 분명했다. "전혀 아녜요!" 빈센트가 다시 말했지만 무기력한 시도였다.

"희망이 있어." 파커가 첨탑 모양 손끝을 붙였다 떼었다 하며 말했다. "어떤 일이든 일어날 수 있어 빈센트. 달라질 수 있다고. 나를 믿어도 된다고 너 자신에게 말해주어야 해. 아니면 적어도 나를 믿지 않겠다고 마음먹었을 때 그렇단 사실은 인식하고 있어야지." 파커가 몸을 움직였는데 빈센트는 그가 어느덧 가까이 다가와 있다는 사실을 알아차렸다. 바로 자기 코앞에 있는 인체의 존재 때문에 불안해진 빈센트는 뒤로 주춤주춤 물러났다.

"네가 만든 흥미진진한 이야기에서는 온갖 종류의 투사投射가 일어나지." 파커 씨가 성급한 열의를 보이며 미소를 띠고 말했다. 그런 행복한 미소에는 어떤 정신병자라도 화가 날 테지만, 그 어느 때보다 마음을 열고 있는 빈센트에게는 별로 거슬리지 않았다. "무슨 이야기요?" 빈센트가 예의 바르게 물었다. 냉랭하게 말했어야 할 것 같았지만.

"물론!" 파커가 자기 실수를 알아차리지 못하고 환히 웃으며 말했다. "총을 들고 다니고 위험한 거래를 하고 러빗과 맥데이드 등이 나오는 이야기 —" 파커가 말을 멈췄다. 빈센트는 파커 씨가 이런 초보적인 함정에 빠진 것을 자책하며 혀를 깨물고 있으리란 걸 알았다.

"난 이야기를 만들어내지 않아요." 빈센트가 말했다. "무슨 말을 하시는 건지 모르겠어요." 빈센트는 최대한 멀찍이 등을 돌리고 두툼한 타일 중에서도 가장 큰 것을 쳐다보았다. 흰색 바탕에 흰색 무늬가 있는 딱딱하지도 푹신하지도 않은 타일마다 피 얼룩이 있었다. 타일과 핏자국은 어디로도 이어지지 않았다.

"좋아." 의사가 말하며 두 손을 들었다. "네가 이겼다 빈센트." 그러더니 웃었다. 빈센트도 자기가 두려워하거나 그러지 않는다는 걸 보여주기 위해 웃었지만 속으로는 파커가 미쳤으니 조심해야겠다고 생각했다.

"메리 이야기를 해보자." 파커가 갑자기 말했다. 이제 웃는 얼굴이 아니었다. 빈센트는 함정에 빠진 건 자기 자신이라는 걸 깨달았다. 욕지기가 났다.

"메리는 아무 상관 없어요!" 빈센트가 외쳤다. "메리란 사람은 몰라요! 메리 얘기는 안하면 안돼요? 다른 얘기 하면 안돼요?"

"메리의 아빠와 오빠들……" 빈센트가 이어 말했다. "아빠와 삼촌들…… 아빠와 사촌들…… 아빠와 잿 맥데이드……" 왜 이런 말을 한 걸까? 헌치 씨가 못마땅해할 것이다. 파커 씨가 눈썹을 치켰다.

"그런데 왜 메리가 나타난 걸까 빈센트?" 파커 씨가 말했다. 덩치 큰 사람이 양처럼 순하게 말하고 있었다. "차통 가지고 둘이서 어떻게 했는지 마저 이야기해줘. 도움이 될 것 같아. 그 부분을 파고들어보면."

빈센트는 경악했다. 자기가 차통 이야기를 했다는 사실도 몰랐다. 빈센트는 말을 더듬기 시작했다. 그때 정말 다행스럽게도 그 무리가 와서 빈센트가 이야기를 더 못하게 막았다.

"밖으로 나가." 헌치가 명령했다. "저 사람 말 무시해. 어쨌거나 저 사람은 곧 죽을 거야."

"파커 선생님 실례합니다만," 빈센트가 말했다. "이제 가봐야겠습니다."

"그래." 파커 씨가 말했다. 파커 씨가 일어나 빈센트를 보내주었다. "네가 만든 이야기 속의 한 부분이지." 파커 씨가 헤어지면서 마지막으로 이렇게 말했다. "네가 만든 이야기 속의 한 부분이야 빈센트. 네 머릿속의 한 부분."

"저 사람 믿으면 안된다고 했잖아." 안전한 바깥으로 나오자 헌치가 말했다. 그들은 달의 탁하고 어두운 녹색 빛 아래에 있었고 조금 전까지 그들이 있었던 천막은 불빛으로 환하게 빛났다. 헌치는 화가 났고 서두르고 있었고 모든 사람을 향한 증오 때문에 몸이 굳어 있었다. 빈센트도 증오의 존재를 느꼈다. 그 무리의 다른 사람들과 마찬가지로 빈센트도 헌치 씨의 감정에 민감하게 신경을 쓰는 게 좋다는 걸 알았다. 빈센트는 몸을 부르르 떨었다. "기억 안나 빈센트?" 헌치 씨가 물었다. "혼자 버려지는 게 어떤 건지 다시 한번 느끼고 싶은 거야?"

빈센트는 자기 친구이자 조언자와 그 무리 없이 혼자 살아야 했던 때가 기억이 안 났다. 기억의 어느 부분이 지워진 게 아닌가 싶었다. 도움을 얻을 수 있을까 하고 다른 사람들을 쳐다봤다. 무리는 멀찌감치 서 있었다. 이 일은 빈센트와 빈센트의 주인 사이의 일이니까. 빈센트가 알아서 해결할 일이었다. 빈센트가 말했다.

"죄송해요 헌치 씨. 파커 씨 때문이었어요. 파커 씨가 저한테 주사를 놓게 시키고 그래서 벗어나기가 어려워요."

헌치 씨가 콧방귀를 뀌었다. 그러다가 잠시 뒤에는 조금 누그러지는 것 같았다. 빈센트에게 더 가벼운 목소리로 이렇게 말했다.

"너는 전시대를 안 차렸구나 빈센트. 너도 차려야 해. 총을 가져와. 네가 뭘 할 수 있는지 세상에 보여줘." 그러더니 헌치 씨는 사라졌고 다른 사람들도 같이 가버렸다. 빈센트는 다시 또 혼자 남겨졌다. 이번에는 웅 하는 소리가 들리지 않았다.

사실 빈센트가 정말 혼자 있다고 할 수는 없었다. 반대편에 있는 빌리 배틀스 주위에 사람들이 모여 있었다. 배틀스도 이날 병원에서 탈출한 거였다. 배틀스는 가판대를 차렸는데 사실 그냥 비누 상자를 뒤집어놓은 것이었지만 그걸로 충분했다. 배틀스의 목적은 그가 지어낸 듯한 사람들에게 설교하는 것이었기 때문이다. 배틀스는 지나치게 정의롭고 완강한데다 무의식적인 죄책감에 시달리고 있는데 그걸 분노로 변환해 자신과 같지 않은 모든 사람에게 투사했다. 파커 씨의 의견에 따르면 그랬고, 또 파커 씨의 의견에 따르면 배틀스의 심각한 폭력적 심리적 병리는 독점과 절대통제력의 욕구가 좌절된 데서 비롯되었다. 배틀스는 자기 국가와 부족에 열렬한 충성을 바쳤는데, 바로 그 때문에 배틀스가 계속 정신병원으로 돌아오게 되니 참으로 희한한 일이라고 파커는 말했다. 배틀스는 자기 어머니나 아버지나 할머니나 할아버지나 외할머니나 외할아버지나 삼촌이나 고모나 이모처럼 보이는 사람이 있으면 찌르는 습관이 있었다. 어째서인지 그런 사람은 언제나 다른 종교에 속한 사람이었고 그러다보니 지금까지 배틀스를 고소한 사람의 수가 서른세명에 달했다. 배틀스가 울적해할 때는 의사가 조금은 희망이 있다고 말했지만 배틀스가 명랑해지면 상황이 상당히 나쁘다고 했다. 배틀스는 자기 임무를 다시 떠올리면 상당히 나쁜 상태에서 끝내주게 끔찍한 상태로 넘어갔는데, 약기운이 떨어질 때면 늘 그랬다. 그럴 때면 배틀스는 소동을 피우고 빈센트가 몰래 감춰둔 볼펜을 가져가 가톨릭교도처럼 보이는 아무나의 눈에 욕설과 함께 박아넣었다. 이런 일이 일어나면 배틀스는 끌려가서 살인미수라고 불리는 행동에 대해 따끔한 한마디를 들었고 빈센트는 가서 눈에 안대를 대라는 말을 들었다.

그리하여 이날 빌리 배틀스도 탈출해서 '신앙, 가족, 조국'에 대해 설교를 하고 신성한 말씀이 담긴 테이프를 틀고 있었다. "안녕. 나는 하느님이다"라는 말로 시작하는 테이프였다. 하느님이 벨파스트 억양으로 말을 했다. "내 말을 잘 듣기를 바란다." 빌리는 위대한 설교 사이사이 틈틈이 테이프를 틀었는데, 알고 보니 실은 빌리 본인이 녹음한 테이프였다. 어쨌든 빌리의 추종자들은 아무 문제 없다고 느꼈다. 또 '곤경과 동요 앞의 공손함과 정중함'이라는 제목의 책이 있었는데, 그건 가짜 표지고 그 아래에 '잡아라!'라는 제목의 책이 있었다. 그 책들이 빌리 배틀스가 팔아야 한다는 사명을 느끼는 진짜 책이었다. 그리고 빌리의 주장이 워낙 뚜렷한 덕에 실제로 책들이 팔렸다. "분파주의가 악이라고 말할 수도 있지만, 이런 관점에서 한번 보라." 하느님이 말했다. "아무리 인내심 있고 아무리 평화롭고 아무리 공정하다고 할지라도 한계가 있는 법이다. 그들 중 단 한 사람이라도 일어서서 편협한 주장을 펼치면, 우리도 모두 일어서서 손도끼를 들고 전부 썰어버리고 싶은 게 인지상정이다. 증오는 잘못이 아니다. 비난은 잘못이 아니다. 지금까지 내가 당한 것을 갚아줄 대상을 찾는 것은 잘못이 아니다." 흰색 환자복을 입은 채로 빌리는 날카롭고 대담한 기운을 내뿜었다. 병원 침대에 있을 때는 광기로만 보였던 대담함이었다. 빌리의 설교는 총이 더 많이 필요하고, 탄약이, 형무소가, 문간에서의 살해가 더 많이 필요하다는 내용이었고 빌리가 몇가지 슬로건을 외치면 사람들이 따라 했다.

　빌리 배틀스 앞에 모인 군중은 '청룡열차'나 '롤러코스터'나 '시신 확인'이나 '와서 망자를 데려가시오' 등의 볼거리에 비하면 소규모였다. 그래도 수가 늘고 있었고 이제 상당수가 된데다 그 가운데는 살인자들 무리가 있었다. 그들을 모르는 사람들은, 혹은 아는 사람들은 무심코 그들을 '건실한 청년들'이라고 불렀을 것이다. 살인자들 맞은편에는 그들이 목표로 삼은 희생자가 있었는데 나이는 사십대에 땅딸막한 제빵사였고 정신이 딴 데 가 있는 표정으로 서 있었다. 머리카락은 오렌지색이고 얼굴은 불그레하고 몸은 다부지고 어깨가 넓었고 확실히 죽음을 부를 색의 옷을 입고 있었다. 황금색 신발에 오렌지색 양말, 하얀색 제빵사 바지, 하얀 조끼, 소매를 걷어올린 녹색 체크무늬 셔츠 차림이었다.* 금색으로 그을린 굵은 팔뚝은 밀가루가 앉은 적갈색 털로 덮였고 허리에는 흰 앞치마를 두르고 있었다. 앞치마에서 졸인 과일 냄새가 났다. 발치에는 탁하고 어두운 녹색 여행가방이 있었는데 거기에서도 달콤한 계피, 이스트, 메이스, 정향, 너트메그와 졸인 건포도 냄새가 풍겼다. 남자는 꼼지락거리며 발치에 놓인 1960년

---

* 빈센트 아버지의 차림새는 셔츠와 가방은 녹색(가톨릭색), 제복은 흰색(평화), 머리카락과 양말은 오렌지색(신교도색)으로 아일랜드 국기와 같은 두 종교 간의 화합을 상징한다. 그래서 분파주의자들의 표적이 되었음을 짐작할 수 있다.

대 『벨파스트 텔레그래프』 신문을 훑어보고 있었다. 뒤쪽 지면에 무언가 불쾌한 일이 또 일어났으며 동틀 녘에 개를 산책시키던 남자가 현장을 발견했다는 소식이 조그맣게 실려 있었다.

"진실이란 무엇인가." 빌리가 외쳤다. "언제나 여러분의 가족을 사랑해야 한다는 것입니다. 여러분의 친척이라면, 그들이 한때 무슨 짓을 저질렀든 절대 비난하지 마십시오." 배틀스가 설교를 하는 와중에 꼼지락거리던 제빵사가 신문을 집어들었다. 가족은 좋은 것이고 확대가족은 더욱 좋은 것이고 가장 좋은 것은 신성한 공동체라고 ─ 어떤 특정 종류에 속하는 경우에만 ─ 배틀스가 목소리를 높였다. 군중은 서로 마주 보고 이어 제빵사를 쳐다보았다. 삼색 옷을 입은 제빵사는 여기 어울리지 않는 존재라는 게 분명했다. 제빵사는 사람들이 자기를 뜯어보고 있다는 걸 모르고 신문을 넘겼는데 그렇다고 신문을 읽는 것도 아니었다. 누가 아무 동기도 없어 보이는 범죄 따위에 관심을 두겠나? 그래서 제빵사는 신문을 넘기고 부스럭거리다 마침내 집어던졌고, 사람들이 제빵사를 향해 다가가기 시작할 때 빈센트는 더 보지 않고 고개를 돌렸다. 정말 다행이다, 빈센트는 생각했다. 내가 모르는 사람이라서. 정말 다행이다, 빈센트는 생각했다. 저 제빵사가 우리 아빠가 아니어서.

빈센트는 자기 총이 있는 곳으로 돌아갔다. 그러니까 빌리가 설교를 하고 하느님의 말씀 테이프를 팔고 책 안에 감춰진 책을 파는 동안에, 빈센트도 병이 있기 때문에 라이플 전시대를 차리지 않을 수가 없었던 것이다. 카니발 마당에는 라이플 전시대가 이미 쉰일곱개 있었다. 대부분 아멀라이트* 제품이었지만 당연히 다른 종류도 있었다. 빈센트도 아멀라이트를 전시했고 그 가운데 일부는 '상선단. 미 정부 소유'라고 각인이 되어 있었다. 빈센트가 고개를 들어보니 잿 맥데이드가 이쪽으로 오고 있었다. 잿은 자기 권총을 들고 있었다. 오른손으로 총을 흔들며 빈센트 쪽으로 걸어왔다. 잿은 총을 빈센트의 관자놀이에 대고 안전장치를 풀었다.

"야 미친놈." 예의에는 아무 관심이 없는 잿이 낮은 목소리로 말했다. "믹 러빗 봤어? 못 봤다면 네 머리를 날려버릴 거야."

이런 순간에 '내부 조직'이 와서 구해준다면 얼마나 좋겠냐마는 정말 이상하게도 바로 이런 순간에는 늘 멀리 떨어져 있는 듯했다. 웅 하는 소리가 이어질 때도 있었지만 뭐라고 조언을 해주지는 않았고 그나마 뭐가 있을 때도 정

---

* 미국 총기 회사.

서적인 도움은 거의 되지 않았다.

"「확인」에 있어." 빈센트가 말했지만 잿은 못 알아들었다. "「확인」이 뭔데 등신아?" 잿이 말하고 빈센트의 머리 옆쪽으로 몇차례 총을 쏴댔다. 빈센트는 떨리는 손가락으로 「시신을 확인하라」 전시장 쪽을 가리켰고 잿은 빈센트를 놓아주고 자신의 '내부 조직'이자 살인 집단에 손짓을 했다. 잿 일당은 무기를 꺼내들고 「확인」 쪽으로 슬금슬금 다가갔고 그때 헌치 씨가 킬킬 웃었는데 빈센트에게는 악취미로 느껴졌다.

헌치 씨가 곧 살인이 일어날 터라 웃은 거라고 빈센트는 생각했다. 메리의 아기에게 자기 얼굴을 준 미키 러빗이 죽을 거라서. 그런데 아니었다. 헌치 씨는 빈센트의 사격장에서 주는 상품을 감탄하며 구경하고 있었다. 가장 좋은 것부터 순서대로 '스페셜 트리츠 초코바' '단순한 자상刺傷' '뒤쪽이 서로 붙은 개 두마리' '아이의 맨발에 짓눌려 죽은 나방'이 있었다. 또 겨자색 모래, 벽지 위에서 움직이는 꽃, 탄약 백만발, 장례식 풀코스 등등도 있었다. 낙태, 난산, 조기양막파열, 뜨개바늘을 이용한 제거 등은 상품 목록에 없었다. 빈센트는 여성의 어두운 곳과 관련된 것을 좋아하지 않았고 그런 걸 생각하다보면 집중 공황 단계가 오는 게 아닌가 싶었기 때문이다.

빈센트는 하던 일을 멈추고 빨간 펜을 꺼내어 다시 자기 몸을 살폈다. 여기에 점을 찍고, 저기에 선을 긋고, 광대뼈

위에는 색을 칠했다──잿의 손이나 자동권총이 닿았던 곳은 전부 표시했다. 그러고 있는데 파커 씨가 라이플 전시대를 돌아서 왔다. 커다란 종이 묶음을 손으로 꽉 쥐고 있었다. 파커 씨는 빈센트를 보고 놀란 듯하면서도 반가워하면서 마침 찾고 있었는데 잘되었다고 말했다. 이 참견쟁이 영국인을 싫어하는 헌치 씨는 끌끌 혀 차는 소리를 냈다. 빈센트에게 저 파커라는 자가 좋아하는 볼품없는 트위드와 트윌 옷을 보라며, 이런 옷을 입는 게 도청장치를 감추기 위해서란 사실을 아냐고 물었다. 빈센트는 고개를 저었다.

"우리 빈센트." 파커 씨는 무어라 계속 떠들고 있었다. "네가 부인하지 않았으면 좋겠다." 빈센트는 파커 씨가 자기를 '아들'이라거나 '우리 빈센트'라고 부르지 않았으면 했다.

"네가 서명한 자백서를 읽어줄게." 파커가 말했다. 빈센트는 화들짝 놀랐다. 서명은 물론이고 자백 따위는 한 기억이 없었다. "내가 한 거 아녜요!" 빈센트가 외쳤다. "난 아녜요. 잿 맥데이드와 '내부 조직' 살인 집단이 한 짓이에요." 파커 씨는 고개를 저으며 잠시 슬픈 표정을 지었으나 이내 종이 묶음을 다시 무척 다정스러운 손길로 들어올렸다. 높은 의자에 올라앉았더니 딸기셰이크를 한모금 마시고 첫 장부터 읽어나가기 시작했다.

"'알아 위대한.'" 파커 씨가 읽었다. "'"스내피 이야기

맞지?" 무엇에게 모른다. "그거, 그리고 함께!" 그것 구타에 대해. 헌치를 알다 대한 것, 스내피 위대하게 오다. 스내피. 헌치. 스내피. 스내피에 대해 써. 위장이야. "살인에 좋지 않을까?" 그러지 말고 헌치가 올까? 그것과 함께. 위대하게 만들어. 헌치에 대해 알아. 스내피를 거기에. 만들어. 그걸. 전부. 멈춰. 그리고 위대하게? 스내피는 "안돼! 그러지 마!" 뭘 만들어. 알았고 안돼, 함께. 스내피 그렇게 위대해. 잿 알아. 헌치를 알아야.'"

파커가 고개를 들고 다음 장으로 넘겼다. "드디어 뭐가 좀 되는 것 같지, 빈센트? 나는 스내피가 마음에 들어. 스내피가 누구야? 스내피에 대해 더 말해봐. 아, 그건 그렇고 중요한 건 아니지만 말이 나온 김에 ─ 또다른 사람에 대해 말해봐, 그 헌치라는 사람."

"안돼요!" 빈센트가 울부짖었다. "서명 취소해요. 내가 자백한 거라고 몰아가지 말아요. 진심이 아니었어요."

"'가장 최근의 트러블은 1980년 7월 23일에 시작되었다.'" 파커 씨가 빈센트의 말을 무시하고 두번째 장 꼭대기에서부터 읽어내려갔다. "'새벽 2시에. 나는 부엌 창문 밖에서 벌어지는 카니발 소리를 들었다. 카니발일 리가 없어, 나는 생각했다. 리즈번 로드에 카니발이라니. 나는 잘 보려고 자리에서 일어났다. 다른 사람의 집 안이었다. 누구 집인지 기억이 안 난다. 집에 나 혼자 있었다. 소음이 멈췄다. 거리는 텅 비었다. 나는 다시 싱크대 옆 바닥에 누

222

웠다. 담요를 머리 위로 덮어썼다. 그러자마자 다시 시작되었다. 풍금 소리, 손풍금 소리, 콧노래 소리 ─ 어떤 건지 알죠? ─ 빨래 짜는 기계에서 나오는 듯한 기이한 음악. 거슬리는 음이 서로 엉켜 하나가 되어 나왔다. 외치는 목소리. 입을 열고 소리쳤다. 외치는 목소리. 재잘거렸다. "도전하세요!" 그들이 말했다. "상품을 타서 애인에게 선물하세요!" "한번에 1페니!" 이렇게 말하고 음악 소리를 높였다. "누가 우리 아빠를 죽였지?" 나는 보려고 일어났다. 고요하고 금빛이었다. 나는 다시 누웠다. 다시 시작됐다. 일어났다. 멈췄다. 다시 누웠다. 다시 시작됐다. 나는 손가락으로 귀를 틀어막으려고 했다. 머릿속이 근질거리고 귀와 손가락이 쑤시고 턱과 뺨이 얼얼했다. 창가에 선 채로 지켜보는 척하면서 자려고 해보았다. 소용이 없었다. 자도록 내버려두지 않았다. 그래서 잘 수가 없었다. 내가 포기할 때까지 계속했다. 나는 그들이 있는 곳으로 나갔다. 한밤중이었다. 그들은 카니발에 있었고 삽을 들고 있었고 미키 러빗을 찾고 있었다. 메리 돌런이 잿 맥데이드의 사촌이니까.'"

헌치 씨가 끼어들어 빈센트에게 자기가 승기를 잡았으니 저 파커 씨란 사람에게는 아무 말도 할 필요 없다고 다시 일렀다. 헌치 씨는 빈센트에게 저 말 듣지 마라, 파커는 영국 정보부 요원이다, 자백이라는 건 너를 감옥에 가두기 위한 책략이라고 했다. "너하고 아무 상관 없는 살인 혐의로 기소되고 투옥되고 싶어? 잡혀가서 고문당하고 밀고자라는 이유로 살해당하고 싶어?" 파커 씨는 특수부야, 헌치가 말했다. 파커 씨는 암살단이야. 파커 씨는 빌리 배틀스하고 잿 맥데이드하고 한통속이야.

"'……그리고 또 어쩌고 저쩌고 저쩌고.'" 파커가 마지막 장의 마지막 문장까지 다 읽었다. 그러고 나서 빈센트를 쳐다보았다. "빈센트, 너 밖에 있는 동안 약 안 먹었지. 처방받은 대로 약을 안 먹으면 다시 들어와야 한다고 내가 말했던 거 기억 안 나니?"

빈센트는 대답하지 않았다. 머리를 푹 수그렸다. 혼란스러웠다. 순간 무슨 일이 일어나고 있는 건지 알 수가 없었다. 하지만 잠시뿐이었다. 빈센트는 다시 현실로 돌아왔다.

"내 생각에는 빈센트," 파커가 종이를 흔들고 한숨을 쉬었다. "원점으로 돌아온 것 같다. 전에도 여러번 이야기했던 분파주의 살인 집단에 대한 환상 말이야. 너는 살인을 목격한 적이 없어. 살인이라는 게 일어난 적이 없지 ─ 아주아주 오래전에 너희 아버지께 일어났던 일을 제외하면. 잿과 미키는 네가 만든 캐릭터고, 네가 무척 자세하게 묘사하고 있긴 하지만 어쨌든 네가 만든 거야. 현실이 아니라고. 아, 정말 멋지다는 건 인정한다. 정말 대단해. 혹시아니, 네가 언젠가 그 인물들이 나오는 멋진 소설을 쓰게 될지. 하지만 애야, 그 사람들이 널 지배하게 하지 마. 그런 사람들은 존재하지 않아. 메리도 마찬가지고." 파커 씨가 계속 말을 이었다. "연약한 메리. 그런 걸 우리는 전치 이론이라고 부른단다 아들. 걱정 마. 이제 편히 누워. 새로운 약을 시도해보려고. 효과가 어떤지 보자."

"저자가 내 정체만 모르면 돼." 헌치가 말했다.

"그건 그렇고 빈센트." 파커가 말했다. "부탁할 게 있어. 네 왼팔에 뭘 했는지 좀 보자."

"빈센트." 헌치가 말했다. "네 전시대로 가야 할 때가 됐다. 라이플은 집어던지고 가서 네가 해야 할 일을 해."

"또 벤 거야?" 파커가 말했다. 그러더니 자세히 들여다보았다. "아 다행이다. 펜으로 그린 거구나. 벤 것보다야 낫지. 하지만 빈센트, 이것도 이제 그만해야 해. 이번에는 몇군데나 했지? 이번에도 또 백오십삼군데 한 것 같구나." 파커가 한숨을 내쉬었다. "너한테 몰래 펜을 주는 사람이 누군지 알면 좋겠다."

"파커 선생님." 빈센트가 푹신한 베개에 머리를 푹 파묻으며 말했다. "살인 집단 우두머리에 대해 하고 싶은 말이 있어요."

"빈센트." 헌치가 말했다. "내 말 들려?"

"그래 빈센트." 파커가 말했다. "듣고 있어. 살인 집단 우두머리에 대해 하고 싶은 말이 있다고 했지."

경고한다 빈센트, 헌치의 목소리가 훨씬훨씬 가까이에서 들렸다. 순간 그 목소리가 자기 머릿속에서 들리는 것처럼 생각될 정도였다.

"파커 선생님……" 빈센트가 말했다.

지금 당장 칼자국을 내고 붉은 줄을 긋지 않으면, 헌치가 말했다. 네가 복도 저편에 있는 시신을 확인하게 만들거야.

비명이 들린다. 세번, 일분 간격으로 난다. 소년이 집 안의 적막 때문에 지르는 비명이다. 한번 길게 비명을 지르고 다음에 또 한번 길게, 세번 비명을 지르고 온몸을 떤다. 아무도 오지 않는다. 맨발 하나가 담요 밖으로 나와 있는데 끌어당겨 다시 담요 안으로 넣을 수도 아예 밀어넣을 수도 없다. 움직일 수가 없다. 세번째 비명을 지를 때 처음으로 웅 하는 소리를 듣는다. 저음으로 저 아래 굽도리에서부터 들려온다. 소년은 귀를 기울이고 이렇게 묻는다. "저희 엄마를 아세요?" 그리고 또 "안녕하세요?"라고. "무서워요"라고 말하지는 않는다. 웅 소리가, 적막처럼 나쁜 것일지도 모르니까. 아이는 모습이 엉망이다. 잠옷을 절반만 걸쳤고 몸 절반은 침대 밖으로 나가 있다. 몸을 격렬하게 떤다. 아이는 웅 소리에게 이 문제에 대해 말하고 싶다. 잠옷을 벗고 트렁크를 입고 싶지만 겁이 난다. 누가 자신의 부끄러운 벌거벗은 엉덩이를 보면 안되기 때문이다.

"불쌍한 녀석." 웅 소리가 말한다. 소리는 벽지 무늬 안에

있다. 이름은 헌치 씨이다. 이렇게 말한다. "도와줄까?" 아이
는 훌쩍이고 고개를 끄덕이며 "네"라고 대답하고 헌치 씨는
너무나 적절하게 도와준다. 빈센트에게 어렵지 않다고, 그냥
잠옷을 벗은 다음에 트렁크를 입으면 된다고 말한다. 그런
일을 전부 담요 아래에서 하면 된다고. 그러면 혹여 보고 있
을지 모를 누구든 무엇이든 네 부끄러운 벌거벗은 엉덩이를
볼 수는 없을 거라고. 헌치 씨는 아이를 설득하고 아이는 무
척 고마워한다. "고맙습니다." 아이가 벌게진 슬픈 눈으로 인
사한다. 아이는 언제나 졸리지만, 반드시 깨어 있어야만 하
는 아이라 잠이 들 수가 없다. 헌치 씨가 아이에게 어려운 상
황에서도 잘해왔다고 말해주고, 이런 다정한 말이 오간 뒤에
야 아이는 하품을 하고 잠이 든다.

엄마가 계단으로 올라와서 복도에 플라스틱 양동이를 놓
는다. 너를 위한 거야, 엄마가 말한다. 여기에 쉬야와 끙아
를 하라고. 아이는 엄마가 가는 게 싫지만 엄마는 어쨌든 가
리라는 걸 안다. 엄마가 「접니다 오 주님 접니다」와 「무언가
가 밝게 빛나노니 ― 나의 영혼」을 콧노래로 부르고 있기 때
문이다. 사실은 행복하지 않으면서도. 엄마는 나갈 때 늘 콧
노래를 부르는데 엄마의 콧노래는 행복할 때가 없다. 엄마는
싱크대에서 씻고 머리를 하고 스타킹을 신는다. 엄마 디오도

런트 냄새가 난다. 분홍색 화장품 가방 안에는 묵주, 기도가 새겨진 동전, 스카풀라, 성모 메달, 검은 미사포가 있었는데 엄마가 무릎으로 더그 언덕*을 올라갈 때 걸칠 것들이다. 엄마 화장품 가방이 문가에 있다. 엄마는 아이가 자기를 찾지 않게 스페셜 트리츠 초코바를 사준다. 아이의 불안감이 치솟는다. 아이는 더 운다.

코트와 스카프를 이미 걸친 엄마가 아이를 위층 침실로 데려가 침대에 누인다.

"잘 들어 아가." 엄마가 말한다. "아래층으로 내려가지 마. 엄마가 집에 없을 때는 아래층에 악마가 있어."

"악마?" 아이가 묻는다. "드라큘라도 있어?"

"응. 드라큘라도 있지만 무엇보다도 악마가 ─"

"프랑켄슈타인도? 프랑켄 ─"

"그래 하지만 빈센트 ─"

"늑대인간은?"

"조용히 하고 잘 들어봐."

엄마는 네가 지금까지 꿈꾸거나 생각해본 적이 있는 괴물 전부가 아래층에 모여 너를 잡으려고 기다리고 있다고, 너를 지키려고 이런 이야기를 하는 거라고, 그러니까 엄마가 없을 때는 절대로 내려가면 안된다고 말한다. 엄마는 빈센트가 전기 제품이나 성냥 같은 건 건드리지 않기를 바라고 벽난로

---

* 아일랜드 북서부에 있는 더그 호수 주변의 언덕지대. 아일랜드 수호 성인인 성 패트릭을 기리는 사흘간의 성지순례 코스로 유명하다.

근처에는 가지도 말고 어떤 문으로도 가지 말고 레인지 가까이에는 절대 가지 않기를 바란다. 엄마는 악마를 계속 강조하는데 엄마에게는 악마가 가장 중요한 존재이기 때문이다. 그렇지만 아이에게는 조커, 미스터 프리즈*, 수녀의 머리, 털북숭이 혀, 소인국 사람들, 밴시**, 얼굴에 십자가 모양으로 칼자국이 난 제빵사가 더 중요하다. 엄마는 집의 가호를 빌고, 아이의 가호를 빌고, 아이에게 입을 맞추고, 화장품 가방을 집어든다. 엄마는 떠난다. 큰 문을 닫고, 문을 잠그고, 밤에 떠난다. 아이는 문이 쾅 닫히는 소리를 듣고 시계를 본다. 돌아올게, 엄마가 말한다. 시곗바늘이 이러저런 모양이 되었을 때. 하지만 첫날에는 아니고 둘째 날에도 아니고 셋째 날에 올 거라고. 아이는 무릎을 끌어안고 무릎에 머리를 대고 엄마를 기다린다. 시곗바늘이 있어야 할 자리에 가려면 아직 멀고도 멀었다.

캄캄하다. 아이는 초코바를 오물오물 먹는다. 카니발이 나오는 만화책을 넘겨본다. 시소가 있고, 뱅뱅이가 있고, 회전목마가 있고, 사회자가 있다. 반짝이는 의상, 눈부시게 빛나

---

* DC 코믹스의 배트맨 시리즈에서 처음 등장한 악당 캐릭터.
** 아일랜드 민화에 나오는 여자 유령으로 구슬픈 울음소리로 죽음이 다가옴을 알린다.

는 옷을 입은 사회자는 좋을 수도 있고 나쁠 수도 있다. 아이
는 하늘에 있는 하느님에게 나쁜 것들을 없애달라고 기도한
다. "하느님과 천사님들……" 아이는 방을 둘러본다. 겁이 난
다. "착한 천사님들." 아이가 덧붙이고 다시 방을 돌아본다.
"나쁜 천사는 말고요." 이번에는 둘러보기가 겁이 난다.

"유령이 오지 않게 해주세요." 기도한다. "아빠가 오지 않
게 해주세요." 아이는 이불 아래에 숨는다. 저 아래에서부터
숨을 쉬지 않는다. 아이는 배트맨에게, 다음에는 피터 쿠싱*
에게 도와달라고 빈다. "아멘." 아이는 기도를 마치고 세차례
성호를 긋는다. 나쁜 것들이 있을지 몰라서 양동이가 있는
복도까지 가기가 무섭다. 방 안에 있을지도 모른다. 침대 위
에 있을지도 모른다.

"엄마가 뭐 사왔는지 볼래!" 엄마가 큰 소리로 말한다. 엄
마는 자발적으로 속죄를 하러 떠날 참이고 검은 쇼핑백 안에
스페셜 트리츠가 보인다. 테이토 감자칩, 재미 다저스 쿠키,
데어리 밀크 초콜릿, 사르사파릴라 음료수, 우유, 감자빵, 사
과빵, 삼각형 치즈, 덜스**가 갈색 종이봉지에 담겨 있다. 흑설

---

* 영국의 배우. 프랑켄슈타인 시리즈에서 프랑켄슈타인 역, 드라큘라
시리즈에서 반 헬싱 역을 맡아 유명해졌다.
** 아일랜드 및 스코틀랜드 해안에서 나는 홍조류 식용 해조. 소금에 절

탕도 있는데 엄마는 아이가 좋아할 거라고 생각하지만 아이는 좋아하지 않는다. 아이는 몸을 돌려 엄마에게 매달리지만 엄마는 아이를 다리에서 떼어낸다.

"엄마!"

"아가. 하느님께서 우시는 모습을 보고 싶니?"

엄마는 한 팔로는 아이를 다른 팔로는 과자 봉지를 들고 계단으로 올라가 다 같이 침대 위에 내려놓는다.

엄마가 아이의 스웨터를 벗긴다. 아이의 손이 스웨터 소매에 낀다. 엄마는 아이에게 담요를 덮어주고 불을 켜놓은 채로 나간다.

"다 내 밑에 있어." 목소리가 말한다.

아이가 귀를 기울인다. 놀랍다.

"전부 내 밑에 있어." '목소리'가 다시 말한다.

"미스터 프리즈도 밑에 있어요?"

"그래."

"조커도 밑에 있어요?"

"그래."

"프랑켄슈타인도요?"

여 말려 먹는다.

"그래."

"드라큘라는요? 수녀 머리는요? 갈라진 발굽은요? 폭탄 조
니는요? 밴시는요? 엄마 거기에서 떨어진 축축한 아기는 —"

"빈센트 조용히 하고 들어!"

아이가 담요 밑에서 빼꼼 내다본다.

"나는 아래층에 있는 제빵사가 널 잡으러 올라오는 걸 막
을 수 있어." 헌치 씨가 말한다. "네가 가장 두려워하는 존재,
꿰맨 얼굴을 가진 존재." 아이는 행복해지고 헌치 씨가 전보
다 더 좋아진다. "날 두고 가지 마세요 헌치 씨." 아이가 말한
다. "영원히 여기 있어요. 세상이 끝날 때까지."

엄마가 아이의 손을 잡는다. 엄마는 외출복을 입고 있고
화장품 가방이 꾸려져 있다. 가방뿐 아니라 주머니에도 묵주
와 기도 동전이 가득하다. 준비가 끝났다. 아이에게 설명하
고 떠나기만 하면 된다.

"자 아가." 엄마가 말한다. 엄마가 담요를 턱까지 끌어올
려 덮어준다. "엄마를 위해서 하느님을 위해서 말 잘 들어야
해. 시계를 봐!" 빈센트는 시계를 본다. "큰 바늘 보여?" 빈센
트가 고개를 끄덕인다. 무슨 말이 이어질지 안다. 전에 들어
본 이야기다.

집이 캄캄하다. 아래층은 탁하고 어두운 녹색이다. 어떤 '소음' '목소리' '바깥쪽 사람' 소리가 들린다. "누구예요?" 빈센트는 들릴 듯 말 듯한 소리로 묻는다. 엄마인가 제빵사인가 엄마한테서 떨어져나온 아기인가 아니면 그냥 가구가 기지개를 켰다가 제자리로 돌아오는 소리인가?

"나한테 친구들이 있어." 헌치 씨가 벽지의 덩굴무늬를 움직이며 말한다. "만나보고 싶니?" 아이는 헌치 씨가 원하는 건 뭐든 기꺼이 한다. 이제는 헌치 씨가 곁에 있으니 혼자가 아니다. 아이가 고개를 끄덕이자 덱스터 그린이 옷장 옆 벽에서 나온다. 아이는 웃는다. 웃음기 없는 덱스터 그린이라는 남자가 마음에 든다고 생각한다. 다음에는 그리디 맥더모트가 마룻바닥에서 나오고 스내치 맥거번은 어떻게 했는지 이미 침대 위에 있다. 아이는 다시 웃지만 이 남자들 누구도 같이 웃어주지 않는다. 아이를 쳐다보지도 않는다. 빈센트는 신경 쓰지 않는다. 괜찮다. 헌치 씨를 포함해 '내부 조직'을 구성하는 이들이 빈센트의 친구라고 헌치 씨는 말한다. 빈센트만 좋다면 영원히 곁에 있을 테고 영영 떠나지 않겠다고 한다.

어떤 목소리가 빈센트를 깨운다. 햇빛이 비치고 셋째 날이다. 누군가가 밖에서 문을 두드린다. 빈센트는 자리에서 일어나서 의자를 창가 쪽으로 끌고 간다. 누가 문을 세번 두드렸지만 빈센트는 헌치 씨가 대답하지 못하게 했기 때문에 대답하지 않는다. 문을 두드리던 사람이 돌아간다. 빈센트는 창문에서 친구 메리 돌런이 돌아가는 모습을 본다. 메리는 손에 줄넘기 줄을 감고 있다. 메리가 깡충거리며 달려가는 길 앞쪽에 몸 뒤쪽이 붙어 있는 개 두마리가 보인다. 또다른 개 한마리가 모퉁이를 돌아 메리의 다리로 달려든다. 메리는 비명을 지르며 개를 밀어내지만 개는 다시 달려들고 메리는 자기보다 힘센 개를 겁낸다. 떠돌이 개라고 빈센트는 생각한다. 털이 듬성듬성 빠졌고 굶주렸다. 게다가 시끄럽게 짖어댄다. 빈센트는 커튼을 내려 창을 가리고 바닥에 날개를 펴고 내려앉은 커다란 나방을 밟는다. 나방이 터지고 빈센트는 발바닥에 물크러진 나방이 들러붙은 채로 침대 위로 뛰어올라간다.

1960년대 어느해 3월. 여자가 준비를 한다. 여자는 부엌 싱크대에서 씻는다. 아이는 문가에 서 있다. 죽은 아기는 세례도 받지 않은 채로 영원히 떠났다. 차라리 잘됐어, 여자가 말하고 이웃 사람들도 그렇다고 말한다. 그 여자, 엄마는 엄마 디오도런트를 겨드랑이에 맹렬하게 바르고 역겨운 오드콜

234

로뉴를 쓸모없는 젖이 도는 가슴에 뿌린다. 엄마는 옷을 집어 경건하게 입는다. 하느님을 위해 입는 가장 좋은 옷. 엄마는 순례 여행을 떠나야 한다. 엄마는 미안하다고, 사흘 동안 속죄를 해야 한다고 말할 것이다. 그러고 나면 용서받을 거라고, 상황이 그래서 어쩔 수 없이 죽인 거라고. 아이의 눈에 구두와 화장품 가방, 스페셜 트리츠와 성물들, 그리고 양동이가 보이고 아이는, 또, 혼자 남겨지리라는 것을 안다.

엄마는 괴물이 아니니까, 아이가 먹을 것을 챙겨놓는다. 비스킷, 샌드위치, 감자칩, 레모네이드. 배트맨 장난감이 창가에 쌓여 있고 불도 켜놓고 가고 아이가 쓸 양동이도 문 앞에 놓아둔다. 아래층에 가면 안되고, 레인지를 건드리면 안되고, 벽난로 근처에 가면 안되고, 현관문에 얼씬하면 안된다. 엄마가 아이를 들어올린다. 아이는 울고 있다.

헌치 씨는 화가 나서 가버릴 거라고 말한다. 아이를 두고 떠나서 돌아오지 않을 거라고 한다. 아이는 겁이 났지만 자기가 무슨 잘못을 했는지는 모른다. 아이 존재의 모든 잘못 —죽은 아기, 죽은 아빠. 주위를 둘러본다. 헌치 씨를 찾아보지만 헌치 씨는 나타나지 않는다. 그리디, 스내치, 덱스터는 말이 없다. 벽지 안에서 나오지 않는다. 헌치 씨가 가면 그들도 가버릴 것이다.

"네 말이 맞아." 헌치 씨가 말한다. "악마가 아래층에 있고 드라큘라랑 늑대인간이랑 밴시랑 털북숭이 혀도 있어."

"그리고 제빵사도." 헌치 씨가 덧붙인다. 아이는 울부짖는다. 자기 몸을 깨무는 법을 알아낸다. 피를 흘리고 다시 깨물고 다시 피를 흘린다.

헌치 씨가 가지 않겠다고 말한다. 대신 빈센트는 그 여자아이랑 놀지 말아야 한다. 그애는 좋은 애가 아니고 사실 엄마도, 좋은 사람이 아니라고 헌치 씨는 말한다. 헌치 씨는 세상과 내세에 존재하는 모든 위험을 거듭 강조하고 오직 자기, 헌치만이 아이를 위험으로부터 보호해줄 수 있다고 힘줘 말한다. 아이는 헌치 씨가 가지 않겠다고 했으므로 기꺼이 그 말을 믿는다.

리틀 부인이 돌아온다. 흥분 상태다. 용서받았다. 다시 사람들의 품으로 돌아오지는 않았을지라도 적어도 하느님의 품으로는 돌아왔다. 리틀 부인의 눈에는 아들이 보이지 않고 아들에게도 엄마가 보이지 않는다. 아들은 달려와서 엄마 품에 안기거나 울음을 터뜨리지 않는다. 그런 일은 이번이 처음이지만 앞으로는 계속 그럴 것이다. 리틀 부인은 순례 여행이나 가라지. 영원히 사라지라지. 빈센트는 겁나지 않는다.

빈센트는 새 친구를 찾았다.

236

단편영화 같은 것이었을 것이다. 관람료가 15펜스였다. 빈센트는 돈을 내고 들어갔는데 이해할 수 없는 장면이 계속 반복되었다. 무엇보다도 보는 사람이 자기뿐이었다. 극장 전체에 빈센트 말고 아무도 없었다. 빈센트는 밖으로 나와 고개를 흔들며 대신 액션 스릴러를 볼 걸 그랬다고 생각했다.

❖ ❖ ❖

다음에 일어난 일은 살인 현장에 들어선 일이었다. 그들이 미키 러빗을 카니발 뒷마당으로 끌고 가고 있었다. 미키 러빗을 잡았으니 얼른 때리고 싶어서 끌고 가다 멈추고 때렸다. 삽으로 발 살점을 떼어냈고 미키가 일어나지 못하자 권총을 꺼내 머리를 쐈다. 그런데도 미키 러빗은 살아서 바닥을 기고 있었다. 그들은 구멍을 파고 미키를 그쪽으로 굴린 다음 살짝 차서 구덩이 안으로 손쉽게 밀어넣었다. 흙을 채우고 땅을 다지고 이마의 땀을 닦고 일이 잘 처리된 것에 기뻐했다. 그리고 삽을 들고 그 자리를 떠났다. 사방의 붉은 핏자국, 발자국, 파헤쳐진 흙은 신경 쓰지 않았다. 빈센트는 뒤로 주춤주춤 물러서다가 「시신을 확인하라」 전시로 들어가고 말았다.

여기가 거기인지도 모르고 들어갔는데 보니까 옆에 메리 돌런이 있었다. 메리 돌런은 또다시, 전보다 더, 누군가의, 아무나의 도움이 필요한 상태였다. 이제 출산이 임박해서 배가 부풀어올라 터질 듯했다. "여자애니까, 돈^{Dawn}이라는 이름을 붙여줄래." 메리가 말했다. 메리가 빈센트의 팔을 잡았는데 빈센트는 기분이 좋아서 그 사실에 놀랐다. 대개는 누구 손길이 닿으면 깊고 음험한 불쾌감이 느껴져서 칼질을 하거나 붉은 선을 그어 겨우 떨쳐버리는데 이번에는 그렇지 않았다.

"저 살인 사건 어떻게 할 거야?" 메리 돌런이 앞을 똑바로 보면서 물었다. 빈센트도 그쪽을 보았는데 열린 관이 보였다.

좋은 징조가 아니었다. 메리가 그쪽으로 제 주의를 돌릴 줄은 몰랐다. 사실, 메리가 거기에 있을 줄도 몰랐다.

"무슨 살인?" 빈센트가 펜을 찾으며 되물었다.

"미키 러빗 말야." 메리가 대답했다.

"살인은 없었어, 메리. 미키 러빗은 존재하지 않아. 그 사람들은 다 존재하지 않아." 빈센트는 "너도 마찬가지야"라는 말은 하지 않았다. 쓸데없는 말을 해서 메리의 마음을 상하게 하고 싶지는 않았다. 메리가 존재하지 않는다 하더라도 뭐 어떤가? 메리가 그 사실을 꼭 알아야 하나? "파커 씨가 그랬어." 빈센트는 자기가 만들어낸 또다른 가상인물을 인용하며 말했다. "'걱정할 필요 없어, 빈센트'

라고 파커 씨가 말했어."

"파커 씨가 누구야?" 메리가 물었다. 빈센트는 뜻밖의 질문에 당황했다. 파커 씨가 누군지, 빈센트는 몰랐다.

"시신을 살펴야 할 때가 된 것 같다." 헌치가 말했다. "국수 효과*의 사례지. 무슨 말인지 아나?"

빈센트의 몸이 저절로 앞으로 나갔다. 옆에 있던 메리는 사라졌다. 앞에서 사회자가 말했다. "이쪽으로 오렴 애야." 관객 참여 코너였고 빈센트는 늘 그러듯 시키는 대로 했다. 관 옆에 서 있는 사람에게 다가갔고 빈센트가 선택을 받았다. 빈센트는 다섯살이었고 낯선 사람들 가운데 있었다. 어머니는 아파서 올 수가 없었다. 죽은 아기가 엄마의 몸에서, 피투성이로, 계단 위에서 나왔기 때문이다.

"칼로 상처를 내는 게 너에게는 아버지와 동일시하는 일처럼 느껴졌을 수 있지." 그 남자가 말했다. "그때 아버지가 어떻게 느꼈는지에 동일시하려는 거야."

빈센트는 놀랐다. 자기를 붙잡고 있는 남자를 보았는데 바로 파커 씨였다. 파커 씨가 관 옆에 서서 빈센트를 꽉 붙잡고 있었다. 빈센트는 대답하지 않았고 이렇게 말하지도 않았다. "하지만 전 너무 어렸는데요 파커 선생님. 제가 기억하는 건 머리가 적갈색이고 밀가루투성이 앞치마를 맸

---

* Spaghettification. 어떤 물체가 매우 강력한 비균일한 중력장에서 가로로는 늘어나고 세로로는 짜부라져서 국수 내지 스파게티 같은 길고 가느다란 모양이 되는 현상.

고 빵 냄새와 으깬 카다멈 냄새를 진하게 풍겼다는 것밖에 없어요."

"같이 들여다볼까?" 의사가 말했다. "같이 보는 게 좋겠어. 필요할 때 날 이용하렴, 애야."

그들은 같이 들여다보았다.

아버지 같지 않았다. 아버지라기보다는 다섯 살 아이가 혼자 힘으로 누구 도움 없이 창의적으로 아빠를 조립하려고 한 결과물 같았다. 누더기와 쓰레기와 수의와 흙덩이가 전부 굵은 검은 실로 꿰매여 있었다. 멍들고 부풀어오른 피부에는 백오십삼군데의 자상을 화장으로 간신히 가려 놓은 검은색과 푸른색 금이 남아 있었다. 얼굴에도 금이, 목에도 금이, 등에도 배에도 온몸에 금이 있었다. 이게 사람일 수 있나? 빈센트는 생각했다. 빈센트는 코를 킁킁거렸다. 빵 냄새가 안 났다.

빈센트는 헌치 씨가 좋아하지 않을 것이므로 파커 씨의 품에서 빠져나오려고 애썼다. 파커 씨는 한숨을 쉬며 빈센트를 내려놓고 「무언가가 밝게 빛나노니 ─ 나의 영혼」을 콧노래로 불렀는데 그 소리를 들으니 빈센트는 달아나야겠다는 생각이 들었다. 빈센트는 이제 집에 돌아왔고, 파커라는 의사 없이 자기 뜻대로 살고 있으니 괜찮다고 스스로를 달랬다. 빈센트는 아무렇지도 않다는 걸 보여주려고 자기도 콧노래를 했다. 카요라는 이름의 친절한 간호사가 다가왔다. 병원 침대에 누운 빈센트를 미소 지으며 내려다보았다.

카요는 빈센트의 두 손을 잡고 걱정하지 말라고 했다. 내일 새 의사가 올 거고 '권력을 가진 자'들이 파커에게 매우 적대적이긴 하지만 그래도 파커가 병원으로 돌아오려고 최선을 다하고 있다고 했다. 그때까지 필요한 게 있으면, 뭐가 되었든 간에, 자기한테 부탁하기만 하면 된다고 간호사가 강조했다. 헌치는 웃으며 말했다. "아 정말 감동적이네 빈센트. 하지만 지금 우린 낭만적인 놀이를 할 시간이 없어. 해야 할 일이 있다고. 자, 어서 손을 빼."

빈센트는 손을 뺐다. 카요 간호사에게 펜 한자루를 또 빌릴 수 있냐고 물었다. 간호사는 웃으며 눈을 흘기더니 한번 알아보겠다고 했다.

간호사는 빈센트에게 펜을 주었다가 약효가 돌기 시작하자 쉽게 손에서 빼냈다. 하지만 빈센트 시점에서는, 간호사에게 고맙다고 한 다음 간호사의 존재는 금세 잊고 펜을 손에 꽉 쥔 채 병원에서 달아났다. 카니발에서 기다리고 있던 헌치 씨와 '내부 조직'이 기뻐했다. 이제 파커 씨도 없으니 영원히 살인 집단 사이에 숨어 있을 수 있게 됐기 때문이다.

공황의 조짐 없음, 1981년

일요일 밤이다. 아빠가 텔레비전에서 미국 살인 영화를 한다고 말한다. 엄마는 자러 가면서 영화 볼 기분이 아니라고, 또 어쨌든 아빠와 내가 둘이서 이야기 좀 하길 바란다고 한다.

"쟤 또 런던에 갈 생각을 하고 있어 토미. 안된다고 말 좀 해." 엄마가 말한다.

"누가 그래?" 내가 묻는다. 엄마가 고개를 돌려 나를 본다.

"엄마 말 들어, 네가 암만 컸다고 무릎에 얹고 볼기를 때려주지 못할 것 같니?" 나도 고개를 돌려 엄마를 본다.

"엄마도 내 말 들어. 엄마도 내 무릎에 못 올릴 만큼 크지는 않다고."

우리는 서로 뚫어져라 마주 본다. 꿈쩍 않고. "아주 건방지고 못된 년이 됐어." 엄마가 말하며 몸을 숙여 책과 안경을 집는다. "그놈의 영국 가든 말든 맘대로 해. 가서 죽어. 난 자러 갈 테니."

아빠와 둘만 남자 아빠가 말한다. "열여섯은 될 때까지 기다리는 게 좋겠다 어밀리아."

"나 열아홉이야 아빠."

"아—그래, 그럼 학교는 어쩌고?"

"나 졸업한 지 3년 됐어."

"아—그래, 그럼 네 직장은 어쩌고?"

"뭘 어째?"

아빠는 어깨를 으쓱하고, 우리는 자리에 앉아 영화를 보려고 하는데 아빠가 영화는 안 보고 자기가 런던에 살았었다는, 내가 전에 들어보지 못했던 이야기를 꺼낸다. 거기에서 시작해 아빠가 가봤던 모든 나라와 특히 그곳 병원들에 대해 늘어놓는다. 죽을 뻔한 적이 얼마나 많았는지를 떠올릴 때 아빠의 얼굴에 미소가 떠오르고 목소리가 높아지고 활기가 솟는다.

"아무 나라나 말해봐 어밀리아." 아빠가 말한다. "어떤 나라든 거기에서 병원 신세를 진 적이 있어. 어서—아무 나라나 말해봐."

나는 지겨워진다. "싫어 아빠."

그래서 아빠가 스스로 말한다. 나는 듣지 않는다. 끔찍하게 더운 8월 밤이지만 아빠는 늘 불을 지핀다. 나는 부엌으로 가서 차를 우리고 아빠는 자기가 병자성사를 받은 일이 얼마나 많은지 계속 이야기한다.

총소리가 난다—네번, 다섯번, 여섯번. 라이플 소리다. 나는 주전자에 물을 채운다. 총소리가 또 난다. 다급하게 연달아—우리집 벽 바깥쪽에서 난다. 그래서 나는 뒤로 물러서 창문과 레인지 사이로 간다. 총소리가 멈췄어도 조금 더 기다린다. 그런 다음 몸을 낮춘 채 창문 앞을 지나 다시 파티오로 간다. 그 방을 엄마는 그렇게 불러야 한다고 우긴다. 엄마는 그렇게 창문이 많은 방은 처음 가져본다고 했다. 그래서 그 방을 처음 본 순간 "나도 좋은 걸 가질 수 있지"라고 말했고 "여긴 파티오야"라고 했다. 엄마는 그 많은 창문을 어떻게 해야 할지 몰라서 전부 가렸다. "위험할 수 있으니까." 엄마가 말했다.

아빠가 파티오에 없다. 처음에는 엄마한테 올라갔다고 생각한다. 아빠는 언제나 우리에게 "숙여! 창문 가까이 가지 마! 불 켜지 마!"라고 말한다. 그러면서 아빠는 어떻게 하냐고? 총소리가 들리자마자 현관문을 열고 무슨 일이 있나 보러 거리로 나간다. 이웃 사람들을 발견하고는 자기 집 문가에 서 있는 그들에게 간다.

두번째로 총성이 울릴 때 아빠는 영 아주머니와, 아일랜드 이름이 아닌 이상한 이름을 지닌 새로 이사 온 아주머니를 옆네 집 담벼락 안으로 밀친다. 어둠속에서 영 아주머니를 총알이 날아오는 방향으로 미는 바람에 아주머니가 등에 총을 맞는다. 롤로브리지다 씨는 비명을 지르고 또 지르며 자꾸 일어서려고 한다. 아빠가 일어서지 못하게 붙든다. 영 아주머니가 총에 맞았다는 사실은 모른다. 자기 발이 벽에 부딪히는 소리였다고 생각한다.

내가 파티오에서 나오자 엄마가 어깨에서 흘러내린 숄을 질질 끌며 달려내려온다. "토미 아 하느님 아 토미 아 하느님" 하고 되풀이해 말한다.

엄마가 계단을 거의 다 내려와 멈춰선다. 턱이 아무 소리 없이 움직이며 떨리고 얼굴에는 작은 파문과 경련 같은 것이 인다. 엄마를 쳐다보기가 힘들다. 엄마가 나를 본다.

"너!" 엄마가 외친다. "아빠가 나갔잖아! 너네 아빠가 나갔어!" 엄마는 나를 때리거나 멱살을 잡거나 나에게 기대거나 하려고 손을 뻗지만 헛손질을 하고 계단 두단을 휘청거리며 내려온다.

"왜 못 나가게 안했어?" 엄마가 소리친다. "네가 말렸어야지! 같이 있었으면서! 나가게 내버려두면 어떻게 해!" 엄마가 입을 열고 비명을 지르려는 듯 숨을 들이마신다. 내가 뒤로 물러서는데 마침 현관문이 열리고 영네 집 아이가 들어온다. 잠옷 위에 외투를 걸치고 잠이 완전히 깬 채로 말없이 서 있다. 자기 아빠가 엄마를 구급차에 태워 병원으로 가는 동안 우리집에서 기다리려고 온 것이다. 엄마는 아이를 보고 입을 다물고, 비명을 지르는 대신 자기도 구급차를 타고 가려고 채비를 한다.

구급차가 와서 아빠와 영 아주머니를 태운다. 롤로브리지다 씨는 슬리퍼 차림으로 서서 광적으로 흥분해 기자들에게 자기가 우리 아빠와 영 씨를 풀밭으로 밀었으며 일어서지 못하게 붙잡고 있었다고 말한다. 자기가 책임을 맡고 사람들을 진정시켰다고 말한다. 자기가 간호조무사라 이런 상황에 잘 대처하기 때문이라고 한다. 기자들은 그 말을 받아적고 롤로브리지다 씨가 진지한 미소를 띠고 길 한가운데에 서 있는 사진과 함께 기사를 낸다. 이웃 사람들은 못마땅하게 여기고 그뒤로 롤로브리지다 씨와 말을 섞지 않는다. 어떤 사람들은 며칠 동안, 어떤 사람들은 영영. 구급차는 메이터 병원으로 향한다.

"그래 어밀리아." 아빠가 이십분 전에 파티오에서 이렇게 말했다. "나는 바랑키야에서 입원했었고, 예멘에서도, 몰타에서도…… 보자, 뉴잉글랜드에서는 퀘이커 병원에 있었고, 앨투나의 세인트메리 병원, 콜롬보 종합병원, 저위 러시아 아르한겔스크의 그 이름 이상한 병원까지! 그런데 그거 아니?" 아빠가 말했다. "뭘?" 내가 물었다. "그 많은 병원에 갔었고, 거기에서 죽었을 수도 있다고! 그런데 그거 알아?" "뭘?" "나는 한번도, 단 한번도 메이터 병원에는 간 적이 없어! 어때!" 아빠는 내가 그 사실을 어떻게 받아들이는지 보기를 기대했다. 자기 자신도 믿지 않는 듯 흥분해서 팔을 휘둘렀다. "생각해봐!" 아빠가 외쳤다. "길 저 아래에 있는데! 바로 저 아래에 병원이 있는데 한번도 안 갔다고! 신기하지 않아?" "어." 내가 말하고는 찻물을 끓이려고 일어섰다.

나는 안젤리카 영을 파티오로 데려가 난롯가 테이블에 앉히고 치즈 얹은 토스트와 차를 준다. 안젤리카는 멍하니 불꽃을 보면서 먹는다. 뜨거운 열기에도 외투를 벗을 생각을 안 하고 나도 벗으란 말을 할 생각을 못 한다. 우리 막내 조시가 침대에서 나와 하품을 하고 눈을 비비면서 자기 친구 옆에 앉아 같이 불꽃을 본다.

이내 나는 아이들에 대해 잊고 내 친구 버니, 안젤리카의 언니 버니를 생각한다. 버니 영은 지금 거식증 때문에 메이터에 입원해 있다. 거식증에 발목을 잡혔다. 원래는 폭식증이었는데 폭식증과 거식증을 오가는 사이에 두 가지가 혼합된 증상을 보였다. 이제 겨우 30킬로그램이 넘어서 내일 퇴원할 예정이었다. 버니네 집 부엌 창가에 커다란 케이크가 놓여 있다. 오늘 낮에 스파 슈퍼마켓에서 버니 어머니 영 아주머니가 케이크 재료를 사는 것을 보았다. 나는 황산나트륨* 3킬로그램을 사러 간 참이었다. 계산대 줄에 서 있는 나를 보고 영 아주머니가 웃으며 말했다.

"우리 버나뎃이 월요일에 집에 온단다." 그리고 커다란 황설탕 봉지와 건포도 한 봉지를 카운터에 올려놓았다. 나는 그 물건들을 보았다.

* 변비약으로 쓰였다.

"이제 좋아졌어." 영 아주머니가 말했다. "우리 버니한테 케이크를 만들어주려고, 케이크. 우리 버니가 집에 온단다, 집에 와."

케이크 만들어주지 말아요, 나는 생각했다. 안 먹을 거예요. 나는 인사를 하고 돌아서서 집으로 갔다.

나는 일어서서 문가로 가 바람을 잠깐 쐬면서 경찰들이 돌아다니며 탄피를 찾는 모습을 본다. 그때 돌러스 이모와 세이디 이모가 어둠속에서 우리집을 향해 오는 게 보인다. 이모들은 가슴 앞에 팔짱을 끼고는 험악한 표정을 짓고 있다. 영국인들이 차단선 안으로 들여보내주자 이모들이 집으로 와서 무슨 일이냐고 묻는다. 내가 바로 요점을 말하지 못하자 이모들이 화를 낸다. 나는 사실 요점이 뭔지를 모른다.

"목을 졸라줄까?" 이모들이 소리를 지르며 나를 밀친다. 그래서 나는 아빠가 아마 총에 맞은 것 같고 영 아주머니도 아마 총에 맞은 것 같기는 한데 잘 모르겠고 기억이 안 나니까 날 좀 내버려두고 가버리지 그러냐고 말한다. 그러자 이모들은 나를 내버려두고 잠옷과 코트 차림으로 조시와 안젤리카 옆에 앉아 같이 불꽃을 보면서 기다린다.

다음 날 나는 일하러 간다. 오전 쉬는 시간이 되자 평소처럼 다들 내 테이블 주위에 모인다. 데버라가 영국 타블로이드 신문을 읽고 있다.

"어 이거 봐. 어밀리아 어젯밤 너희 동네에 총격이 있었대." 데버라가 말한다.

이조벨은 3면을 역겹다는 듯 보고 있다.*

"내 가슴이 얘 가슴보다 낫다. 봐봐 얘들아. 이 여자 가슴 정말 별로지 않아?" 이조벨이 얼굴을 찡그리며 다들 보라고 자기 신문을 내민다. 데버라는 제 신문의 기사를 눈을 가늘게 뜨고 읽는다. 눈이 나쁜데도 안경을 쓰지 않으려 한다.

"여자하고 남자가 총을 맞았는데 여자는 구급차 안에서 죽었대."

트루디는 잡지에서 웨딩드레스를 구경하며 길고 빨간 손톱으로 앞니를 두드린다. "으으으음." 굵은 컬이 진 머리카락이 얼굴로 흘러내린다. 헤스터는 딱하게도 또 아란 스웨터를 뜨고 있고 유행을 중시하는 캐런은 헤스터 뒤에서 괴상한 표정을 지어 보인다.

"더 대박인 건," 데버라가 말한다. "총 맞은 남자가 어밀리아 너하고 성이 같다는 거야."

"어 맞아." 내가 크림이 든 커피를 마시며 말한다. "우리 아빠거든." 침묵이 흐른다.

쉬는 시간이 끝난 다음 그 소식이 내 상사에게 그리고 이어 상사의 상사에게 전해지고 상사의 상사는 이곳과 떨어진 의회 건물에 있는 보스에게 전화를 걸고 보스는 상

---

*『더 선』 등의 타블로이드 신문 3면에는 여성의 노출 사진이 실린다.

사의 상사에게 나한테 집에 가도 된다고 전하라고 말한다. 아니 집에 가야 한다고. 그들이 나를 사무실 위쪽으로 부른다.

"어밀리아, 방금 들었어." 두 사람이 책상 건너편에 같이 서서 얼른 내 쪽을 봤다가 다시 또 얼른 눈을 돌린다.

"뭘요?" 내가 묻는다. 건강진단서, 구호활동 보고서, 뭘 말하는 걸까 생각한다.

"아니! 너희 아버지 말이야. 총격이라니 너무나 끔찍하다. 정말 안타깝구나."

"뭐가요?"

나는 이해를 못한다. 그들도 이해가 안되는 듯 쳐다본다. 충격 받고 놀라고 당혹스럽고 심지어 미심쩍어하는 듯하다. 아마 나도 똑같이 그런 모습일 듯싶다.

"아." 내가 그들이 무슨 말을 하는지 마침내 알아듣고 말한다. 그러자 그들도 어쨌든 말이 통했다는 데 안도한다.

"집중치료실에 계시니?" 그들이 묻는다. 나는 이 질문도 무슨 뜻인지 모른다. 질문을 구성하는 단어들이 머리에서 빠져나가 전혀 의미를 파악할 수가 없다.

"어느 병원에 입원하셨어?" 그들이 묻는다. 도무지 포기하지 않을 모양이다. 나는 대답하지 않는다. 스멀스멀 화가 솟는다.

"집에 가도 돼." 그들이 아마도 친절하게 말한다.

"왜요?" 내가 말한다. 이제 정말 화가 난다.

그들이 다시 나를 본다. 내가 골칫덩어리라도 되는 듯이. 그러더니 서로 마주 본다. 나는 계속 그들을 빤히 보고 있다. 그러다가 셋이 다 같이 눈을 돌려 우리 사이에 있는 상사의 책상 위에 놓인 미결과 기결 서류함을 본다. 내 뒤쪽에서 나던 타이핑 소리가 멈췄다. 마음에 안 든다.

"그게 좋을 것 같다." 그들이 말한다. "며칠 쉬어."

나는 당황한다.

"당연히 유급이야." 내 상사의 상사가 서둘러 덧붙인다. 나는 더욱 당황한다.

"그냥 있을게요." 내가 말하고 반쯤 타이핑하다 만 보고서를 떠올린다. 위염이 있는 누군가에 대한 보고서다. 상병수당을 받을 수 있을까? 알아야 할 것 같다.

"다시 일하러 갈게요." 내가 책상에서 물러서며 말한다.

"아 어밀리아, 아냐!" 한 사람이 말한다. "집에 가. 쉬어." 씨발, 나는 생각한다. "가족과 같이 있어야지." 다른 사람이 말한다. "아버지한테 가봐. 금요일이나, 월요일이나, 아니면 그다음 주에 와." 상사가 환한 얼굴로 웃는다. 나는 웃지 않는다. 두 사람이 서로 마주 본다. 양손을 양옆으로 펼친다. 눈썹을 치킨다. 어쩌지? 난 최선을 다했는데? 별로 협조적이지가 않네? 그건 그렇고, 눈썹을 치킨 사람이 계속해서 말한다. 우리 아들이 A를 받았어. 그 집 아들은 어때? 정말 자랑스럽지. 걔가 태어나기도 전에 걷고 말할 수 있었다는 거 알아? 침출식 커피. 막스 앤드 스펜서. 고전 아, 그리고 셰익스피어.

나도 셰익스피어 읽었는데, 나는 생각한다. 『타이터스 앤드로니커스』.* 그게 뭐라고?

상사가 나를 돌아본다. "너희 가톨릭은 얼마나 빨리⋯⋯ 어⋯⋯ 그러니까⋯⋯ 장례를 빨리 치르지 않아? 이웃 사람 장례식이 오늘 아니야?" 장례식이 오늘인지 보려는지 자기 손목시계를 본다. 다시 고개를 든다. 애원하는 듯한 얼굴이다. "여기 있으면 안돼 어밀리아. 가야 해. 가."

내가 돌아서자 사람들의 얼굴이 황급히 돌아간다. 무지 외반증으로 아픈 발에 편한 털 슬리퍼를 신은 셜리, 음주 운전을 하다 가로등을 들이받아 죽은 언니가 있는 캐럴, 왕립얼스터경찰 예비대 남자친구가 있는 벨린다, 살찐 허벅지를 두려워하는 친절하고 다정한 데버라, 비밀스레 공화국 세력에 동조하는 커션들 캐런, 실제보다 나이 들어 보이고 타이핑하고 뜨개질하고 타이핑하고 뜨개질하고 아무하고도 이야기하지 않는 딱한 헤스터.

나는 버스를 타고 시내로 가서 여기저기 돌아다닌다. 울워스에서 캔디를 좀 사고 리틀우즈에서 차 한잔을 마시고 난 다음 세인트앤 대성당 마당에 있는 빈센트를 본다. 검은 새 한마리가 빈센트의 발치 비둘기들 옆에서 파닥거리는데 빈센트는 앞쪽만 멍하게 보고 있다. 내가 빈센트에게

* 셰익스피어가 집필한 것으로 알려진 희곡. 로마 시대 궁정을 배경으로 한 잔혹한 복수극이다.

다가가 길게 꿰맨 자국이 있는 얼굴 바로 앞에 서도 빈센트는 나를 보지 않는다.

"나랑 가서 한잔해 빈센트." 내가 말한다.

빈센트가 나를 쳐다본다.

"아 너구나 어밀리아." 빈센트가 말한다. "안돼. 이 총 팔아야 해."

"나중에 팔면 되잖아. 가자." 내가 말한다.

"하지만 나 약 먹는데."

"오렌지주스 마셔."

"오렌지주스는 싫은데."

"씨발 그럼 술 마시면 되잖아."

나는 상상의 총잡이와 상상의 거래를 할 상상의 총을 들고 있는 빈센트를 데리고 최대한 빨리 켈리로 간다.

"오렌지주스에 보드카 조금 넣어서 먹으면 괜찮을 것 같아." 빈센트가 말한다.

"그래. 그렇게 해." 내가 말한다.

그래서 빈센트는 보드카 세잔, 테넌트 맥주에 사과주를 섞은 것 두 파인트를 연달아 마시고 조현병 약통을 꺼낸다.

나중에, 아직 빛이 있을 때 나는 빈센트를 아도인으로 가는 택시에 밀어넣어 집으로 보낸다. 나는 집에 가고 싶지 않아 다른 택시를 타고 폴스로 가서 다른 사람들을 불러 계속 마신다.

악당도 그 누구도, 1982년

퍼걸이 테리 맥더모트 클럽의 바 옆에 서 있는 어밀리아를 알아보았다. 작은 클럽이고 토요일 밤이었고 사람이 많았다. 음악 소리 너머로 퍼걸이 어밀리아를 불렀다. 어밀리아가 고개를 들더니 손을 흔들었다. 두 사람 다 막 취하려는 참이었다.

퍼걸이 어밀리아에게 가서 몇마디를 했고 같이 웃음을 터뜨렸고 어밀리아도 몇마디를 했다. 그러고 나서 각자 자기 술을 받은 다음 어밀리아가 말했다. "그럼 또 봐 퍼걸." 퍼걸도 "그래 또 봐"라고 했다. 퍼걸은 게이브리얼, 마리오, 타와 같이 앉아 있던 테이블로 돌아가 술을 나눠주고 넷이 둘러앉아 계속 마셨다. 밤이 끝나갈 무렵 친구 셋이 퍼걸한테 어디 집으로 가서 카드 좀 하다가 여자애들을 부를 생각인데 같이 가겠냐고 했다. 퍼걸은 아니, 집으로 가겠다고, 혼자 집에 갈 테니 나중에 또 보자고 했다.

퍼걸은 아도인에 살기 때문에 일단 폴스 로드 택시를 타고 시내로 갔다. 다음에 걸어서 스미스필드로 갔는데 가보니 이미 너무 늦은 시간이었다. 아도인 택시는 원래도 드문드문하지만 새벽 2시 이후에는 도통 찾아볼 수가 없었다. 벌써 2시 45분이었고 서 있는 택시도 없어서 퍼걸은 걸어서 가기로 했다. 길을 돌아가 그레이트빅토리아 스트리트에서 일반 택시를 타야겠다는 생각은 안했는데, 벨파스트에 사는 비슷한 사람들이라면 대부분 퍼걸과 마찬가지였을 것이다. 퍼걸은 혼자 3킬로미터 거리를 걷기 시작했고 당연한 일이지만 가톨릭 지역 클리프턴빌 로드를 따라갔다.

그러기 전에 먼저 밀필드를 따라가다가 위험한 피터스힐 끝을 가로질러 유니티 아파트와 클리프턴 스트리트 방향으로 가야 했다. 시내는 죽어 있었다. 클리프턴 스트리트도 죽어 있었다. 칼라일 서커스는 언제나 죽어 있었다. 앤트림 로드 끝 종교적 갈림길에 도착했는데, 앤트림 로드도 당연히 죽어 있었다. 클리프턴 스트리트 공동묘지에서 속도를 높였다. 걸음이 빨라진 까닭은 프랜시스 때문에 화난 일이 다시 떠올랐기 때문이다. 이틀 전에 프랜시스가 스켈리와 팔짱을 끼고 있었는데, 스켈리가 퍼걸에게 능글능글 웃으며 거들먹거렸고 프랜시스도 장단을 맞추어 "이제 끝났어 퍼걸"이라고 말했다. "받아들여야 해 퍼걸." 프랜시스가 상처에 소금을 뿌렸다. "스켈리하고 나는 너하고 다른 부류의 사람이야. 그냥 부류가 다르다고. 계급이 달라." 그러더니 십분 뒤에 두 사람이 바에서 낄낄거리고 있었는데 퍼걸은 알았다, 알다마다, 자기를 비웃는 거란 걸.

이 괴로운 생각을 멈춘 게 퍼걸한테는 천만다행이었다. 바로 그때 클리프턴빌 로드에 있는 '맹인의 집'을 막 지나는 참에 퍼걸이 고개를 들고는 혼합 지역인 매너 스트리트에서 나오는 빨간색 포드 코티나 자동차를 보았기 때문이다. 차도 퍼걸을 보고는 멈춰섰다 방향을 돌려 오리엔트 가든스 쪽으로 가더니 시야에서 사라졌다. 퍼걸은 서둘러 빈자貧者 클라라 수녀원의 높은 담장을 따라 걸어가면서 그 차가 조금 내려갔다 오른쪽으로 갔다 다시 왼쪽으로 갔다 어두운 골목길을 들락날락하며 앤트림 로드까지 갔다가, 앤트림 로드에서 다시 죽 거슬러 클리프턴빌 로드로 돌아오는 상황을 상상했다. 이번에는 퍼걸의 뒤쪽에서 나타날 것 같았다. 이 환상이 너무나 강렬하고 생생하고 급박하게 닥쳐서, 뒤돌아서 확인해보지 않을 수가 없었다. 그런데 거기에, 30미터도 안되는 거리에 실제로 빨간 포드 코티나가 있었다. 어둑한 곳에서 퍼걸 쪽을 향해 엔진을 부릉거리고 있었고 차 안에는 남자들이 가득했다.

"검은색 택시 아니면 빨간색 포드 코티나야." 누군가가 말한 적이 있는데 정말 빨간 포드 코티나가 있다니 믿기지 않는 일이었다. 심지어 차에 탄 남자들도 낯설지 않은 것 같았다. 뒷자리를 거의 차지하고 있는 덩치 크고 뚱뚱한 남자까지. 운전자가 알이 큰 안경을 낀 게 보였다. "운전자가 알이 큰 안경을 썼어." 무사히 달아난 누군가한테 들었던 말이 생각났다. 이런 생각이 머리를 스치는 동안 퍼걸은 그 자리에 꿈쩍 않고 서 있었고, 차에 탄 남자들도 그냥 앉아서 퍼걸을 보고 있었다. 이렇게 몇초가 흐른 뒤에 엔진 소리가 높아졌고, 그제야 퍼걸은 정신을 차리고 전에 '무릎 쏘기'를 당했던 종아리로 할 수 있는 한 최대로 빨리 뛰었다.

수녀원 문을 두드려 도움을 청해봤자 소용없으리란 걸 알았으므로 수녀원을 지나쳐 예전 교도소 자리인 광고판으로 뒤덮인 땅 옆으로 뛰어갔다. 차가 퍼걸 바로 뒤쪽에서 끽 소리를 내며 멈췄다. 그들 중 일부가 차에서 내리려고 하는 몇초 사이에, 퍼걸은 재빨리 길모퉁이를 돌아 가톨릭 지역 로자페나 스트리트로 달려가 커다란 우유 트럭 아래로 몸을 던졌다.

남자들도 모퉁이를 돌아왔다. 바로 코앞까지 쫓아왔는데 저를 무사히 보내줄 리가 없었다. 적어도 총질이라도 하려 들 것이다. 이게 퍼걸의 머리에 처음으로 떠오른 생각이었다. 두번째로 떠오른 생각은 얼마나 멍청한 짓을 했나 하는 거였다. 아무 생각 없이 조금씩 기어가 에디 브린의 (공식적으로는 무해한 우유를 배달하는 걸로 되어 있는) 거대한 트럭 앞바퀴 네개 사이에 누운 지금에야 깨닫다니 너무 늦은 일이지만, 저자들이 트럭 아래를 들여다본다면(이 트럭은 세상에서 가장 큰 트럭이니 당연히 들여다볼 것이다) 꼼짝없이 갇혀서 자비로운 처분만을 기다려야 할 처지가 될 터인데, 북아일랜드 사람이라면 누구나 알 듯이 자비란 것은 세상에 존재하지 않았다.

빨간 자동차 앞범퍼가 퍼걸의 종아리 근처에서 멈췄다. 시동이 켜진 상태로 차 안에서 누군가가 수군대는 소리가 들렸다. 이윽고 자동차 문이 열리더니 한 사람이 더 내려 이미 와 있는 사람들과 합류했다. 퍼걸은 그 남자의 부츠 밑창이 바닥에 끌리는 소리를 들었고 그의 손에 들린 담배 냄새를 맡았다. 다가오는 발소리가 늘어났다. 퍼걸을 따라 달려온 남자들 발소리였다. 숙덕이는 소리, 낮은 욕설에 이어 짧은 회의가 열렸다. 퍼걸은 불붙은 담배가 자기 옆에 떨어지는 것을 보았다. 운전자를 제외한 전부가 퍼걸을 찾으려고 사방으로 흩어지는 소리가 들렸다. 산울타리를 두드리고 수풀을 헤치고 나뭇가지를 꺾고 마당 문을 열었다. 퍼걸은 그들이 자기를 못 찾고 있는 게 믿기지가 않았다. 눈을 질끈 감고, 몸이 느껴지지 않고 숨을 쉬고 있는지 아닌지도 모르겠는데 어떻게 자기가 아직 살아 있는 걸까 생각했다.

문을 열고 나오는 사람은 아무도 없었다. 정상적인 사람이라면 누구도 무슨 일이 일어나는 걸 막으려고 밖으로 나오지는 않았을 테지만, 결과적으로는 아무 일도 일어나지 않았고 퍼걸은 무사히 달아난 또 한 사람이 되었다. 살인자들은 시들해져서 수색을 그만두고 다시 빨간 포드 코티나에 올라타 다른 사람을 물색하러 어두운 골목으로 들어갔다. 서두르면, 로자페나로 가로질러 크럼린 로드를 타고 칼라일 서커스를 돌아 세인트패트릭 성당으로 가서 운이 좋으면 동이 트기 전에 기도를 드리러 온 사람을 잡을 수 있을 거라고 생각했다. 남자를 못 찾으면 여자를 잡아도 괜찮을 거라고 합리화했다. 벌써 새벽 3시 15분이 다 됐으니 누구라도 잡아서 처리해야 하지 않겠나?

차가 멀어졌고 퍼걸은 그 자리에 그대로 있었다. 배를 땅에 깔고, 트럭을 등에 지고, 어떻게 해서인지 목숨이 붙은 채로, 피가 혈관 안에 고스란히 흐르는 채로. 그렇지만 팔을 들어올려 몇시인지 볼 수는 없었다. 팔다리가 사라지고 몸이 몸통으로 우그러든 듯했기 때문이다.

그날밤이 끝날 무렵 보시는 데시하고 같이 나갔고, 마리오와 서배스천은 집으로 갔고, 버니는 확실하진 않지만 마셀러스와 같이 나갈 수도 있을 것 같은데 자기가 마음의 결정을 내릴 때까지 기다려줄 수 있는지 어밀리아에게 물었다. 아니, 어밀리아가 말했다. 싫어. 이런 식으로 만만하게 취급당하는 게 지겨워 혼자 집에 갈 생각이었다. 안녕 버니, 먼저 갈게. 어밀리아가 작별인사를 했다. 어밀리아는 2시 20분에 클럽에서 나와 폴스 로드 택시를 타고 시내로 갔다. 캐슬 스트리트 전에 택시에서 내렸다. 시내는 죽어 있었다. 킹 스트리트도 죽어 있었다. 길에는 아무도 없었다. 늘 그렇듯 아도인 택시를 타기엔 너무 늦은 시간이라 밀필드와 위험한 피터스 힐을 가로질러 3킬로미터 거리를, 말할 것도 없는 이야기지만 가톨릭 지역 클리프턴빌 로드를 따라 걷기 시작했다.

걸어가는 동안 어밀리아는 이제 남자애들 생각은 그만해야겠다고 결심했는데, 결심하자마자 카할이 생각났고 다음에 로마노가 생각났고 다음에 게이브리얼이 생각났고 다시 카할이 생각났다. 카할이 침대에서 어밀리아의 아픈 배를 문지르면서 말했었다. "왜 안 먹어 어밀리아? 왜 우리는 그거 안해? 왜 안 먹어 어밀리아? 왜 안 먹는 거야?" 카할은 미국으로 가고 없고 입만 열면 떠나겠다고 하던 어밀리아는 아직 여기에 있었다. 여기, 벨파스트에, 카할 없이, 아직 있었다. 물론 로마노는 로마노니까 로마노답게 교도소에 있었다. 대체 왜 총기 사건에 엮인 건지? 게이브리얼은 아직 여기 있었고 원한다면 언제든 만날 수 있었지만 그는 키스를 할 때 손으로 여기저기를 더듬었다. 여기저기 더듬지 못해 안달하는 남자들은 보통 키스를 엄청 못했다. 어밀리아는 키스를 잘하는 사람이 좋았다. 그러니 어떻게 해야 하나? 답이 없는 남자들 문제를 고민하는 도중에 무언가 움직이는 게 눈에 들어왔다. 어밀리아는 생각을 멈추고 고개를 들었다.

가톨릭 주거지인 유니티 아파트를 막 지났는데, 이곳은 개신교도 지역인 샨킬과 모퉁이를 맞댄 지역이었다. 이제 어밀리아는 클리프턴 스트리트를 따라 종교적 갈림길을 향해 가는 길이었다. 칼라일 서커스에서 크럼린 로드 왼쪽을 따라갈 수도 있지만, 어밀리아는 종교적 신념 때문에 당연히 그런 짓은 하지 않을 터였다. 착각했나, 무언가 스쳐 지나간 것 같았는데 아니었나 생각하는데 30미터 전방에서 아기웃가게 앞을 지나 어떤 그림자가 다가왔다. 그림자가 가까워지자 누구인지 보였다.

"대니!" 어밀리아가 외쳤다.

"어밀리아!" 대니도 외쳤다. 목소리가 울렸다. 두 사람은 창문이 모조리 깨지고 벽도 반쯤 무너져 버려진 개신교 교회 앞에 서 있었다. 가까이에 철옹성 같은 오렌지 홀*이 있고 그 위에 앞발을 든 말에 부러진 칼을 들고 올라탄 빌리 왕**의 동상이 있다. 어밀리아와 대니 둘 다 취한 상태였다.

---

* 북아일랜드 신교도 우애 조합인 오렌지당의 회합 장소.
** 윌리엄 3세, 오렌지 공. 네덜란드 오라녜나사우 왕가 출신으로 아내 메리 2세와 함께 명예혁명을 통해 잉글랜드·스코틀랜드·아일랜드 국왕 자리에 올랐다.

"오늘 어디 있었어?" 어밀리아가 물었다.

"너는 어디 있었어?" 대니가 되물었다.

"어디 가는 길이야?" 어밀리아가 되물었다.

대니가 녹갈색 눈을 뜨며 말했다. "어밀리아, 키스해줘."

어밀리아는 짜증이 나서 정신 차리라고 말하려다가 생각을 바꾸고 대니에게 다가가 키스를 했다. 어밀리아는 대니의 목에 팔을 감았고 대니는 어밀리아의 허리에 팔을 감았고 두 사람은 키스를 하고 또 하고 좀더 했다. 끝내주는 키스라고 어밀리아는 생각했고 아주 만족스러운 기분이 될 뻔했는데 그때 갑자기 무슨 생각이 나서 인상을 쓰며 대니를 밀쳐냈다.

"잠깐만." 어밀리아가 말했다. "너 결혼하지 않았어? 전에 누군가랑 결혼하지 않았어?"

"아." 대니가 말했다. 대니는 슬픈 얼굴로 고개를 숙였다. 그러더니 고개를 들었다. 웃고 있었다. 두 사람은 다시 키스를 했다. 그러다 어밀리아가 두번째로 대니를 밀쳤다. "이걸로 됐어." 어밀리아가 말했다. "정신 차려." 그걸로 끝이 아니라 작별인사까지 했다. "잘 가 대니. 잘 가." 그러고는 앤트림 로드로 걸어갔다. 클리프턴 스트리트 공동묘지를 지나, 클리프턴빌 로드를 따라, '맹인의 집'을 지나, 불쌍한 빈자 클라라 수녀원을 지나, 오래된 검은 건물이 있던 자리 광고판만 가득한 공터를 지나, 로자페나 스트리트를 지나, 우유 트럭을 지나, 본 지역을 통과해, 밸리 스트리트로 올라가, 브릭필드를 넘어, 아도인으로 돌아가 안락한 침대로 갔다.

대니 메거히는 행복하고 유쾌하고 아주아주 기분 좋은 상태로 어밀리아와 헤어져 시내 쪽으로 갔다. 도니골 스트리트로 접어들어 세인트패트릭 성당을 지나 마케츠에 있는 자기 집까지 얼른 갈 생각이었다. 그런데 그렇게 되지 않았다. 얼마 가지도 못했는데 빨간 차가 갑자기 나타났고 예상치 못한 일들이 벌어져 대니는 자기 뜻과 전혀 무관하게 붙잡혀 샨킬 중심지로 끌려갔고 거기에서 길고 처참하고 진정 끔찍한 최후를 맞았다. 대니의 고통은 새벽 3시 45분에 시작되었다.

6시 30분경에 자그마한 에디 브린이 화물트럭을 가동할 준비를 하러 왔다. 에디 브린은 경쾌하고 자그만 사람이라 걸음걸이도 경쾌하고 자그마했다. 물론 이날은 일요일이라 우유를 배달하는 날이 아니었다. 사실 다른 날에도 우유를 배달하지 않기는 마찬가지였지만. 에디 브린은 트럭으로 가서 문을 열고 올라타 출발하려다가, 어떤 직감 같은 것 때문에 동작을 멈췄다. 권총으로 손을 뻗었다. 퍼걸 매클래버티의 뒤통수가 에디 브린의 화물차 앞쪽으로 빠져나오는 순간, 에디 브린이 몸을 숙여 퍼걸의 뒤통수에 권총을 갖다댔다. 퍼걸은 몸을 돌려서 여름 아침 햇살 속에서 에디를, 특히 에디의 손에 들린 무기를 올려다보았다. 가까스로 손을 들어올려 항복의 몸짓은 했지만 말은 한마디도 할 수 없었고 꿈쩍할 수도 없었는데, 우유 배달부가 말없이 권총을 움직이며 나오라는 신호를 했다.

퍼걸이 완전히 분리된 몸과 마음을 다시 연결하려고 기를 쓰는데 에디가 여기저기 사방을 흘끔거리며 계속 퍼걸에게 빨리 움직이라고, 그렇게 꾸무럭거리지 말라고 재촉했다. 퍼걸은 최선을 다했다. 몸의 마지막 부분까지 거의 다 트럭 밑에서 빠져나와 일어설 수 있게 되자 우유 배달부가 퍼걸의 멱살을 잡고 차 문에 밀어붙였다. 빠르게 몸수색을 했지만 무기는 없었다. 어쨌거나 트럭 아래에서 대체 무슨 짓을 하고 있었던 거지? 에디 브린은 퍼걸의 옆구리에 총구를 깊이 찔렀다.

"뭐 한 거야? 왜 내 트럭 밑에 들어갔어?" 에디가 물었다.

"아무것도요." 퍼걸이 침을 삼키며 동시에 숨을 쉬려 하면서 말했다. "아무 이유도 없어요." 기침이 나왔다. 에디가 자기에게 다정히 대해줬으면 했다. 그런데 전혀 아니었다. 에디의 경쾌한 태도는 사라지고 없었다. 에디는 매번 트럭 아래를 확인해야 한다는 사실이 넌더리가 났다.

"까불지 마." 에디가 말했다. 그러더니 눈을 가늘게 뜨고 퍼걸을 자세히 들여다봤다. "잠깐. 아는 놈 같은데? 너 무릎 쏘인 적 있지 않아?"

"저 아녜요." 퍼걸이 거짓말을 했다. 고개를 저었다. "우리 형이었어요."

"마지막으로 묻겠다." 에디가 말했다. "내 트럭 밑에서 뭐 했어?"

에디가 총을 더 깊이 찌르면서 얼굴을 퍼걸 앞에 바싹 갖다댔다. 얼굴이 퍼걸의 넓은 가슴팍 높이까지 왔다.

"그냥…… 숨어 있었어요."

우유 배달부가 퍼걸을 지탱하고 있었던 거였다. 에디가 손을 놓자 퍼걸은 그대로 주저앉았다. 퍼걸은 차 문에 기대앉은 채로 조용히 다시 숨을 고르려고 애썼다. 에디는 총을 집어넣고 바닥에 쭈그리고 앉았다.

"잘 들어." 에디는 트럭 아래로 들어가려다 말고 고개를 들었다. "꿈쩍도 하지 마. 네가 움직이는 게 보이면 일어나 총 꺼내서 그대로 쏠 거야. 알겠어?"

퍼걸이 고개를 끄덕였다. 퍼걸이 차에 기대앉아 있는 동안 에디는 트럭 아래로 들어가 또 자동차폭탄이 설치되어 있는 건 아닌지 확인했다. 오래 걸리지 않아 다시 밖으로 나온 에디는 기분 좋은 듯 여유롭게 손을 닦았다. 급한 성미가 다시 느긋해졌고 다시 모든 게 아름답게 느껴졌다. 에디는 퍼걸을 보고 마치 처음 보는 양 깜짝 놀랐다.

"아, 그래." 에디가 손을 문지르며 말했다. "그럼 나중에 또 보자고. 가봐." 에디가 퍼걸을 밀어냈다. "그런데 이봐." 에디가 생각난 듯 다시 불렀다. "다음에는……" 퍼걸이 돌아보았다. 에디가 준엄한 표정을 지었다. "다음에는, 널 위해 하는 말인데, 다른 데 숨어."

그날밤 퍼걸은 아도인에 있는 샴록 술집에 가서 바 근처 테이블에 앉아 있는 친구들을 봤다. 친구들 사이에 끼어앉아 테넌트 맥주를 들이켜는 사이사이 간밤에 있었던 일을 이야기하려 했다. 빨간 포드 코티나였다고, 이렇게 말하고 또 말하고 몇번 거듭해 말했다. 차에 남자들이 꽉 차 있었어, 그가 말했다. 운전자는 안경을 썼고, 덩치 크고 뚱뚱한 남자가 뒤에 앉았고.

대부분 듣지 않거나 들었더라도 전혀 다른 이야기로 들었고, 결국 다들 미치광이 에디 브린에 관한 재미있는 이야기라고 생각했다. 그러다보니 퍼걸 자신도 그런 이야기였나 생각하게 됐다. 퍼걸도 웃음을 터뜨렸다. 마침내 어밀리아만이 퍼걸이 무슨 이야기를 하는지 적어도 한순간은 알아들었고 자기도 걸어서 집에 갔다고, 똑같은 길로 갔다고 말했다. 하지만 자기는 아무 일도 없었다고 했다. 악당은 못 봤다고. 그 누구도 못 봤다고 했다. 대니 메거히 일은 잊어버렸다. 대니 메거히 소식은 모두들 들었지만 잊어버렸다. 대니는 이미 잊혔다. 이미 떠난 사람이었다.

그러니까 전체적으로 말해 퍼걸이 하는 말을 친구들이

어느정도 듣기는 했으나, 밴드가 연주를 시작하자 분위기가 달라졌고 음악과 술로 관심이 싹 옮겨갔다. 당연한 일이었다.

그날밤이 끝나 클럽의 철문이 쾅 닫히고 사람들은 브릭필드에서 뿔뿔이 흩어졌다. 섀런은 데시와 같이 갔고 어밀리아는 게이브리얼하고 갔고 버니는 마리오와 같이 갈지도 모르겠는데 마음을 정할 때까지 누가 기다려주겠냐고 했다. 퍼걸은 좋다 기다리겠다고 했지만 타와 프랭키는 아니, 다른 할 일이 있다고 했다. 한명은 아도인 구시가지에 있는 어느 집에 간다고 했다. 한명은 집에 가서 자고 싶다고 했다.

"그럼 나중에 봐." 퍼걸이 뉴로지 방향으로 가는 타에게 외쳤다. 타는 돌아보지 않고 손을 들어 흔들었다. 타는 모퉁이를 돌았고 당연히 본을 가로질러 로자페나를 따라가 클리프턴빌 로드를 거쳐 가톨릭 지역 앤트림 로드로 내려갈 것이다. 새벽 1시 30분이었다. 사방이 고요했다. 사방이 캄캄했다. 타는 주머니에 손을 넣고 낮은 소리로 노래를 부르면서 걸어갔다.

현재의 갈등, 1983년

어밀리아는 술 마시고 돌아다니고 남자애들하고 데이트하는 것 말고 다른 무언가를 할 수도 있지 않을까 하는 생각을 했다. 그리고 그럴 수 있을 거라는 결론을 내렸다. O 레벨 시험*을 칠 때가 되었다 싶었다. 그래서 어느 맑은 봄날 저녁에 단장을 하고 집에서 나와 걸어서 시내에 있는 기술대학으로 갔다. 두시간 뒤에, 정말 모험적인 사람이 된 기분으로 행복하게, 평생교육원 세군데를 들러 받은 인쇄물을 품에 가득 안고 시청 앞을 향해 걸었다. 시청 앞에서 잰토 피어스와 만나 데이트를 하기로 약속이 되어 있었다.

* Ordinary Level. 현재는 GCSE라고 부르는, 영국 중등학교 졸업시험. 시험을 통과하면 예비대학 과정에 들어갈 수 있다.

어밀리아는 걸어가면서 안내서를 훑어보았는데 신기하
게도 학교 다닐 때는 그렇게 싫었던 것들이 (그러니까 전
과목이) 반드시 해야 할 필요가 없는 지금은 훨씬 더 재미
있어 보였다. 언어를 하나 배울 수도 있겠지, 어밀리아는
생각했다, 프랑스어라든가. 영어 수업도 하나 들어도 괜찮
겠고. 아니 두개. 읽기 과목 하나, 쓰기 과목 하나. 참 이상
하네, 어밀리아는 생각했다. 웃음이 나왔다. 그 셰익스피
어라는 남자에 대해 좀더 알아볼 수 있겠지, 토머스 하디
라는 남자나 제인 오스틴이라는 여자 등등 지금은 죽었지
만 어밀리아가 여기저기에서 주워들은 적이 있는 글들을
썼던 사람들에 대해서도. 그뿐 아니라, 역사, 지리, 정치,
철학, 과학, 심리학, 수학도 배울 수 있었다. 예능 분야에는
성악과 무용, 화성과 음악, 해부학과 생리학, 자기 목소리
내기가 있었다. 그림을 그리고 채색을 하고 도예를 하고
스케치를 하고 연극을 하고 나무를 돌볼 수도 있었다. 향
후에 들을 수 있는 과목 목록도 작은 글씨로 인쇄돼 있었
는데 인성 개발, 문화적 다양성, 공동체 교육, 성정치학 같
은 것이었다. 어밀리아는 그게 다 무슨 소리인지 전혀 알
수 없었지만 뭐가 되었든 머지않은 미래에 그런 걸 할 수
있다고 생각하니 기분이 좋았다. 들뜬 기분으로 걸어가며
안내서를 읽는데 시청 앞에 서 있는 자동차에서 날카롭고
시끄럽고 화난 듯한 경적이 울렸다.

어밀리아가 고개를 들었다. 잰토의 코티나였는데 차가

씩씩거리며 발작을 일으키는 것 같았다. 잰토도 비슷한 상
태로 차 안에서 씩씩거리고 있었다. 로빈슨 앤드 클리버 백
화점 위에 있는 시계를 보니 8시 20분이었다. 늦지도 않았
는데 왜 빵빵거릴까? 어밀리아는 재킷 주머니에 안내서를
쑤셔넣고 무슨 일인가 보러 빠른 걸음으로 코티나로 갔다.

　사실 잰토 피어스는 어밀리아가 잘 아는 사람은 아니었
고 사실을 말하자면 사람들이 대체로 알고 싶어하지 않는
부류의 사람이었다. 하지만 어밀리아는 뭐든 겪어봐야만
아는 딱한 사람들 중 하나였다. 뭐가 되었든 직접 겪어보
지 않고 그런가보다 하고 받아들이는 법이 없었다. 어밀리
아는 그래서 이 잘생긴 남자를 술집과 클럽에서 보고는 외
모에 넘어가고 말았다. 잰토는 키가 크고 힘이 세고 뼈대
가 굵고 머리카락은 짧고 주먹은 거대하고 덩치도 크고 잘
생기고 제멋대로고 약간 깡패이자 짐승이었는데 어째서
인지 어밀리아는 이런 정보들을 다감하고 친절하고 다정
하고 사려 깊고 배려심 있고 인내심 있고 상대를 편하게
해주는 사람이라고 바꾸어서 받아들였다. 물론, 잰토가 미
치광이 브링크 매코히 일당과 어울린다는 사실은 알았지
만, 그런다고 함부로 판단하면 안된다고 생각했다. 어밀리
아의 친구 보시는 사람들에 대해 모르는 게 없는 아이인
데, 보시가 아냐 함부로 판단할 만해,라고 했지만 어밀리
아는 그 말을 무시했다. 경고나 위험이 어밀리아에게는 경
고나 위험으로 느껴지지 않았기 때문에 지난 일요일 밤에

270

잰토가 데이트를 신청하자 어밀리아는 당연히 좋다고 했고 그뒤로 오늘을 죽 고대해왔다.

그리고 이제 데이트가 시작되었다. 어밀리아는 조수석 문을 열고 차에 올라탄 다음 문을 닫았다. 잰토는 앞을 노려보며 아무 말도 안했다.

"왜 그래?" 어밀리아가 물었다.

잰토가 핏줄이 불거진 손으로 시동을 걸었다.

"데이트하기가 싫은 것처럼 보이던데." 잰토가 으르렁거리는 목소리로 쏘아붙였다.

어어, 어밀리아는 생각했다. 그리고 물었다. "무슨 말이야?"

"윽, 나 바보 아니거든!" 더 조심스럽게 차를 모는 사람 같으면 슬슬 빠져나왔을 자리에서 잰토는 과격하게 휙 차를 뺐다. "너 걸어오는 거 봤어. 여기가 다 네 땅인 것처럼 어슬렁거리면서 손에 든 걸 읽으면서 오더니 시계를 보던데. 시계 보는 걸 내가 똑똑히 봤으니까 아니라고 하지 마!"

"아니라고 할 생각 없어!" 어밀리아가 외쳤다. "내가 왜 아니라고 하겠어? 네가 빵빵거리길래 시계 본 거야. 왜 빵빵거렸어? 빵빵거릴 일이 없었는데."

잰토가 액셀을 밟았다. 웰링턴 플레이스에서 길을 건너던 여자가 뒤로 뛰어 물러나야 했다. 잰토는 무시했고 어밀리아도 그랬다.

"있잖아, 잰토." 어밀리아는 데이트를 이런 기분으로 시작하는 건 아니라는 생각에 분위기를 풀려고 했다. 게다가 대학에 갔다가 알게 된 사실들에 들뜬 상태라 누군가와 이야기를 하고 싶었다. 어밀리아는 어떤 때는, 어떤 곳에서는, 어떤 사람과는 기쁨을 나누지 않는 게 최선이라는 사실을 잊고 있었다. "나 저기 대학에 갔다 왔어." 어밀리아는 또다른 경고 신호를 무시하고 떠들었다. 잰토가 인상을 쓰며 노려보고 있었는데, 시시각각 인상이 더 일그러지고 눈빛은 더 사나워졌다. "여기 이건," 어밀리아가 안내서 하나를 꺼내 보여주려 하면서 말했다. "인문학부에서 받은 거야." 어밀리아는 '인문학부'가 무슨 뜻인지 아는 것처럼, 살면서 한번이라도 그 말을 입에 올린 적이 있는 것처럼 말했다.

"대학이라고!" 차가 옆으로 홱 꺾였다. "인문학부라고!" 어밀리아는 자기가 깊은 인상을 남긴 것 같아 만족스러웠다. 희한한 일이지만 어떤 종류의 인상을 남겼는지는 깨닫지 못했다. '평생교육' 'GCE 시험' '원외생 수업' '교재' 운운하며 계속 떠들 참에 잰토가 소리를 질렀다.

"대체 대학에는 왜 가는데? 넌 여자잖아!"

잰토는 칼라일 서커스에서 차를 홱 돌렸고 어밀리아는 문에 어깨를 부딪쳤다. 본능적으로 어밀리아는 차 문이 잠겨 있지 않은 것을 확인했고 또 본능적으로 문손잡이 위치를 확인했다. 알아두는 게 좋겠어, 어밀리아는 생각했다. 차가 앤트림 로드로 접어들자 어밀리아도 몸을 바로 세웠다. 어밀리아는 안전벨트를 채우지 않았는데, 어떤 상황에서든 안전이 최우선이기 때문이었다.

"멍청한 여자들." 잰토가 떠들고 있었다. "내 말은 이런 말인데 — 여자들이 자기들이 뭐나 되는 듯 생각하기 시작했다고." 잰토는 클리프틴 스트리트 묘지의 담장 위에 앉아 있는 비둘기들에게 — 암컷일 수도 있으니 — 빵빵거렸다. 비둘기들은 잰토를 무시하고 그냥 앉아 있었다. 잰토는 비둘기들에게 "씨발" 하고 중얼거리더니 지나가던 영국군 순찰대에게 "씨발놈들"이라고 하고 또 이어 지나가는 왕립얼스터경찰 랜드로버에 대고 "씨발 나치 새끼들"이라고 했다. 마지막으로는 말없이 분노의 눈으로 옆에서 앞쪽으로 뻗어 있는 녹색 수풀을 노려보았다. 아무 잘못도 없는 무고한 수풀처럼 보였지만 여기는 벨파스트이니 그건 아무도 알 수 없는 일이었다. 어떤 수풀은 정말 진짜 수풀이라 그냥 자연의 섭리에 따라 자랐다. 어떤 수풀은 군정보기관이었고 사진을 찍어댔다. 이 특정 수풀은 어느 쪽인지 잘 알 수가 없었는데, 잰토의 차가 워낙 빠른 속도로 달리고 있어 알기 힘든 것도 있었지만 사실 생각해보면 어느 쪽이든 무슨 상관인가?

이 시점에 어밀리아는 자기가 얼어붙은 웃음을 띠고 있다는 사실을 깨달았다. 아까는 어밀리아도 기분이 상해서 "빵빵거릴 일이 없었는데"라고 말했지만 그뒤로는 계속 "그래 그래, 괜찮아 괜찮아. 너 멋져, 너 대단해, 네가 세상에서 최고야. 너 잘생겼어. 매력 있어. 널 만나서 좋아"하고 맞장구를 치면서 잰토를 달래고 있었다. 오분 동안 잰토가 하는 말을 듣고 난 지금에야 어밀리아는 자기가 억지웃음을 짓고 있다는 걸 깨달았는데 웃음기를 지우려고 하자 턱이 굳은 것처럼 삐걱거렸다. 그때쯤 잰토는 모르는 사람의 차에 타는 여자, 방금 만난 사람의 차에 타는 여자 이야기를 떠들고 있었다. 이런 여자는 멍청한 여자지만, 여자들은 전부 멍청하니까, 이 여자들은 보통 멍청한 여자보다 더 멍청한 여자라고 할 수 있다고 했다.

"흑인들하고 같지." 잰토는 거의 고래고래 소리를 지르고 있었다. 마치 어밀리아가 귀먹은 사람인 듯이, 하지만 설령 귀가 먹었더라도 자신의 말에 귀를 기울여야 한다는 듯이. "흑인을 생각해봐. 종형 곡선을 생각해보라고. 흑인은 백인보다 지능이 떨어지잖아. 물론 너는 흑인 남자보다야 똑똑하지, 왜냐하면 너는 적어도 ─"

잰토가 말을 멈췄다. 무언가 예상하지 못한 생각이 신념 체계를 건드리는 바람에 당황했고 그러자 차가 흔들리며 덜컹거렸다. 지금까지 한번도 생각해보지 않은 일이지만, 생각해보니, 여자인 어밀리아가 남자보다 더 똑똑할 수 있을까? 이때 잰토의 머리에 떠오른 심각한 의문은, 흑인이라 할지라도 남자인 편이 나을까, 아니면 나약하고 허약하고 취약하고 감정만 있고 뇌가 없는 여자라 할지라도 백인 피부를 가진 사람인 편이 나을까 하는 것이었다. 잰토는 획일적으로 조직화된 위계적 신념 체계를 검토해서 이 의문에 답을 내기 위해 차를 세울 수밖에 없었다.

젠토가 차를 세우는 방식은 도로 경계석을 타고 올라가 나무 울타리에 부딪친 다음 브레이크를 밟는 것이었다. 어밀리아는 숨을 고르고 팔다리가 무사한지 확인하고 머리카락을 가다듬었다. 그러는 동안, 조금 떨어진 곳에서 수풀이 흔들리고 떨리는 것을 알아차렸다. 수풀이 떨리며 아주아주 초조한 듯 움찔거렸는데 방금 차에 치일 뻔했다는 사실을 생각하면 자연스러운 일일 수도 있겠지만, 다시 생각해보면, 자기가 오늘 이 길을 지나쳐 올 때도 수풀이 여기 있었던가? 그래서 젠토가 생각에 빠져 얼굴을 찌푸리고 입술을 깨물며 "흑인 남자!" "아냐! 백인 여자!" "아냐! 잠깐! 흑인 남자!" "아냐! 아냐! 기다려! 백인 여자!" 하고 외치는 동안 어밀리아는 요즘 북아일랜드에서 정보활동을 하는 게 MI5였나, MI6였나 아니면 완전히 다른 비밀조직이었나 기억을 더듬어보았다. 결국에는 생각이 안 나서 포기했고 사실 그다지 흥미로운 주제도 아니었다.

젠토는 모호성, 중의성, 추상성, 역설 등 어떤 종류든 두루뭉술한 것을 참을 수가 없었으므로 마침내 아무리 희다 할지라도 여자가 되느니 차라리 흑인이 되어 어떻게든 해내보는 편을 택하기로 최종 결정을 내렸다. 이 결정이 최선이라는 것은 알았지만 기분이 좋지는 않았다. 왜냐하면 자기가 아는 모든 백인 남자들이, 맹하고 머리가 텅 빈 녀석들까지도, 흑인 남자인 자기보다 더 똑똑하고 우월할 것이기 때문이었다. 불쌍한 잰토는 이런 강등 상태를 받아들일 수가 없어 속이 상했고 기분이 나아지려면 복잡하게 얽힌 울적한 감정을 전부 끌어모아 (사실 이게 모두 어밀리아 탓이니까) 어밀리아에게 쏟아붓는 수밖에 없다고 결론을 내렸다. 잰토가 막 그렇게 하려는데 길 건너에 있는 '임시파 조'의 식당이 눈에 들어와 정신이 흐트러졌다. 잰토의 얼굴이 바로 딱딱하게 굳었다. 잰토의 신념 체계에서 아직 결론을 내리지 못한 다른 문제가 하나 더 있었던 것이다. 인생이란 이렇듯 끝없는 고난의 연속이었다.

그 까닭은, 앤트림 로드에 있는 임시파 조의 식당이 중국인이 운영하는 작지만 장사가 아주 잘되는 튀김가게였기 때문이다. 임시파 조라는 별명은 가게 주인인 호 씨가 아주 오래전부터 IRA에 우호적이었고 두둑한 상납금을 내오고 있어서 붙은 것이었다. 그 덕에 호 씨가 아무 어려움 없이 사업을 계속할 수 있다고들 했는데, 사실 호 씨는 그전에도 아무 어려움 없이 사업을 꾸려오고 있었으니 조금 이상한 말이긴 했다. 어쨌든 간에 호 씨는 분별 있는 사람이어서 한주도 빼놓지 않고 꼬박꼬박 사근사근하게 상납금을 냈고 굵고 맛있고 가격도 저렴한 감자튀김으로 젊은 사람들 사이에서도 인기가 높았다. 그러니까 상당한 상납금을 내야 하고 영원히 끝나지 않을 정신적 긴장 상태에 시달리긴 하지만 그래도 호 씨는 괜찮은 수입을 올려서 자신과 식구들과 사업체를 건실히 지키고 있었다. 멀쩡하게 살아 있다는 말이다.

그렇지만 얼마 전 어느날에 잰토는 호 씨의 굵은 감자튀김을 브라운소스, 토마토소스, 커리, 처트니, 식초, 절인 달걀, 콩, 소금과 후추를 잔뜩 묻혀서 먹다가, 문득 이게 얼마나 부당하고 못마땅한 일인가 하는 생각이 들었다. 나, 잰토는 자기 소유의 튀김가게가 없는데, 나, 잰토는 막노동, 택시 운전, 유리창 닦이, 술집 일 등 위험하고 힘들고 돈도 별로 안되는 일을 해야 하는데 — 보라, 가진 게 뭐가 있나? 잰토는 이 나라에서 태어났고 자랐다. 진짜배기 아일랜드인이다. 반면 저 임시파 조 같은 자는 중국인에 불과하지 않나. 이렇듯 자신에게 가해진 차별적 공격이 잰토의 머릿속에 깊이 남아서 잰토는 임시파 조를 볼 때마다, 혹은 비슷한 사람(텔레비전에 나오는 아시아인, 인도인, 아랍인, 유대인, 레드 인디언 — 잰토는 미국 원주민이라는 말을 쓰기를 거부했다 — 에스키모, 애버리지니 등등 피부색이 조금이라도 어두운 누군가, 추가로 당연하지만 잉글랜드인)을 볼 때마다 울화가 치솟고 말이 안 나오고 경기가 일어나서 침을 튀겼다. 지금처럼.

"되놈들!" 잰토가 내뱉은 말이 옆 창문, 어밀리아 옆쪽 창문을 때렸다. "저놈들 좀 봐! 지들이 뭐라도 되는 줄 알아!"

잰토는 악을 쓰며 침을 튀겼고 그러는 동안 모든 걸 연결하고 깔끔하게 분류하기를 좋아하는 잰토의 머리가 또

다른 종류의 계산을 해야 한다는 사실을 알아차렸다. 이번에는 또 흑인 남성과 중국인 남성의 지능 차이를 판별하고 그들의 지능과 의미와 피부색 정도를 고려했을 때 중국 남자인 게 나을지 흑인 남자인 게 나을지를 결정해야 했다.

한편 어밀리아는 뺨을 닦고 또 닦으면서 어떻게 해야 할지 고민하기 시작했다. 잰토 같은 사람들은 그냥 상상 속에 남겨두는 편이 낫다는 깨달음이 뒤늦게 왔다. 적어도 상상 속에서는 통제할 수 있고 자기가 좋아하는 모습으로 바꾸어볼 수도 있으니까. 성질을 주체할 줄 모르는 이런 어린애한테 애초에 왜 끌렸는지는 아직도 알 수가 없었으나 한가지는 분명했는데, 이제는 됐고 이제 지겹다는 거였다. 어밀리아에게 이런 일은 처음이었고 이어 차라리 집에 가서 수업 안내서나 읽으며 어떤 과목을 들을지 골라보는 게 낫지 않을까 생각하고 있는데 그때 앞쪽 수풀이 갈라지며 가느다란 금속제 물건이 삐죽 나오는 게 보였다.

"내 말뜻은 이런 뜻인데," 잰토는 계속 떠들고 있었다. "어떤 사람들에게 악감정이 있다거나 그런 건 아냐. 오해하지 마 ─ 사람은 누구나 살 권리가 있지."

"잰토." 어밀리아가 말을 끊었다. "다른 데로 가면 안될까? 여기서 벗어나야 할 것 같아." 어밀리아 눈에 또다른 것이 보였다. 수풀 아래쪽에 임시파 조의 가게를 향한 듯 보이는 검은색 관筒이 있었는데, 잰토의 차가 그 사이에 있으니 지금은 잰토와 어밀리아 쪽을 정확히 겨누고 있었다.

위쪽의 가느다란 금속제 물건도 이제 방향을 바꾸었다. 둘 다 두 사람을 향하고 있었다.

잰토는 아무것도 몰랐다. 계속 미친 소리를, 좋게 말해도 앞뒤가 안 맞는 말을 떠들어대다가 형체가 보이지 않는 잉글랜드인의 목소리가 들렸을 때에야 말을 멈췄다. "쌍! 닥처! 씨발 차 좀 빼!"

침묵. 차가 흔들렸다. 잰토가 정신을 차렸다.

"누구야?" 잰토가 외쳤다. "저 씨발 수풀! 좆같은 영국군! 하," 잰토가 시동을 걸었다. "내가 차로 밀어버리면 수풀에 누가 있는지 알게 되겠지!"

"잰토." 어밀리아가 잰토의 팔에 손을 올리며 말렸다. "그러면 안될 것 같아. 그러지 마 잰토. 저 수풀 끝 쪽 가지에 총구가 걸려 있어."

그때 어밀리아는 잰토가 자기 아버지와 조금 비슷하다는 걸 퍼뜩 깨달았다. 그런데 만약 잰토가 아버지처럼 행동하기로 하면 어떻게 하지? 만약 그런다면, 아주 큰 사달이 일어날 것이다. 만약 그런다면, 어밀리아가 입술을 깨물며 생각하길, 두 사람 다 죽은 목숨이었다. 이때 어밀리아는 처음으로 생각을 끝까지 연결해냈다. 무엇인가 혹은 누군가 과거에 익숙했던 것이 현재에 다시 돌아오고 또 돌아올 수 있다는 것이었다. 다행스럽게도 잰토는 아버지만큼 미치지는 않아서, 수풀 하나가 사진을 찍기 시작했을 때 그냥 욕만 하고 성마른 엔진의 회전수를 올리고 타이어가 끼익하는 소리를 요란하게 내면서 도로로 후진했다. 그러고 나서 클리프턴빌 로드를 향해 달리다가 심지어 놀랍게도 신호등에서 멈추기까지 했는데, 다만 신호등이 빨간색으로 바뀌어서 멈춘 건 아니고 어딘가에 정신이 팔려서 멈춘 것이었다.

한편 어밀리아는 마치 아무 일도 없는 듯, 실은 제대로 된 게 하나도 없는데도 마치 원래 이런 게 당연하다는 듯 행동하려고 애썼다. 잰토를 쳐다보지 않고 몸을 숙여 글러브박스에서 떨어진 카세트테이프 하나를 주웠다. 전래 동화 포크송 테이프였고 앞쪽에 잰토의 이름이 휘갈겨 있었다. 커버에는 호리호리한 미녀 그림이 있었다. 연약하고 여리고 허약하고 외롭고 무력하고 아름답고 혼자인 여자였다. 노래를 부른 사람은 남자들이었다. 첫번째 노래는 「내가 잘 넘어가는 씩씩한 젊은이였을 때」, 두번째 노래는 「자정 이후에는 골짜기를 따라가지 말아요」, 세번째 노래는 「라 벨 담 뭐시기」였는데 가수가 시구를 "빌려서" 곡을 붙였다고 되어 있었다.* 다른 노래들도 비슷하게 「위험! 위험!」 「여자를 조심하라!」 「머리에 리본을 단 다 큰 여자를 믿지 마라!」 하는 식이었다. 어밀리아는 눈을 끔벅이며 제목들을 읽어내려가다가 무슨 일이 일어날 것 같은 예감을 느끼고 고개를 들었는데 그때 잰토의 주먹이 어밀리아

---

* 영국의 낭만주의 시인 존 키츠의 「무정한 미인」(La Belle Dame sans Merci)을 가리키는 듯하다.

의 얼굴로 날아왔다. 주먹은 어밀리아의 얼굴에서 1밀리미터 떨어진 곳에서 멈췄다. 어밀리아는 테이프를 손에서 떨어뜨리고 비명을 지르며 피하다 머리를 차 문에 찧었다.

"너." 잰토가 이를 앙다문 채로 말했다. 그러고는 몸을 숙여 주먹으로 어밀리아의 광대뼈를 쿡 찔렀다. 어밀리아를, 혹은 누군가를 적나라한 증오심이 가득한 눈으로 노려보았다.

"너." 잰토가 소리를 낮춰 말했다. "잘 들어, 어밀리아 러빗. 간단한 거야. 다시는 적 앞에서 나한테 이래라저래라 하지 마."

신호가 바뀌었고 잰토가 손을 변속기어 위에 올렸다. 클리프턴빌로 진입했을 때 잰토가 다시 입을 열었다. 여자 하나 죽이기는 간단한 일이라고 했다. 그냥 들어올려서 보도 위로 집어던져 박살 낸 다음에 팔다리를 뽑고 머리를 쪼개고 그대로 내버려두고 가버리기만 하면 된다고 했다.

어밀리아는 다음번 신호에서 차가 속도를 늦췄을 때 차에서 뛰어내렸다. 도로 경계석 위에 떨어져 구르고 배로 미끄러지다가 인도 안쪽 벽에 부딪치고 멈췄다. 인도 위에서 한참을 굴러, 아직 목숨이 붙은 채, 몸이 약간 떨리는 채, 박살 나지 않은 채로 얼굴이 산울타리 안에 처박혀 있었다.

"씨발!" 산울타리가 말했다. 지치고 화난 목소리였다. "저쪽으로 좀 비켜. 네 머리 때문에 안 보여."

어밀리아는 시키는 대로 벌떡 일어났다. 아도인의 임시
파 관목숲이 아마도 저쪽 지역 임시파 관목숲과 협력하며
길 저편 임시파 조의 가게를 염탐하는 수풀과 파트너 관계
인 나무를 감시하고 있는 모양이었으나 관심 밖이었다. 그
러거나 말거나 무슨 상관인가? 어밀리아에게는 생각해야
할 더 중요한 일이 있었다.

예를 들어, 어밀리아가 데이트에서 공포나 참담함을 느
끼고 싶어서 이러는 건 아니었다. 그냥 어밀리아가 그런 것
에 중독되어 있는 거였다. 그리고 또 이상하게도, 어밀리
아에게 매력을 느끼는 남자들은 어밀리아를 무시하거나
모욕하거나 혹은 매력을 느낀 부분을 빠르게, 최대한 빠르
게 바꾸고 싶어했다. 예를 들면 이런 식이었다. "네가 걷는
모습이 보기 좋아." 그러고는 "태워줄게 차에 타". 그래도
주먹이 날아온 것은 오늘이 처음이었다. 처음이자 마지막
이라고 어밀리아는 다짐했다.

그렇게 어밀리아가 바닥에 흩어진 안내서를 주으며 다
시는 미친 사람 근처에도 안 가겠다고 맹세하고 있는데,
잰토가 당황한 얼굴로 차에서 뛰어내리더니 마치 울 것 같
은 표정을 지었다.

"어밀리아!" 잰토가 울먹였다. "왜 그래? 무슨 일 있었
어? 왜 차에서 뛰어내렸어?"

어밀리아가 차갑게 무시하자 잰토는 그 자리에 털썩 무
릎을 꿇고 앉아 정말로 울었다. 눈물이 뺨을 타고 흘렀다.

대포알만 한 눈물이 대포알처럼 도로 위에 떨어져 폭발했다. 잰토를 치지 않으려고 차들이 급히 방향을 꺾으면서 빵빵거리고 욕을 했다. 아 제발 치어, 치어, 하고 어밀리아는 생각했지만 젠장, 아무도 치지 않았다. 어밀리아는 잰토가 울부짖기 시작하기 전에 달아나려고 얼른 돌아섰다. 잰토가 울부짖기 시작했다. 울음소리가 도로에 우렁우렁 울렸다.

"어밀리아아아!" 잰토는 이제 아예 길에 엎드려서 손으로 바닥을 치며 눈이 튀어나올 정도로 울부짖었다. 진짜 쪽팔리네, 어밀리아는 생각했다. 사람들이 나하고 상관있는 사람이라고 생각하지 않았으면 좋겠는데. "어밀리아아!" 사람들이 어떻게 생각하든 아무 관심이 없는 잰토가 부르짖었다. "네가 필요해애애! 돌아와아아아! 날 두고 가지 마아아아! 가지 마!" 잰토는 손이 다칠 때까지 콘크리트 바닥을 내리쳤고 안에서 폭발하듯 끊임없이 눈물을 쏟아냈다. 어밀리아가 흘긋 돌아보니 굵고 묵직한 눈물방울이 뚝뚝 떨어졌다. 어밀리아는 얼른 몸을 돌리다가 베글리 부인과 부딪혔다. 베글리 부인은 이웃 사람인데 빈자 클라라 수녀원에서 막 나온 참이었다.

"아이코!" 베글리 부인이 말했다. "어머, 얘 잘 있었니, 좋은 밤이지 이 시간까지 해가 있고? 얼굴에 그 상처는 뭐니?"

어밀리아가 얼굴을 만졌다. 피가 흐르지는 않았지만 피부가 까지고 찢어진 듯했고 끈적거렸다.

"안녕하세요 아주머니!" 어밀리아가 입을 떼기도 전에 잰토가 큰 소리로 불렀다. 잰토는 쉽게 울음을 터뜨린 만큼이나 쉽게 그쳤다. 다시 자기 차에 올라타서 아주 느린 속도로 인도 옆을 따라 움직이고 있었다. 이제 기분이 좋아 보였다. 정말 희한하네, 어밀리아는 생각했다. 남자들은 확실히 이상한 녀석들이었다.

"아 안녕 아들 너희 엄마는 어떠시니?" 베글리 부인이 물었다.

"잘 지내세요 그런데 수조를 돌려주고 싶어하세요 물고기가 다 죽었거든요. 태워드릴까요?"

베글리 부인은 숨을 헐떡이며 조수석에 올라타면서 잰토에게 늘 그랬지만 얼마나 착한 젊은이인지 모른다고 말했다. 베글리 부인의 몸무게가 얹히자 차가 아래로 출렁했다. "저 불쌍한 수녀님들한테 갔다 왔단다……" 베글리 부인이 말했다. "버터 조금, 새하얀 버터를 갖다드렸지. 어찌나 말랐는지 피골들이 상접해서."

잰토는 방금 일도 바로 잊어버리는 터라 다시 행복해져서 자기가 넓고 험한 세상에 홀로 있는 여자라는 노래를 부르며 갔고 베글리 부인은 옆에서 당신이 한창때인 1940년대 무도장에서 주로 나오던 전혀 다른 노래를 불렀다. 가끔 두 사람은 마주 보고 웃음을 지었다. 어밀리아는 안내서를 든 채로 꿈쩍 않고 서서 차가 길 저편으로 사라지는 모습을 보았다. 어밀리아가 다시 움직이기 전에,

상황을 머릿속으로 정리하기 전에, 토미 맥기번이 로자페나 드라이브 모퉁이를 돌아 달려오다가 어밀리아와 부딪쳤다.

"어밀리아!" 토미가 외쳤다. "너 얼굴 왜 그래? 그 사람이 그랬어?"

어밀리아가 토미를 쳐다봤다.

"누구? 잰토 피어스?"

"뭐?" 토미가 말했다. "아니! 바바리맨 말야! 이 근방에 바바리맨이 있어. 은색 포드를 타고 돌아다녀. 내 동생 베로니카가 당했대. 인도 옆으로 따라오더래. 차를 멈추고, 차 문을 열었는데, 베로니카가 봤더니 자지가 있었대!"

"우리가 포위했어." 퍼걸이 모퉁이를 돌아오며 외쳤다. 둘 다 흥분해 있었다. "이 근방에 있으니 못 빠져나가. 우리가 잡을 거야. 뱁하고 콤하고 등등이 올드파크를 막고 있고 댈리슨하고 맥개러티 형제가 본을 맡았어. 다른 사람들은 ㅡ"

다른 사람들이 달려왔다.

"어밀리아! 너도 당했어? 어느 쪽으로 갔어?"

"저쪽으로 갔어." 어밀리아가 말했다. "그런데 바바리맨이 아니야. 잰토 피어스야. 미쳤어 ㅡ 보통 미친 게 아니라 완전히 미쳤어……"

남자들은 듣지를 않았다. 잰토 피어스에게는 관심이 없었다. 잰토 피어스는 때리고 부수고 괴롭히는 또라이였고 미친 브링크 매코히하고 어울리니까 안 그래도 곧 죽을 목숨이었다. 당연히 너도 알겠지? 남자들이 어밀리아를 빤히 보았다. 어밀리아는 자기는 몰랐다고 할 수는 없다는 걸 깨달았다. 그런데 왜 제 발로 어울린 거야? 남자들이 다시 어밀리아를 빤히 보았다. 어밀리아는 그 질문에도 대답할 수가 없었다. 남자들은 혀를 끌끌 차더니 여자애들이란, 하고 생각했다.

"그놈이 자지를 꺼냈어?" 그들이 물었다. "아냐 그런데 —" 어밀리아는 말하려고 했다. 그런데 그들이 듣지를 않았다. 자지를 꺼내지 않았으면 문제가 없었다. 남자들이 몸을 돌렸다. 그럼 이만. 그런데 바바리맨은 — 그건 다른 문제였다. 그놈은 변태였다. 남자들은 바로 다시 바바리맨에게 집중했다.

"어쩌면 개신교도인데 바리케이드를 넘어 들어왔을지도."

"오렌지야! 오렌지!" 다 같이 외쳤다.

"어쩌면 군인이 평복을 입고 이 근방을 돌아다니는 걸 수도 있어."

"영국놈! 영국놈!" 다 같이 외쳤다.

뱁의 남동생이 달려왔다. 귀가 뾰족 튀어나온 뱁의 동생이 갈라지는 목소리로 부르며 팔을 사방으로 휘둘러댔다. 멈춰서는 허리를 숙이고 숨을 헉헉 몰아쉬었다. 다른 사람들이 껑충껑충 뛰며 물었다.

"무슨 일이야 꼬마 뱁? 바바리맨이 나타났어? 우리 동네를 위협하는 놈이? 자지가? 어서, 말해봐! 빨리 말해."

"바바리맨이 아니야!" 꼬마 뱁이 캑캑거리며 말했다. 팔을 휘둘렀다. "바바리맨이 문제가 아냐." 목소리가 꽉 잠겼다. "알렉스 히긴스*가 왔어! 바로 지금 스타 술집에서 스누커를 치고 있다고!"

침묵이 내려앉았다. 성스러운 경외감과 귀중한 유향 향기가 로자페나 거리 전체에 퍼졌다. 그러나 단 일초뿐이었고 곧 함성이 터졌다. 남자애들은 좁은 길에서 서로 먼저 가려고, 먼저 자기네 집으로 가서 큐를 가지고 스타로 가려고 앞을 다퉜다.

"바바리맨은 어쩌고?" 어밀리아가 외쳤다. 굳이 대답하는 사람은 없었다.

"우리 동네를 위협하는 놈은?" 어밀리아가 소리쳤다. 다들 앞다퉈 사라지는 중이었다.

"네 동생 베로니카는, 토미? 토미!"

토미는 망설였다. 어쩔할 바를 모르는 것 같았다. 다들 순식간에 떠나간 자리에 흙먼지가 피어올랐다. "허리케인…… 허리케인…… 기다려요, 허리케인…… 좀 비켜!" 하고 외치는 소리가 바람에 실려왔다. 토미는 어밀리아가 몰아세우자 땅을 내려다봤다. 발을 움직거렸다. 어깨를 으

* Alex Higgins(1949~2010). 벨파스트 출신의 프로 스누커 선수. 별명은 허리케인 히긴스. 스누커는 당구 경기의 한 종류이다.

쓱했다.

"윽, 그게, 너도 알잖아 어밀리아." 토미가 말했다. "아마 지금쯤 달아났을 거야." 토미도 모퉁이 쪽으로 게걸음을 치며 영웅과 스타 술집 쪽으로 조금씩 이동했다. "소용없어……" 토미는 말을 흐리더니 고개를 젓고 몇걸음 더 몰래 떼어놓다가 ─ 가버렸다.

어밀리아는 혼자 남았고 기분이 엿 같았다. 텅 빈 콜라 캔을 남자애들이 사라진 쪽으로 걷어찼는데 배수로에 버려진 마스 초코바 포장지를 보니 냉장고에 뭐가 있을까 궁금해졌다.

어밀리아는 집에 가서 냉장고를 열었다. 두가지가 눈에 띄었다. 돌러스 이모가 나중에 먹으려고 둔 밀크 트레이 초콜릿 상자 아래 칸에 초콜릿이 남아 있었고 먹다 남은 차가운 로스트치킨이 기름이 엉긴 접시째 놓여 있었다.

냉장고 문을 열고 냉기를 쐬면서 어밀리아는 초콜릿을 깨무는 동시에 미끌거리는 닭껍질을 뜯었다. 칼로리가 높은 껍질은 멀리, 아주 멀리 던져 치우고 살코기를 이로 꽉 물었다. 얼굴에 고기를 얹은 채 그 너머로 다른 접시에 안 익힌 소시지가 한줄 있는 것을 보았다. 그것도 집어서 껍질에서 소고기를 짜내 날고기와 익힌 고기를 동시에 먹었다.

그러고 초콜릿을 더 먹은 다음 정어리를 먹고 감자빵을 우걱우걱 먹고 우유를 들고 화장실로 갔다. 우유를 다 마셨다. 침을 삼키고, 준비 삼아 심호흡을 하고, 손가락을 목구멍 깊이 집어넣고 쑤시다가 뺐다.

소용이 없었다. 어밀리아는 원래 구토를 잘 못했다. 우유를 먼저 마셨어야 했는데, 어밀리아는 생각했다. 아 됐어, 어밀리아는 한숨을 쉬었다. 하루 더 굶고 변비약 좀 먹으면 되지. 어밀리아는 소중한 세나코트를 옷장 안 하이힐 안쪽에서 꺼냈다. 손바닥에 올려놓고 개수를 셌다. 스물아홉, 서른, 서른하나, 서른둘. 약병을 흔들었다. 바닥에 세개가 붙어 있었다. 서른셋, 서른넷, 서른다섯. 그게 전부였다. 이걸로 해봐야지, 어밀리아는 생각했다. 그러고는 세면대로 갔다. 약을 최대한 빨리 넘겼다. 약 말고 다른 것에 대해서도 그렇듯이 목구멍을 넘어가는 순간 잊었다.

어밀리아는 화장을 지우고 상처에 소독약을 바르고는 더 하고 싶은 일이 아무것도 없었으므로 침대에 누웠다. 사방이 어두워지고 있었고 집에는 아무도 없었다. 어밀리아는 담요를 뼈 위에 덮고 눈을 감고 잠을 청했다. 생각이 머릿속으로 밀고 들어왔다. 어디서 들었는지 바로 생각났다. "……여기가 다 네 땅인 것처럼"—"그게 뭐 대단한 거라고"—"중요하지 않아……"—"……너무 많이 먹으면 가슴이 보기 흉하게 커져……"—"남자들은 비쩍 마른 여자 싫어해."

어밀리아는 일어서서 스탠드를 켜고 물 한잔을 마셨다. 술이 있었으면 했지만 집에 술이라고는 한방울도 없었다.

다시 침대로 들어가 안내서를 집었다. 시간을 들여 자세히 읽은 다음, 열심히 생각하면서 다시 읽었다.

최종적으로 무언가를 골랐다. 처음으로 들을 과목. 그게 괜찮으면 몇 과목을 더 들어보기로 했다. 어밀리아는 펜과 지원서를 꺼내들고 작게 자주 트림을 하면서 자기 이름과 마음에 드는 과목명을 서류 꼭대기에 적었다.

침투, 1986년

마세예즈 접은 남편 때문에 고민이었다. 잠깐 술집에 들러 딱 진 두잔만 마시고 나왔을 뿐이다. 그런데 하필 지금─폭탄 때문에 도로가 통제되고 상점이 문을 닫았는데 저녁거리는 사지도 못한 것이다. 마세예즈 잘못은 당연히 아니지만, 남편 퍼시벌은 그렇게 생각하지 않을 것이다. 마세예즈는 출입통제선을 보고 눈살을 찌푸렸다. 왕립 얼스터경찰을 보고 눈살을 찌푸렸다. 몇걸음 비틀비틀 걷다가 눈살을 찌푸렸다. 그러다가 걸음을 멈추고 결혼반지를 낀 손가락을 잡아당기며 생각을 하려 애썼다.

"마리오네타!" 누군가가 소리쳤다. 여자 목소리였다. "여기야 마리오네타!" 여자 목소리가 다시, 더 큰 소리로 불렀다.

상가에서 빠져나가던 사람들이 고개를 돌려 마세예즈를 쳐다보았다. 길모퉁이에 금발머리 아이 여섯과 쌍둥이 유아차를 거느리고 서 있는 키 큰 금발 여자가 확연하게, 누가 봐도 확연하게 마세예즈를 부르며 손을 흔들고 있었기 때문이다.

마세예즈는 얼른 주위를 둘러보고 현재 삶에서 아는 사람이 근처에 없다는 걸 확인했다. 먼 옛날에 쓰던 끔찍한 이름을 들었을 사람이 없어 일단 안도한 마세예즈는 괴로운 감정을 누르며 몸을 돌려 옛날 학교 동창일 누군가에게 고개를 끄덕였다. 브로나 매케이브만 아니면 돼, 마세예즈는 생각했다.

"나야! 브로나 매케이브!" 브로나 매케이브가 외쳤다. 브로나가 유아차를 빙 돌리자 긴 생머리가 등 뒤에서 찰랑거렸다. 브로나는 목표물을 향해 돌진하듯 군중을 뚫고 똑바로 달려왔다.

마세예즈는 온몸이 굳은 것처럼 서 있었다. 유아차가 어뢰처럼 자신을 향해 날아오는 동안 어깨만 움찔했다. 마세예즈는 유아차가 자기를 치리라고 예상하고 비명을 질렀다. 그런데 치지 않았다. 달달 굴러오다가 마세예즈의 정강이에서 1밀리미터, 어쩌면 2밀리미터 앞에 딱 멈췄다. 금발머리 아이들이 굴러떨어져서 사방을 탐험하기 시작했다. 남은 아이, 유아차에 벨트로 묶여 있는 아이는 플라스틱 우유병을 보도에 집어던졌다. 우유병이 '팅' '팅'

'팅' 튀면서 굴러갔다. 그러다가 멈췄다. 마세예즈는 눈을 끔벅이며 그걸 보고 있었다. 브로나가 유아차 브레이크를 걸고 손을 뻗어 병을 집었다.

"여기 있다, 베이비 울프 톤, 아기 토끼야."

그러니까 아기 이름이 베이비 울프 톤이었는데, 아기는 엄마한테 병을 받아들자마자 다시 던졌고 병이 '팅' 소리를 더 많이 내며 보도 위를 굴러갔다. 인내심의 화신 같은 브로나가 다시 주워왔다. 베이비 울프 톤이 다시 던졌다. 네번째 같은 일이 일어나자, 여전히 홀린 듯 말없이 서 있던 마세예즈는 자기가 미쳐가는 게 틀림없다는 생각을 했다.

"이제 그만 베이비 울프." 브로나가 말했다. "엄마 말 들었어? 이제 그만."

아기가 알아들었다. 병을 쥐고 있었다. 표정을 보니 냅다 집어던지고 싶어하는 기미가 아주, 아주, 아주 역력했는데도. 엄마가 아기의 머리를 쓰다듬었다. "착하지." 그러더니 마세예즈를 돌아보았다.

"잘 지냈어 마리오네타?" 브로나는 웃고 있는 것처럼 보였다. 마세예즈를 비웃는 것 같았다. 어쨌든 마세예즈에게는 그렇게 보였다. 마세예즈는 기분이 좋지 않았다. "나 못 알아보겠어?" 도저히 못 알아볼 수 없고 아무도 막을 수 없는 브로나 매케이브가 물었다.

마세예즈가 브로나를 쳐다보았다. 브로나 매케이브는 모두의 예상대로 IRA 왈패가 되어 발목까지 더러운 물에 잠겨 있을 게 거의 확실한데도, 키스 자국이 있는 목덜미, 긴 다리, 당당한 모습에 무언가, 도무지 참기 힘든 무언가가 있었다. 게다가 발목이 더럽지도 않았다. 그 점은 마세예즈가 이미 확인했다.

"반갑다 브로나." 마세예즈가 겨우 입을 열었다.

브로나는 고개를 뒤로 젖히고 웃었다. 마세예즈는 그 웃음이 기억났다. 그 웃음소리를 들으면 선생님들이 비명을 지르던 것. 브로나 매케이브는 온갖 것에 웃음을 터뜨렸다. 요리 시간에 오븐에서 탄 빵, 창밖으로 떨어진 화분, 바퀴벌레, 멍, 몸. 마세예즈는 브로나처럼 웃어본 적이 없었다. 자기 삶에서 그런 일은 있을 수가 없었다.

브로나가 한걸음 더 가까이 다가오자 마세예즈는 자기도 모르게 물러섰는데, 뒤쪽에는 경찰 통제선이 있고 앞쪽에는 금발 아이들이 반원 모양으로 늘어서서 놀고 있어 빠져나갈 길이 없었다. 한 아이는 가게 창문에 대고 물구나무를 서려 하고 한 아이는 막대사탕 막대로 땅에서 흙을 파고 있었다. 이 아이들이 브로나의 세쌍둥이 중 둘인데 또다른 하나는 저쪽에서 가시철조망 한덩이를 집에 가져가려고 굴려오고 있었다. 또다른 쌍둥이 형제는 길 한쪽의 시멘트 블록을 들어내려고 낑낑댔다.

마세예즈는 혼신의 힘을 기울여 미소를 지었다. "이제 가봐야겠다. 가야 해. 여기 있을 수가 없어. 옆길로 빠져나갈 수 있을……"

"못 가." 브로나가 헨리 조이의 손에서 가시철조망을 뺏으며 말했다. 그러다 잘못해서 헨리 조이의 옷이 북 찢겨나가고 있었다. "그쪽으로는 못 가. 폭탄이 그쪽에 있어."

브로나는 한 손으로 마세예즈 접을 소스라치게 놀랄 정도로 세게 잡으면서 다른 손으로는 베이비 울프 톤의 콧물을 살살 닦았다.

"가짜 위협일지도……" 마세예즈가 입을 열었다.

"아냐." 브로나가 말했다. "폭탄이야."

브로나는 마세예즈 접을 경찰과 군인이 모여 있는 곳 반대쪽으로 끌고 캐슬 스트리트로 데려가더니 다시 웃었다. 마세예즈는 주위를 둘러보았지만 재밌는 것은 전혀 안 보였다. 베이비 울프 톤의 우유병이 다시 '팅' 하고 울렸다. 마세예즈는 깜짝 놀라서 떨리는 손으로 이마를 쓸었다. 어쩌면 경찰에게 가서 자기 남편이 누구인지 말하면 보내줄 것도, 손을 써서 통과시켜줄 것도 같았다. 마크스 앤드 스파크스에 살짝 들러, 남편한테는 늘 직접 만든 척하며 내놓는 호두와 캐슈 소스를 살 수도 있을 것이다. 어쩌면 경찰이 누군가를 불러 마세예즈가 장을 볼 수 있게 도와주라고 하고, 다음에는 — 안될 게 뭔가? — 집까지 태워다줄지도 모르는 일이었다. 아, 술집에 먼저 들르지만 않았더라면.

"한잔 어때?" 브로나가 마세예즈 앞에 몸을 들이밀며 말했다.

마세예즈는 충동을, 안 믿기겠지만, 너무 늦기 전에 브로나 매케이브에게서 벗어나야 한다는 건강한 충동을 느꼈다. 그런데 그러지 않았다. 술 이야기를 들은 이상 자리를 뜰 수가 없었다. 한잔 정도는 괜찮겠지, 생각했다. 상황에 도움이 될지도 모르고. 마세예즈는 말없이 브로나의 말을 따랐고 심지어 옛 지인과 금발머리 아이 여섯을 앞질러 먼저 퀘스천마크 술집으로 들어가기까지 했다.

금세 마세예즈, 브로나와 꼬마 매케이브들이 벽감 테이블에 둘러앉았다. 술집에서 유일한 벽감 테이블인데 안쪽 깊숙이 있었다. 눈 깜짝할 새 코카콜라 다섯잔(순식간에 비워지거나 쏟아졌다), 테이토 감자칩 빈 봉지 여섯개, 땅콩 껍데기, 마세예즈가 마실 진토닉 더블과 브로나가 마실 샌디* 반잔이 테이블 위에 놓였다. 바텐더가 못마땅한 기색으로 베이비 울프 톤의 우유병에 레모네이드를 넣어서 가져왔다. 브로나가 우유병을 아기에게 주자 아기는 병을 카펫에 던졌다. 다시 주워주었다. 또 던졌다. 다시 주웠다. 다시 던졌다. 다시 주워주면서 이번에는 브로나가 낮은 소리로 부드럽게 경고했다. 아기는 즉시 집어던지기를 멈췄다. 브로나가 아기를 쓰다듬어준 뒤 다시 벨벳 소파에 몸을 기대고 한숨을 쉬며 주위를 둘러보았다. 아주, 아주 만족스러워 보였다. 마세예즈는 다리를 꼬고 술잔을 들었다.

* 맥주와 레모네이드의 혼합주.

"그래 마리오네타——"브로나가 말을 꺼냈다.

"제발 브로나."마세예즈가 이날의 네번째 더블을 비우며 낮은 목소리로 말했다. "나 이제 마리오네타 아니야. 남편이 결혼 전에 바꾸라고 했어."목소리를 더 낮추었다. "내 이름이 무슨 뜻인지 말해주면서."* 브로나는 재미있다는 표정이었다.

"넌 무슨 뜻인지 알았어?"마세예즈는 빈 잔을 테이블 위에 올려놓으며 더 마실 게 없다는 사실에 고통을 느꼈다.

"대략은 알았어."브로나가 말했다. 브로나는 몸을 돌려 바텐더를 보았다. "여기요, 여기 친구한테 한잔 더 갖다줘요. 빨리요."

"그래 지금 이름은 뭐야?"브로나가 마세예즈를 돌아보며 물었다.

"마세예즈."**

브로나가 빤히 봤다.

"프랑스어야."마세예즈는 설명하면서 잠시 행복해 보였으나 그건 아주 잠깐이었다. "남편은 그 이름도 싫어해."마세예즈가 덧붙였다. "나더러 일부러 그러는 거냐고 하면서. 뭘 일부러 한다는 건데? 내가 물었지. 그런데 대답을 안해. 그냥 밖으로 나가면서 문을 쾅 닫아버리더라."

마세예즈의 눈에 눈물이 고이고 몸이 소파에 더 깊이 파

* 마리오네트. 줄을 달아 조종하는 인형.
** '마르세유의 (노래)'라는 뜻의 프랑스 국가.

묻혔다. 브로나가 샌디를 한모금 마셨다.

"뭐, 더 나쁜 이름도 있을 수 있잖아 마리오네타." 브로나가 말했다. "'신이여 여왕을 보호하소서'*라든가……" 브로나가 옛 친구를 곰곰이 보면서 말했다. "네 상황에서는, 지금은 '전사의 노래'**가 좀 위험할 수도 있겠다." 마세예즈는 멍한 표정이었다.

"우리는 전사다……" 아이들이 「전사의 노래」를 부르기 시작했다.

"지금은 안돼 얘들아, 여기서는 안돼." 브로나가 아이들을 쳐다보지도 않고 말했다.

아이들은 바로 노래를 멈추고 찾을 수 있는 빈 과자봉지를 다 모아서 뻥 터뜨리며 놀았다. 브로나는 베이비 울프 톤이 기어나올 수 있게 유아차를 잡아주었다. 밖으로 나온 베이비 울프 톤은 신이 나서 형들하고 같이 놀려고 세걸음에 한번씩 엎어지며 달려갔다.

"폭탄은 못 찾을 거야." 새로 들어와서 바에 앉은 손님이 말했다. "쇼핑몰 어디 있을지 어떻게 알아. 뉴스 소리 키우고 우리 테넌트 한잔씩 줘요."

"이제 가봐야 할 것 같아." 마세예즈가 말했지만 자기 앞에 놓인 새 진에 눈이 갔다. "그러니까……" 마세예즈가 망설였다. "이것만 마시고." 잔을 들었다. "오늘 저녁에 특

* 영국 국가.
** 아일랜드 국가.

별한 음식을 준비해야 해 — 소고기 전사분체*를 사오래. 크리올 뭐하고 감자 뭐하고 또 디저트로 먹을 뭐하고 사오라고 하더라고." 잔을 이마에 문질렀다. 이렇게 웅얼거렸다. "근데 상점이 문을 닫았어. 내 탓이 아냐. 내가 폭탄을 설치한 것도 아닌데!"

"당연히 아니지!" 브로나가 외쳤다. "폭탄은 폭탄이니까."

"그래, 하지만 브로나, 그게 문제가 아니야. 남편이 문제지. 남편이 화를 낼 거야. 토요일마다 친구들을 초대하거든. 토요일에는 특히 화를 내. 게다가 친구들이, 알지, 다들 꼭 그 사람 같아. 다들 거기……" 마세예즈가 동석자를 곁눈으로 보았다. "사무실에서 일해." 브로나가 고개를 끄덕였다.

"남편 말이 나 때문에 창피하대. 사람이 물건 사는 걸 잊을 수도 있지." 마세예즈의 말에 브로나가 혀를 끌끌 찼다. 브로나도 잔을 집었지만 손에 들고만 있었다.

"남편 이름이 뭐야?"

"퍼……" 마세예즈가 입을 열었다.

"피어?" 브로나가 한쪽 눈썹을 치켰다.

"피어스라고. 이름이 피어스야 — 접 — 아니 저 — 그러니까 제 — 자……"

브로나는 말없이 기다렸다.

---

* 도축하여 손질한 소를 크게 네덩어리로 나눈 것의 앞다리 부분.

"머피. 피어스 머피."

마세예즈가 크게 한숨을 내쉬었다. 퍼시벌이 자기에 대해 말하고 다니지 말라고 엄하게 일렀는데 그것도 이제 신물이 났다. 다들 마세예즈를 믿지 못할 사람이라고 생각할 것 같았다. 심지어 마세예즈의 어머니 장례식 때에도, 차를 몰고 본에 갔다고 며칠 동안이나 뭐라고 해댔었다. 마세예즈의 붉은 눈가에 눈물이 고였다. 남편은 일을 지나치게 중시해, 마세예즈는 생각했다. 나보다 훨씬 ─푸른곰팡이 핀 썩을 놈─ 중시한다고.

"그래 네 남편 피어스 머피는 무슨 일을 해?" 브로나가 물었다.

"영업사원." 자동으로 대답이 나왔다. 보라. 마세예즈도 조심할 줄 안다. 시키는 대로 할 줄 안다.

"그럴 줄 알았어." 브로나가 말했다. "네가 영업사원하고 결혼했다는 소문 들었어."

브로나가 손을 뻗어 마세예즈의 핸드백을 집었다. 마세예즈는 술잔을 집어드느라 그런 일이 일어나는 걸 자기는 못 봤다고 생각했다. 술집 문이 쾅 하고 열렸다.

"다들 나가!" 경찰이 문 안으로 들어오며 고래고래 외쳤다. "통제구역이 확장됐다. 술 놓고 일어나!"

다들 술잔에 손을 뻗었다. 경찰은 얼굴을 일그러뜨렸다.

"너-무 슬퍼." 마세예즈가 말했다. "결혼은 신성한 의-의-식……" 마세예즈가 말을 멈추고 눈살을 찌푸리더니 다시 술을 홀짝였다. 브로나는 경찰을 흘긋 보고 계속해서 마세예즈의 가방 안을 뒤졌다. 편지봉투 두개를 꺼내 위에 적힌 이름과 동벨파스트 주소를 외웠다. 마세예즈는 혼자 고개를 주억거리고 있었다. 머릿속에서 저 멀리 달아나버린 생각의 줄기를 따라가고 있었다. 그 꼬리만 겨우 잡고서는 소리 내어 탄식하며 외쳤다.

"내 결혼은 끝났어!"

마세예즈가 다시 땅이 꺼져라 한숨을 쉬었다.

브로나는 아무 말도 하지 않았다. 가방 안감을 더듬어보고 있었다.

"내 말은," 마세예즈가 말을 이었다. "남편이 그런 말투로 '당신네 동네'라고 할 때 그게 무슨 뜻인지 알아? 한번 맞혀봐! 됐어, 필요 없어. 내가 말해줄게. '당신이 죽었으면 좋겠어'라는 뜻이라고. 그런 말인 거야. 날 미워해. 의문의 여지가 없다고! 남편은 내가 죽기를 바라."

브로나가 가방 뒤지기를 마치고 동석자를 쳐다보았다.

"당장 안 나가면 모두 체포하겠다!" 경찰의 목소리가 더욱 우렁차졌다. 경찰이 주먹으로 바를 내리쳤다. 사람들은 그게 자기 생의 마지막 잔인 양 술을 벌컥벌컥 들이켰다. 그런 다음 술을 더 시켰다. 새로 시킨 잔이 마지막 잔이 될지도 모르기 때문이었다.

"한가지 더 있어……" 마세예즈가 우는 소리를 했다. 아, 마세예즈는 너무나 울적했다. 세상이 너무 잔인했고 살아가는 게 고통이었다. 아무도 자기를 이해해주지도 자기가 어떻게 되든 걱정하지도 않았다.

잠시 뒤에 브로나가 가방을 닫고 조용히 두 사람 사이 소파에 다시 올려두었다. 마세예즈는 터져나오는 울음을 삼켰다.

"내 인생에 무슨 의미가 있어?"

브로나가 자기 잔을 잡았다.

"두둑한 보상금 같은 건 어때?"

브로나는 평범하기 그지없는 이야기를 하듯이 조용히 천천히 말했다. 게다가 동석자를 보는 게 아니라 바깥쪽을 보고 앉아 있었다. 마세예즈는 눈을 깜박였고 눈에 매달려 있던 눈물방울 두개가 납덩이처럼 테이블 위에 떨어졌다.

"그러자면 남편이 죽어야겠지." 브로나가 말했다. "임무 중에, 아니면 적어도 임무의 연장선이라고 할 만한 때여야 할 텐데. 난 그런 거 잘 몰라. 넌 아니?" 브로나가 소파에 몸을 기댔고 두 사람 다 앞쪽을 바라보았다.

"환장하겠네!" 경찰이 외쳤다. "얘들 누구 애야?"

꼬마 매케이브들이 경찰에게 기어오르고 소리를 지르고 주위를 빙빙 돌자 경찰이 보호자를 찾으려고 사방을 둘러보았다. 그때 베이비 울프가 피곤해져서 아장아장 걸어 엄마한테 갔다. 경찰은 술집 안쪽 벽감 자리에 앉아 있는 여자를 뚫어져라 봤다. 나이는 이십대 중반쯤에 금발이었고 자세히 보니 분명 전에 본 적이 있는 사람이었다.

브로나는 아이가 품으로 기어들자 하품을 하는 아이를
안아 살살 얼렀다.

"네 남편 친구들 말이야." 브로나가 바깥쪽을, 이제는
경찰을 똑바로 쳐다보며 말했다. "얘기 좀 해봐. 그 사람들
도 영업사원이야?"

"응." 마세예즈의 목소리가 높아졌다.

"몇명이야? 작게 말해."

"넷 ― 다섯, 퍼시벌까지 합해서."

"계급은?"

"경위 두명, 경사 세명. 가끔, 아주 드물게 경감도 들러."

"토요일마다?"

"응."

"시간은?"

"7시에서 7시 반에 모여 늦게까지."

"늦게 몇시?"

"새벽 2시, 3시."

"왜 다른 영업사원들처럼 사교 클럽에 가질 않고?"

"퍼시벌 말이 사교 클럽에는 5급 쓰레기하고 얼간이하
고 따분한 작자 들뿐이래."

침묵이 흘렀다. 베이비 울프의 눈이 감기기 시작했다.
브로나는 자기를 쳐다보고 있는 경찰을 계속 쳐다보면서
말했다.

"너희 집 얘기 좀 해봐, 마리오네타."

마세예즈의 얼굴이 환해졌다. 신이 나서는, 영국에서 구입해서 공수한 모조 모조대리석 부엌 조리대, 일광욕실의 모조 모조 오뷔송 카펫, 모조 모조 덴턴 샹들리에, 모조 모조 자케 타방 의자, 단 하나뿐인 진짜 모조 로스 그린들링 침대 등에 대해 떠들면서 집의 구체적인 구조도 같이 설명했다. 입구, 출구, 사각지대, 진입로, 도로나 다른 시설 접근성 등. 브로나는 귀 기울여 들으며 마세예즈가 숨을 고를 때마다 고개를 끄덕였다.

"저녁 모임을 하는 식당은 집 뒤쪽에 있어. 부엌문에서는 왼쪽, 현관문에서는 오른쪽, 어느 문으로 들어오느냐에 따라." 마세예즈는 마지막 남은 술을 비우고 아랫입술을 핥았다.

"멋지다." 브로나가 말했다. "대단해." 브로나가 자리에서 일어나 아이들을 부르고 잠든 아기를 유아차 안에 눕혔다.

"브로나 이매큘라타 매케이브." 경찰이 성큼성큼 다가왔다. "1979년 폭탄 테러 공모? 1975년 미성년자 총기 사용? 1978년 중상해 — 아니야? 내가 빠뜨린 게 또 뭐가 있더라?"

브로나가 유아차 쪽으로 숙였던 몸을 펴고 환하게 웃었다.

"흑. 그땐 어릴 때였어요. 철이 없어서 제가 무슨 짓을 하는지도 몰랐죠. 지금은 알아요."

경찰이 아이들을 슥 보더니 으름장을 놓았다.

"저 폭탄에 애들이 날아가면 그땐 정신 차리겠지. 나야 나중에 쟤들을 총으로 쏘지 않아도 되니 좋고." 경찰이 발로 유아차 바퀴를 툭 차자 베이비 울프 톤이 잠에서 깨어 눈을 비비며 쳐다보았다.

브로나는 유아차 옆에 느긋하게 서서 경찰의 시선을 마주 받았다.

"흐음. 흥미롭네요. 하지만 나중에는 경관님이 없을 수도 있죠. 업무를 보는 도중에 갑자기 펑! 터져서 아무것도 못하게 될지도 모르고, 이런, 혹시 또 알아요? 이미 죽은 목숨일지."

경찰의 손가락이 권총집 위에서 움찔거렸다. 브로나는 그 동작을 보고 웃었다. 브로나에게는 정말 모든 게 다 우스운 일이었다. 계속 웃으면서 브로나는 어깨 위에 얹힌 풍성한 머리채를 등 뒤로 넘겼다.

"지금 당장 체포할 수도 있어." 경찰이 말했다.

"무슨 죄로요?" 브로나가 말했다. "여기 친구랑 종일 같이 있었는데요."

두 사람이 같이 마세예즈를 돌아보았는데, 마세예즈는 브로나의 입술이 움직이는 것을 몽롱하게 보고 있었다. 마세예즈는 브로나가 경찰에게 뭐라 말을 하는 동안 브로나가 말하는 방식을 보면서 브로나의 색기를 흉내 내어 입을 뻐끔거리며 살짝 숨을 들이마시듯 말하는 연습을 했다. 자기도 그렇게 여유롭고 느긋해질 수 있을 거라고 생각했다. 자기도 브로나처럼 아무 걱정 없이 태평하게 웃을 수 있을 것이다. 그렇게 해보았다. 잘 안되었다. 어깨에 얹힌 풍성한 머리카락을 뒤로 넘기려 해보았다. 그것도 잘 안되었다. 마세예즈한테는 풍성한 머리카락이 없었다. 마세예즈가 그러는 모양을 브로나와 경찰이 빤히 보다가 자기들도 모르게 서로 마주 보았다. 꼬마 매케이브들이 킥킥 웃기 시작했다. 브로나가 먼저 정신을 차렸다.

"불쌍한 남편 때문에 그래요." 브로나가 설명했다. "아주, 아주 심각하대요. 살날이 얼마 안 남았어요."

경찰이 고개를 끄덕였다. 그러면서도 미지의 술꾼을 신문하려고 몸을 돌렸다. 그러나 술기운이 밴 거대한 눈물방울을 보고는 머뭇거렸다. 굵고 영롱하고 당장 주르륵 흘러내려 테이블 위에 떨어질 것 같은 눈물방울이었다. 경찰이 미처 몸을 피하기 전에 술꾼이 손을 뻗어 경찰의 옷자락을 잡았다.

"아 경관님! 난 정말 정말 정말 정말 —"

"놔!" 경찰이 손을 쳐냈다. 마세예즈는 소파에 다시 축 늘어졌고 얼굴은 무너져내렸다. 눈물방울이 화장을 지우며 흘러내려 앞섶에 떨어졌고 경찰은 얼른 안전한 곳으로, 동료들이 있는 문가로 가려고 서둘렀다. 브로나가 다시 웃음을 터뜨렸다.

"윽, 너 진짜 웃긴다 마리오네타." 브로나가 말했다. "하지만 종일 포복절도만 하고 있을 수는 없지. 할 일이 있어."
몸을 숙였다. "아무튼 우리가 이야기한 거 잊지 마. 내가 너
라면, 토요일에는 외출할 거야. 밤에. 다음 주부터 당장. 취
미 활동이나 그런 거 해. 무슨 말인지 알아?"

마세예즈는 쳐다보지 않았다. 그때, 브로나가 나가려고
유아차로 몸을 돌린 순간, 옆 도로에서 폭탄이 터졌다. 경
찰들이 문밖으로 달려나갔고 무전 소리가 지지직 울렸다.

"간다 마리오네타." 브로나가 말했다. "잊지 말고 ─ 빙
고나 그런 거 하러 가."

마세예즈가 마른 아랫입술을 핥았다.

"난 오페라가 좋아." 마세예즈는 이 말을 마지막으로 한
잔 더 주문하러 비틀거리며 바로 갔다.

술병, 1987년

나는 진을 AA* 모임에서 만났다. 처음 간 날이었다. 진도 그날이 처음이었다. "안녕." 진이 인사했다. "안녕." 나도 인사했다. 우리는 마주 웃고 나란히 앉았다. 모임이 끝난 다음 진이 나를 보며 다시 웃었다. "카페 같은 데 가서 커피 한잔 하면서 얘기나 할까?" 진이 말했다. "좋아." 내가 말했다. 그래서 우리는 카페로 가서 커피를 마시며 이야기를 했다. 다음에 내가 제안했다. "커피 한잔 더 할래진?" 그리고 다음에는 진이 "커피 한잔 더 할래 어밀리아?"라고 제안했고 그렇게 예의 바르게 이야기를 주고받다가 동시에 이런 생각을 떠올렸다. 아! 커피 말고 술을 한

---

* Alcoholics Anonymous(익명의 알코올중독자들). 알코올중독 문제를 해결하고 회복을 돕는 자조모임.

잔 하는 건 어떨까? 우리는 감탄하며 마주 보고 어깨를 으쓱하고는 바로 옆에 있는 술집으로 갔다. 늘 바로 옆에 술집이 있었다. 웨이터가 더블 두잔을 내려놓았다. "와 고맙습니다." 우리가 말했다. "여기 돈 있어요. 그리고 똑같은 걸 이십분에 한번씩 가져와요."

우리는 공통점이 많았다. 와인을 좋아했지만 진, 보드카, 제임슨 위스키도 마셨다. 가끔 술집이 문 닫을 시간에 뭘 먹고 싶을 때가 있었다. 드문 일이긴 하지만. 그러면 좋은 샤블리나 샤토뇌프뒤파프를 사서 주류 반입이 되는 싸구려 식당에 갔다. 웨이트리스가 눈을 동그랗게 뜨며 이렇게 말하곤 했다. "그 돈을 주고 와인을 사요? 와인 한병에? 피자가 더 싸겠어요!" "당연히 더 싸죠." 우리가 대답했다. 보통 식사 도중에 우리 둘 중 한 사람이 뭐든 한병 더 사오려고 바로 옆에 있는 주류판매점에 갔다. 늘 바로 옆에 주류판매점이 있었다.

진은 켈리와 같이 살았다. 켈리는 잘생겼지만 제정신일 때가 거의 없었다. 내가 그 집에서 잔 어느날 아침(그럴 때가 많았다) 켈리가 숙취로 몽롱한 상태로 출근하려고 느지막이 일어났다. 켈리가 여기저기 부딪혀가며 현관문 밖으로 나간 다음에 진과 나도 일어나서 게슴츠레한 눈으로 비틀거리며 거실로 갔다. 우리는 소파 양 끝에서 눈을 가늘게 뜨고 마주 보았다.

"차 한잔 할까?" 내가 겨우 입을 열었다. "아니면 커피?"

진이 지끈거리는 머리를 감싸쥐며 말했다. "물 한잔?" 나
도 내 머리를 감싸쥐며 말했다. "뜨겁게, 레몬 넣어서." 진
이 덧붙였다. "그거 좋겠다." 우리 둘 중 한 사람이 웅얼거
렸다. 아무도 움직이지 않았다. 그때 내가 말했다. "어젯밤
술 남은 거 있어?" 진이 고개를 저었다. "켈리가 다 마셔버
렸을걸." 진이 말했다. "한모금 정도는 남겨둘 것이지." 내
가 말했다. "내 말이." 진이 말했다. "그랬어야지." 우리는
좀더 그렇게 앉아 있었다.

"주류점이 몇시에 —"

"11시."

우리는 시계를 봤다. 시계가 멈춰 있었다. 가운데가 갈
라졌고 누군가의 핏방울이 말라붙어 있었다. 진은 벌거벗
은 채로 기어가서 속옷과 빈 병과 현관문 맞은편 창가에
아마도 몇년째 쌓여 있는 더러운 콘돔 더미 사이에서 손목
시계를 찾았다. 나는 얼굴을 찌푸리며 내 회중시계는 어디
있을까 생각했다. 돌아가신 아빠의 오래된 회중시계를 내
가 물려받았었다. 어디에 두었을까? 생각이 안 났다. 진이
자기 시계를 집었다. "이분 남았다." 진이 말했다. 우리는
그제야 팔다리를 움직이기 시작했다. 내 팔다리에 멍이 크
게 들어 있는 게 보였다.

바로 옆에 있는 가게 문이 열리자마자 들어갔다. "좋
아." 우리는 안도의 한숨을 쉬면서 와인을 구경했다. 고급
와인. 진은 클라레를 좋아했다. 나는 다른 게 없으면 그것

도 마시지만 화이트와인을 더 좋아했다. 이번에는 진이 고를 차례였다.

"네가 골라 진." 내가 너그럽게 말했다. "고마워." 진이 웃으며 가장 좋아하는 와인을 집었다. 우리는 바로 옆 진네 집으로 돌아가서 마셨다. "이제 좀 낫다." 우리가 말했다. "한병 더 할까?"

"이번엔 네가 골라." 우리가 다시 옆 가게로 갔을 때 진이 친절하게 말했다. 나는 그라브와 푸이퓌세를 한병씩 들고 뭘로 할까 고민했다. "어렵네." 진이 숨을 들이마시며 말했다. "아 진짜 어렵다. 확연히 드라이 드라이한 거냐 아니면 확연히 프루티 드라이한 거냐? 알겠다. 둘 다 사자." 나는 감탄했다. "그럴 돈 있어?" 내가 말했다. "월세 낼 돈 있어." 진이 말했다. "나도." 내가 말했다. 우리는 웃으며 옆집으로 갔다. 술을 마셨다. "아침 조금 먹을까?" 진이 입을 훔치고 병을 내려놓으며 말했다. "아니면 한병 더?" 내가 말했다. "있잖아 진, 이렇게 하면 어때? 가서, 사서, 가지고 와서, 여기 놓고, 토스트를 먹고 — 다음에 마시는 거?"

"와!" 진이 자기 코트를 찾으며 말했다. 그러다 자기가 코트를 아직 입고 있다는 것, 아직도 코트 아래는 벌거벗은 상태라는 것을 깨달았다. "그런데 어밀리아." 진이 동작을 멈추고 걱정스러운 얼굴로 말했다. "어쩌면 우리 두병을 사야 할지도 모르겠어." 나는 진이 하는 말의 타당성을 바로 알 수 있었다. "진gin도 한병 살까?" 내가 말했다. "레몬하고?"진이 제안했다. "비타민 C 필요하지." 내가 말했다. "잘라서 넣자." "얼음도 넣을까?" 진이 물었다. "그럴 시간이 없어." 내가 대답했다. 우리는 옆 가게로 갔다.

켈리가 일과를 마치고 집에 왔다. 겨울이었고 컴컴한 밤이었다. 밤이 아니라도 컴컴했을 것이다. 우리는 커튼을 걷고 창문을 열고 환기하는 걸 또 까먹었다. 켈리는 술이 깨서 기분이 좋지 않았다. 진과 나는 무척 행복했다. 켈리가 현관에 공구상자를 내려놓고 거실 쪽을 보며 성질을 냈다. 우리는 인사를 할 생각이었는데 까먹었다. "나 잘렸어." 켈리가 말했다. 우리는 웃었다. "웃을 일 아냐." 켈리가 말했다. 우리는 더 큰 소리로 웃었다. 켈리는 부엌으로 가서 쿵쾅거리기 시작했다. 우리는 계속 마시며 세상의 온갖 웃기는 일을 두고 웃었다.

"그래 너 어젯밤에 어떻게 들어왔어?" 진이 갑자기 물었다. "내가 나갔었어?" 내가 되물었다. "우리 전에 이 이야기 한 적 있나?" 진이 말했다. "기억 안 나." 내가 말했다. "너랑 같이 간 여자 누구야?" 진이 물었다. "여자라고?" 내가 되물었다. 진은 대답하지 않았다. "여자라고 했어?" 내가 더 큰 소리로 물었다. "여자였던 것 같아." 진이 말했다. "여자였어?" "모르겠어." 내가 말했다. "내가 물었잖아!" "네가 물었잖아!" 진이 말했다. "네가 알아야지!" 우리 둘 다 마셨다.

"남자였을지도 몰라." 이제 진이 자신 없이 말했다. "남자였을 수도 있어. 그 덩치 큰 사람—알지, 그 못생긴 사람?" 나는 진을 쳐다봤다. 진이 고개를 끄덕였다. "그래, 맞아." 진이 말했다. "술집에서." 나는 얼굴을 찌푸렸다. "내가 어젯밤에 어떻게 들어왔지?" 내가 물었다. 진은 대답하지 않았다. 듣고 있지도 않았다. "내가 어떻게 들어왔냐고!" 내가 소리쳤다. "내가 어떻게 알아!" 진이 소리쳤다. "네가 대답해줄 수도 있잖아!" 내가 외쳤다. "내가 왜 그래야 해!" 진이 소리쳤다. "나 너한테 관심 쥐뿔도 없어!" "흥 나도 너한테 관심 쥐뿔도 없어!" 우리는 말없이 술을 마셨다. 진은 등을 돌리고 자기 병에 손을 뻗어 한잔을 더 따랐다. 그래서 나도 등을 돌리고 내 병에 손을 뻗어 한잔 더 따랐다. 진이 혀가 풀리기 시작했다는 걸 알 수 있었다. 진은 요새 너무 빨리 취했다. "너 그거 알아?" 진이 말했다. "너 혀가 풀렸어 어밀리아. 그리고 잔을 제대로 들지도 못하네."

켈리가 거실로 들이닥쳤다. 우리는 켈리가 부엌에서 근사한 라자냐를 만들고 있기를 바랐는데 그렇진 않았다. 우리 착각이었다. "부엌이 엉망이야!" 켈리가 소리를 질렀다. "사방이 더러워. 니들은 맨날 술 마시고 토스트를 태우는 거 말고 아무것도 안하지." 켈리가 거실을 둘러보며 두 팔을 쳐들었다. "여기 꼴 좀 봐!" 우리는 봤다. 우리 눈에는 괜찮아 보였다. "치울게." 그런데도 이렇게 말했다. 나는 내가 앉은 소파 옆쪽으로 몸을 숙여 거기 있는 쓰레기를 어둑한 구석으로 밀었다. 진은 자기가 앉은 쪽에서 옆으로 몸을 숙이고 카펫 위에 있는 먼지투성이 LP를 집었다. 뭔가로 먼지를 닦은 다음에 그걸 넣을 데가 있나 찾아보았다. 아무것도 없자 그냥 원래 있던 자리에 다시 내려놓았다. 그 모양을 보고 있던 켈리가 안락의자에 푹 주저앉았다. 이렇게 이른 시간에 그러는 건 드문 일이었다.

"니들은 늘 똑같아." 켈리가 말했다. "다른 사람 생각은 절대 안하지. 니들이 밤새 마실 만큼 술이 충분한가 말고 다른 건 관심도 없어. 그다음에는, '좋아, 그런데 내일까지 충분한가?'밖에는 관심 없고." 켈리가 의자에서 삐진 듯 움찔거렸다. "니들은 내 생각은 안해." 켈리가 말했다. "난 맨날 나 혼자 사서 나 혼자 마셔야 하고 아니면 페드로랑 브로드스키랑 마셔야 하는데." 진과 나는 페드로와 브로드스키가 누군지 몰랐지만, 어쨌거나 서로 마주 보며 미안함을 느꼈다.

"이런 이런 자기야," 진이 비틀거리며 가서 켈리 위에 쓰러지며 말했다. 진이 켈리의 무릎 위에 앉았다. 뺨에 입을 맞췄다. "정말 미안해." 입에 입을 맞췄다. "오늘 힘들었어?"

"나 잘렸어." 켈리가 말했다. "이런!" 진이 말했다. "어떡하니!" 진이 다시 입을 맞췄다. 이번에는 천천히, 혀를 넣고 한 손으로는 켈리의 머리카락을 쓸고 다른 손으로는 아래쪽 단추를 끌렀다. 켈리는 눈을 감고 신음하며 키스를 받으면서 한 손을 진의 가슴으로 가져갔다. "이거 마셔." 내가 진을 넉넉히 따르며 말했다.

"이렇게 하자." 진이 간신히 일어서며 말했다. "넌 여기 앉아서 마시고 있어. 내가 옆집에 가서 더 사올게." 진이 자기 지갑을 가리키길래 내가 내 지갑하고 같이 던져주었다. 내일 일도 생각해야 했으니까.

"일은 어땠어?" 진이 나간 다음에 내가 물었다. "잘렸어." 켈리가 말했다. "아 진짜 안됐다." 내가 말했다. "정말 충격 받았겠다 어쩌다 그렇게 됐어?"

"내가 그애 아빠 아닌 것 같아." 켈리가 말했다. "무슨 애?" 내가 말했다. 그러다가 생각이 났다. "아 그—당연히 네가 아빠지. 진이 너한테 그런 짓을 하진 않아." 켈리는 미심쩍은 얼굴이었다. 나도 마찬가지였다. 나는 한잔을 더 따랐다. "검사를 해볼 수도 있어." 켈리가 말했다. "확실히 알아보려면." 켈리의 얼굴이 일그러졌다. "적어도, 아마 검사를 해볼 수 있을 거야. 검사를 할 수 있나……?"

"자." 내가 잔을 건넸다. 켈리가 잔을 받았다. 우리는 술을 마셨다. "너 일은 어떻게 됐어 어밀리아?" 켈리가 물었다. "몰라." 내가 말했다. "생각이 안 나."

진이 돌아왔다. 진이 진 술병과 켈리가 마실 맥주캔을 내려놓았다. 진과 나는 다른 마실 게 없을 때가 아니면 캔 맥주는 마시지 않는다. 이제 다들 기분이 아주 좋아져서 같이 웃었고 켈리가 스틸리 댄*을 틀었다. 잠시 뒤에 LP가지지직거리기 시작했다. 들을 만했다. 그대로 두었다.

"그래 너 어젯밤에 어떻게 들어왔어?" 진이 빈 잔을 내려놓고 병에 손을 뻗으며 물었다. "내가 나갔었어?" 내가 되묻고 잔을 비운 다음 진에게 내밀었다. 진이 술을 따랐다. "우리 전에 이 이야기 한 적 있나?" 진이 말했다. 나는 술을 채운 잔을 받았다. 잔을 보았다. "기억 안 나." 내가 말했다. 우리는 길게 들이켰다.

* 미국 록·재즈 퓨전 밴드.

전쟁 경련, 1988년

"정말 끝내주는 섹스를 했을 때 말이야." 브로나가 어밀리아가 자기 집 뒷문으로 들어오자마자 어밀리아를 꽉 붙잡으며 말했다. 브로나는 시간이 없었고 빨리 끝내야 했다. 평생 어밀리아를 보고 이렇게 반가웠던 적이 없었다. 브로나가 말을 이었다. "……정말 끝내주는 섹스를 하고 그냥 웃고 또 계속 웃고 싶을 때 ─ "

"무슨 소리를 하는 거야 브로나?" 어밀리아가 말을 끊었다. 어밀리아는 얼굴을 찌푸리고 있었는데, 취한 상태였다. 알코올에 취한 것은 아니었다. 어밀리아 러빗이 술을 안 마신 지 1년하고 1개월하고 1일이 됐다. 어밀리아는 알코올의 망령에 취해 있었는데, 늦은 오후여서 그게 마음에 안 들었고 날이 화창해서 그것도 마음에 안 들었고 복통이 어느 때보다 더 심해서 그것도 마음에 안 들었고 또 방금 브로나가 한 말도 마음에 안 들었다. 방금 브로나가 한 말이 대체 뭐였지? 벌써 기억이 안 났다. 어밀리아는 자기에게 달려드는 브로나를 살짝 밀어 몸에서 떼어내려고 해보았다. 조금 더 세게 밀면서 이렇게 말했다.

"내 팔 잡아당기지 마 브로나. 내 다리 놔줘. 왜 이렇게 당기는 거야?"

브로나는 어밀리아에게서 떨어져 똑바로 섰다. 흥분해서 자제력을 잃은 것에 놀랐다. 드문 일이었다. 브로나 매케이브는 보통 어떤 일에 대해서도 흥분하지 않는데, 오늘은 원하는 걸 얻어야 하고 그것도 빨리 얻어야 하는 날이었다. 그래도 브로나는 자제를 해냈다. 자제력을 발휘해 멈췄다. 상대에게 성급하게 겁을 주면 안되고, 브로나 자신이 더 참지 못할 때까지, 그리고 상대가 달아날 방도가 없을 때까지 기다려야 한다는 걸 알았다. 그래서 어밀리아의 팔을 놓아주고 다리도 놓아주고 천천히 느긋하게 하자고 다짐했다. 분위기를 조성하고, 어밀리아가 마음을 놓게 한 다음, 어밀리아가 마음을 놓았을 때 (그러니까 어밀리아가 '더 취했을 때') 움직여서 원하는 걸 얻을 생각이었다.

그래서 브로나는 물러서서 어밀리아를 집 안으로 들였고 어밀리아가 자유의지로, 제 발로 안으로 들어왔을 때 뒷문을 닫았다. 문을 잠근 다음, 찬장에서 진 한병과 오렌

318

지주스 한병을 꺼내 큰 잔과 함께 옛날 학교 친구 앞에 놓았다. 정말 신기하지, 알코올이 사람에게 어떤 작용을 하는지? 브로나는 생각했고 거의 웃음이 나올 뻔 ─ 아니 실제로 웃었다. 알코올은 하늘이 내린 선물이었다. 매번 효과 만점이었다. 웃음을 띤 채로 브로나는 싱크대로 몸을 돌려 감자 껍질 벗기는 일을 계속했다. 숨은 계획 같은 것은 일절 없다는 듯이 행동했다. 사실 숨은 계획이라고 할 수도 없었다. 그냥 또다른 할 일, 임무, 해치워야 할 것일 뿐이었다.

어밀리아가 부엌으로 들어왔다. 브로나의 식탁에 앉아 큰 잔에 음료를 따랐다. 그러니까 오렌지주스를 따랐다는 말이다. 현재 어밀리아의 울적하고 암울한 삶 속에서 그게 일말의 희망, 한줄기 가느다란 빛이었다. 어밀리아는 오렌지주스를 마시며 진 술병을 쳐다보았는데 1년하고 1개월하고 1일 동안 술을 안 마시면서 금단증상을 하도 많이 겪어서 다시 술에 손을 대고 싶지는 않았다. 하지만 불행히도 어밀리아의 몸과 정신 상태는 포틴에 포틴을 섞어서라도 마실 수 있을 것 같은 지경이었다. 뭘 마시든 상관없이 어밀리아는 취했다. 어밀리아가 처음 술을 끊었을 때 이런 일이 일어날 거라고, 술을 끊더라도 술 끊은 술꾼이 되지 제정신이 되지는 않을 거라고 말해준 사람은 아무도 없었다. 어밀리아가 괴상하게 행동하는 것도 그럴 만했다.

정말 어밀리아는 괴상하게 행동했다. 브로나의 집에 간

게 특히 그랬다. 어밀리아는 브로나를 5, 6년간 만나지 않았다. 아도인을 떠난 지도 5년이 되었는데 아도인에 돌아온 까닭은 소문을, 오빠에 얽힌 사실인지 아닌지 모를 소문의 진위를 확인하기 위해서였다. 하지만 어밀리아가 그런 소문에 신경을 안 썼더라면, 브로나로부터 계속 거리를 두었더라면 훨씬 좋았을 것이다. 브로나가 어떤 사람인지는 누구나 아니까. 웃기는 사람이고 파티에 가면 분위기를 띄우는 사람이지만, 절대 알고 싶지 않은 또다른 삶을 가진 사람이었다. 하지만 어밀리아는 정신이 혼란스러운 상태에서 브로나 집에 찾아가야겠다고 결심했다. 브로나는 끈이 있으니까 소문이 사실인지 확인해줄 수 있을 거라고 생각했다. 그러나 어밀리아는 지금 몽롱하고 배가 아프고 망령 알코올에 잔뜩 취한 기분이라 자기가 여기 왜 왔는지 도무지 기억해낼 수가 없었다. 부엌 식탁에 앉아 오렌지주스 잔을 만지작거리면서 생각을 가다듬으면서 식탁 위에 놓인 다른 병을 외면하는 동시에 뚫어져라 보고 있었다. 식탁 위에는 오렌지주스와 술 말고 다른 것도 있었다. 뭔지 알아볼 수는 없었다. 어밀리아는 상태가 안 좋았고 날마다 극심한 복통에 시달렸다. 게다가 브로나 집 안으로 들어온 이래로 복통이 훨씬, 훨씬 심해졌다. 그러나 어밀리아 러빗은 늘 복통에 시달리면서도 아무 조치를 취하지 않았으니 그게 병이라거나 어떤 경고라고 하기도 어려웠다.

그래서 브로나는 가정주부처럼 순진무구하게 감자 껍

질을 벗기면서 어밀리아가 취해가고 있고 잘되었다고 생
각했다. 어밀리아의 기분이 어떤지는 신경 쓰지 않았는
데 브로나다운 일이었다. 브로나는 다른 사람의 기분 따위
를 신경 쓰는 사람이 아니었다. 사실 브로나는 다른 사람
의 존재를 신경 쓰는 사람도 아니었는데 바로 그렇기 때문
에 사람을 죽이는 데 그렇게 뛰어날 수 있었다. 그리고 말
이 나와서 말이지만 그날 저녁에 브로나가 하기로 되어 있
는 일이 사람을 죽이는 일이었다. 브로나의 계획은 대략
말하자면 일단 저녁 준비를 하는 것이었다. 저녁이 되어가
는 동안 어밀리아를 덮치고 그러고 나서 애들한테 저녁을
먹일 생각이었다. 그런 다음 애들을 할머니 집에 데려다주
고, 다른 사람들을 만나서 할 일을 하고, 안가로 가서 밤새
있을 예정이었다. 다음 날 조용해진 다음에 애들을 데리고
다시 집에 오면 모든 게 정상으로 돌아갈 테고 삶이 이렇
게 딱딱 맞아들어가다니 정말 대단하지 않냐고 브로나는
생각했다. 물론 어밀리아가 등장한 일을 두고 하는 말이었
다. 브로나의 남편이 아까 전화를 해서 오늘 집에 못 들어
온다고 했다. 직장에서 일이 늦어진다고 했다. 그래서 브
로나를 도울 수가 없었다. 브로나는 격분했다. 혼란에 빠
졌다.

  당연하지만 살인을 저지르기 전까지 준비하는 과정이
사람에게 힘들 수 있는데 브로나도 예외가 아니었다. 하지
만 다행히도 브로나의 무의식은 해소 수단을 찾아냈다. 확

실한 성공이 보장된 방법이고 지금까지 매번 통했다. 사람을 죽이기 전에 인간과 강박적인 접촉을 하기만 하면 되는데, 브로나에게 최상의 방법은 주도적으로 아주 빠른 섹스를 하는 것이었다. 빠른 섹스였다. 느린 섹스가 아니라. 느린 섹스는 그 이후였다. 브로나는 자기 심리를 잘 알았다. 뭐가 자기에게 최선인지 알았다. 빠른 섹스가 최상이었고 브로나의 사랑스러운 남편이 늘 그걸 해주었는데 이번에는 사랑하는 남편이 집에 와서 봉사를 해줄 수가 없었다. 그렇다고 애들을 이용하는 건, 좋은 엄마로서 (브로나는 스스로 수천번 되새겼다) 안될 일이라 — 애들을 이용하느니 차라리 자기 음핵을 잘라버리겠다고 다짐했다. 그렇지만 뭔가 해야 했다. 시간이 없으니 빨리. 그런데 기적이 일어난 것이다. 어밀리아 러빗이 브로나의 집으로 제 발로 걸어들어왔으니.

널 보니 어찌나 반가운지, 브로나는 생각하며 당근에 손을 뻗었다. "금방 끝나." 브로나가 말하고 삭 삭 삭 삭 풍덩. 브로나는 손을 베어 피를 흘리며 껍질을 반쯤 벗긴 당근을 냄비 안에 던졌다. 으 좆같은 당근, 브로나는 나머지 당근을 바닥에 떨어뜨리며 생각했다. 애들은 감자튀김 먹으면 되지, 머리를 굴렸다, 콩하고 파이 먹어도 되고, 나중에 외할머니 집에 가서 뭐든 먹고 싶은 거 먹으면 되니까.

"브로나." 어밀리아가 아픈 배를 움켜쥐고 말했다. "내가 왜 너 보러 아도인에 왔는지 생각났어. 우리 믹 오빠가 밀고자라서 총살당한 거야?"

부엌문이 열리고 브로나의 막내인 베이비 울프 톤이 아장아장 걸어들어왔다.

"와." 아이가 입을 열자 고무젖꼭지가 입에서 떨어졌다. "아 도 와!" 아기가 말하며 하얀 판때기 같은 것에 손을 뻗었다. 하얀 판때기는 얇은 비닐로 포장된 무언가였는데 뭔지는 몰라도 무게가 정확히 5파운드였다. 길 위쪽 협동조합 슈퍼에서 일하는 피어너단 소년이 메시지와 함께 브로나에게 배달한 것이었다. 그 소년은 협동조합 슈퍼마켓에서 파트타임으로 일하고 피어너단에서는 풀타임으로 일하는데 브로나에게 식료품을 배달하는 일을 전담했다. 식탁 위에 놓인 하얀 판때기 옆에는 제일 가는 드라이버, 조그만 상자, 라이터 연료, 퓨즈 전선, 절연테이프가 있었다. 브로나는 물건들을 전부 베이비 울프의 손이 닿지 않게 안쪽으로 밀고 커다란 체크무늬 행주를 공중에 좍 펼쳐서 덮었다.

"아 도 와!" 베이비 울프가 심통이 나서 얼굴을 잔뜩 찡그리며 말했다. 혀를 한껏 내밀고 발꿈치를 들고 발끝으로 섰다.

"그래, 아가. 그래." 브로나가 물건을 더 밀면서 말했다. "착하지, 이제 가. 자." 브로나는 아이 몸을 반대 방향으로 돌려 마스 초코바 하나를 쥐여주고 목덜미를 밀어 부엌문 밖으로 내보냈다. 브로나는 아이가 형들이 있는 거실로 들어가자 문을 닫았다. 그러고는 어밀리아 쪽으로 돌아서서, 순식간에, 하려던 일을 시작했다.

어밀리아는 그런 일이 일어나리란 걸 예상하지 않았고, 그걸 막지도 않았고, 어떻게 막아야 할지도 몰랐고, 사실상 그게 그런 거라는 걸 인정하지도 않았다. 어밀리아에게는 어린아이 같은 면이 있는데 귀엽게 어린아이 같은 게 아니라 소름 끼치게 어린아이 같은 면이었다. 물론 어밀리아는 어린아이가 아니었다. 어른이었다. 브로나는 몸을 숙이고 미끄러져 와 다리를 들어올리더니 어밀리아 위에 걸터앉아 입에 키스를 했다. 그러면서 손으로 어밀리아의 상체를 더듬었다. 거미들이 어밀리아의 흉곽 위를 오갔다. 얼어붙고 뻣뻣해지고 멈췄다가 다시 위아래로 오르내렸다. 어밀리아는 거미의 움직임을 느꼈고 거미가 싫었지만 막지는 않았다. 어밀리아는 넋이 나간 상태였다. 어밀리아는 장례식에 와 있었다. 어밀리아는 장례식장에서 어떻게 해야 하는지 알았다. 어밀리아는 장례식에 간 적이 아, 정말 많았다.

"좋아." 브로나가 1단계를 끝내고 물러나며 말했다. "대단했다. 너도 그렇게 생각해?"

"뭐?" 어밀리아가 말했다. 브로나의 목소리가 멀고 먼 곳에서 들렸다.

"뭐?" 어밀리아가 바닥을 보면서 다시 말했다.

브로나는 놀랐다. 이 역시 드문 일이었다. 보통 브로나 매케이브는 어떤 것에도 놀라지 않았다. 어떻게 보면 그것이 브로나의 최고의 자산일 수도 있었다. 어떻게 보면 최대의 장애이기도 했다. 브로나는 아직 자기 아래 깔려 있는 어밀리아를 내려다보고는 이건 몰랐는데, 하며 미소를 지었다. 어밀리아 러빗은 완전히 다른 사람이 되어 있었다. 브로나가 해야 하는 일이 그렇게 어렵지 않을 것 같았다. 달래가면서 할 필요도 없었다. 처음 생각했던 것보다 훨씬 쉬워질 것 같았다. 브로나는 참지 못하고 다시 어밀리아에게 키스를 하며 이번에는 혀를 집어넣었다. 옛 학교 친구의 죽어버린 손을 붙잡았다. 친구의 손가락을 자기 팬티 안에 넣고 어밀리아가 해야 할 일을 하도록 말없이 이끌었다. 손가락이 알아듣기 시작하자 손을 놓아주고 자기 몸을 조금씩 위아래로 움직였다. 어밀리아의 어깨에 기대어 살살 부드럽게 위아래, 위아래로 몸을 움직였다. 이건 시작에 불과했다. 느린 동작은 잠시 동안이라는 걸 잊지 않아야 한다. 느린 섹스가 아니라 빠른 섹스를 해야 하니까. 느린 섹스는 그다음이었다. 느린 섹스는 마지막 차례였다.

다시 시작되었을 때 처음에 어밀리아는 여전히 아무것도 안했다. 밀어내지도 않았고, 그렇다고 포기하지도 않았다. 그러다가 결국 포기했다. 어밀리아는 눈을 감고 순종적으로 손가락을 브로나가 시킨 대로 올바르게 밀어넣고 움직였다. 이어 브로나의 혀가 점점 더, 깊숙이 들어와 어밀리아의 목구멍을 차지하고 뒤쪽까지 뻗어왔다. 혀가 들어오자 어밀리아는 침을 삼키고 혀를 그대로 붙들고 있었다. 브로나는 어밀리아가 그러는 게 마음에 들어 어밀리아의 가슴을 세게 밀었다. 어밀리아가 무슨 생각을 하고 있었다면(사실 두뇌가 기능을 멈췄기 때문에 아무 생각도 안하고 있었지만), 이런 건 아무 의미 없는 것이다, 내가 나를 포기해버린 건 아니다,였을 것이다. 브로나는 마구 더듬어대는 남자가 아니고 자기는 그냥 어떤 동작을 수행하고 있을 뿐이라고. 오래 지속되지는 않을 테니까. 영원히 멈추지 않지도 않을 테니까. 브로나가 무슨 생각을 하고 있었다면(너무너무 바빠서 아무 생각도 안하고 있었지만), 여자하고 하는 섹스는 섹스로 칠 수 없다,였을 것이다. 그냥 웃음거리, 장난, 농담이라고. 그러니 브로나가 바람을 피운다고 할 수는 없었다. 나쁜 아내라고 할 수는 없었다.

"더 빨리!" 브로나가 쇳소리를 냈다. 말을 하고 성질을 내려고 혀를 빼냈다. "더 빨리 어밀리아, 빨리, 빨리, 어서, 하라는 대로 해!"

"이게 뭐야 엄마?" 케빈 배리가 갑자기 두 사람 뒤에 나타나 커다란 체크무늬 행주에 손을 뻗으며 물었다.

"그냥 조그만 상자야." 브로나가 어밀리아 몸에서 내려와 매무새를 가다듬으며 대답했다. 브로나는 이미 아들의 손에 들어간 상자를 빼앗았다.

"나가." 브로나가 말했다. "여기서 나가 케빈 비."

"안에 뭐가 있어?" 케빈 비가 다시 손을 뻗으며 물었다.

"여기서 둘이 뭐 해 엄마?" 헨리 조이도 들어오며 물었다. "싸우는 거야? 뽀뽀하는 거야? 쉬하려는 거야? 둘이서 뭐 하는 거야? 말해줘. 알고 싶어."

"몰라도 돼." 브로나가 대답했고 케빈 배리에게도 "너도 몰라도 돼" 하며 상자를 다시 잡으려고 하는 아이의 손을 밀어냈다. 이제 다른 아이들까지 전부 부엌으로 몰려왔다. 쌍둥이, 세쌍둥이와 아직 아기인 베이비 울프 톤이었다. 브로나에게는 애들이 여섯 있었고 브로나는 항상 뭉뚱그려 '애들'이라고 불렀다. 이 아이들은 유산遺産에 의해, 아일랜드에 의해, 잉글랜드에 의해, 선사先史에 의해, 그들 이전의 모든 일에 의해 언제나 영원히 한살, 네살, 여섯살일 터였다.

"울프 톤이 마스 바 먹어 엄마." 울프 톤을 제외한 다른 아이들이 말했다. 울프 톤은 입안 가득 마스 바를 물고 최대한 빨리 먹어치우려고 했다. 그러지 않으면 곧 사라지리란 걸 알았기 때문이다.

"마스 바가 왜 있어?" 아이들이 이어 물었다. "마스 바 몇 개 있어? 마스 바 어디에 있어? 우리도 마스 바 먹어도 돼?"

"나가라고 했지. 여기서 나가 얘들아." 브로나가 어밀리아의 어깨에 손을 얹으며 말했다. 몽롱하게 취해 있어 도망갈 것 같지는 않았지만.

아이들은 엄마가 진지하게 말할 때와 그렇지 않은 때를 구분할 줄 알고 엄마가 진지하게 말했는데 하란 대로 안하면 어떻게 되는지도 알았기 때문에 얼른 나갔다. 아이들은 다른 놀잇감을 찾으러 거실로 가서 일단 울프 톤이 지저분하게 먹고 있는 마스 바를 훔치는 놀이부터 시작했다. 브로나는 "문 닫아"라고 아이들 등 뒤에 대고 말했고 아이들이 문을 닫자 다시 어밀리아에게 몸을 돌렸다. 어밀리아는 브로나 매케이브의 손에 들린 조그만 상자를 멍하니 쳐다보고 있었다. 브로나는 상자를 식탁 위에 다른 물건들하고 같이 놓고 몸을 숙여 어밀리아를 붙들어 일으켜세웠다.

"입을 벌려." 브로나가 말했다. "그렇게. 입을 벌리고 있어. 좋아. 그렇게. 입을 벌리고 있어. 좋았어? 난 좋았어. 너도 좋았을 거야."

다음 단계를 끝낸 다음 브로나는 어밀리아의 목과 가슴뼈에 키스를 했다. "너 좋았구나." 브로나가 말했다. "이리와." 어밀리아의 티셔츠를 들췄다. "옆방으로 가면 더 좋아할 거야." 그렇게 말하고 어밀리아의 브라 안에 손을 밀어넣어 젖꼭지를 꼬집고는 어밀리아를 옆방으로 데려갔다.

옆방은 세쌍둥이의 방이었는데 골방이자 침실이자 창고방이자 일층방이었다. 부엌 한쪽 옆에, 집 뒤쪽 부엌문 옆에 있었다. 창문이 하나도 없고 가구도 거의 없었다. 세쌍둥이가 쓰는 더블 침대 하나만 겨우 들어가는 방이었다. 침대보는 마구 얼크러졌고 모든 게 다 바닥에 떨어져 있었다. 밤마다 세쌍둥이가 자면서 발로 차고 차고 또 차고 잠에서 깰 때까지 차기 때문이었다. 침대 위 발치 쪽에 낡은 테디베어가 셋 있었다. 하나는 팔이 하나 없고 다른 하나는 눈이 하나 없고 나머지 하나는 솜이 사방에서 터져나왔다. 작업복을 입고 플라스틱 라이플을 사격 자세로 든 군인 인형이 벽 한면에 길게 걸린 선반에서 두 여자를 훔쳐보고 있었다. 스탠드를 켰는데 스탠드가 문 옆 바닥에 있었다. 침대 다리 사이에 끼어 있고 전등갓은 옆으로 벗겨졌다. 아주 작은 방문은 바깥쪽으로만 열리게 되어 있고 방문을 열면 바로 침대였다. 브로나가 문을 열고 어밀리아를 어두운 방 안으로 밀어넣었다. 그런 다음에 어밀리아 몸에 올라타고 방문을 닫았다.

끝도 없이 긴 시간이, 오분, 십분, 십오분이 흘렀고 엄마는 아직 나오지 않았고 아이들은 어찌해야 할지를 몰랐다. 아이들이 걱정하며 창고방-침실-골방 앞에서 소리를 낮춰 다급하게 의논한 끝에 한명을 대표로 들여보내는 게 좋겠다고 결론을 내렸다. 베이비 울프는 아직 말을 할 줄 모르니, 다음으로 어린 패트릭 피를 보내기로 했다. 자연스럽게 행동하며 뭔가 가지러 온 것처럼 하라고 했다. 아이들이 골방 문을 열고 패트릭 피를 밀어넣은 다음 문을 닫았고 패트릭 피는 어쩔 수 없이 침대 위에 엎어져서는 "엄마" 하고 부르기 시작했다. 엄마는 문 쪽을 향해 걸터앉아 있었는데 눈이 누렇게 번들거렸고, 시선을 들더니 비명을 질러댔는데 무슨 뜻인지 알 수 없는 함성 같았다. 얼굴이 엄마 얼굴 같지 않고 아이가 밤에 발을 차고 또 차며 악몽을 꿀 때 나타나는 얼굴처럼 일그러져 있었고, 바로 코앞에는 괴물 어른 다리와 거대한 털북숭이 엉덩이가 있었다. 이 다리, 엄마 다리가 뒤틀리고 배배 꼬이며 술 취한 사람의 머리 위에서 움직였다. 술 취한 사람은 머리 말고는 보이지 않았다. 몸이 사라졌는데, 어쩌면 담요 밑에 있을지도 모르고 어쩌면 담요 밑이 아니라 엄마 아래에서 보이지 않는 무언가를 하고 있어 엄마가 경련을 일으키며 더 하라고 명령하고 있는지도 몰랐다. 아이는 뒷걸음질로 방에서 도망쳤다. 문이 잠겨 있지 않아 다행이었다. 문을 쾅 닫았다. 형제들이 무슨 일이 일어나고 있는지 들으러 모였지만 설명할 말이 없었다. 아이는 자기를 억지로 안에 들여보낸 형제들이 원망스러웠다. 얼른 이야기해보라고 다그치는 형들을 밀치고 혼자 있을 수 있는 곳으로 도망갔다. 아이는 거실로 가서 만화와 녹음된 웃음소리가 나오는 텔레비전의 안전한 세계로 돌아갔고 다른 형제들도 두려움이 옮은 것처럼 겁에 질려서 얼른 뒤따라 거실로 갔다.

옆방 섹스가 성공적으로 완수되고 전투에 대한 사소한 걱정이 사라지고 나자 브로나가 손목시계를 보고 말했다. "이런, 벌써 이렇게 됐어?" 그럼에도 잠시 한껏 여유롭게 하품을 하고 기지개를 켰다. 브로나는 다시 기분 좋고 부드럽고 달콤하고 매끈하고 반질거리고 사랑스러운 사람이 되어 있었다. 브로나는 발가락을 꼼지락거리며 손을 베갯잇 안으로 넣었다. 손에 젤리베이비*가, 엄청나게 많은 젤리베이비가 잡혔다. 젤리베이비들은 머리만 남아 있었다. 브로나는 한줌을 움켜쥐고 꺼냈다.

"제임스 시, 귀여운 것." 브로나가 웃었다. "마음 여린 꼬마 바보야. 머리를 안 먹으면 죽인 게 아니라고 생각하지." 브로나가 또 웃으며 젤리 머리 한움큼을 입에 털어넣었다. 브로나는 젤리를 씹으며 다시 베개를 베고 짭짭 빨다가 삼켰다. 그러고 나서 준비가 되자 벌떡 일어나 미련 없이 침대에서 나왔다. 담요 위에 있는 옷을 집으며 아이들에게 서두르라고, 빨리 움직이라고 소리쳤다. 브로나는 골방 문을 닫고, 그렇게 가버렸다.

어밀리아가 깨어났다. 한시간 정도 지난 뒤였다. 스탠드 불이 아직 켜져 있었고 집 안 다른 곳은 조용하고 캄캄했다. 잠에서 깰 때 늘 닥치는 경련이 일어났다. 깊게 취한 듯 자고 난 다음에는 경련이 특히 심했다. 어밀리아는 일어나 앉았는데 기분이 이상했다. 팬티와 브라가 자기 몸 위에 흐트러져 있었다. 꿈을 꾼 게 기억이 났다. 술이 나오는 꿈이었다. 꿈속의 술맛은 환상적이었다. 식도를 타고 내려가는 느낌이 환상적이었다. 바깥의 식탁 위에 놓인 진 술병이 생각났다. 그걸 가지고 갈까? 그게 없어졌다고 신경 쓸

* 아기 모양의 말랑하고 알록달록한 젤리.

사람은 아무도 없었다.

　그때 무언가가 어밀리아의 다리로 미끄러지듯 다가와 발목을 휘감아서 어밀리아는 "이게 뭐야!" 하고 소리치고 뛰어오르며 다리를 벌렸다. 아무것도 없었다. 아무도 없었다. 어밀리아의 말을 들을 사람은 없었다. 집은 텅 비었다. 집에는 말을 걸 사람이 없었다. 어밀리아는 침대 발치에서 무언가가 움직이는 걸 느꼈다. 침대 발치의 보드를 주시하면서 생각했다. 맙소사, 저기 있는 게 뭐지? 계속 보고 있었더니 고깃덩어리가 기어서 침대를 가로질러 오기 시작했다. 시뻘건 날고기가 번들거리면서 테디베어들 위로 기어왔다. 테디베어를 넘어 젤리 머리를 넘어 어밀리아의 허벅지 쪽으로 점점 가까이 다가왔다. 그게 허벅지에 닿았을 때 어밀리아는 발로 차고 차고 또 차고 잠이 깰 때까지 찼다. 매트리스 위에서 벌떡 일어나서 뒤쪽 매끈한 벽을 잡으려고 했다. 뒤를 돌아보기가 무서웠으나 돌아보니 고깃덩어리가 사라지고 없었다. 찢어진 테디베어와 젤리 머리들은 아까 모습 그대로 핏자국 없이 흩어져 있었다.

　어밀리아는 옷을 집어 되는대로 꿰입고 침대 발치에서 앵클부츠를 낚아채 골방 문을 당겼다. 문이 열리지 않자 겁에 질려서 죽어라고 힘껏 잡아당겼다. 그러다가 그게 함정이 아니라는 걸 깨닫고 문을 밀었더니 문이 확 열리는 바람에 부엌 바닥에 쓰러졌다.

　바닥에 쓰러진 채로 부츠에 발을 끼우자 조금 진정이 되기 시작했다. 악몽이 물러나고 있었다. 악몽 따위는 아무것도 아니었다. 고개를 들자 진 술병이 보였다. 그 자리에서 그대로 기다리고 있는 걸 보고 어밀리아는 좋아, 저걸 가지고 브로나 집 뒷문으로 나가자, 하고 생각했다. 술을 끊어보아야 아무 의미가 없었다. 뭐 하러 술을 끊나? 누구나 다 술을 마시는데. 그러지 않나? 결국에는?

어밀리아가 술병으로 다가가 술병을 잡으려고 손을 뻗는데 어떤 그림자가 팔을 스치고 벽 속으로 사라졌다. 어밀리아는 여전히 팔을 뻗은 채였다. 몸이 얼어붙어 움직일 수가 없었다. 겨우 팔을 움직이고 몸을 움직일 수 있게 되있을 때 부언가가 뒤쪽에서, 골방 문에서 미끄러지듯 나왔다. 어밀리아는 재킷을 들고 뒷문으로 빠져나와 그 집으로부터, 그 집이 상징하는 온갖 불경한 것으로부터 달아났다. 술병은 식탁 위에 남겨두었다. 이제는 마시고 싶지 않았다. 식탁 위에는 그것 말고 아무것도 없었다. 다른 물건은 모두 사라졌다.

초상初喪, 1989년

어밀리아는 리버풀로 가는 야간 여객선 표를 샀다. 전에
도 같은 행동을 다섯차례 한 적이 있는데 다섯번 다 마지
막 순간에 겁이 나서 포기했다. 이번에는 반드시 가겠다고
다짐했다. 여기에 더 있다가는 자살하고 말 것이다. 그래
서 어밀리아는 그날 저녁 7시 배를 타고 리버풀로 건너간
다음 런던으로 가기로 계획을 세웠다. 런던에 도착한 다음
에는, 또다른 계획을 세울 것이다.

어밀리아는 일찍 일어나 집을 나서서 표를 샀다. 표를
주머니에 넣고 매표소에서 나와 집으로 향했다. 오전 10시
였다. 배 시간까지 아홉시간이 남았고 지갑에는 9파운드
가 있었다. 런던에서 쓸 돈이 있어야 하므로 더 돈을 쓰지
않게 집으로 가서 차를 마시면서 기다리기로 했다. 집에

남아 있는 음식 아무거나 먹고 가진 물건 아무거나 꾸려서 준비를 마친 다음 그날 저녁 6시 30분까지 부두에 도착할 생각이었다. 떠난다는 사실을 누군가에게 알려야겠다는 생각은 전혀 안 들었다. 설령 그런 생각이 들었더라도 아무한테도 알리지 않았을 것이다.

대학교 근처 보태닉에 셋방이 있었는데 이 동네는 벨파스트에서 아도인과는 반대쪽에 있었다. 아도인과는 다른 종류의 동네, 그러니까 안전한 동네 혹은 최소한 안전하다는 착각을 주는 동네였다. 어밀리아는 집 가까이 와서 고개를 들었다. 공동현관 문가에 남자아이가 서 있었다. 아홉살쯤 되어 보였다. 이야기를 나누어보니 엄마 쪽으로 오촌 관계인 친척 동생이었다. 전에 만난 적은 없었다.

이름은 조니 레이버리였는데 자기 할머니이자 어밀리아의 이모가 심부름을 시켜서 혼자 도시를 가로질러 여기까지 온 것이었다. 여기까지 와야 했던 까닭은 어밀리아에게 전화가 없었기 때문이다. 다른 사람은 아무도 안 가겠다고 해서, 소식을 전할 방법이 없었어요, 아이가 말했다. 소식이란 어밀리아의 언니 리지가 죽었다는 것이었다. 자살했어요, 이틀 전에, 아이가 말했다. 어릴 때부터 살던 집에서 친구 메리 메리들이 발견했어요. 자기 방에서, 턱을 담요 위에 얹고, 몸 나머지 부분은 침대에 기댄 채 바닥에 있었어요. 몸 아래 다리가 꺾여 있고 —— 조니 레이버리가 말하는 속도를 점점 높여 말을 맺었다 —— 얼굴은 창문 쪽을 향해 있고 눈은 감겨 있었어요.

이어서 사망 원인은 리지가 엄청나게 모아온 약물 과다 복용이라고 설명했다. 우울증 약을 처방받아 여러해 동안 모으고 있었다. 진통제도 사 모았다고, 무지막지하게 많이 모았다고 했다. 그러고는 일요일 밤에 집에 돌아와서 전부 다 털어넣었다. 고의로 그런 거라고 의사가 말했다고 조니가 말했다. 그렇게 판단할 근거가 너무나 많았기 때문에 한 말이었지만, 다른 사람들은 전부 의사가 미쳤다고 했다. 고의가 아니라 사고였다고. 리지는 행복했다. 자살하려고 할 리가 없었다. 메리들이 어제 시신을 발견했는데—조니는 이야기하면서 펄쩍펄쩍 뛰었다—처음에는 비명을 지르면서 문밖으로 뛰어나갔다. 그랬다가 다시 들어가서 리지의 몸을 담요로 덮어주었다. 경찰이 와서는 담요 때문에 크게 화를 냈다. 메리들이 시신을 건드렸는데 그러면 안되는 거라고 했다. 메리들은 귓등으로도 안 듣다가 뭐라고 하는지 알아들었을 때는 경찰한테 소리를 지르며 자기들은 백번 천번이라도 그렇게 할 거라고, 그게 맘에 안 든다면 가서 좆이나 까라고 했다.

어밀리아는 조니 레이버리를 방으로 데리고 와서 차와 비스킷을 주었다. 조니는 차와 비스킷은 싫다면서, 그거 말고 술은 없냐고 물었다. 어밀리아는 술은 없다고, 자기는 이제 술 안 마신다고, 술이 있더라도 그런 어리석은 짓을 시작하기에 너는 너무 어리지 않냐고 했다. 조니는 설교하지 말라고, 잔소리하는 사람은 질색이라고, 특히 인생의 실패자이자 술꾼이자 한때 알코올중독자였던 사람한테 그런 말을 듣기는 싫다고 했다. 어밀리아는 조니가 이미 술을 시작했다는 걸 알았다. 울고 싶은 심정이었다. 아홉살짜리 술꾼을 어떻게 대해야 할지 알 수 없었다. 어밀리아 자신이 아홉살짜리 술꾼이었음에도 불구하고, 어쩌면 바로 그랬기 때문에 어떻게 해야 할지 몰랐다.

조니는 차에도 비스킷에도 손대지 않고, 어밀리아에게 버스값과 보나 마나 술값으로 써버릴 용돈 약간을 받고 일어섰다. 어밀리아는 언니 소식을 전하러 와주었으니 고맙다고 해야 할지, 아니면 버릇없이 굴었으니 머리를 두들겨 쪼개 혼쭐을 내야 할지 알 수가 없었다. 결국 이렇게도 저렇게도 하지 않았고 나이가 열아홉살 더 많다는 게 무슨 의미가 있나 싶었다. 어밀리아는 조니가 삐기듯 걸어나가는 모습을 보면서 무력감과 두려움을 느꼈다. 조니 레이버리라는, 홀연히 나타났다 훌쩍 떠나는 성질 나쁘고 술 좋아하는 이 친척 동생이 돌봄을 못 받고 영양도 부족하다는 게 눈에 보였다. 조니는 현관에서 뒤돌아보더니 어밀리아의 생각을 끊으며 이렇게 외쳤다. 언니한테 작별인사를 하고 싶다면, 올케언니 집에 가면 관이 있다고. 7시에 발인이고 장례식은 다음 날 아침 10시라고 했다. 조니는 쾅 하고 문을 닫고 가버렸다.

어밀리아는 어둑한 복도에 서서 공동현관을 말없이 보

다가, 몸을 돌려 위층 자기 방으로 갔다. 짐을 싸기 시작했
는데, 문득 보니 진통제, 잉크병, 유리잔 같은 이상한 물건
들을 집어넣고 있었다. 어리석은 행동이었으므로 그만두
고 여행가방은 그대로 둔 채 작은 배낭을 꺼냈다. 여행가
방 대신 그걸 가지고 가기로 했다. 밤에 입을 두꺼운 스웨
터, 씻고 싶을 때를 대비해 비누 하나, 수건, 칫솔을 넣고
침낭을 둘둘 말았다. 침낭을 배낭에 매달고, 남은 돈, 조니
에게 1파운드를 주고 남은 돈을 안주머니에 넣었다. 그밖
에 필요한 물건─안경은 콧잔등에 얹혀 있었다. 배표는
서랍장 위에 있었다. 표를 집어 배낭 옆주머니에 넣었다.
그렇게 준비가 되었다. 떠날 채비가 끝났다.

   그런데 가지 않았다. 어밀리아는 방바닥에 앉아 오전
에, 적막 속에, 여름에, 헐거운 창틀을 통해 들어오는 바람
에서 공기를 느꼈다. 주위를 둘러싼 공기를 코로 들이마셨
다. 다음에 숨을 내쉬고, 눈을 감은 채 기다렸다. 리지에 대
해 어떻게 하면 좋을지 떠오르지 않았다. 무언가를 해야
한다는 건 알았다. 그렇지만 그곳에는, 다시는, 아도인에
는 가고 싶지 않았다. 아도인만도 아니었다. 나중에 배 타
러 갈 때는 어쩔 수 없지만 이제 벨파스트에서는 어디도
가고 싶지 않았다. 배를 놓치면 안된다는 건 확실했다. 이
번에 또 놓친다면, 연습이라고 치기에는 너무 여러번이 되
어버릴 터였다. 그런 일이 일어나면 다시는 시도할 용기가
나지 않을 게 분명했다.

결국, 리지를 보러 가기로 마음을 먹었다. 가서 리지를 볼 테지만, 오래 있지는 않을 것이다. 어밀리아는 일어서서 열쇠를 들고 마지막으로 자기가 살던 곳을 둘러보았다. 뭔가 처리해야 할 일들이 있었지만 신경 쓸 기운이 없었다. 전기도 그대로 둘 것이고, 도서관에서 빌린 책도 반납하지 않을 것이다. 테이블 위에 그냥 둘 것이다. 집주인도 곧 알게 되겠지. 어밀리아는 겉옷을 들고 배낭을 메고 방을 나서서 우편함으로 열쇠를 밀어넣었다. 시내로 걸어갔다가, 시내를 벗어나, 앤트림 로드를 향해 갔다.

어밀리아는 아도인이 싫었다. 언제나 싫었고 다시 발을 들여놓으려니 무서웠다. 사람들이, 이제 어밀리아를 모르는 사람들이 문밖으로 나와 적대적인 눈으로 쳐다볼까 두려웠다. "저 여자는 누구야?"라고 묻겠지. "누군지 아는 사람 있어?"

"가톨릭이야?"

"개신교야?"

"전에 본 적 있는 사람이야?"

어떤 좁은 지역에서는 6년이라는 공백이 긴 시간이었다. 사람들이 미행할지도 몰랐다. 그런 생각이 들어 어밀리아는 뒤를 돌아보았지만 지나친 망상이었다. 따라오는 사람은 없었다. 아무도 신경조차 쓰지 않았다. 이제는 훨씬 편안해진 마음으로 올케언니의 집으로 갈 수 있었다. 지금은 믹의 집이 아니라 미나의 집이었다. 이제는 오빠

집이 아니었다. 이제는 믹이, 어디 있는지는 몰라도 다시는 나타나지 않으리란 걸 모두 받아들였다. 블라인드가 내려져 있었고 우편함에 두툼한 검은 리본이 묶여 있었다. 어밀리아는 진입로를 따라가 문 앞에 잠시 서 있다가 문을 두드렸다.

어밀리아의 여동생 조시가 문을 열고 어밀리아를 쳐다보았다. 어밀리아도 마주 보았다. 조시는 속을 잘 알 수가 없었다. 조시는 은폐의 귀재였다. 속마음을 절대 드러내지 않는 수많은 사람 중 하나였다. 어밀리아는 조시에게 몇마디라도, "안녕 조시" 같은 말이라도 하려 했으나 할 말이 떠오르기 전에 조시가 몸을 돌려 가버렸다. 현관문을 열어둔 채 거실로 사라져버렸다. 거실은 우울하고 어두웠다. 어밀리아도 문지방을 넘어 어둠속으로 들어갔다.

처음 느낀 것은 강한 술 냄새였다. 거실에서 사람들이 한참 전부터 술판을 벌이고 있었던 것이다. 어밀리아는 지금까지 2년하고 3개월 동안 술을 마시지 않았다. 아직도 얼마나 되었는지 하루하루 날짜를 더해가며 헤아려야 했으면서도 그게 전혀 이상한 일이 아니라고 생각했다. 어밀리아는 거실 안을 둘러보았다. 사람이 많았다. 몇몇 사람에게 고개를 끄덕여 인사했다. 그중 일부가 고개를 끄덕여 맞인사를 했다. 그 이상의 인사는 관두고 관으로 갔다. 안쪽 벽 가까이에 관이 있었다.

그런데 관까지 가기 전에 누가 어밀리아 배낭에서 늘어

진 끈을 잡았다. 엄마의 언니, 세이디 이모, 조니 레이버리 편에 소식을 전한 조니의 할머니였다. 술을 너무 많이 마셔서 일어서지 못하는 지경이었다.

"너니 리지 ─ 아니 조시 ─ 그러니까 어밀리아? 정말 충격 아니니? 리지가 이번엔 정말로 저지르리라고 누가 알았겠니?"

어밀리아가 이모를 쳐다보았다. 세이디 이모가 고개를 끄덕이고 있었다. 어밀리아는 배낭 다른 쪽 끈을 꽉 잡았다. 돈, 배표, 무엇보다도 중요한 배표가 든 배낭이었다. 세이디 이모는 이제 누구나 다 아는 사실이라는 듯이 리지의 자살 위협 혹은 자살 시도에 대해 그리고 최근 두번의 시도 뒤에 강제 입원을 당한 일에 대해 이야기했다. 어밀리아는 다른 사람들을 흘긋 보았다. 어밀리아는 리지가 자살을 입에 올리고 자살하겠다고 으름장을 놓고 자살 시도를 한 적이 있다는 사실을 전혀 몰랐다. 강제 입원을 당했다는 것도 몰랐다. 두번의 자살 시도가 있었다는 것도 몰랐다. 구석에서 안절부절못하며 꼼지락거리고 있던 메리들이 다가왔다.

"우린 몰랐어 어밀리아." 메리들이 말했다. "우리 잘못이 아냐. 이번에는 진심일 줄 어떻게 알았겠니." 메리들이 세이디 이모가 자기들을 겨냥해 말한 양 이모를 노려보았다. 리지의 죽음이 자기들 탓으로 돌려진 것이었다. 메리들이 말했다.

"우린 원래 다른 사람을 진지하게 받아들이질 않아. 우린 리지가 그냥 소동을 부리고 징징대는 거라고 생각했어. 정말 진심이리라고는 생각 안했어."

그들은 그렇게 생각했다. 누군가가 계속해서 언젠가 자살할 거라고 말한다면 실제로는 그럴 의도가 없는 것으로 생각할 수밖에 없다고. 그건 그냥 보루일 뿐이라고. 마음을 기댈 수 있는 어떤 위안, 최종 탈출구 같은 것. "어떤지 알잖아, 어밀리아." 메리들이 납득시키려고 했다. "빌어먹을 개똥 같은 삶이니까." 어밀리아는 정보를 더 얻으려고 해보았다. 정보를 더 얻을 수가 없었다. 직접적으로는 불가능했다. 직접적으로 질문을 던지면 메리들은 입을 다물어버렸다. 어밀리아가 겨우 들은 것은 리지가 우울증 약을 모으고 있었다는 사실이었다. "그런 식으로 말이야. 모으고 또 모으는 거야." 비 메리가 말했다.

"수백알이 되고, 산더미처럼 쌓일 때까지." 섀런 메리가 말했다. "어느날 세보았을 때 충분한 양보다 훨씬, 훨씬 많아질 때까지."

"속옷 서랍에 약을 숨겨놔." 그레인 메리가 말했다. "아니면 가장 아랫서랍에." 테리사 메리와 메리 앤 케이트가 말했다. "몇년 동안 세면서 모아 꿍쳐놓지."

"그런다고 해서 그걸 먹겠다는 뜻은 아냐." 앤 메리가 말했다. 앤 메리는 살짝 웃었다. 앤 메리는 슬펐다. 다른 메리들도 마찬가지였다. "그런다고 자살을 한다는 뜻은 아니라고."

"리지는 자살했어." 세이디 이모가 말했다. "그걸 전부 다 먹었어."

"진통제도 같이." 세이디 이모가 덧붙였다. "실업수당 전부를 진통제 사는 데 썼다는 거 아니, 어밀리아? 아세트 아미노펜, 아스피린 등등?" 메리들이 세이디 이모를 쳐다 봤다. "노인네, 입 다물어."

어밀리아는 몸을 돌려 다시 관 쪽으로 향했다. 바닥에서 반쯤 벗고 장난감을 가지고 놀고 있는 아이들 한 무리를 돌아서 갔다. 관 앞에 서서 안을 들여다보았다.

처음 눈에 들어온 것은 리지가 리지 같지 않다는 것이 었다. 진한 눈썹부터 위쪽으로만 리지 같았다. 나머지 부 분은 더 나이 들고 누렇고 축축하고 리지 같지 않았다. 얼 굴이 부었고 목에 부검 자국이 있었다. 두번째로 눈에 들 어온 것은 리지의 손이 가슴뼈 위에 모여 있지 않다는 것 이었다. 죽은 가톨릭교도는 항상 손을 가슴뼈 앞에 모아 놓는다. 가톨릭교도가 죽으면 원래 그렇게 하는 게 아니었 나? 어밀리아는 자기가 이런 생각을 했다는 데 무척 놀랐 다. 죽은 가톨릭교도를 어떻게 하든 말든 그게 지금 자기 한테 무슨 상관이란 말인가? 그렇지만 어째서인지 그 생 각이 떠올랐고 어밀리아는 왜 리지의 손이 가운데 모여 있 지 않나 하는 생각을 떨쳐버릴 수가 없었다. 어밀리아는 몸을 숙이고 관 안으로 손을 뻗어 언니의 손을 건드려보았다. 언니 손은 살아 있을 때도 늘 그랬듯 바위처럼 단단하게 움켜쥔 상태였다. 어밀리아는 언니가 이렇게 묻히게 된다는 게 슬펐다. 자기 손으로 언니 주먹을 감싸쥐는데 관 위에 그림자가 드리웠다. 그림자는 움직이지 않았다. 어밀리아는 뒤를 돌아보고 몸을 일으켰다.

"충격이야." 미나가 말했다. "고통스럽고 비통하고 너무나 힘들어. 알 수 없는 일이야. 우리 모두 리지를 사랑했고참 행복했는데 리지는 그렇지 않았다는 게. 그런 일이 있어서는 안돼. 어쩌면 그런 일이 없었는지도. 어쩌면 예전하고 달라진 것이 없는지도 몰라."

미나가 아무 감정 없이 기계적이고 좀비 같은 태도로 말을 해서 섬뜩해진 어밀리아는 한발 뒤로 물러났다. 왜 저러지? 어밀리아는 생각했고 왜 **저러지**? 하고 더 생각했다. 미나는 몸에 지방이라곤 없는 것처럼 비쩍 마르고 쭈글쭈글해졌다. 약과 관련된 것이라 어밀리아로서는 이해할 수가 없었다. 음식이나 술과 관련된 것이 아니라서. 어밀리아는 음식과 술 강박에 대해서는 알았다. 그런데 이건 그게 아니라 다른 것, 어밀리아가 전혀 모르는 종류였다. 어느 정도로 모르냐면 그런 걸 부르는 별명이 뭔지도 몰랐다. 미나는 약을 하고 있었고, 정맥으로 투여하는 종류였고, 약은 잿이 공급했다. 잿은 어밀리아 집안의 옛 친구로잿도 거실 안에 있었다. 지금 어밀리아 옆에 있었다. 잿이다가와서 인사를 했다.

"안녕 어밀리아." 잿이 말했다. "너희 오빠가 죽어서 유 감이다. 아니 언니 말이야." 잿이 자연스레 말을 고치며 술 잔을 건넸다. 어밀리아는 거절하고 한걸음 물러섰지만 바 로 뒤에 관이 있었다. 잿이 한걸음 다가와 술잔을 다시 내 밀었다. 잿은 잔을 어밀리아의 가슴에, 젖가슴에 대고 밀 었다. 보드카 더블에 콜라를 보일 듯 말 듯 조금 탄 음료였 다. 보드카 냄새가 확 풍겼다. 어밀리아는 잔을 일단 받아 들었다가 창턱 위에 올려놓았다.

어밀리아는 잿을 좋아하지 않았다. 선이 굵고, 느끼하 고, 부자연스러운 외모였다. 온몸에서 탐욕이 뿜어져나 왔고 지금 탐욕스러운 눈으로 어밀리아를 훑어보고 있었 다. 믹과 잿 사이가 멀어진 지 이미 오래인데 잿이 왜 여기 에 와 있을까 궁금했다. 잿은 리지를 좋아하지도 않았다. 리지와 메리들이 잿이 병원 신세를 지게 만든 일이 있었 기 때문이다. 그런데 잿이 마치 자기 집에 있는 양 편안해 하는 듯 보였다. 여기가 잿의 집인가? 이제 미나와 아이들 하고 같이 여기 사나? 어밀리아는 잿과 미나를 쳐다보았 다. 잿과 조시를 쳐다보았다. 잿과 열다섯살이 된 조카 올 라를 쳐다보았고, 충격을 받았다. 올라가 돌아보았다. 올 라는 자기 엄마 미나처럼 약에 취해 축 늘어진 좀비가 되 어 있었다. 슬퍼서 그러는 걸까? 왜 저렇게 멍하고 흐느적 거리는 듯 보일까? 올라가 잿의 허리띠를 끄르기라도 할 것처럼 붙잡자 잿이 올라의 몸에 팔을 두르고 자기 쪽으로 끌어당겼다. 어밀리아는 자기가 잘못 본 것이기를 바랐다. 그렇지만 아무 힘도, 여기에서 빠져나갈 힘을 제외하고는 아무 힘도 남아 있지 않았다. 차라리 미나와 잿이었더라면 좋았을 것이다.

신부가 들어오고 다른 이웃 사람들도 여럿 따라 들어왔다. 어밀리아는 신부가 마음에 들지 않았다. 지나치게 큰 목소리로 경건함이라고는 없이 기도문을 미친 듯이 빠르게 읊었다. 안녕하세요, 안녕하세요, 정말 안타깝습니다, 그러더니 성모송의 앞부분을 빠르게 지껄였다. 사람들은 신부가 말을 맺기도 전에 아멘을 외쳤다. 아무도 아무것에도 귀 기울이지 않았다. 다음으로 주님의 기도가 거의 시작과 동시에 끝이 났다. 신부는 레이스를 마치듯이 "아멘 아멘" 하고 소리쳤다. 그렇게 다 마쳤다. 신부는 자기 자신을, 리지를, 모든 사람을 축복하고 손을 들어 위아래로 좌우로 흔들고 "안녕히 계십쇼" 하고는 가버렸다. "안녕히 가세요 신부님." 이웃 사람들이 말하며 문을 닫았다. 어밀리아는 혼란스러워서 아무 말도 하지 않았다. 천천히, 조용히, 리지 언니를 위해 기도하고 싶었으나 아는 기도가 없었다. 다른 사람들은 다시 술로 돌아갔다.

"누구지?" 새로 온 사람들 몇몇이 물었다. "여기서 뭐 하는 거야? 어디에서 왔어? 왜 배낭을 메고 있지?"

"이 나라를 뜰 거라 그래요." 조시가 말했다. 조시는 실실 웃고 있었다. 조시는 화가 났다. 아주 많이. "그렇지 않아 어밀리아? 그래서 늘 배낭을 메고 다니는 거 아냐?"

"리버풀로 갈 거야." 어밀리아가 말했다. 조시가 웃었다.

"꿈 깨." 조시가 말했다. "우리가 다 뜬 뒤에도 언닌 여기 살고 있을 거야."

"내일이면 런던에 있을 거야."

"방금은 리버풀로 간다고 했잖아. 어쨌거나. 언니는 여기 있을 거야. 어디에도 못 가. 항상 간다고 말만 하고 안 가잖아."

어밀리아는 어떤 환시이거나 예감이거나 혹은 분노에서 나온 희망적 사고일지도 모르지만 동생의 장례식에 참석하러 다시 돌아오는 장면을 떠올렸다. 어밀리아는 조시를 쳐다보았다. 아주 탄탄하고 건강해 보였지만 그건 겉모습이었다. 내면에는 분노, 언제나 분노가 들끓으며 조시를 몰고 갔다. 분노로 언제까지 그렇게 버틸 수 있을까? 어밀리아는 궁금했다.

"리버풀이라니 무슨 소리야?" 세이디 이모가 말했다. "리버풀로 간다는 건 아니겠지? 언니가 저렇게 죽었는데 어떻게 리버풀로 갈 수 있어?"

"발인 때까지는 있을 거지?" 이웃 사람이 말했다. "성당에는 갈 거지?" 다른 이웃이 말했다. "장례식에 와야지?" 다른 이웃이 말했다. "세상에, 얘, 어떻게 사람이 그렇게 냉랭해질 수 있니!"

"리지, 아니 조시, 그러니까 어밀리아," 세이디 이모가 말했다. "미사 안내장은 어디 있어? 미사 안내장 안 가져 왔니? 여기 우리 안내장이 있어, 우리가 리지한테 하고 싶은 마지막 말을 적었어. 리지한테 마지막으로 할 말이 없다는 건 아니지?"

어밀리아는 말없이 적혀 있는 글귀들을 읽었다. 읽자마자 읽지 않았더라면 좋았을 거란 생각이 들었다. "마침내 평화를 얻었구나 리지. 끝내서 다행이야. 사는 게 좆같아. 먼저 가다니 잘됐다."

어린아이 하나가 다가와서 어밀리아의 배낭을 잡아당겼다. 내려다보니 여자아이가 있었다. 아홉살이나 열살 정도 되어 보이는 조그마한 아이였고 웃고 있었고 눈이 반짝거렸는데, 믹을 닮았다는 걸 어밀리아는 알아차렸다. 게다가 정말로 이상한 일이었지만 ― 어떻게 그런 일이 있을 수 있지? ― 아이는 믹을 닮았으면서 또 잿을 닮았다. 아이가 무언가를, 티셔츠를, 어밀리아의 손으로 내밀었다.

"냄새 맡아봐요!" 아이가 말했다. "리지 거예요. 리지 냄새가 날 거예요. 냄새 맡아봐요!" 어밀리아는 무릎을 꿇고 앉아 아이가 시키는 대로 했다. 티셔츠 한 귀퉁이를 잡고 냄새를 맡아보았는데 아이 말이 맞았다. 리지 냄새가 났다. 좋은 냄새지만 아주 드물게 나던, 리지가 편안히 쉴 때의 냄새가 났다. 여자아이는 다른 귀퉁이를 들어올렸고 두 사람은 같이 옷에 코를 묻었다. "나 리지 좋아했어요." 아이가 말했다. 어밀리아가 말했다. "나도 좋아했어." 그랬다. 리지는, 기분이 좋을 때면 어밀리아에게 생생한 가르침을 주곤 했다. 리지는 어밀리아보다 고작 한살 위면서 삶에 대해 잘 안다고 큰소리쳤다. 어밀리아가 처음으로 브라를 할 때 도와주었고, 초경을 할 때도 도와주었고, 깔깔 웃으면서 이렇게 말했다. "바보 같은 소리 마 어밀리아. 네가 왜 그렇게 생각하는지는 알겠는데, 여자애들은 찌찌가 있고 남자애들은 고추가 있는 거야."

아이가 티셔츠를 가지고, 배낭 안에 넣으라고 말했다. 어밀리아는 하라는 대로 하면서 고맙다고 했다. 이 조그만 아이 정말 착하구나 하고 생각하면서. 하지만 신께서 이 아이를 지켜주셔야 할 텐데. 아이 앞날에 무슨 일이 일어날까? 어밀리아는 이런 생각을 하며 아이를 보았고 아이도 그 눈빛을 보더니 웃으며 팔을 활짝 벌렸다. 어밀리아는 얼어붙었다.

"내 이름은 돈.Dawn이에요." 돈이 말했지만 어밀리아는 아무 말도 하지 않았다. 아직 얼어붙어 있었다. 어밀리아는 아이를 안는 법을 몰랐다. 아이를 어떻게 대해야 할지 몰랐다. 돈은 어밀리아의 딱딱한 태도에도 굴하지 않고 자기가 먼저 어밀리아에게 팔을 두르고 끌어안았다. 그러더니 아예 무릎 위로 올라오려고 했는데 어밀리아는 겁이 나서 일어서며 돈을 밀어냈다. 돈은 어밀리아의 손을 잡았다가, 다시 놓았다. 어밀리아의 손이 죽어 있었기 때문이다. 그랬는데도 한번 더 웃어 보이고는 종종거리며 부엌으로 가버렸다. 돈이 문을 닫았고 어밀리아는 생각했다. 나랑 저 애랑 친척인가? 어밀리아는 주위를 둘러보았다. 저 아이들 중에도 친척이 있나? 아이들 여럿이 소란을 피우며 서로 밀고 당기고 장난감을 두고 싸우고 있었다. 어밀리아는 장난감을 보았다가, 다시 자세히 들여다보았다. 공깃돌과 카드 사이에, 인형과 손뜨개 토끼 사이에, 굵직한 고무탄 한무더기가 있었다. 어밀리아는 자신의 옛날 보물 창고 속 물건을 알아보고 소리를 질렀다.

"그거 이리 내!" 어밀리아는 소스라치게 놀라 자기도 모르게 고무탄에 달려들었다. "이건 위험한 거야. 장난감 아냐."

어밀리아가 고무탄을 아이들에게서 빼앗자 아이들도 깜짝 놀랐고 이게 대체 무슨 짓인지 황당해했다. 어른이 끼어들어서 장난감을 빼앗아가려 하다니. 어밀리아는 아이들의 항의를 무시하고 고무탄 일곱개를 집어들었다. 많이 줄어 있었다. 서른개가 사라졌다. 서른개가 세월이 흐르면서 없어지고 흩어졌다. 어밀리아는 남은 일곱개를 하나씩 배낭에 넣었다. 장난감을 강탈당하고 큰 충격에 빠진 아이들은 자지러지게 울음을 터뜨렸다. 조그만 남자아이가 제 옷을 찢으면서 어떻게 해보라며 엄마를 불렀다. 미나가 억양 없는 자동인형 같은 목소리로 말했다.

"애들 줘 어밀리아. 어린애같이 좀 굴지 말고. 그게 지금 무슨 소용이 있어?"

"언니," 어밀리아가 말했다. "그런 게 아니잖아요, 몰라요?" 미나는 몰랐다. 다른 사람들도 전부 마찬가지였다. 조시가 웃기 시작했다.

"그래 그거 가져가서 어쩌려고 그래, 아 똑똑씨, 아 착한척씨, 아 잘난척씨, 아 —"

"닥쳐!" 어밀리아가 말했고 조시는 정말 입을 닫았다. 놀라운 일이었다. 모두 놀랐다. 어밀리아는 자기주장을 하는 사람이 아니었고 조시는 부모님을 제외하고는 세상 누구도 자기에게 입 닥치라는 말을 하도록 내버려두는 사람이 아니었다.

하지만 조시 말에도 일리가 있다는 걸 어밀리아는 알 수 있었다. 일단 고무탄을 어떻게 해야 할지 알 수 없었다. 충동적으로 집었지만, 어떻게 처리하느냐는 또다른 문제였다. 어떻게 하지? 톱질해서 조각내거나 칼로 도막내거나 불태우거나 여기저기 쓰레기통에 몰래 하나씩 버리나? 관계기관에 갖다줘야 하나? 그런데 어떤 관계기관에? 신페인? 아니. 어밀리아는 스스로 묻고 스스로 대답했다. 신페인에게 주지는 않을 것이다. 왕립얼스터경찰? 아니. 말도 안된다. 차라리 신페인에게 주지. 아니면 영국군은? 아니 그걸 왜 영국군에게 주나? 대체 무슨 소리를 하는 건지? 그 총탄을 쏜 게 영국군이라는 걸 잊었나? 어밀리아는 가능한 관계기관과 가능한 처리 방법을 계속 궁리해보았지만 어떤 것도 조금도 그럴듯하지 않았다. 조시가 화가 나서 손가락질을 하며 웃었다.

"생각 중이야?" 조시가 말했다. "입이 움직이는 게 보여. 결정했어? 그럼 그거, 아 그래, 아일랜드해에 던져버리려고?"

어밀리아가 조시를 쳐다보았다. 다른 사람들은 끝내주는 농담이라며 웃음을 터뜨렸다. 아이들만 빼고. 아이들은 어밀리아처럼 그 말을 진지하게 받아들였다. 더 크게 울며 엄마, 할머니, 어른들한테 달려갔다. 옷을 찢은 남자아이는 벽돌 반토막처럼 생긴 장난감을 집어들어(실제 벽돌 반토막이었다) 어밀리아한테 던졌고 벽돌이 배낭에 부딪혔다. 어밀리아는 몸을 돌려 벽돌을 집어 그것도 배낭에 쑤셔넣었다. 물에 빠뜨릴 때 무게를 늘리는 데 도움이 될 거란 생각이 들었다. 배낭과 안에 든 물건들까지 같이 던질 생각이었다. 배낭이 무슨 필요가 있겠나? 어밀리아는 배낭에서 리지의 티셔츠를 꺼내 일단은 배낭끈에 묶어두었다. 남자아이는 괴물 어른을 죽이지 못한 게 성이 나 더 큰 소리로 울부짖었다. 미나가 아이를 안아올려 조용히 시키면서 벽돌은 얼마든지 있다고 말했다. 총탄도 많이 있지, 어밀리아는 생각했다. 하지만 괜찮아. 내가 모든 걸 다 책임질 필요는 없으니까. 지금 가진 것들에만 책임을 지면 돼.

이제 때가 됐다. 어밀리아는 배낭을 어깨에 멨다. 아이들이 몰려와 울면서 작별인사를 했다.

"미워, 미워, 죽었으면 좋겠어. 물에 빠졌으면 좋겠어.

머리를 찧고 배에서 떨어졌으면 좋겠어. 상어가 와서 잡아 먹었으면 좋겠어. 파도가 마구 쳤으면 좋겠어. 천둥벼락을 맞았으면 좋겠어. 거의 살 뻔하다가 물에 빠져 죽었으면 좋겠어 —"

어밀리아는 밖으로 나와 문을 닫았다. 깊이 숨을 들이마셨다. 검은 장례 리본에 기대어 천천히 숨을, 깊이 다시 들이마셨다. 감정이 움직이면서 머리가 어지러웠다. 어떻게 사람들은 감정을 겪어내지? 겪어내는 게 가능한가? 굳이 감정을 느끼지 않으려는 사람이 많은 것도 당연한 일이었다. 몇초가 흐른 뒤, 그동안에 어밀리아는 실제로 온갖 감정을 겪어내고서, 고개를 들었는데 조그마한 여자가 미나의 집 대문을 열었다. 여자가 진입로를 따라 어밀리아 쪽으로 걸어왔다. 어밀리아에게 채 닿기 전에 현관문이 열리더니 돈이 튀어나와 여자 쪽으로 달려갔다.

"엄마!" 돈이 외치며 여자의 다리를 두 팔로 감싸안았다.

엄마는 아이를 떼어내고 웃으면서 아이의 손을 잡았다. 어밀리아 쪽은 보지 않고 다시 돌아가려고 몸을 돌렸다.

"메리!" 어밀리아가 알아보고 외쳤다. "메리 돌런? 맞지, 메리, 그렇지?"

"어밀리아." 메리가 돌아보며 말했다. 메리는 고개를 끄덕이고는 다시 딸을 데리고 가던 길을 갔다. 어밀리아는 잠시 망설이다가 배낭 허리 버클을 채우고 메리를 따라갔다.

이제 사람들이 자기들 집 창가에서, 문가에서 보고 있었고 우호적인 얼굴이 아니라는 게 느껴졌다. "누구야?" 몇몇은 어밀리아를 보며 물었다. 메리는 사람들 시선에 전혀 신경 쓰지 않았고 어밀리아에게도 신경 쓰지 않았지만 조금 더 천천히 걷긴 해서 어밀리아가 곧 메리를 따라잡을 수 있었다. 두 사람은 말없이 같이 지역 경계까지 걸어갔다. "메리?" 어밀리아가 다시 불렀다.

"잘 가 어밀리아." 메리가 말했다. 메리는 어밀리아를 쳐다보지 않고 다시 아도인 쪽으로 몸을 돌려 돌아갔다.

"안녕 어밀리아." 돈이 말했다. 웃으며 어밀리아를 돌아보고 있었다. "이름이 어밀리아라는 거 알아요." 돈이 손을 흔들며 어밀리아도 마주 흔들길 기다렸다. 어밀리아는 손을 흔들어야 한다는 사실을 잊어버렸다. "메리?" 혼란 속에서 다시 불렀지만 메리가 이번에는 아무 말도 하지 않았다. 메리는 계속 돈의 손을 잡고 있었고 돈은 여전히 잿맥데이드와 미키 러빗을 닮은 얼굴로 손을 마지막으로 한 번 더 흔들었고 그러고 나서 엄마와 딸은 가버렸다. 어밀리아는 경계에 선 채 메리가 돌아와 말을 걸어주길 바라며 보고 있었지만, 버스가 오는 소리가 들리자 몸을 돌려 달려가서 버스에 올라탔다.

기폭제, 1991년

　어밀리아는 캠든 타운에 갔다가 신경쇠약을 일으켰다. 자기가 신경쇠약을 일으키리란 건 몰랐다. 그냥 콩 통조림을 좀 살 계획이었다. 어밀리아는 콩 통조림을 싫어했다. 그걸 보면 아버지 생각이 났다. 실은 콩 통조림이 아니라 스페셜K 시리얼을 커다란 상자로 사고 싶었다. 그러나 내면에서 스페셜K를 살 수는 없다고, 콩 통조림이 한 캔에 19펜스로 세일하고 있으니 그러면 안된다고 하는 목소리가 들렸다. 게다가 스페셜K는 화려하고 값비싼 돈 낭비이니, 먹고 싶은 것 대신 도저히, 도무지 견딜 수 없는 걸 사는 게 최선이었다. "네가 그거 싫어하는 거 알아." 불우하고 우울한 내면의 존재가 이렇게 합리적으로 설명했다. "싫으니까 덜 먹게 될 거고, 그러니까 더 오래갈 거고, 그러니까 굶주리지 않을 텐데, 네가 스페셜K를 사서 먹어버리면 그주 남은 기간 동안에는 먹을 게 없어서 굶어야 해."

어밀리아는 이제는 굶는 걸 좋아하지 않았다. 이제는 굶어도 전처럼 취한 듯 기분 좋은 상태가 되지 않았다. 그래서 '불우 우울'의 분별 있는 논리에 설득되어 시리얼 상자에서 몸을 돌려 콩 통조림이 있는 쪽으로 기운 없이 터덜터덜 갔다. 콩 통조림 위에 콩 통조림을 차곡차곡 얹어 피라미드 모양으로 쌓아놓았는데 흰색 라벨에 파란색 글씨로 19펜스라고 쓰인 스티커가 하나하나 붙어 있었다. 정말 지긋지긋한 음식이었고 어밀리아는 아 맙소사, 저거 정말 신물 나,라고 생각했다. 왜 나는 갖고 싶은 걸 가질 수 없지? 그게 어밀리아 러빗의 삶에서 최대의 난제였다.

어밀리아는 허름하고 우중충하고 걱정으로 가득 차 있고 '사는 게 무슨 의미가 있어' 분위기를 풍기는 슈퍼마켓에 있었다. 돈 없는 가난한 사람들 그리고 돈은 있지만 돈이 있는 게 잘못이라고 생각하는 부유한 사람들이 많이 오는 슈퍼마켓이었다. 어밀리아의 이날 계획은 집 밖으로 나가, 실업수당을 받아, 공과금을 내고, 식료품을 사서, 집으로 돌아와 문을 닫고 다시 한동안 안전해지는 것이었다. 지금 식료품 단계에 있었는데 이게 끝나면 후퇴 단계 그리고 현관문 닫기 단계가 있고 그러고 나면 참으로 다행스럽게도 한동안 집에만 있을 수 있었다.

그래서 어밀리아는 콩 통조림을 품에 안고 계산을 하러

가는 길이었는데 문득 무언가가 엄습하는 바람에 걸음을 멈추고 돌아섰다. 다시 복도를 가로질러서, 콩 통조림을 할인 코너에 도로 갖다놓고, 비할인 코너로 가서 스페셜K를 잡았다. '불우 우울'이 어밀리아가 무슨 짓을 하는지 보고는 헉 놀라며 마음을 돌리려고 했다. "멈춰!" "대체 네가 누구라고 생각하는 거야!" 하고 외치면서. 그래서 어밀리아는 정신을 차렸고 시리얼을 원래 자리에 내려놓고 콩 통조림을 사러 두번째로 다시 할인 코너로 갔다.

"잘했어." 심장마비를 일으킬 뻔했던 '불우울'이 안도하며 말했다. "몇 캔 더 사지 그래? 이번 주에는 19펜스밖에 안하는데."

"아무것도 안되네." 어밀리아가 '불우울'이 시키는 대로 하면서 이렇게 소리 내어 말했는데, 최근 들어 부쩍 소리 내어 혼잣말을 하는 일이 많아졌다.

"아무것도 안되네." 어밀리아가 다시 말했다. 그런데 계산대에 닿기 전에, 같은 화면을 다시 재생한 것처럼, 똑같은 충동이 엄습하는 바람에 또다시 몸을 돌렸다. 어밀리아는 비할인 코너로 달려가, 콩 통조림은 아무 데나 쑤셔놓고, 스페셜K를 집어 옆구리에 끼웠다. '불우 우울'이 다시 앞길을 막아서며 무도한 행위를 멈추라고 명령했지만, 어밀리아 한편의 반항적인 존재가 계속 저항하는 바람에 집었다가 다시 내려놓기가 다섯차례 더 반복되었다. 마침내 경비원이 ─콩 통조림을 지키는 사람이 한명 있었던 것

이다 ─수상해하면서 무슨 일인가 보러 다가왔다. 물론
경비원은 무슨 일인지 알 수가 없을 터인데 신경쇠약 분야
에 관한 훈련을 받은 일이 없기 때문이었다. 특히 어떻게
사소한 사건이 큰 사건을 촉발하는가 하는 것들은 알아차
리지 못했다. 경비의 눈에는 어떤 여자가 혼잣말을 하면서
누군가에게 계시를 듣고 있거나 혹은 슈퍼마켓 물건들을
뒤죽박죽으로 섞어놓고 있는 것처럼 보였을 뿐이라, 이를
제지하기 위해 경비는 여자 앞쪽에 확연하고 현저하게 다
가가서 우뚝 섰다.

　어밀리아는 처음에는 자기 자신과 싸우느라 바빠서 확
연하고 현저한 존재를 알아차리지 못했다. 그러다 알아차
렸을 때는 너무나 민망했고 다른 건 다 좋은데 또 혼자 중
얼중얼 떠들고 있지만은 않았더라면 하는 생각이 들었다.
경비가 두걸음 더 가까이 다가왔고 어밀리아는 왼쪽 눈으
로 경비의 움직임을 지켜봤다. 자기가 패밀리 사이즈 스
페셜K를 옆구리에 끼고 있기 때문에 그러는 거라고 확신
했다. 어밀리아는 부끄러움과 죄책감을 느꼈고 혼자 먹을
거면서 욕심 사납게 패밀리 사이즈를 집었기 때문에 경비
가 화가 났다고 생각했다. "어쨌든," '불우울'이 말했다.
"저 사람이 네가 죽은 사람 생각은 전혀 안한다는 걸 알았
을걸. 죽은 사람은 어쩌고? 죽임당하고 살해당한 사람들
은? 그 사람들이 죽고 싶어서 죽었니?" 그래서 경비의 심
기를 달래려고, 죽은 자들의 심기를 달래려고, '불우 우울'

을 비롯해 어밀리아를 시기할 모든 신을 달래려고, 어밀리
아는 시리얼 상자를 도로 제자리에 놓고 콩 통조림을 최종
적으로 집었다. 콩 통조림이 영원히 바닥나지 않으리라는
것을, 그 통조림들이 자기를 조금씩 죽이리라는 것을 알면
서, 눈물을 가득 머금고 계산대로 터덜터덜 갔다.

어밀리아는 돈을 내고 거스름돈을 받아 지갑에 넣은 뒤
산 물건을 쇼핑백에 넣으면서 자기가 착하게도 먹고 싶지
않은 것을 샀다는 걸 경비에게 보이려고 애썼다. 이걸 보
면 자기가 나쁜 사람이 아니라는 것, 죽은 사람들한테 무
심하지 않다는 것을 알 줄 알았는데, 애쓴 보람도 없이 경
비는 계속 서서 지켜보고 있었다. 가게에서 나온 다음 창
문으로 들여다보았는데 그때도 여전히 경비가 팔짱을 끼
고 쳐다보고 있었다. 나쁜 사람이네, 돈 다 내고 나왔는데
왜 저러지? 어밀리아는 생각했다.

그러다가 어밀리아는 인도에서 걸음을 멈추고 "자기 것
도 아닌데"라고 혼잣말을 했다. 경비가 자기를 쫓아낼 수
는 없는 일이었다. 만약 저자가 왕립얼스터경찰을 부르면
어밀리아는 이렇게 말할 것이다. "저 사람 말 믿지 말아요.
거짓말쟁이에요. 나 그 시리얼 안 샀어요. 콩 통조림 샀어
요." 그리고 콩 통조림을 증거로 보여주면 경비는 입장이
아주 곤란해지겠지. 왜냐하면 어밀리아가 아무 잘못도 없
음을 입증한 다음에 왕립얼스터경찰한테 안에 들어가서
저 사람의 탐욕이 어떤 기름진 음식으로 이루어져 있는지

알아보라고 할 테니까.

경찰차인지 구급차인지 소방차인지 모를 사이렌 소리가 뒤쪽에서 울려서 어밀리아는 소스라치게 놀랐다. 경찰차 한대가 속도를 높여 옆을 지나쳐 달려갔다. 거기서 시선을 돌렸다가 어밀리아는 자기가 또 소리 내어 말하고 있었다는 걸 깨달았다. 사람들이 걸어가면서 어밀리아를 쳐다보고 있었던 것이다. 그래도 쳐다보지 않는 사람이 더 많긴 했는데, 여기는 런던이라 미친 사람이 사방에 있었기 때문이다. 런던에서는 누구도 쳐다보지 않는 게 최선이었다. 그냥 지나쳐 가는 게 최선이었다. 어밀리아는 자기가 소리 내어 말하고 있다는 걸 알아차리고 나면 섬뜩한 기분이 들었다. 돌이켜보면 항상 안 좋은 상황에서 그랬다. 어밀리아는 혼잣말을 하는 사람은 길을 잃고 혼란을 겪고 불안에 시달리는 사람이라고 생각했었다. 자기가 길을 잃고 불안해하고 혼란스러워하는 사람이 되리라고는 상상도 못했다. 내가 잘못 생각했구나, 어밀리아는 생각했고 "내가 잘못 생각했어"라고 소리 내어 말하자 이번에는 몇몇 사람이 걸음을 멈추고 어밀리아를 돌아보았다. 어밀리아는 그걸 보고는 정신을 차리고 집에 가는 게 좋겠다고 생각했다.

다시 걸음을 옮기려고 하는데, 이쪽으로 걸어오던 어떤 남자가 흥미진진한 몽상에 빠져 있었는지 어밀리아에게 정면으로 부딪쳤고 어밀리아가 바닥에 쓰러지고 난 다음에야 어밀리아의 존재를 알아차렸다. 남자가 어밀리아를 일으켜주며 말했다. "죄송…… 어, 죄송합니다. 이 콩 통조림 주인이세요?"

"아뇨." 어밀리아가 말했다. "네." '불우 우울'이 남자한테서 콩 통조림을 받아들며 말했다. 남자가 가면서 자기 옷에 손을 닦는 것을 어밀리아는 보았다. 남자가 겉옷에 손을 닦는 걸 보고 어밀리아는 난 더럽지 않아, 하고 생각했다. 사실은 "난 더럽지 않아"라고 말했는데 생각했다고 생각한 것이었다. "내 옷은 더러울지 모르지." 어밀리아는 소리쳤다. "그건 일부러 그러는 거라고. 옷 안에 내 몸이 있는데 내 몸은 내 몸이야. 내 몸은 아주 깨끗해." 뒤로 주춤주춤 물러서는 남자의 얼굴을 보고 어밀리아는 자기가 입 밖에 내면 안되는 말을 했다는 걸 깨달았다. 남자는 계속 뒤로, 서둘러, 불안한 듯 물러서다가 아예 돌아서 가버렸고 가면서 뒤를 몇번 돌아봤다. 내가 자기를 따라오지 않는지 확인하려는 거야, 어밀리아는 생각했다. "내가 자기를 따라올까봐 겁이 난 거야." 어밀리아가 말했다. 어밀리아는 남자를 따라가기 시작했다. 대체 왜 내가 자기를 따라올 거라고 생각했는지 물어보기 위해서였다.

그러다가 멈췄다. 사실은 바로 그 자리에서 멈췄다. 사람들 무리가 사방을 둘러싸고 있었기 때문이다. 무리가 점점 커지고 있었다. 어딘가에서 사람들이 계속 나타나서 점점 불어나고 있었다. 무자비한 태양도 구름 밖으로 나오고 있었다. 어밀리아는 햇빛을 피하려고, 모든 것으로부터 피하려고 슈퍼마켓 창문 쪽으로 돌아갔다. 방범 창살을 붙잡았는데 때맞춰 잘한 일이었다. 남자와 여자가 벨파스트 억양으로 말하면서 지나쳐 갔다.

"……내 앞에서 뒷걸음질하면서," 남자가 말하면서 손가락을 마치 권총처럼 앞으로 들었다. "나한테 겨누고 있었어." 남자는 여자한테 거듭 강조하며 말했다. "나한테 겨눴다고. 해골 티셔츠를 입고, 마치 권총인 것처럼 나를 겨눴어. '사탕 안 주면 장난칠 거예요'라고 소리쳤는데 내가 아무것도 안 주니까 어떻게 했는지 알아? 달걀을 꺼내서 그걸 나한테 던졌다니까……"

남녀는 웃으면서 가버렸고 사람들은 멈추지 않고 들끓으며 파도처럼 계속 몰려갔다. 어밀리아는 사람들 물결 안으로 들어갈 수는 없어도 그 옆을 따라 조금씩 갈 수 있을 거라는 생각을 했다. 집으로, 안전한 곳으로, 좀 오래 걸리긴 하겠지만, 그렇게 하면 갈 수 있다고. 건물을 붙들고 가는 거야, 어밀리아는 혼잣말을 했다. 벽돌담의 튀어나온 부분을 잡고. 천천히 하지만 꾸준히 가는 거야. 결국에는 집에 도착할 거야. 그렇지만 어밀리아는 그 자리에서 유리창을 등진 채로 방범 창살을 붙들고 사람들이 지나가는 것을 보고만 있었다.

어밀리아는 자기가 마주한 곤경에 집중하려고 애썼다. 주의가 자꾸 흐트러졌기 때문이다. 그러다 고개를 들었을 때 자신에게 또다른 정신적 문제가 생겼다는 걸 알았다. 눈앞에 다시 또 이중의 현실이 펼쳐지고 있었다. 어밀리아는 런던 캠든 타운에 있으면서 동시에 벨파스트 크럼린 로드에 있었다. 이런 일이 처음은 아니었다. 벌써 꽤 오래전부터 그랬다. 또 공황에 빠지지만 않으면, 열에 열은 결국 벨파스트가 사라진다는 것도 알았다. 그러니 건물 가장자리를 따라, 그러니까 벨파스트 건물이 아니라 런던 건물 가장자리를 따라, 공황을 일으키지 않도록 조심하면서, 목표를 계속 염두에 두고 집이 있는 방향으로 가기만 하면 됐다. 그렇게 하면 열에 열은 있어야 할 곳에 집이 있었다. 하지만 이 모든 걸 이론적으로는 알면서도 어밀리아는 방범 창살에서 손을 놓지 못하고 있었다. 이번에는 또다른 현상이 나타났다. 무언가가 어밀리아를 괴롭히기 시작했다. 바로 로버타 매콘이었는데, 그 순간 로버타가 옆으로 지나갔다.

로버타가 옆으로 지나가서는 안되는 일이고 어밀리아가 로버타를 보아서도 안되는 일이었다. 로버타는 1975년 자동차 폭탄 사고로 죽었기 때문이다. "로버타일 리가 없어." 어밀리아는 확실히 알았기에 이렇게 말했다. 로버타 장례식에 가야 한다는 사실을 일부러 잊어버렸던 것이 기억나기 때문이었다. 대체 사람이 장례식에 몇번이나 가야 하는 건가?

"나 정신이 나갔어." 어밀리아가 하는 말을 듣고 몇몇 사람이 웃었다. 웃음소리가 나자 로버타가 돌아보았다. 어밀리아는 눈을 돌렸다. 로버타는 웃지 않았고 그래서 어밀리아가 웃음을 지었다. 그런데 로버타가 아니었다. 어밀리아는 웃었다. 마음이 놓였다. 그냥 여학생이었다. 로버타와 다른 부류의 여학생. 로버타가 아닌 로버타는 그냥 돌아서서 가버렸다. 어밀리아는 로버타가 멀어지는 모습을 보고 있었는데 그때 반대편에서 브로나 매케이브가 다가오는 게 보였다. "이 상황이 마음에 안 들어." 브로나가 지나쳐 갈 때 어밀리아가 말했다. 브로나는 아직 살아 있는 여자이고 아마도 벨파스트에서 영원히 행복하게 살 터인데, 어밀리아를 쳐다보지 않고 지나갔다. 학교 다닐 때 들고 다니던 책바구니가 팔에 걸려 있었다. 어밀리아는 고개를 돌렸다. 이상한 환상은 보고 싶지 않았다. "신경쇠약을 일으키는 건 아니겠지." 어밀리아가 말했다. "벗어났다고 생각했는데." 어밀리아는 이어 신경쇠약을 일으키려면 이 끔찍한 캠든에서는 아니었으면 좋겠다고 생각했는데, 원래 신경쇠약이 일어나는 장소가 바로 신경쇠약을 일으키기에 적합한 끔찍한 장소일 수밖에 없다는 사실을 미처 깨닫지 못한 탓이었다.

어밀리아는 상황에 대처해보려고 주위를 둘러보았다. 신경쇠약이 임박했다면 실내에서 일으키는 편이 나았다. 그런데 하이 스트리트를 내다보니 사방에 갈림길뿐이었다. 왼쪽으로 갈라지는 길, 오른쪽으로 갈라지는 길, 가운데에서 갈라지는 길, 옆길 등등. 어밀리아는 종교적 지리를 꿰어맞추는 데 몰두하느라 머리가 복잡했으므로 누군가가 말을 거는데도 대답하지 못했다. 어밀리아에게 말을 건 사람은, 알고 보니 두 사람이었고 어떤 할아버지와 할머니였다. "뭐라고 했어요?" 그들이 말하며 다가왔다. 두 사람은 비닐봉지를 든 여자가 길에서 혼잣말을 하는 걸 조금 전부터 보고 있었고 그대로 내버려둘 수는 없다고 생각했다.

"길을 잃었어요?" 두 사람이 더 가까이 다가오며 물었다. 어밀리아에게는 너무 가깝게 느껴졌다. 어밀리아가 혼란에 빠져 있어 아주 크게 말해야 알아들을 거라고 생각했는지 노인들이 목청을 한껏 높였다. "알코올중독자 쉼터에서 나온 거예요?" 할아버지가 외쳤다. "아도인 쉼터에서 나왔어요?" 할머니가 외쳤다. 적어도 어밀리아의 귀에는 그렇게 들렸고, 그 질문은 어떤 종교에 속하냐고 대놓고 묻는 질문이라 불편했다. 하지만 알코올중독이라니 무슨 헛소리지? 그건 오해라는 걸 모르나? 어밀리아는 입을 뗐다. 알코올에 대해 사실을 말하고 오해를 바로잡으려고.

어밀리아는 차분하게, 침착하게, 자신 있게 설명하려고 했다. 자기는 다 나았다고, 그러니까 알코올중독에 대한 생각은 틀렸고 그래도 자기가 길을 잃은 건 맞는다고. 종교에 관한 질문에 대해서는 대답하지 않았지만 본인들이 무례하고 요령 없는 질문을 했다는 사실을 스스로 깨달았으면 했다. 어밀리아 입장에서도 어느 갈림길로 가야 하는지 몰랐으니 조심하는 편이, 그 주제를 건드리지 않는 편이 최선이었다. 조금 정신이 또렷해진 순간에 어밀리아는 자기가 정신을 놓치고 있다고, 이렇게 또렷한 순간은 날마다 명백하게 점점 드물어지고 있다고 말했다. 자기 원룸아파트에 있을 때만 고삐를 쥐고 있는 느낌이라고 잘라 말했다. 집에 있을 때만 이런 일을 막을 수 있었다.

"신경쇠약을 일으킨 건지도 모르겠어요." 어밀리아가 말했다. "확실하진 않아요. 연결되어 있지 않은 느낌이에요. 실은, 내가 저기 저쪽에 서 있는 느낌이에요."

어밀리아는 턱으로 저쪽을 가리켰다. 방범 창살에서 손을 놓고 싶지 않아 손으로 가리킬 수가 없었다. 몇 사람이 쳐다봤다. 몇 사람은 웃었다. 어밀리아는 자기가 또 방금 말을 소리 내서 입 밖에 냈다는 걸 깨달았다. 앞부분만 말할 생각이었는데. 이미 기억이 흩어져서 앞부분이 뭐였는지도 생각이 안 났지만. 내 머리가 왜 이상해지는 거지? 왜 모든 게 잊히지?

작은 무리가 모여들어 어밀리아 둘레에 반원을 그렸다. 사람 수가 늘기 시작했고 이런 무리, 이런 일, 이렇게 주목을 끄는 것, 나쁜 의미의 관심을 받는 것, 아니 좋은 의미의 관심이라도, 이런 것은 어밀리아가 견디지 못하는 것이었다. 두 노인은 아직 그 자리에 있었다. 그들은 웃지 않았다. 미소 짓지도 않았다. 그들은 당황했고 할아버지가 어밀리아의 발치에 떨어진 무언가에 손을 뻗었다. 비닐봉지에 든 어밀리아의 콩 통조림이 흔들리며 어밀리아의 뼈에 부딪혔다. 어밀리아는 떨고 있었다. 지갑과 열쇠를 떨어뜨렸고 방범 창살 쪽으로 돌아서서 사람들을 외면했다.

"저 여자 뭐 하는 거야?" 어떤 남자가 '점포 정리' 가게에서 나오며 외쳤다. "뭘 파는 거야? 여기에서 장사하면 안돼." 남자는 '자살하자' 슈퍼마켓 옆 가게의 주인이었는데 마이크를 들고 호객을 하다 말고 진열 상품이 사라지지 않았는지 확인하러 밖으로 나온 참이었다. 진열 상품이 그대로 있다는 걸 확인했지만 그래도 미심쩍은 얼굴이었다. 전혀 만족스러운 기색이 아니었다. 왜 저 여자 주위에 사람들이 모여 있는 거지?

이거 흥미롭네, 어밀리아는 생각했다. 어밀리아의 한쪽은 공황을 일으키면서 다른 한쪽은 그 사실을 임상적으로 기록하고 있었다. "이거 흥미롭지 않아?" 어밀리아가 말했다. "그런데 왜 흥미롭지? 왜 내가 실제로는 저쪽에 있는 것 같은 기분이지?"

"뭐라고 떠드는 거야? 뭐 하는 년이야?" 마이크를 든 남자가 다시 못 미덥다는 듯 자신의 불꽃놀이 화약, 스파클러, 파티 폭죽, 반값 수갑, 남성용 손수건, 여성용 속옷, 우스꽝스러운 핼러윈 모자 등을 확인했다. "무슨 꿍꿍이야? 무슨 짓을 하는 거야? 누가 경찰 불렀어요? 어떻게 해야지. 저기서 뭘 팔거나 저렇게 아무것도 안 팔면서 서 있으면 안되지!"

"괜찮아요 아가씨?" 할머니가 물었다. "어디에서 왔어요?" 할아버지가 몸을 일으켰다. 할아버지가 땅바닥에서 어밀리아의 쇼핑 목록을 주웠다. 쇼핑 목록에는 '콩' 그다음에 또 '콩'이라고 크고 성난 필체로 적혀 있었다. 땅에 떨어진 어밀리아의 지갑과 열쇠는 누구 다른 사람이 집어서 가져가버렸다. 어밀리아는 그 노부부에게든 누구에게든 자기가 어디에서 왔는지 말하기가 두려웠다. 저 사람들이 어느 종교인지, 어느 성향인지 몰랐으니까. 만약 잘못 답하면 어떻게 될까? 땀이 등줄기를 타고 흘러내렸다. 어밀리아는 더웠다가, 추웠다가, 목이 말랐다. 물을 마시고 싶었고 자기 방으로 돌아가고 싶었지만 고개를 들고 앞을 볼 때마다 개신교 도로와 가톨릭 도로가 눈에 들어왔다.

"……모르겠네 앨프." 할머니가 말했다. "아무 말도 안 하니. 얼굴이 하얗고 봐─입술이 파랗게 질렸어."

"알려주실 수 있어요?" 어밀리아가 기회를 틈타 요령 있게 말하려고 애쓰며 물었다. "저 길이 샨킬 쪽으로 가는 길인가요, 아니면 혹시 만에 하나 폴스 쪽으로 가는 길인가요?"

"뭐라고요?" 할머니가 물었다.

"알코올중독자 쉼터에서 나왔어요?" 할아버지가 물었다.

"무슨 일이야?" 뒤쪽에서 무시무시한 목소리도 말했다. "왜 저러고 서 있어?" 이렇게도 말했다. "그러게, 왜 저래?" 누군가 다른 사람이 말했다. 어밀리아는 이상한 자세로 서 있었다. 팔과 다리를 쫙 벌린 채 방범 창살을 붙들고

서, 남자들이 서는 자세로, 어밀리아가 어렸을 때 남자들이 수도 없이 군인에게 몸수색을 당할 때 서던 자세로 서 있었다. 콩 통조림이 든 비닐봉지가 죽 뻗은 팔을 타고 미끄러져 내려왔다. 아이들이 웃기 시작했다.

어밀리아는 웃음소리를 듣고 공황에 빠졌다. 아이들 소리가 테러리스트 소리 같았다. 어밀리아는 아이들이 있는 줄 몰랐고 도망쳐야 한다면 지금이 바로 그때라는 걸 알았다. 어밀리아의 뇌와 신경계와 심장은 아이들을 감당하지 못했다. 일찍 어른이 된 아이들, 그런 아이들을 마주할 때마다 어밀리아는 무력하게 겁에 질린 어린 시절로 돌아갔다. 하지만 손가락으로 방범 창살을 더 꽉 쥐었을 뿐 몸의 다른 부분은 꿈쩍도 할 수가 없었다. 어밀리아는 생각을 떨쳐버리려고 붉게 솟은 피를 쳐다보았다. 아이들이 핼러윈 가면을 쓰고 있었다. 창문에 비친 모습을 보고 알았다. 핼러윈은 이미 며칠, 몇주, 몇달, 몇분 전에 끝났는데. 어밀리아가 확실히 확인하려고 뒤를 슬쩍 보았는데 아이들은 어른이 자기들을 그렇게 무서워한다는 게 안 믿기는 듯 킥킥 웃었다. 핼러윈 가면은 쓰고 있지 않았다. '아,' 어밀리아는 생각했다. 입으로는 이렇게 말했다. "그럼 누가 가면을 썼지? 내가 왜 잘못 봤지?"

"모르겠네." 얼굴에 면도 상처가 있는 키 작은 남자가 말했다. "왜 저기 서 있는 거야? 우린 뭘 보고 있는 거야?" 다른 사람들이 고개를 끄덕였고 아이 하나가 빈 깡통을 어

밀리아 옆쪽 벽을 향해 찼다. 나한테 차려는 거야, 나한테
차려는 거야, 어밀리아가 생각했고 공황 상태가 점점 더
심해졌다. 그런데 아니었다. 깡통은 옆으로 날아갔는데 어
밀리아는 잘못 찼을 거라고 생각했고 그때 깡통이 땡그
랑 소리를 냈고 그때 다른 아이가 자기 가방으로 손을 뻗
는 게 눈에 들어왔다. 창문에 비친 모습으로 보았고 이것
으로 자기는 끝이라고 생각했다. 이게 전쟁이라는 걸 알았
다. 가방 안으로 손을 넣는 것. 어밀리아는 결코 달아날 수
없을 테고 그런 게 바로 전쟁이었다. 그러니 어떻게 무릎
을 꿇을 수 있나? 어떻게 항복할 수 있나? 자기한테 일어
날 일이 훨씬 더 나쁜 일일 수밖에 없다는 걸 아는데 어떻
게 무슨 일이 일어나리라고 믿고 포기할 수 있나? 그래서
대신 어밀리아는 창살에 매달렸다. 창살을 꽉 붙들고 슈퍼
마켓 안을 들여다보았다. 경비와 눈이 마주쳤다. 그가 내
내 보고 있었던 것이다.

갈색과 녹색 제복을 입고, 갈색과 흰색 눈으로, 진한 갈
색의 매끈한 얼굴로, 아무 행동도 하지 않고, 서너걸음 떨
어진 곳에, 그물 철망과 유리 뒤에 서서 어밀리아를 똑바
로 보고 있었다. 얼굴은 무표정했다. 어떤 감정도 내비치
지 않았다. 나를 정말 미워하는 모양이야, 어밀리아는 결
론을 내렸다. 경비가 밖으로 나와 자기를 밀치고 다치게
하고 쫓아낼 거라고 생각했다. 이런 생각을 하는데 경비가
몸을 돌려 벽걸이 전화 쪽으로 가는 모습이 보였다. 수화

기를 들고, 번호 세개를 누르고, 천천히 어밀리아를 다시 쳐다보았다. 수화기에 대고 말을 하면서도 계속 쳐다봤다. 손짓은 하지 않았다. 그럴 필요가 없었다. 이제 끝이구나, 어밀리아는 생각했다. 어밀리아를 체포해 가라고 하는 것이었다. 주위 사람들이 조용해졌다. 경비가 수화기를 내려놓는 게 보였다.

사람들이 조용히 있다가 길을 비켜주었다. 제복을 입은 경비가 이쪽으로 오고 있었기 때문이다. 경비가 무리를 가르며 다가오자 사람들은 기대하며 쳐다보았다. 어밀리아는 자기를 밀치려고 다가온다는 걸 알았으므로 창살을 더 꽉 붙들었다. 이러다 바닥에 쓰러지고 나면 사람들이 무슨 짓을 못하겠나?

이제 경비가 어밀리아의 바로 뒤에 서 있었다. 존재가 느껴졌다. 냄새를 맡을 수 있었다. 왜 진작에 조금이라도 기회가 있을 때 도망가지 않았을까? 경비가 어밀리아 쪽으로 몸을 숙였다. 입을 열고 말을 했다. 어밀리아는 눈을 질끈 감았다. 이제는 너무 늦었다.

"도와줄 사람을 불렀어요." 경비가 말했다. "내 말 들려요? 누구 연락하고 싶은 사람 있어요? 내 말 들려요? 어떻게 도와드릴까요? 누구한테 연락할까요?"

방범 창살이 덜컹거렸다. 콩 통조림이 비닐봉지 바닥을 뚫고 바닥에 쿵 떨어졌다. 어밀리아도 쓰러질 뻔했으나 손가락이 구멍에 걸려 있었다. 경비가 어밀리아의 등을 받치고 일으켜세웠다. 방범 창살에서 손을 떼어내려고 하지는 않았다. 경비가 아이들한테 통조림을 주우라고 했다. 아이들은 시키는 대로 했고, 할아버지와 할머니도, 경비 옆에 섰다. 이 사람들은 파수병이었다. 어밀리아는 런던에서, 혹은 벨파스트에서 아무것도 하지 않았다. 계속 눈을 감고 있었다.

의문의 여지 없음, 1991~92년

어밀리아는 한밤중에 앤트림 글렌스에 올랐다. 옛날 대기근 때 생긴 공동묘지의 흰 묘비들 근처까지 왔는데 무엇 때문엔가 걸음을 멈추고 뒤를 돌아보았다. 로버타 매콘이 벼랑 가장자리에 서 있었다.

"버트!" 어밀리아가 외쳤다. "로버타 매콘! 너야?"

어밀리아는 아주 오래전 친구가 100미터 벼랑 꼭대기에, 산사태 위험 경고 울타리 너머에 있다는 사실이 이상하지 않은 듯했다. 로버타가 어밀리아와 똑같이 서른살이어야 할 텐데도, 아직 청소년이고 교복을 입고 있다는 사실도 눈에 들어오지 않는 듯했다.

"아, 나 길을 잃었어." 학생 로버타가 우는소리를 했다. "길을 잃었어. 여기는 벨파스트가 아냐. 어딘지 모르겠어."

어밀리아는 그 목소리가 기억이 났지만 한편 그걸 그렇게 오래 잊고 살았다는 사실이 당황스러웠다. 로버타가 먼저 움직였다. 로버타는 한숨을 쉬며 벌어진 작은 어깨를 으쓱하고 또다시 으쓱하고는 어밀리아를 돌아보더니 어밀리아의 팔짱을 꼈는데 그때 어밀리아는 자기도 벼랑 끝에 서 있다는 걸 알았다. 둘은 벼랑 너머를 보았다. 묵직하고, 깊고, 나른한 벼랑이라 쉽게, 너무나 쉽게 놓아버리고 떨어져 사라질 수 있었다. 그렇지만 저 앞쪽은 달랐다. 저쪽에서 쨍그랑 쿵쿵 하는 소리가 들렸다. 바람이었다. 바람이 바위에 부딪히고 동굴로 몰아치고 동굴 안에서 울부짖고 다시 비명을 지르며 나왔다. 뒤쪽 어딘가에서 물이 졸졸 흘렀고 숲에서는 동물들이 우짖으며 서로 죽였다. 어두웠다. 하지만 로버타는 빛을 내는 것처럼 보였다.

로버타처럼 어밀리아도 여기가 어디인지 몰랐고 왜 여기에 서 있는지도 몰랐다. 어밀리아는 친구한테 그렇게 말하려고 몸을 돌렸는데 이제 거기에는 둘만 있는 게 아니었고, 다른 사람들, 반쯤 있고 반쯤 없는 사람들이 어둠속에서 어밀리아를 향해 조금씩 다가오고 있었다. 어밀리아는 그 사람들이 익숙하면서도 전혀 반갑지가 않아 달아나기 위해 망설임 없이 뒤로 물러섰다가 벼랑 끝에서 떨어졌다.

어밀리아는 떨어지기를 멈췄고 눈을 뜨지 않은 채로 누군가가 자신을 침대에서 움직이는 걸 느꼈다. 그러니까 어밀리아는 침대에 누워 있었고, 누군가가 침대 위에서 자기 몸을 옮기고 있었다. 또다른 누군가는 팔뚝에 무언가를 넣었다. 어밀리아는 이 사람들이 누군지 몰랐고 관심도 없었다. 눈을 계속 감고 있었다. 웅얼거리는 소리가 들렸고 어떤 소리가 가까이 다가오더니 불렀다. "어밀리아?" 어밀리아는 대답하고 싶지 않았다. 대답하지 않았다. 담요를 덮어주길래 어밀리아는 다시 밤으로, 글렌스로, 로버타 옆으로 가서 벼랑 가장자리에 섰다.

"아니 왜 그러는 거야?" 로버타가 싸울 태세를 취할 때 늘 그랬듯이 허리에 두 손을 얹고 말했다. "뭔가 양심에 걸려 어밀리아 러빗? 인정하기 겁나는 게 있어? 뭔가 떠올리고 싶지 않은 게 있어?" 대답 삼아 어밀리아는 다시 낭떠러지 너머를 봤다. 그건 잘못이 아냐, 어밀리아는 속으로 생각했다, 그래야만 한다면 스스로 목숨을 끊는 건. 자기혐오의 궁극적 행위일 수도 있지만 자신을 영예롭게 하는 궁극적 행위일 수도 있지 않나? 로버타가 가까이 다가왔다. 로버타가 팔짱을 끼고 어밀리아를 붙들었다.

"그거 알아?" 로버타가 이제는 가벼운 목소리로, 자기들이 바로 여기, 위험한 곳, 황무지 한가운데에서, 자살과 죽음을 생각하고 있지 않다는 듯이 말했다. 로버타의 태도가 달라졌다. 이제 말싸움을 걸지 않았다. "이제 오늘밤 토비스에 갈 준비 하려고." 로버타가 말했다. "난 디스코가 좋아. 디스코 끝내주지. 네가 우리집으로 올래 내가 너희 집으로 갈까?"

어밀리아는 그 질문을 듣자 온몸이 떨리기 시작했기 때문에 몸을 떼어내려고 했다. 로버타는 어밀리아를 놓아주지 않고 한밤을, 앞쪽을 가리켰다. 공중에, 공허의 한가운데에, 베이 시티 롤러스* 바지 한벌이 걸쳐진 부엌 의자가 있었다. 의자 아래에는 3사이즈의 멍키 부츠** 두켤레가 반짝반짝 윤이 나게 닦여 춤추러 갈 준비를 마치고 놓여 있었다. 어밀리아는 멍키 부츠를 기억했다. 1975년에 어밀리아한테도 한켤레 있었다. 검은색 재킷, 금색 단추, 베이 시티 롤러스, 멍키 부츠, 아이섀도, 아이펜슬, 디스코. 어밀리아도 디스코를 좋아했다.

"얼른 어밀리아." 로버타가 말했다. "대답해. 네가 우리 집에 올래, 내가 너희 집에 갈까?" 툭 던지듯 하는 말일지라도 경고로 받아들여야 했다. 북아일랜드에 사는 사람이 가볍게 하는 말이 정말 가벼운 말이었던 때가 있었나? 그런 적은 없었다. 그렇지만 병원 약 때문에, 너무너무나 졸렸기 때문에, 어밀리아의 머리가 제대로 돌아가지 않았다.

"네가 우리집으로 와 버트." 어밀리아가 가볍게, 경솔하게, 무심하게 말했다. 그러니까 1975년 어느 오후 하굣길에 그랬던 것하고 똑같이. "네가 우리집으로 와 버트." 어밀리아가 말했다. "그러면 같이 버니 집에 갔다가, 다음에 —"

* 1970년대에 세계적으로 유명했던 스코틀랜드 팝 록 밴드. 부츠컷 형태에 밑단에 타탄체크를 덧댄 바지를 즐겨 입었다.
** 1970년대에 유행한 발목까지 오는 워커 부츠.

로버타가 팔을 홱 빼냈다. "하지만 그렇게 안됐지, 아냐!" 로버타의 얼굴이 분노로 불타고 목소리가 갑자기 사나워졌다.

"니들 나 빼고 춤추러 가버렸잖아! 내 말은 바로 잊어버리고 나 빼고 춤추러 갔지!" 로버타가 몸을 돌렸다.

어밀리아는 무너져내리는 느낌이었다. 어밀리아는 로버타 매콘이 뭐라고 말하든, 어밀리아나 다른 친구들이나 다 잊어버리고 춤추러 가는 수밖에 다른 도리가 없었다는 걸 분명히 알았다. 하지만 그런 이야기를 로버타에게 어떻게 해야 할지 알 수 없었다.

"아 로버타." 어밀리아가 울부짖었다. "그럴 수가 없었어. 그래야 했어. 그게 아니었어. 너는, 너도 알다시피 너는⋯⋯"

"흥!" 로버타가 다시 몸을 돌려 어밀리아를 붙잡으며 말했다. "내가 뭐 어밀리아? 네 입으로 말하지 그래. 이제는 의문의 여지가 없으니까."

어밀리아는 뒤로 물러섰다. 한없는 벼랑을 내다보고 다시 떨어지는 게 최선이라고 결론을 내렸다. 어밀리아는 다리를 움직이려고, 벼랑 너머로 가려고, 만약 로버타 매콘이 놓아주지 않으면 로버타 매콘과 같이 가려고 했다.

"아, 깼네요." 로버타가 아닌 얼굴이 말했다. 얼굴이 내려다보고 있었다. 잉글랜드인 목소리였다. 여자 목소리였다. 이렇게 말했다.

"잠시 여기에서 지낼래요 어밀리아? 당분간 여기에서 지내는 게 좋을 것 같아요. 자, 이거 먹으면 떨림이 가라앉을 거예요." 여자가 몸을 숙이자 어밀리아는 향수인지 비누인지의 냄새를 맡을 수 있었다. 로버타가 다시 나타나, 바로 이 병원에서, 이 의사 뒤에 서서, 어깨를 들썩이고 있었다.

"도망 못 가 어밀리아 보이드 러빗. 넌 계속 살아야 해. 내가 가기로 맘먹지 않는 한 나를 없애버릴 순 없어." 그러더니 로버타는 가버렸다.

어밀리아가 예상하지 못한 일이었다. 어밀리아는 놀라고 겁에 질려 다시 글렌스에 혼자 와 있었고, 로버타를 부르고 싶었지만 로버타가 빛을 가지고 떠나버린 뒤라 어둠 속에서 홀로 외쳐 부르자니 겁이 났다. 잠시 뒤에 어밀리아는 손으로 더듬어 벼랑에서 물러나며 더럽고 헐렁한 스웨터를 몸 쪽으로 바짝 당겼다. 내려가서 사람들을 찾아보기로 했다. 어밀리아가 받아들이기만 하면 어밀리아를 도와주고 어떻게 할지 알려줄 사람들. 어밀리아는 나무 옆으로 돌아가고 바위에서 미끄러지고 배수로를 뛰어넘고 울타리를 타넘어 나머지 세계가 있는 곳으로, 저 아래 있는 집들을 향해 걸었다.

이번에는 늙어 보이게 꾸민 아주 젊은 여자이거나 아니면 자기 나이를 인정하지 않는 아주 늙은 여자로 보이는 사람이 어밀리아 침대 가장자리에 앉아 있었다. 뼈가 도드라질 정도로 비쩍 말랐고 유니폼을 입고 있었다. 어밀리아가 보기에 헐렁하고 모양 없는 유니폼이었는데 다만 지금 어밀리아는 앞이 잘 보이지 않았다. 사물이 이중으로, 삼중으로, 지그재그로, 물방울무늬로, 가장자리는 사라진 채 보였고 내내 잠을 깊이 못 자서인지 눈에 다래끼까지 났다. 어밀리아의 눈에는 이 사람이 자기 얼굴 여기저기에서 피부를 뜯어내 자세히 들여다본 다음 입에 넣는 것처럼 보였다. 그러다가 어밀리아가 깼다는 걸 알아차리고 고개를 들었다.

"지붕이 초가로 된 집에 살았었어요?" 계속 대화를 나누던 도중이기라도 한 것처럼 여자가 말했다. 여자도 잉글랜드인이었는데 아까 왔던 잉글랜드인과는 다른 사람이었다. "전에 아일랜드 사람 만난 적 있는데. 메리라고, 알아요?" 여자는 한숨을 쉬며 고개를 숙이더니 의식이 없는 옆자리 환자의 초콜릿 상자에서 초콜릿을 하나 꺼내 먹었다. "아!" 여자가 화난 듯 큰 소리로 탄식했다. "그 초콜릿 안 먹었어야 했는데. 방금 내가 먹은 초콜릿 말예요. 먹지 말 걸 그랬어. 내가 말랐으면 좋겠어. 몸무게가 30킬로 아래였으면 좋겠어요. 30킬로가 안되는 사람들은 얼마나 행복할까." 그때 덩치가 이 여자의 스무배는 되는 무서운 여자가 나타나서 어서 일어나 일하라고 하자, 막대기 여자가 마지못해 일어서서 어슬렁어슬렁 걸어갔다. 덩치 큰 여자는 코가 거대하고 붉고 얼굴은 크고 보라색이었다. 어밀리아는 두 사람 다 간호사이며 서로를 별로 좋아하지 않는다는 걸 알았다. 젊은 여자는(이제 젊은 사람이라는 걸 알았다) 아마도 어디 다른 데에 가서 누우려고 나갔다. 나이 많은 여자는 어밀리아의 침대를 쿵쿵 퍽퍽 치기 시작했다.

침대 정리를 한다고 하는 거였다. 어밀리아는 그 간호사에게 뭔가를 물어보려고 했다. 자기한테 무슨 일이 있었는지, 왜 여기에 와 있는지, 여기 온 지 얼마나 되었는지 하는 것들. 그러나 여자는 알아차리지 못했는데 어밀리아가 아무 말도 하지 않았기 때문이다. 여자는 자기 환자 얼굴은 한번도 보지 않은 채 금세 쿠션을 돋우고 시트를 펴고 자기 몸도 펴고 가버렸다. 침대 안이 따뜻했고 침대 밖으로 나오라고 하는 사람도 없었으므로 어밀리아는 그대로 있는 게 좋겠다고 생각했다. 다시 눈을 감았다.

"……말할 필요도 없는 사실……" 바람인지 바람 속에 있는 무엇인지가 말했다. 그게 어밀리아를 언덕 아래로 쫓아내고 떠밀고 밀쳤다. 밀치고 또 얼른 밀치고 바닷가로, 오솔길을 따라, 언덕을 따라, 마을에 있는 집으로 이어지는 길을 따라 밀치더니 그 자리에 두고 가버렸다. 그 집 문가에서 로버타 매콘이 기다리고 있었다. 버나뎃 영도 옆에 서 있었다.

"아 안녕 어밀리아!" 버니가 외쳤다. 웃고 있었다. 다정했다. 버니는 언제나 다정했다. "오랜만이야!" 그러더니 얼굴을 찌푸렸다. "그런데 어밀리아, 너 여기서 뭐 해?"

이번에는 어밀리아도 준비가 되어 있었다. 함정이 있는 질문에는 애매하게 대답하는 게 최선이라는 걸 알았다. "그게 말이야," 어밀리아가 말하고는 "어" "아" "으음" "넌 뭐 해?"라고 되물었다. 버니는 활짝 웃더니 말해주려는 듯이 어밀리아 가까이 몸을 숙였다.

버니는 잠옷 위에 코트를 입고 털 슬리퍼를 신고 새로 한 펌이 풀리지 않게 머리카락에 롤을 말고 있었는데 어밀리아가 마지막으로 보았을 때처럼(그때가 언제였는지 어밀리아는 알고 싶지 않았지만) 젊고 말라 보였다.

"비밀 지킬 수 있어?" 버니가 숨을 더 가쁘게 쉬며 다가왔다. 어밀리아는 이 비밀을 전에 들은 일이 기억나서 끙 소리를 내며 뒤로 물러섰다. 1974년 4월 어느날 점심시간에 버니가 학교 화장실에서 한 이야기였다.

막대기 간호사가 돌아왔다. 바로 돌아온 것 같았지만 방 안이 캄캄하고 유리창 밖으로 별이 보였으니 실제로는 그렇지 않다는 걸 알았다. 막대기는 다시 침대 가장자리에 앉았다. 막대기가 아주 어리고 아주 아프고 아주 굶주렸고 자신을 죽이고 있다는 게 눈에 들어왔다. 나도 이렇게 10분의 9는 죽은 것처럼 보인 적이 있었나? 어밀리아가 이렇게 근본적인 의문을 떠올리며 고민해본 것은 처음이었고 이만큼 스스로를 돌이켜본 것도 처음이었다.

"나는 배를 채우려고 카다멈 씨앗을 먹어요." 막대기가 말했다. "그러면 다른 걸 안 먹게 되죠. 입에 넣고 계속 빨아도 칼로리가 하나도 없고 토한 다음에 나는 나쁜 입 냄새도 없애줘요. 비밀이지만 당신한테는 말해줄게요. 어차피 듣지도 못하고 깨어 있지도 않고 말도 못하고 기억도 못하고 건강도 안 좋고 혹시 모를까봐서 말해주는데 당신은 정신병원에 있으니까요."

"내가 말했듯이," 버니가 이어서 자기가 새로 알아낸 것에 대해 마치 처음 말하듯이, 1974년 그날에 말했던 것과 똑같은 방식으로 이야기했다. 버니는 새로운 발견에 들떠서 어밀리아와 같이 나누고 싶어했다. 버니는 늘 마음이 넓었다. 장례식에 모인 사람들이 다들 그렇게 말했었다. 버니는 어떻게 먹고 토하고 먹고 토하고 행복하게 무한 반복할 수 있는지 설명했다. "의문의 여지가 없어." 버니가 웃었다. "ABC 배우는 것만큼 쉽다고. 한가지만 기억하면 돼." 버니의 얼굴이 심각해졌다. "숫자 계산. 계산을 안하면 어밀리아, 뚱뚱해지고 말 거야. 하지만 걱정 마." 버니 얼굴이 다시 활짝 펴졌다. "계산이 더없이 간단하니까. 들어가는 건 더하고, 나오는 건 빼는 거야. 해봐. 그렇게. 그 원칙만 지키면 잘못될 일이 없어."

어밀리아는 그대로 해보았는데 마음에 안 들었고 더하고 빼고 하는 게 납득이 안됐다. 음식은 자고로 아예 안 먹는 게 상책이었다.

막대기가 초콜릿 상자에 손가락을 넣더니 브라질 크런치 하나를 또 입에 넣었다. 초콜릿이 순식간에 목구멍으로 넘어갔다. "아, 배가 터질 것처럼 괴로워." 막대기가 헐렁한 유니폼을 몸에서 멀찍이 들며 말했다. "배부를 때 옷이 몸에 닿는 게 싫어요." 막대기는 어밀리아 귀에 잘 안 들릴 정도로 목소리를 낮췄다. 무언가 일급비밀로 분류된 기밀을 말하려 한다는 뜻이었다. "다이어트는 정말 힘들어요 알겠지만." 막대기가 어밀리아를 쳐다보았다. 담요를 들추고는 어밀리아의 몸을 보았다. 우호적인 얼굴은 아니었다. "모르겠구나, 그렇죠?" 담요를 다시 덮었다. "비쩍 말랐으니."

"서둘러!" 로버타가 소리를 질렀다. "들어갈래!" 로버타는 어밀리아 옆에 팔짱을 끼고 서서 심술궂은 눈으로 마치 총을 쏘듯 성난 표정을 발사하고 있었다. 어밀리아는 손에 들고 있던 열쇠로 더듬더듬 문을 열어 로버타를 들여보냈다. 로버타는 들어가자마자 이렇게 불평했다. "그럴 줄 알았어! 하나도 없어! 단 한개도!" 로버타는 부엌 찬장, 서랍, 문을 열어젖혔고 어쩌면 문, 서랍, 찬장이 로버타 앞에서 저절로 열리는 것도 같았다. 어밀리아는 잠시 뒤에야 그것들이 열리며 조리도구와 그릇이 사방에 쏟아지고 있다는 걸 알아차렸다. 바닥에 떨어지면서도 아무 소리도 안 났다. 그러고 보니 부엌에는 어밀리아 혼자 있었고 위층에서 문이며 찬장이 열리는 소리가 났다. 어밀리아는 얼굴을 찌푸렸다. 로버타는 대체 무슨 생각으로 어밀리아의 집처럼 보이는 곳에서 이런 짓을 하는 걸까?

어밀리아는 옛 친구에게 한마디 해주려고 위층으로 올라가려다가, 무언가가 머릿속에서 삐걱거리다 제자리에 들어맞자 걸음을 멈췄다. 어떤 기억이었는데 그게 떠오르는 순간 어밀리아는 고개를 들어 로버타 매콘이 있는 위층 계단을 올려다보았고, 로버타 매콘은 학교 다닐 때의 모습 그대로 하던 동작을 멈추고 난간 밖으로 몸을 내밀어 어밀리아를 내려다보았다.

"때가 됐어." 잠시 뒤에 로버타가 말했다. 어밀리아는 벽에 몸을 기대고 아무 말도 하지 않았다. 그냥 말없이 로버타를, 그러니까 로버타의 남은 부분을 보고 있었다. 폭탄 사고 이후 옛 친구한테는 남아 있는 부분이 많지 않았다.

"사진 한장이라도 갖고 있을 수 있었잖아." 유령이 말했다.

"사진은 하나도 없었어." 어밀리아가 말했다.

두 사람 다 입을 다물었다.

그뒤 여러날에 걸쳐 조용히 집이 난장판이 되었다. 로버타는 자기와 관련된 기억을 계속 찾았고 로버타에게 내줄 수 있는 게 아무것도 없는 어밀리아는 걸리적거리지 않게 떨어져 있었다. 학생 로버타가 화가 나서 투덜대는 소리 말고도, 구석에서 다른 사람의 한숨과 체념 소리도 들렸다. 어밀리아는 또다른 죽은 사람들이라는 걸 알았고 그 사람들까지 죄다 나타나기 전에 떠나야 한다는 생각이 들었다.

다음 날 아침, 죽은 로버타가 오래된 신문 상자에 머리를 박고 신문을 꺼내며 "이거 나에 대한 거야?" 하고 소리치고 있고 죽은 버니는 옆방에서 일급비밀 음식 수학에 빠져 있는 동안 어밀리아는 빈 몸으로 몰래 뒷문으로 빠져나갔다. 원래 입고 있던 옷 그대로 살금살금 마당을 가로질러 울타리 옆에서는 몸을 더 낮추고 집에서 멀어질 때까지 나아갔다. 그런 다음 모퉁이를 돌아 달려서 반대편 다리를 건너 지금 막 출발하려는 텅 빈 얼스터버스에 올라탔다.

어밀리아는 너무나 간단하게 해낸 것에 안도하며 뒤쪽 좌석에 앉아 쿡쿡 웃었다. 안전해, 어밀리아는 생각했다, 아 안전해 안전해 안전해 영원히. 잠시 뒤에는 버스 창문을 열고 공기를 들이마셨다 내쉬었고 벨파스트로 향하는 내내 그러길 반복했다. 구불구불한 길, 깎아지른 벼랑을 보면서 여행이 즐겁다는 생각마저 들었다. 어밀리아는, 버스가 끼익 소리를 내며 클리프턴빌 로드 어귀에서 멈추고 버스에서 내리고 나서야 버스 운전사가 없다는 사실을 알아차렸다.

"안녕 어밀리아!" 로버타가 외쳤다. "그래그래. 네가 우리집으로 올래 내가 너희 집으로 갈까?"

버스는 가버렸고 어밀리아는 횡단보도 이편에 있고 죽은 친구는 반대편 인도에서 내려서고 있었다. 청소년 로버타는 베이 시티 롤러스 바지를 입고 반짝이는 멍키 부츠를 신고 늘 화가 나 보이는 얼굴에 투박하고 과하게 화장을 했다. 상황을 짜맞추어보고 어밀리아는 친구의 목숨이 이제 약 삼십오초 남았다는 걸 알았다. 다시 1975년으로 돌아가고 싶지는 않았지만, 만약 이번에는 토비스로 얼른 먼저 가서 폭발 전에 춤을 추기 시작한다면, 로버타가 그 소식을 듣고도 춤추러 갔다고 어밀리아에게 뭐라고 하지는 못하리라고 생각했다. 그러면 지난 일을 상쇄해 모든 문제가 해결될 것이다. 이제 로버타를 잊을 수 있었다. 사실 로버타는 더이상 세상에 없으니까. 그래서 어밀리아는 친구가 부르는 소리를 못 들은 척하고, 저 아래쪽에 주차된 수상한 차도 못 본 척하고, 모퉁이를 돌아서 조금만 더 가면 있을 토비스를 향해 달렸다.

'털썩' 하는 소리가 났고 어밀리아는 깨어나서 또다른 여자가 앉아서 자기를 보고 있는 걸 봤다. 이 사람도 침대 가장자리에 앉아 있었다. 대체 뭣들 하는 걸까? 왜 이런 걸 참고 있어야 하나, 하는 생각이 들기 시작했다. 여자들이 아니라 남자들이 이랬다면 매우 화가 났을 것이다. 사실 이 사람은 일종의 남자 같았는데, 그래도 남자일 수는 없다고 주장하는 어떤 면이 있었다. 짙은 색 눈, 짙은 눈썹, 긴 코, 백조처럼 가늘고 긴 목, 바가지 모양으로 다듬은 굵고 윤기 나는 검은 생머리. 가늘고 여윈 남자 손, 좁고 불안정한 남자 발, 키가 크고 우아하고 마른 남자 몸도 있었지만 남자는 아니었다. 잠옷 틈새로 보이는 가슴은 작고 낮고 늘어졌고 사실 가슴이라고도 할 수 없었다. 그 사람이 짧은 분홍색 네글리제를 손등으로 쓸며 한쪽 다리를 다른 다리 위에 높이 올려 꼬고는 오른 발목을 빙빙 돌렸다. 발톱은 진주색이고 피부도 진주색이고 진주색 광대뼈가 천장까지 솟았다. 몹시 매력적이어서 신경안정제에 절어 있는 어밀리아는 마음을 혹 뺏겼다.

"안녕." 이 사람이 말을 했다. "나는 주얼스야. 나는 자궁하고 나팔관하고 질 상부가 없어. 고환은 몸 안에 숨어 있어. 23번 염색체 때문에 그래. 불강하고환이라고 해. '내 불강하'라고 부르지. 내 소개는 됐고. 네 얘기 해봐. 너 내 초콜릿 먹었니? 솔직히 말하는 게 좋아. 솔직한 게 최선이야."

어밀리아는 고개를 저으며 힘없이 "아니"라는 말을 목구멍으로 쥐어짜냈다.

"으음." 주얼스가 말하더니 "미안, 하지만 네 말 안 믿어"라고 했다. 잠시 뒤에는 이렇게 말했다. "나는 자발적인 환자야 ― 너는?"

"모르겠어." 어밀리아가 말했다.

"아닐 거야." 주얼스가 말했다. "자살하려고 했니?"

"기억이 안 나." 어밀리아가 말했다.

"다른 사람을 죽이려고 했니?"

"그런 것 같진 않아."

"정신병 증세를 보였니?"

"그게 어떤 건데?"

"너 말이 엄청 느리다." 주얼스가 말했다. "말하면서 혀를 거의 들어올리지 않아. 그리고 억양이 있어. 영어가 뒤틀렸어. 약 때문이야? 무슨 약 먹었어?"

"나 무서워." 어밀리아가 말했다. "너는 무서운 사람이야." 어밀리아는 눈을 감았다. 뭔가 너무 복잡해질 때는 눈을 감기만 하면 그 순간 잠이 들어 그곳을 빠져나갈 수 있다는 걸 알게 됐기 때문이다. 몸이 이런 영리한 탈출법을 어디에서 배웠는지는 몰라도 어쨌든 살아가는 데 아주 유용한 방법이었다. 병실의 분위기가 바뀌는 게 느껴졌는데 덩치 큰 보라색 간호사가 등장한 탓이었다.

"주얼스." 어밀리아는 간호사가 말하는 걸 들었다. "아직은 안돼. 아직 안 깼어."

"깼어요. 자기는 안 먹었고 다른 사람이 먹었다는데 범인이 누군지 내가 곧 찾아낼 거예요. 털룰라, 내 하비 니콜스* 옷 함부로 다루지 말아요. 그러지 말라고 전에 부탁했죠. 이거 더리즈 라이저 제품이에요. 분홍색이에요. 섬세한 거예요. 소중한 거예요. 이게 나예요. 날 함부로 다루지 말아요."

어밀리아는 다시 벨파스트로 가면서 이 주얼스라는 사람이 마음에 드니 언젠가 다시 만났으면 좋겠다고 생각했다.

"어느 쪽으로 가?" 대니 메거히가 가톨릭 지역 디어파크 로드에서 나오며 말했다. 대니 메거히가 어밀리아 옆

---

* 런던의 고급 백화점.

으로 슥 다가왔고 어밀리아는 당연히 깜짝 놀랐다. 대니의 몸이 망가져 있었기 때문은 아니고(왜냐하면 말할 것도 없이 어밀리아는 대니의 몸 상태를 알아차리지 못했다) 대니가 느닷없이 나타났기 때문이다. "나도 그렇게 잡혔어." 대니가 말했다. 어밀리아는 또 깜짝 놀랐다. 치사해, 어밀리아는 생각했다. 못됐어. 비열해. 대니 메거히 같은 사람이 이렇게 치사하고 못되고 비열하게 굴리라고는 생각 못했다.

"저리 가!" 어밀리아가 말했다. "대니 너 생각 안 나. 아무것도 생각 안 나고 게다가 난 아일랜드에 있지도 않아. 그건 다 끝났어. 넌 네 삶을 살아."

"무슨 삶 어밀리아?" 대니가 말했는데 그건 대니가 한 말 중에서도 가장 못된 말이었다. 로버타 같은 사람이나 할 만한 야비하고 저열한 말이었다.

"무슨 삶 어밀리아?" 로버타가 뒤쪽에서 나타나며 말했다. 얼마 전에 폭탄에 날아갔다는 얘기를 들었는데도.

"무슨 삶? 무슨 삶?" 다른 죽은 사람들이 말했다. 어밀리아는 당장 달아나는 게 최선이라고 생각했다.

"런던!" 어밀리아는 그 사람들에게서 달아나며 외쳤다. "난 런던에 있다고!" 그들에게서 벗어나려 하며 외쳤다.

"너 정말 웃겨, 어밀리아." 주얼스가 말했다. "그만해. 날마다 여기가 어디냐고 묻고 우리가 날마다 말해주는데 넌 또 날마다 잊어버리지. 그러고는 네가 런던에 있다고 고래고래 소리 지르면서 주장하고. 아무도 아니라고 안하는데, 여기가 런던이 아니라고 생각하는 사람은 너밖에 없는데도."

어밀리아는 주위를 둘러보았다. 사실이었다. 여기는 클리프턴빌 로드가 아니었다. 다른 환자들도 주얼스 말이 맞는다고 동의했다. 어밀리아는 사람들이 또 자기 침대 주위에 모여 있는 줄 알았는데 그건 아니었다. 이번에는 모두 커다란 방 가운데에 있는 의자에 앉아 있었다. 의자와 벤치가 여럿 있었고 남자 여자 많은 사람이 앉아 있었다. 흑인, 백인, 아시아인, 동양인이 있었고 어쩌면 개신교도와 가톨릭교도도 있을 듯했다. 큰 그룹도 있고 작은 그룹도 있고 한두명만 있는 그룹도 있고 혼자 있는 사람도 있었다. 혼자 있는 사람들은 웅크리고 있었다. 몸을 흔들고 있었다. 어밀리아는 큰 무리, 여자들 무리 사이에 앉아 있었는데 몇몇 사람은 알았지만 모르는 사람도 있었고 자기가 전에 이 방에 온 적이 있었는지 기억이 안 났기 때문에 겁이 났다.

사람들은 웃으며 어밀리아에게 걱정하지 말라고, 매일 오전 이곳 휴게실에 왔었다고 말해주었다. 어밀리아는 늘 똑같은 의자에, 문까지 뻗은 긴 테이블 옆에 창문 쪽을 보고 앉았다고 했다. 어밀리아는 테이블을 쳐다보았다. 긴 테이블이고 방 끝에서 끝까지 이어졌다. 창문은 레고 창문처럼 플라스틱이고 예쁘고 깔끔했다. 깨지지 않는 창문이었다. 누군가가 이렇게 말한 게 이제 기억났다. "어밀리아, 유령은," 그 남자가 말했었다. "저 창문으로 못 들어와." 그 게 농담으로 한 말이란 걸 알았다. 분홍색, 파란색, 노란색 꽃병에 흰색 조화가 꽂혀 있고 애거사 크리스티, 렌 데이 턴, 존 그리섬 소설과 밀스 앤드 분 로맨스 소설 시리즈가 꽂힌 책꽂이가 있었다. 안으로 들어오는 문이 하나 있고 나갈 때도 같은 문으로 나갔다. 문에 비밀번호를 누르는 장치가 달려 있는데 지금은 빨간색 소화기로 문이 닫히지 않게 받쳐놓았다. 사람들이 문으로 드나들면서 계속 소화 기에 부딪혔다가 다음에는 문틀에 부딪혔다. 어밀리아는 고개를 돌려 함께 앉아 있는 사람들에게로 주의를 돌렸다. 두 흑인 여성, 샬린과 필리다(어밀리아가 이름을 기억해 냈다)가 다시 싸우기 시작했다. 두 사람은 날마다 싸웠다. 그것도 기억났다. 이번에는 필리다가 먼저 시비를 걸었다.

"네 조상이 우리 조상을 팔았어!" 필리다가 외쳤다.

샬린은 엄청 화가 나 있으면서도 웃었다. 샬린이 소리 쳤다.

"적어도 우린 조상이 누군지는 안다고!"

사람들이 두 파로 갈려 있었는데 양쪽에서 고개를 끄덕 이며 다툼을 부추겼다. 사람들은 야유하고 환호했고 백인 들은 아무 일도 일어나지 않는 척 외면했다. 어밀리아는 혼란스러웠다. 이 새로운 상황에 어떻게 대처해야 할지 몰 랐다. 아일랜드에서는 모든 게 녹색 대 오렌지색이었다.

영국에서는, 지금까지는 흑인 대 백인이라고 생각했었다. 그런데 이 흑인 대 흑인의 싸움은 뭘까?

"우린 우리 동네를 알아!" 샬린이 더 큰 소리로 외쳤다. "정확한 위치를 알아! 우리는 전통이 있고 문화가 있고 정확한 지점을 짚을 수 있어!"

"퇴행적이야!" 필리다가 조롱했고 필리다 지지자들도 같이 비웃었다. "꽉 막힌 전통주의자들! 가부장적 과거에 붙들려서는!"

"이해가 안 가요." 어밀리아가 말했다. "왜 싸우는 거예요? 두 사람 같은 곳에서 오지 않았어요?"

침묵이 흘렀다. 저 백인 여자가 정말 그렇게 말한 건가? 다른 백인들은 동시에 고개를 다른 쪽으로 돌렸다. 샬린이 먼저 덤볐다.

"어밀리아 네 이름이 뭔지 어디에서 왔는지는 몰라도 ─ 그거 인종차별적인 말인 거 몰라?"

어밀리아는 몰랐고 만약 몰랐다고 말하면 그것도 인종차별적인 말이 될지 궁금했다. 아 이런, 어밀리아는 생각했다. 이제 어밀리아는 인종차별주의자가 되고 말았다. 아 그래, 또 이런 생각을 했다. 상관없어. 아무한테도 말 안하면, 더 질문을 안하면, 입을 다물고만 있으면, 다른 사람들은 모를 테고 영영 아무도 모를 테니까.

"너 그러다가 다음에는 이렇게 말하겠다." 필리다가 말했다. "우리가 이국적인 소수민족이라고." 다들 웃음을 터뜨렸지만 웃음이 오래가지는 않았다. 어밀리아는 아직도 혼란스러웠지만 무엇보다도 겁이 났다. 어밀리아는 여기에서 빠져나가기로 마음을 먹고 즉시 잠이 들었다. 순간 어밀리아는 안전한 벨파스트에 돌아와 있었다.

어밀리아는 얼라이언스 애비뉴에 있었고 모렐리네 옛집에 막 도착했는데, 그때 자기가 수년 전에 폭격으로 사라진 협동조합 슈퍼 비닐봉지 세개를 들고 있다는 걸 알아차렸다. 아무 쓸모도 없는 우스꽝스러운 물건이라 손에서 놓아버렸는데 그러자 콩 통조림들이 굴러나와 길 위로 데굴데굴 굴러갔다.

"정말 **아무것도** 기억 안 나?" 의사가 나가자 주얼스가 물었고 이번에는 어밀리아가 주얼스의 침대 가장자리에 앉아 있었다. 다시 밤이 되었다. 여기에서는 낮과 밤이 쉽게 뒤섞이고 요새는 벨파스트와 런던도 뒤섞이는 듯했다. 어밀리아는 무릎을 끌어안고 몸을 흔들었다. 어떻게 하면 여기에서 나갈 수 있을지, 과연 그런 날이 올지 알 수가 없었다. 어떻게 나갈 수 있겠나? 어느 나라에 있는지도, 어느 시대에 있는지도 확실하지 않았고, 자기와 이야기를 나누는 사람들이 산 사람인지 죽은 사람인지도 확신할 수가 없는데.

"콩 통조림이 생각나." 어밀리아가 말했다. "아." 주얼스가 말했다. "그거구나. 콩 통조림을 훔쳤던 거야. 훔치다가 걸렸고 그게 기폭제가 된 거지. 나도 물건을 훔쳐. 도벽이라고 하지. 나도 어쩔 수가 없어. 내 도벽 때문이라고 그러더라고. 일급비밀이지만 너한테는 말해줄게. 그런데 꼭 도벽 때문만은 아냐. 폭식증 때문에. 아냐, 그것도 아냐. 펄 때문이야. 펄 윈터. 그 여자가 내 애인이야. 그런데 떠나버렸어."

어밀리아는 놀랐다.

"그럼 불강하고환 때문에 여기 있는 게 아니야?"

주얼스는 기분 나빠했다.

"너 정말 최악이구나 어밀리아. 내가 왜 불강하 때문에 여기 있겠니? 네가 아는 사람 중에 양쪽 생식기관을 다 갖고 있는 사람이 몇이나 돼?" 없어, 어밀리아는 생각했다. "그렇겠지." 주얼스가 어밀리아의 생각을 읽고 말했다.

"하지만 난 그런 줄 ——" 어밀리아가 입을 열었다. "틀렸어." 주얼스가 말했다. "타고난 해부학적 모호성을 사수한 게 내 최대의 성취야. 어밀리아 네 최대의 성취는 뭐니?" 어밀리아는 생각을 해보았다. "술을 끊었어." 잠시 뒤에 덧붙였다. "그리고 이제는 전처럼 굶지 않아."

"그걸로는 충분하지 않아." 주얼스가 말했다. "이런 말 하긴 싫은데, 다른 사람들이 너에 대해 하는 말이 맞아. 너는 속이 좁고 꽉 막혔고 아는 게 너무 없어. 보나 마나 온실 속에서 자랐겠지. 빤히 보여." 그러더니 말투가 조금 누그러졌다. "다 너한테 도움 되라고 하는 말이야. 그러니까 어밀리아 너도 세상에 대해, 사람들에 대해 알고 싶지 않아?"

별로, 어밀리아는 생각했다. 세상과 사람들에 관한 지식이 어밀리아에게는 전혀 도움이 안 됐다. 바로 세상이나 사람에 관해 아는 것들 때문에 여기에 오게 된 것이었다. 그렇지만 그런 말을 입 밖에 내지는 않았다. 자기가 또 틀렸을까봐 겁이 났다. 그래서 이렇게만 말했다. "미안해. 화내지 마. 친하게 지내자."

"너무 많이 자서 그래." 샬린이 말했다. 이번에는 모두 같이 휴게실에 앉아 있었다. "원래 정신이 아프면 불면증과 과수면 사이를 왔다 갔다 하게 되긴 하지만, 그렇다 치더라도 어밀리아 너는 잠을 너무 지나치게 많이 자는 것 같아."

다른 사람들도 고개를 끄덕였다. "조심하지 않으면 저기 그레이스처럼 될 거야." 사람들이 말하며 병실 저쪽 침대에 누워 있는 그레이스를 쳐다봤다. 그레이스는 어밀리아의 옆 침대에서, 그러니까 주얼스 침대와 반대쪽 침대에서 잤다. 어밀리아는 여기에서 지내는 동안 그레이스가 눈을 뜨거나 인사를 하는 걸 단 한번도 본 적이 없었다.

"처음에는 잠에서 깨서 우리한테 말도 했어." 샐리가 말했다. "그런데 점점 잠에 빠져들더니 아예 안 깬 지 한참 됐어. 지난번 잠이 든 이래로 한번도 안 깼다고."

"너도 조심해야 해." 주얼스가 말했다. 레지나가 거들었다. "그래, 그러는 게 좋아. 너 정말 많이 자. 너도 알지."

"피곤해서 그래." 어밀리아가 말했다. 은근히 화가 났다. 자기들도 정신병원에 있으면서 이래라저래라 잔소리를 한다는 게. 사람은 누구나 삶에서 의지할 게 하나는 있어야 한다는 걸 모르나?

"의사 선생님이 준비하래요." 누군가가 말했다. 어밀리아는 잠에서 깨어 힘겹게 머리를 돌렸다. 사람들이 옆 침대에 잠들어 있는 그레이스에게 말하고 있었다. 낯선 사람 네명, 간호사와 잡역부가 있었는데 얼굴이 어둡고 차가워 보였다. 환자 몇명이 구경하려고 쭈뼛쭈뼛 다가갔다가 바로 쫓겨났다.

"아마 이게 마지막 기회일걸." 막대기가 말했다. 막대기는 물어뜯은 손톱을 어밀리아의 침대 가장자리에 문질러 다듬으며 막대기 같은 다리를 앞뒤로 흔들었다. 막대기는 행복했다. 다이어트 중이었다. 크리스마스가 다가오고 있었다. 그러니 파티가 많이 열릴 것이다. 막대기는 비쩍 마른 몸으로 준비해서 모든 파티에 갈 생각이었다.

"그레이스 미크!" 간호사 한명이 준엄하게 불렀다. "내 말 들리는 거 알아요! 피를 뽑을 거예요. 조니, 가림막 좀 쳐줘."

다른 간호사들도 그레이스에게 소리를 쳤고 막대기한테도 그렇게 게으르게 굴지 말고 와서 거들라고 소리쳤지만 그래봐야 그레이스도 막대기도 반응이 없었다. 어밀리아는 겁이 났다. 의사가 준비하라고 했다니, 무슨 뜻일까? 그레이스한테 뭘 어떻게 하려는 걸까? 무슨 일이 일어나는 걸까? 어밀리아는 주얼스가 도와주지 않을까 싶어 쳐다보았으나 주얼스는 여전히 어밀리아에게 말을 하지 않았다. 화가 많이 나 있었다. 어밀리아가 위僞자웅동체와 일반 자웅동체의 차이를 몰라서, 또 어밀리아가 몰래 초콜릿을 훔쳐갔다고 의심해서 화가 났다. 막대기도 도와주지 않았는데 원래 막대기는 누구도 도와줄 수가 없었다. 몸무게가 30킬로그램에서 그 이하로 떨어지려 했기 때문에 막대기 자신도 재앙을 향해 가고 있었다. 그래서 어밀리아는 담요를 밀어냈다. 일어나서 앉았다. 머리가 멍하고 어지러웠지만 침대에서 나와 문으로 가려고 기를 썼다.

옆쪽 수풀에서 어떤 움직임이 느껴져 어밀리아는 몸을 돌렸고 그레이스나 병동에서 있었던 일은 전부 잊었다. 어밀리아는 모렐리네 옛집 쪽을 보았는데 거기에서 그 집 형제 셋 중 두명이 어밀리아에게 손짓을 했다. 리지 언니가 퇴창 옆에 서 있었다. 아냐, 어밀리아는 생각했다. 리지 언니가 죽었을 리 없어. 만약 그랬다면 누가 말해줬겠지. 당연히 소식을 전해주지 않았겠어? 아! 기억이 났다. 그랬다. 누군가가 말해주었다.

"봐! 쟤 도망가려고 해!" 누군가가 외쳤다.

"못 가." 다른 사람이 말했다. 어밀리아는 뒤를 돌아보았으나 짙은 안개가 사방에 내려앉아 아무것도 보이지 않았다. "누가 죽었게?" 누군가가 말했다.

"우리 버니한테 케이크를 만들어주려고, 케이크." 다른 사람이 말했다. "우리 버니가 집에 온단다, 집에 와."

"그애를 잃었어." 씩씩하고 활기찬 목소리가 말했다. "그런데 그거 알아? 우린 그애가 아예 존재하지 않았던 척 했어. 그러니까 고통이 사라졌어. 펑! 그냥 그렇게. 너도 한번 해봐."

"누가 죽었게!" 첫번째 목소리가 다시 말했다.

"우리는 테이블 아래, 쿠션 뒤에, 의자 뒤에 숨어 있으면 안전할 거라고 생각했어."

"……그리고 심지어 걔는 자기 오빠가 —정말 죽었다는 걸 너도 알고 나도 아는 그 오빠가 —내내 차 한잔 마시러 왔다 갔다 하는 척했다고!" —"아냐!" —"맞아! 사람들 정말 웃기지 않니. 그게 다가 아니야……"

"파리떼가 꼬이는 걸 보면 알 수 있어."

"누가 죽었게!"

"나야!" 어밀리아가 절규했다. "아, 나라고! 내가 죽었어. 아니야?"

"그 러빗이라는 환자예요." 막대기가 말했다. "저기 누워서 지껄이고 있어요. 의사 선생님이 약을 줄였는데 내 생각에는 오히려 더 늘려야 할 것 같아요."

밤이었다. 어밀리아는 다시 깨어 얼른 침대에 일어나 앉았다. 아직도 걱정이 됐다. 라디에이터가 뜨겁게 끓고 있었고 간호사들은 바빴고 병실이 어둑한 가운데 어밀리아는 다른 환자들도 깨어 있으며 무언가가 잘못되었다는 걸 느꼈다. 다들 어밀리아를 보고 있었다. 아니, 어밀리아 뒤쪽을 보고 있었다. 어밀리아는 몸을 부르르 떨며 뒤를 돌아보았다.

그레이스의 침대가 사라지고 없었다. 그레이스도 없었다. 그레이스는 침대째로 옮겨졌고 그 자리가 이제 텅 비어 있었다. 누군가가 허공을 가르는 울음소리를 냈다. 샐리였는데, 길고 긴 음이 병동의 반대편 끝까지 뻗어나갔다. 어밀리아는 그 소리를 참을 수가 없었고 또 반대편 침대에서 누가 몸을 흔드는 것도 참을 수가 없었다. 주얼스가 몸을 흔들고 있었는데 어밀리아는 두려움을 모르던 자기 친구가 그러는 걸 참을 수가 없었다. 샐리는 계속 울부짖으며 침대에서 나와 데굴데굴 굴렀고 그러자 사방에서, 병동 곳곳에서 무거운 울음소리가 터져나왔다. 간호사가 도와줄 사람들을 불렀고 그때 어밀리아는 떠나려고 일어섰다. 갈 때가 되었다. 더는 여기 있을 수 없다는 걸 알았다.

그런데 이상하게도 이 병원에서 어떤 때는 베개에서 머리를 들어올릴 수조차 없었는데 지금 같은 때에는 발을 끌며 걸을 수 있었다. 다시 낮이 되었고 어밀리아는 다급하고 확고하게, 발을 끌며 걷는 다른 사람들을 앞지르려 하고 있었다. 다른 사람들도 저마다 서두르는데도 한없이 느렸다. 고개를 들자 앞쪽에 스테인리스 접시들이 보였고 부딪히지 않게 멀리 돌아가야겠다고 생각했지만 늘 그러듯 그렇게 되지 않았고 매번 땡그랑 땡 부딪혔다. 접시가 요란한 소리를 내며 쏟아지는 바람에 어밀리아는 겁에 질려 걸음을 멈췄다. 그레이스를 데려간 사람들이 와서 어밀리아에게 소리를 지르고 붙잡아서 다시 침대로 데려갈 것 같았다. 그런데 그 사람들이 오긴 했으나, 그러는 대신 몸을 숙여 바닥에 떨어진 것들을 주웠다. 다 줍고는 서서 보고 있는 어밀리아를 그대로 두고 가버렸다. 사람들이 가버린 다음에 어밀리아는 더 빨리 발을 끌며 걸었으나 출구에 도달하기 전에 잠이 쏟아지기 시작해 눈을 감고 벽에 기댔다. 어밀리아는 기다렸다. 언제나 기다렸다. 언젠가는 누군가가 왔다. 결국에는 누군가가 와서 다시 병동으로 돌아가도록 도와주었다.

이번에는 달랐다. 어밀리아는 비틀거리며 짙은 안개 밖으로 빠져나왔는데 목소리들이 계속 따라왔다. 어밀리아는 돌러스 이모가 살던 작은 아파트 건물 밖에 있었다. 공동현관으로 몸을 던졌는데 문이 열려 안쪽으로 들어갈 수 있었다. 어밀리아는 문을 닫고 잠갔다. 간발의 차였다. 그들이 유리로 몰려와 말없이 건물 안쪽에 있는 어밀리아를 보았다. 어밀리아의 친구들, 이웃들, 같은 지역에 사는 사람들이었다. 로버타가 맨 앞에 있었다. 모두 죽은 사람들이었다.

어밀리아는 뒤로 물러서며 괜찮다고, 실제로 일어나는 일이 아니라고, 다음 순간이면 다시 병동으로 돌아갈 수 있을 거라고 되뇌었다. 그런데 그렇게 되지 않았다. 사람들이 계속 보고 있었고 그래서 어밀리아는 계속 물러서다 계단까지 갔는데 계단에 무언가가 이미 와서 어둠속에서 타일을 두드리며 기다리고 있다는 것은 몰랐다.

어밀리아가 알아채기도 전에 그것이 후다닥 다가와 어밀리아의 종아리를 꽉 붙들고 쓰러뜨렸다. 어밀리아의 몸이 집게발로 조여지면서 돌아갔는데 혼란스럽고 시야가 조각 난 와중에도 어밀리아는 그게 무슨 짓을 하는지 알아차리고 비명을 질렀다. 급식용 관이 어밀리아의 몸 안에 슥 들어와 어밀리아는 비명을 멈출 수밖에 없었다. 그게 익숙했고 어째서인지 낯설지 않았다. 아무리 애를 써도 이제는 비명이 나오지 않았다. 두번째 관이 들어왔는데 그것도 가늘고 뾰족하고 단단했고 어밀리아는 그걸 빼내려고 손으로 할퀴고 팔을 허우적거렸다. 어밀리아를 공격한 것은 믹 오빠의 얼굴을 하고 있었다. 믹이 어밀리아의 종아리 살을 짭짭 소리를 내며 먹어치웠다. 눈을 감고 체계적으로 뜯어먹더니 종아리를 다 먹은 다음에 허벅지로 옮겨갔다. 구석에서 두 사람 목소리가 들렸다. 서로 자기주장을 내세우고 있었다.

"나야!" 한 사람이 외쳤다. "아니, 나야!" 다른 사람이 외쳤다. 어둑한 구석에서 어밀리아의 돌아가신 부모님이 늘 그랬던 것처럼 누가 먼저 죽을지를 두고 말씨름을 하고 있었다. 도와줘요! 어밀리아는 소리치려 했지만 아무 소리도 나오지 않았다. 도와줘! 다시 외쳐보았다. 어머니가 말할 차례였다.

"나라고!" 엄마가 말했다. "아냐 나야!" 아빠가 말했다.

"당신은 이기적이야 토미." 엄마가 말했다. "내가 나중에 죽지는 않을 거야. 내가 당신을 이렇게 사랑하는 걸 알면서 어떻게 나더러 나중에 죽으라는 거야?"

"이기적인 건 당신이야 라이어." 아빠가 말했다. "그러면서 어떻게 날 사랑한다고 할 수 있어! 날 정말 사랑한다면 내가 당신을 잃는 고통을 겪지 않도록 먼저 죽을 수 있게 해줘야지!"

엄마! 어밀리아는 머릿속으로 외쳤다. 아빠! 또 외쳤다. 이제 정말 울고 있었다. 믹은 어밀리아를 다 먹어치우기 전에는 놓아주지 않을 터였다.

"그러니까 나여야지!" 엄마가 외쳤다. "아니 나야!" 아빠가 외쳤다. "아니, 나야!" 엄마가 외쳤다. 도와줘, 어밀리아가 불렀다. 믹은 계속 뜯어먹었다.

허벅지 살을 다 먹고 이제 뼈를 씹고 있었다. 믹의 배가 차가웠다. 믹은 두 다리로 어밀리아를 조였다가 놓았다가 하면서 먹어 올라갔다. 어밀리아는 잠이 오기 시작했지만 잠들면 안된다고, 이런 일이 일어나는 동안 정신을 잃으면 안된다고 자신을 다잡았다. 믹을 몸에 단 채로 기어서 부모님이 열렬히 애정행각을 벌이고 있는 콘크리트 계단을 향해 갔다. 부모님은 너무 열렬한 상태라 도와달라고 기어온 딸이 눈에 들어오지 않았다.

"내 유일한 잘못이라면," 아빠가 말했다. "당신을 너무 지나치게 사랑했다는 거지."

"내 유일한 잘못이라면," 엄마가 말했다. "그것보다도 더 당신을 사랑했다는 거야."

어밀리아는 손으로 박박 기며 두 사람을 지나쳤다. 첫번째 계단 위에 놓인 긴 부지깽이를 잡았다. 자기 집안에서 너무 가까이 다가오는 사람들을 때리는 데 쓰던 바로 그 부지깽이였다. 믹이 너무 가까이 있었다. 믹은 빠르게 허벅지뼈를 먹어치우고 사타구니뼈를 향해 움직이고 있었다. 어밀리아는 부지깽이를 집어 손잡이를 쥐고 높이 들었다. 부지깽이로 믹을 내리치고 믹을 내리치고 믹을 내리쳤지만 소용이 없었다. 멈추게 할 수가 없었다. 어밀리아는 부지깽이를 떨어뜨렸고 부지깽이는 복도 구석으로 굴러갔다.

"사랑해." 엄마가 말했다. "나한테는 당신밖에 없어."

"사랑해." 아빠가 말했다. "나한테는 당신밖에 없어." 두 사람이 입을 맞추고 애무를 하는 동안 어밀리아는 계단 중간까지 기어올라갔다. 계단 위에 '어밀리아 보이드 러빗의 보물 창고'라고 적힌 상자가 있었다. 어밀리아는 상자를 쳐냈다. 굵직한 고무 총탄들이 쏟아져나와 소리 없이 계단 아래로 굴러갔다. 어밀리아는 신경 쓰지 않고 계속 기어 꼭대기까지 갔는데 믹의 몸이 계속 덤벼들면서 시야를 가렸다.

"쪽쪽쪽. 나한테는 당신밖에 없어." 그들이 말했다. "아냐. 쪽쪽쪽." 계속 서로 반박했다. "나한테는 당신밖에 없어." 어밀리아는 탐욕스럽게 더듬거리는 믹의 몸을 뒤져 권총을 찾았다. 방아쇠를 당겼다. 오빠가 사라졌다.

부모님은 애무를 멈추고 일어서서 어밀리아를 올려다보고 있었다. 늘 그러듯 이번에도 상황을 완전히 오해했다.

"그러지 마 어밀리아. 우린 너희 부모잖아. 우리 말을 들어야 해. 네 오빠를 쏘면 안되지. 가서 다른 사람이나 쏴."

어밀리아는 부모를 쐈고 이어서 계단을 타고 쫓아오는 사람들을 전부 쐈고 이어서 사방에 대고 총을 쐈다. 총알이 다 떨어지자 짤깍짤깍 빈 권총을 쐈고 그러다 그만두고 바닥에 던져버렸다.

어밀리아는 복도를 가로질러 돌러스 이모의 방으로 갔다. 문에 '돌러스 이모는 죽었음'이라는 안내문이 붙어 있었으나 문은 잠겨 있지 않았다. 어밀리아는 안으로 들어가 쾅 하고 문을 닫았다. 방 안을 둘러봤다.

방이 뜻밖에 환하고 상쾌했다. 악몽이 끝난 모양이었다. 어밀리아는 몸을 일으켜세웠다. 다시 다리를 움직일 수 있었다. 피투성이도 아니고 아프지도 않아서 어밀리아는 행복해졌다. 여기에서 살면 되겠다고 생각했다. 기뻐서 춤을 추고 자기 몸을 껴안고 노래를 부르며 옆방으로 갔다. 그 방은 무언가 다르다는 게 느껴져 웃음기가 조금 가셨다.

안될 거 없어, 어밀리아는 결론을 내렸다. 이 방도 좋은 방이었다. 더 작고 유리창이 깨졌고 춥고 공기에 뭔가 불쾌한 느낌이 있긴 했지만, 기운을 냈다. 여기에서 살 수도 있다고 마음을 먹고 다시 춤을 추려고 해보았다. 그런데 물린 다리 때문에 그럴 수가 없었다. 패혈증을 일으켜 사타구니가 아팠다. 대신 콧노래를 불렀다. 구슬픈 노래였다. 반복적인 노래였다. 찢어지는 듯 타는 듯 쓰라린 노래였다.

속삭이는 소리가 들렸다. 바로 귀에 닿았다. 어밀리아는 손가락으로 귀를 틀어막아 소리가 안 들리게 하려 했다. 밖에서 나는 소리였는데 어밀리아를 어떻게 할까 계획을 세우고 있었다. 발아래를 내려다보자 작은 문이 보였다. 어밀리아는 문을 잡아당겨 열었다. 안이 캄캄했다. 구겨져 들어가서 문을 닫았다. 이제, 자기 감정을, 가족을, 섹스를, 아일랜드를 생각하지만 않으면 여기에서 행복하게 숨을 참고 영원히 살 수 있었다. 그렇게 하려고 자리를 잡으려는데 언니 목소리가 들려왔다. "어밀리아." 리지가 말했다. "너는 쪼끄만 바보야."

주위를 둘러보았다. 사람들이 바글거렸다. 모두 다 여기에 있었다. 부모님, 오빠 등등 어밀리아가 잊어버린 사람들이 전부 있었다. 리지가 말했다. "이걸 머릿속에 잘 담아 둬 어밀리아. 우린 할 수 있는 게 없어. 우리가 널 잡으려고 온 게 아냐. 네가 우릴 잡으려고 돌아온 거지."

어밀리아는 눈을 떴고 다시 병실에 돌아와 있었다. 환했다. 주얼스가 어밀리아를 흔들고 있었다.

"어밀리아." 주얼스가 외쳤다. "이번엔 진짜 걱정했어."

어밀리아는 하품을 하며 주얼스에게 몸을 기댔고 사람들이 무슨 말을 하는지 이제 알 것 같다고 말했다. 잠을 자는 게 처음에는 중요한 일이지만, 그게 궁극적인 해답은 아닌 것 같다고. 주얼스가 어밀리아가 주스를 마실 수 있게 도와주었다. 아직도 움찔거리지 않으면서 마실 수가 없었기 때문이다. 다 마시고 나자 주얼스가 말했다. "살인 미스터리 어때 여러분? 누워봐 내가 읽어줄게."

주얼스가 사람들에게 애거사 크리스티 책을 읽어주었다. 살인이 한건도 아니고 세건이나 나오는 책이었다. 어밀리아는 이번에는 내용에 집중할 수 있었다. 소설이 재미있었다. 모두들 즐거워했다. 주얼스는 자기도 모두에게 책을 읽어주는 게 즐거웠다고 했고 어밀리아에게도 한번 낭독해주지 않겠냐고 제안했다. 다른 사람들이 고개를 끄덕이며 그래, 어밀리아가 읽을 차례가 됐어,라고 했고 어밀리아는 웃으며 알겠다고, 하지만 앞이 잘 보이고 단어들이 여기저기로 튀지 않게 될 때까지 기다려야 한다고 말했다. 사람들도 웃었고 금요일을 어밀리아 차례로 해놓겠다고 말했다. 그러고 나서, 책을 치우고 다 같이 이브닝티를 마시러 갔다.

안전한 집, 1992년

    어밀리아가 그 방을 보러 간 때는 1월 어느 늦은 오후였다. 어밀리아는 북런던에 있는 4층짜리 집 앞에 기진맥진 녹초가 되어 도착해서 손에 든 주소를 다시 확인했다. 여기가 주얼스가 사는 곳이었고, 주얼스의 애인이 살던 곳이었고, 주얼스의 집주인이 새 세입자를 구하고 있는 곳이었다. 어밀리아는 자기가 그 새 세입자가 되면 좋겠다고 생각했다. 어밀리아는 빨리 방을 구해야 했다.

    몸으로 밀어 대문을 열려고 해보았으나 문이 들여보내주지 않았다. 그러다 결국은 들어가게 해주었는데 어밀리아가 끝까지 포기하지 않으려 했기 때문이다. 어밀리아는 깨진 진입로를 따라 현관문으로 갔다. 굳게 닫힌 철문이었는데 창문도 우편물 투입구도 없고 한가운데에 밖을 내다보는 구멍 하나와 옆에 초인종이 있었다. 위층 창문은 두 꺼운 회색 커튼으로 가려 있고 아래층 창문은 커튼 대신 나무판자가 못질되어 있었다. 지금까지 본 광경이 마음에 들지는 않았지만 어밀리아는 지금 찬밥 더운밥 가릴 처지가 아니다, 호스텔에서 빨리 나와야 한다, 혼자 있을 수 있는 공간을 얻어야 한다는 걸 되새겼다.

초인종을 눌렀더니 찌지는 소리가 났다. 손가락을 떼면서 다시 이걸 누를 일이 없었으면 했다. 그럴 필요가 없었다. 조심스러운 발걸음 소리가 타닥 타닥 타닥 타닥 타다닥 나더니, 구멍으로 내다보는지 잠시 조용하다가, 긴 빗장이 당겨지고 자물쇠가 풀리고 사슬이 벗겨지고 짧은 걸쇠가 다시 채워지더니 마침내 거대한 철문이 열렸다. 아주 조금만. 문이 열리면서 길고 고통스러운 듯한 신음소리가 났다. 어밀리아는 철문이 자기 쪽으로 열려서라기보다는 그 소리에 놀란 탓에 화들짝 뒤로 물러섰다.

잠시 뒤에 안쪽을 들여다보았더니 여자 한명이 문간에 서 있었다. 어밀리아처럼 조그맣고, 어밀리아처럼 창백하고, 어밀리아처럼 나이가 삼십대였지만, 어밀리아는 항상 긴장하고 필요할 때면 도망칠 준비가 되어 있는 것과 대조적으로 이 여자는 항상 긴장하고 상황이 아무리 좋다고 하더라도 공격할 준비가 되어 있는 듯했다. 한 손에 야구방망이를 들고 다른 손에는 권총처럼 — 아 안돼, 아니었으면, 제발 아니었으면 하고 어밀리아는 바랐다 — 생긴 것을 들고 있었다.

"아." 여자가 야구방망이를 치우고 권총을 권총집에 넣으면서 말했다. "어밀리아군요. 주얼스가 당신이 어떻게 생겼는지 알려줬어요. 당신에게는 다행스럽게도 일치하네요. 나는 헬레나예요. 들어와요." 그러더니 헬레나는 텅 빈 거리를 죽 훑었다. "서둘러요!" 헬레나가 외쳤다. "시간이 없어요. 빗장을 지르고 널판을 덧대고 자물쇠를 채우고 빨리 문을 잠가야 해요."

어밀리아가 문지방을 넘어 들어오자 집주인은 문이 저절로 닫힐 때까지 기다렸다. 문이 닫히자 널판을 덧대고 빗장을 지르고 자물쇠를 채우고 사슬을 걸었고 그동안 어밀리아는 현관에 서서 지독한 냄새, 벽에서 풍기는 축축한 냄새와 어둑한 발밑에서 무언가가 자라는 냄새를 맡았다.

"이러는 게 시간 낭비고 조금 고딕풍이라고 생각하겠죠." 헬레나가 말했다. "하지만 요즘 런던에 살려면 얼마나 조심해야 하는지 믿기 어려울 거예요. 무시무시한 사람들. 끔찍한 사람들. 미친 사람들. 믿기 어려울 거예요. 괴물. 약탈자. 살인자. 믿기 어려울 거예요, 믿기 어려울 거예요, 믿기……" 헬레나는 벽에 있는 전등 스위치로 팔을 뱀처럼 뻗었는데 어밀리아는 팔이 자기를 향해 오는 줄 알고 부르르 떨면서 비켜섰다. 그러다가 정강이를 모래주머니에 찧었다.

"모래주머니 조심해요!" 헬레나가 말했다. "어서 와요.

자. 빨리. 급해요. 타이머 스위치예요, 움직여요!"

헬레나가 전등 스위치를 눌렀으나 전혀 달라진 게 없는 듯했고 다만 현관이 더 어두워지는 게 가능하다는 걸 알게 되었을 뿐이었다. 헬레나는 어밀리아를 최대한 빨리 안쪽 어딘가에 있는 보이지 않는 계단 쪽으로 밀고 끌고 갔다. 복도는 잘 보이지는 않았지만 관처럼 좁고 상자, 종이, 파일, 폴더, 서류가방, 차 상자, 모래주머니 등이 쌓여 있었다. 통로 전체에 놀랄 만큼 많은 쓰레기가 널려 있어 어밀리아는 걸어가면서 그 모든 물건에 걸려 넘어졌다. 마침내 두번째 계단에 다다라 아래로 내려갈 때 타이머가 끝났고 조금 덜 어두워졌지만, 사방이 캄캄해서 별 도움은 안 됐다.

"조심해요." 헬레나가 날카롭게 말하며 어밀리아를 계단 아래쪽으로 툭 밀었는데, 부서질 듯 보이는 외모나 조그맣고 앙증맞은 체구에 비해 놀랍도록 힘이 셌다.

"익숙해질 거예요." 헬레나가 이어 말했다. "계단이 열네칸 있으니까, 세면서 가면 어두워도 내려가는 데 아무 지장 없어요. 그래도 조심해요. 하강 지점이 나오니까."

하강? 어밀리아는 생각하면서 뭔가 단단한 데 손이 닿기를 바랐지만 어디에도 손이 닿지 않았다. 어밀리아는 좁고 가는 모양의 집 벽에 바짝 붙어 더듬거리면서 속으로 '하나 둘 셋' 하고 셌고 헬레나는 뒤쪽에서 큰 소리로 "하나 둘 셋, 빨리 가요, 빨리 가요" 하고 헤아렸다. 어밀리아는 원래 언제나 쉽게 피해망상과 히스테리를 일으키고 어떤 상황에서든 극도로 긴장하는 사람인데, 이번에는 그래야 한다는 걸 잊고 있었음을 뒤늦게야 깨달았다. 이번에는 정말 어떤 일이라도 일어날 수 있을 것 같았고 무슨 일이 일어나리라는 게 거의 확실하게 느껴졌다. 그래서 마지막 계단에서 내려서서 모퉁이를 돌아 문간으로 들어갔을 때, 제 발로 걸어들어간 무덤이 아니라 조명이 환하고 쾌적하고 따뜻하고 널찍한 방이 나오자 안도했다.

그 방은 부엌이었는데 위층 복도의 상태를 고려했을 때 뭐가 돋아 자라는 죽은 것들이 쌓여 있고 살진 쥐가 더러운 행주 위에서 낮잠을 자는 더럽고 불쾌한 돼지우리 같은 곳일 법도 했다. 그런데 그렇지가 않았다. 안이 깨끗했다. 불을 밝힌 천장 등에는 아늑하고 포근한 느낌을 주는 전등갓이 씌어 있고 게다가 아주 멀쩡하고 잘 어울리는 스탠드 두개가 가정적이고 명랑한 분위기를 자아냈다. 진한 레몬 냄새가 가득했다. 반들거리는 냉장고, 반들거리는 레인지, 반들거리는 식기세척기, 반들거리는 많은 것이 눈앞에서 반짝였고 사이드보드 위 텔레비전에서는 안전하고 평범한 말이 주절주절 흘러나왔다. 접는 부분이 쫙 펼쳐진 소나무 식탁 위에 체크무늬 식탁보가 덮여 있고 그 위에 헬레나의 가재도구들이 펼쳐져 있었다. 퓨즈 전선, 절연테이프, 각종 드라이버, 에버레디 건전지, 주둥이가 비틀어져 벌어진 빨래집게, 심지가 매우 긴 양초 등이었다. 이런

DIY 용품 무더기를 보고 어밀리아는 불쾌한 기시감을 느꼈지만, 그것을 제외하면 부엌 전체에서 신경에 거슬리는 것은 널판으로 완전히 덮인 대형 창문뿐이었다. 두꺼운 널판을 못을 촘촘히 박아 고정했는데 못이 2000개 정도 박혀 있는 것 같았다. 나무 창문 한가운데에 영국 왕족 사진 달력이 걸려 있고 그 아래에 선禪 화분, 선량 화분, 원기 화분, 번영 화분, 평화 화분 등 화분 열두개가 죽 늘어서 있었다. 식물은 싹 다 죽어 있었다.

안전한 벙커 안에 들어오자 헬레나가 다른 사람으로 변한 것 같았다. 헬레나는 야구방망이를 내려놓고 권총을 권총집에서 꺼내서(어밀리아는 그게 뭔가 다른 걸로 바뀌어 보이기를 기대했지만 여전히 권총처럼 보였다) 권총과 권총집 둘 다 냄비 안에 넣고 뚜껑을 닫았다. 헬레나는 더 부드러워지고 숨도 더 편히 쉬고 더 느긋해지고 친절하고 사람 좋아 보였다. 어밀리아는 아니라는 걸 알았다. 전에도 이런 사람을 만나본 적이 있었다. 한곳에서는 극단적으로 어떤 성격이고 다른 곳에서는 극단적으로 다른 성격인 사람. 어밀리아는 그런 사람들과 엮이는 일이 결과적으로 좋지 않았다는 걸 이제야 깨달으며 의식 속에서 사람들의 바람직하지 않은 면이 드러나던 기억을 지웠다. 늘 마침내는 비싼 대가를 치러야 했었다.

헬레나는 전선과 양초와 건전지 등등을 모아서 옆쪽 찬장 안에 넣고 자물쇠 다섯개를 채웠다. 그러는 동안 부드럽고 다정하고 전혀 위협적이지 않은 말투로 주얼스가 집에 없고 또 펄을 찾으러 나갔지만 곧 돌아올 거라고 말했다. 우리 둘밖에 없다고 웃으며 말했다. 오직 우리 두 사람밖에. 그러니 수다나 떨면서 서로를 알아가고 임대차조건에 대해서도 이야기하고 방을 확인하고 가능하면 바로 결정을 내리는 게 어떻겠냐고 했다. 일단 차 한잔 마시고.

　어밀리아 머리에는 헬레나가 차에 독을 탈 것 같다는 생각이 가장 먼저 떠올랐지만 낯선 사람을 만날 때마다 이런 식으로 생각하는 건 이제 그만두어야 한다고 마음을 다잡았다. 그래서 좋다고, 차를 마시겠다고 말했고 헬레나가 차를 준비하는 동안 부엌 의자에 가서 앉았다. 부엌에 편해 보이는 의자가 네개 있었다. 방석이 있고 등받이 쿠션이 있고 푹신한 팔걸이도 있었다. 그런데 앉아보니 편하지가 않았다. 방석이 평평하지 않고 울퉁불퉁해서 방석을 들어보았더니 아래에 손도끼와 사냥칼이 있었다. 무례하게 굴기는 싫었으므로 물건을 그대로 두고 방석을 제자리에 놓고 그 위에 조심스럽게 앉았다. 사실 어밀리아와 헬레나는 계속 한눈으로 서로 감시하고 있었다. 예를 들어 어밀리아가 손가락이라도 까닥하면 헬레나가 몸을 돌려 왜 손가락을 까닥했는지 봤다. 헬레나가 어밀리아의 뒤쪽으로 종종 걸어와 이를테면 찻주전자를 집으면 어밀리아가 무심한 듯 돌아보며 헬레나가 찻주전자가 아니라 뭔가 불길한 것에 손을 뻗고 있는 건 아닌지 확인했다.

"우리는 몇가지 기본 규칙이 있어요." 헬레나가 차가 담긴 쟁반을 내려놓으며 말했다. 어밀리아에게 비스킷 한개를 권했다. "생활을 원활하게 하기 위한 아주 간단한 규칙 몇가지예요."

납득이 갔다. 어밀리아는 이제 기본 규칙이 중요하다는 걸 알았다. 호스텔에서 기본 규칙 덕에 사람들이 비누를 두고 서로 죽이니 마니 하지 않을 수 있다는 걸 알게 되었다. 그래서 고개를 끄덕이며 말했다. "아 그래요?" 그러면서 비스킷을 받아들었다. 당연히 먹지는 않았고, 헬레나는 손님이 자기가 독을 먹이려 한다고 생각한다는 사실은 모른 채 (혹은 영리하게 알면서도 모르는 척하면서) 찻잔을 어밀리아 앞에 내려놓았다. 헬레나는 또 미소를 지었다. 어밀리아도 마주 미소 지으며 찻주전자를 보았는데 카키색이고 희한하게도 포탑포 모양으로 생겨서는 주둥이를 자기 쪽으로 향하고 있었다. 헬레나도 울퉁불퉁한 의자에 앉았는데 헬레나는 방석 아래 도끼가 전혀 불편하지 않은 듯했다. 헬레나가 어딘가에서 풀스캡* 크기 종이 열두장을 꺼냈다.

"흠, 흠." 헬레나가 헛기침을 했는데 너무나 부드럽고 순하고 평화로운 작은 소리라 뒤에 느낌표 같은 야단스러운 것은 전혀 붙일 수가 없을 정도였다. "기본 규칙 1번,"

* 대략 200×330mm 크기. A4 사이즈와 비슷한 영국의 용지 단위.

헬레나가 읽어내려갔다. "이건 당연히 알고 있으리라 믿는데……" 헬레나가 어밀리아를 쳐다보았다. 어밀리아도 마주 보았다. 당연히 알 거라는 '기본 규칙 1번'이 대체 뭘지 어밀리아는 짐작도 가지 않았다. "남자에 관한 거예요." 헬레나가 말했다. "말할 필요도 없죠. 기본 규칙 2번은……"

어밀리아는 그 자리에서 헬레나의 말을 끊고 '기본 규칙 1번'을 다시 짚어봐야 한다는 걸 알았다. 1번이 일부 숙소에 존재한다고 들은 "그들은 우리와 다르고, 우리는 그들을 좋아하지 않고, 그들과 교류하지 않고, 안으로 들이지 않는다"라는 규칙이 아닐까 하는 의심이 들었다. 어밀리아가 지키고 싶은 규칙은 아니었다. 어밀리아가 정신병원에서 나온 지 얼마 안되긴 했고, 남자들과의 사이에서 어려움을 겪는 것도 사실이지만, 그 정도까지 간 적은 없었다. 어밀리아가 특별히 남자를 원한다거나 그런 건 아니었다. 우울에 한층 더 심한 우울을 겪고 있는데다 더 큰 우울이 다가오는 상황에서 그 분야에 뛰어든다는 건 생각할 수도 없는 일이었다. 그렇지만, 어밀리아가 비스킷으로 이마를 훔치며 생각하기를, 다른 사람의 미친 세계 안에 살면서 회복하려고 애쓴다는 건 무의미한 일일 것 같았다. 어밀리아 스스로 결정을 내려야지 자기보다 더 미친 사람의 결정을 받아들이지는 말아야 했다.

헬레나는 군모를 좀더 편안하게 고쳐쓰고는 '평소 일

과'라고 부르는 것을 읊고 있었다. 세탁, 청소, 식품, 전화 통화, 냄비, 프라이팬 등등에 관한 정해진 루틴이 있었다. 이 집에서는 특히 일과 당번이 무척 중요하다고 헬레나는 말했는데 매우 특이한 일과 당번이라는 걸 알 수 있었다. 기상나팔, 야간경비, 중간경비, 소집나팔, 장비 점검, 암호 해독, 생존 기술 당번 등이 있었다. 어밀리아는 기본 규칙 들을 듣다보니 불안증이 점점 치솟는 것 같았고 자기가 환 청을 듣고 있는 게 아닌가 하는 생각도 들었다.

마침내 헬레나가 의자를 빼고 일어서더니 어밀리아에 게 방을 보여줄 때가 되었다고 했다. 타이머 스위치 네개 를 차례로 누르며 밖으로 나온 다음 헬레나는 조그만 손으 로 커다란 열쇠들이 달린 커다란 열쇠고리를 쩔렁거렸다. 열쇠 하나를 골라 첫번째 자물쇠에 끼우고 또다른 열쇠를 두번째 자물쇠에 끼우고 이어서 또다른 것, 또다른 것, 또 다른 것에도 끼웠다. 그렇게 자물쇠 여섯개를 풀자 문이 열렸고 어밀리아는 심호흡을 하고 안을 들여다보았다.

처량한 방이었지만 부정적인 방은 아니었고 장점도 있 었는데 그중 하나는 바로 그 문이었다. 자물쇠가 성가시긴 했지만 나쁜 점이면서 좋은 점이기도 했다. 여기로 이사 하면 적어도 프라이버시는 지킬 수 있었다. 안으로 들어가자 낡고 찢어진 안락의자가 보였다. 등이 높고 좌석은 낮고 문 바로 뒤에 있었다. 의자를 보면서 또 하나의 장점이라 고 어밀리아는 생각했다. 맞은편에 있는 창문 두개도 장점이었다. 의자를 창문 바로 앞으로 옮겨놓을 수도 있었다. 창밖에는 플라타너스가 있었는데, 크리스마스트리와 삼나무를 빼면 런던 플라타너스가 어밀리아가 어떻게 생겼는지 아는 유일한 나무였다. 좋아, 어밀리아는 생각했다. 저 의자에 앉아 저 나무를 보는 거야. 언젠가는 기운을 내서 커튼을 다는 법을 익힐 수도 있겠지.

"커튼은 떼어냈어요." 헬레나가 말했다. "런던에서는 안전하지가 않아요. 디디가 주말에 널판을 덧댈 거예요."

어밀리아가 침대 위에 주저앉자 헬레나가 '기본 규칙'을 건네주었다. 무자비하고 불건전하고 정신병적인 기본 규칙을 어밀리아는 읽지 않고 떨어뜨렸고, 그러자 종이가 바닥에서 사방으로 흩어졌다. 어밀리아는 갑자기 졸음이 쏟아져 침대 머리판에 몸을 기댔다. 마지막으로 먹은 약이 다시 약효를 발휘하는 것이었다. 작지만 아주 독한 약이었다. 시간이고 사람이고 안중에도 없이 왔다 가며 아무 때나 제멋대로 작용하는 약이었다. 약이 효과를 발휘하는 동안에 말을 하려고 하면 말이 취한 것처럼 나왔고 모음과 자음이 뭉툭하고 삐딱하게 나왔다. 뇌가 느려지고 팔다리는 더 느려져서 의사한테 그 약은 이제 먹고 싶지 않다고 말했는데 잘한 일이었다. 어밀리아는 침대에 누워 (그 위에 살짝 떠 있는 기분으로) 하품을 하고 눈을 감았고 그러자 헬레나가 하는 말을 듣기가 더 편안해졌다.

집주인은 방 안을 행진하며 서랍장을 가리키고 옷장을

지목하고 안락의자에 손짓을 하며 방 안 가구들의 이름이 뭔지 하나씩 설명했다. 나무문에 대해 설명하고 이어서 문손잡이에 대해 설명했는데, 이름은 문손잡이이며 나무로 되어 있다고 했다. 다른 재질로 만들 수도 있지만 그게 중요한 것은 아니고, 그걸 나사못을 이용해서 혹은 나사못 없이 이 물건에 고정할 수 있는가가 관건이라고 했다. 이 물건은 문이라고 다시 가리키며 설명했다. 그러고 나서 자물쇠들을 보여준 다음 작은 텔레비전을 켰다. 자기가 악당이 아니며 따라서 성가심을 무릅쓰고 텔레비전을 제공했다는 사실을 보여주기 위해서였는데, 그러고 나서 이 집 안에서 텔레비전을 보는 사람은 아무도 없다는 말을 덧붙였다.

"우리는 밖에 나갈 때 대문을 잠가요." 헬레나가 말했다. "우리는 진입로에서 우편물을 가져온 다음 초인종을 세번 누르고 들어오고 비밀번호는 일주일에 한번씩 바꿔요. 예고 없이 온 사람에게는 문을 열어주지 않고 남자한테는 언제든 문을 열어주지 않고, 우리는끝없이회의를계속하고, 우리는이름을등록하고, 이건좋아하지않고 이건 허락하지않고 어쩌고저쩌고!" 헬레나는 만족스러운 듯 한숨을 내쉬고 어밀리아 쪽을 보았는데 '기본 규칙'이 바닥에 떨어져 있는 걸 보고는 비명을 질렀다.

"무슨 일이에요?" 헬레나가 소리쳤다. "왜 자고 있어요? 왜 입이 그렇게 이상하게 움직이죠?"

어밀리아는 미안해요, 보통은 안 그러는데 피곤해서 드러누웠어요, 곧 일어날게요,라고 말하려고 했다. 그런데 그러지 않았다. 그럴 수가 없었기 때문이다. 말이 "미-아-애애-오-보-도-으-아-그-러……"라고 나왔다. 어밀리아는 이렇게 덧붙였다. "내아 머은 야악 대문인가바여." 그걸로 끝이었다. 혀가 드러누웠다. 혀도 이제 한숨 자야 했다. 어밀리아는 이 상태가 오래가지는 않을 거라고 생각하며 다시 눈을 감았다. 약의 부작용이 곧 사라진다는 걸 알았다. 다만 안타깝게도 헬레나는 그렇다는 사실을 몰랐다.

"약?" 헬레나가 휘청거렸다. "'약'이라고 했어요? 어디 아파요?" 헬레나는 가장 두려워하는 시나리오 가운데 하나를 떠올렸다. "정신병이 있어요? 당신도 주얼스가 가끔 집에 데려오는 그 괴상한 사람들 중 하나는 아니겠죠?"

헬레나는 카디건 가장자리를 꽉 붙들고 있었는데 그건 헬레나가 주얼스의 친구가 약을 먹고 있다면, 특히 정신병 약을 먹고 있다면, 위험한 존재이니 이곳을 폭파해버리지 않을까 하는 생각을 하고 있다는 뜻이었다. 그게 가장 끔찍한 일일 거라고 생각했다가 아냐, 그게 가장 끔찍한 일은 아닐 거야,라고 생각을 고쳤다. 이 친구가 정신병이 있는데다 실업수당까지 받고 있다면 그게 가장 끔찍한 일일 터였다. 그 생각이 떠오르자 헬레나는 어밀리아에게 국가에서 주는 보조금을 받고 있는지 아니면 직장이 있는지 대놓고 물었다. 어밀리아는 고개를 끄덕인 다음에 고개를 저

었고 '아파서'라고 말을 하려고 했지만 "아와서"라고 말
이 나왔다. 그걸로 충분했다. 헬레나는 알아들었다.

  집주인이 억눌린 비명을 지르며 뒤로 물러서서 미친 사
람을 마주하게 되는 드문 일에 직면했다며 괴로워하는 동
안 어밀리아는 (물론 자신은 그 반대로 주변에 미친 사람
이 없을 때가 드물다고 생각하면서) 자기도 모르게 엄마
생각을 했다. 엄마가 무덤에서 돌아눕겠어, 때 이른 무덤에
서, 어밀리아가 얼마나 실망스러운 딸인지를 보면, 어밀리
아는 생각했다. 머라이어 러빗이라면 이런 말도 안되는 일
을 참지도 않았을 것이고 헬레나를 봐주지도 않았을 것이
다. 헬레나에게 '기본 규칙'이나 널판을 덧댄 창문이나 마
룻장 밑에 있는 기폭장치 쉰개를 어떻게 처리해야 할지 말
해주었을 것이고 몸소 어떻게 할지 보여주었을 것이다. 그
러나 어밀리아는 엄마와 같은 성정을 지녔던 적이 한번도
없었고 아주 오랫동안 그게 자신의 큰 결함이라고 생각했
었다. 어쨌든 그건 예전의 일이었다. 지금은 지금이었다.
지금은 엄마의 방식은 한가지 방식일 뿐이고 자기, 어밀리
아 러빗도 그런 방식으로 해야 하는 건 아님을 알았다. 반
드시 이겨야 하는 건 아니었다. 섬멸당하지 않기 위해 상
대를 섬멸해야 하는 것도 아니었다. 이제는 말할 수 있었
다. 엄마처럼 되지 않아도 괜찮다고.

  "여기 있으면 안돼요!" 헬레나가 멀찍이 떨어져서 고함
을 질렀다. "잠들려고 그러네! 우리는 당신한테 세를 내

줄 수가 없겠어요. 빈방이 없어요. 나가서 다른 곳을 찾아봐요." 어밀리아는 말이 입 밖으로 나오질 않아서 대답을 할 수가 없었다. 헬레나는 기분 나빠했는데 여기가 이 여자의 집이라는 사실을 고려해보면 이해할 수 있는 일이었다.

"그 일의 진상은……!" 벨파스트 남자가 갑자기 큰 소리로 외쳤다. 텔레비전에 나와서 소리친 것이었는데 두 여자 다 깜짝 놀랐다. 명랑한 오후 방송이 끝나고 오늘의 끔찍한 뉴스를 전하는 시간이 되었다. 북아일랜드 공동체 지도자 두명이 싸우고 있었다. 토론이라고 하는데 두 사람다 격노해서 상대가 하는 말이 말도 안되는 거짓말이라며 "거짓말! 그 일의 진상은……"이라고 악악대고 있었다.

"거짓말!" 첫번째 사람이 외쳤다. "그 일의 진상은……"

"당신 말이 거짓이야!" 두번째 사람이 외쳤다. "그 일의 진상은……"

"이중인격자 같으니." 첫번째 사람이 외쳤다. "그 일의 진상은……"

"닥쳐 개자식. 그 일의 진상은……"

"그 일의 진상은……"

"아, 뭔 상관이야!" 헬레나가 외치더니 성큼성큼 가서 텔레비전을 꺼버렸다. "등신들." 헬레나가 돌아섰다. "자기들끼리 계속 싸우라고 해." 헬레나는 감춰놓은 무기들을 떠올리며 다시 결의를 굳혔다. 바로 이런 위기 상황에 대비해 사방에 무기를 숨겨두었던 것이다. 헬레나는 다시 어밀리아에게 갔다.

"이게 마지막 기회예요." 헬레나가 말했다. "내가 경고했죠. 이 일의 진상은, 우리는 정신이 이상하고 폭력적인 스코틀랜드인은 집에 들여놓지 않는다는 거예요."

현관문 초인종이 경고하듯 세번 울렸고 이어 현관문이 열리고 누군가가 들어오는 소리가 났다.

"아, 주얼스일 거예요." 헬레나가 말했다. "다행이다. 주얼스가 당신을 끌어내면 되겠군. 미안하지만 당신은 미쳤어요. 당신은 안되겠어요." 그리고는 나가면서 주얼스를 부르며, 올라와서 무언가를 치우라고, 신경 써줘서 고맙지만 앞으로 세입자는 자기가 직접 구하겠다고 말했다.

주얼스가 계단을 올라와 꼭대기 방으로 들어왔고 어밀리아는 눈을 뜨고 친구를 보고는 반가워했다. 어밀리아가 졸리고 멍하고 흐릿한 상태로 손을 뻗었지만, 주얼스는 손을 잡고 어밀리아를 일으키는 대신 그 옆에 풀썩 누웠다. 그렇게 누워서 한동안 말없이 있었다. 그러다가 주얼스가 말했다.

"아래층에 가서 좀 깨자. 이렇게 누워 있는 게 우리 정신 건강에는 안 좋아." 어밀리아는 대답하지 않았다. "우리가 회복해서 세상에 다시 나가려면 ——" 주얼스가 말을 이었다. "싫어 싫어!" 어밀리아가 팔에 머리를 묻으며 소리쳤다. "——그러려면 기운을 차려야 해. 어려운 일이 생길 때마다 기진맥진해 쓰러져 있을 순 없어."

그래서 두 사람은 기진맥진한 채로 한동안 조금 더 누워 있다가 마침내 일어서서 계단으로 내려갔다. 둘은 주얼스의 방으로 들어가서 주얼스의 침대에 털썩 드러누워 조금 더 그러고 있었다.

　　"가죽 재킷 가질래?" 주얼스가 얼마 뒤에, 아마 한시간쯤 지난 다음에 말했다. "오늘 가죽 재킷 하나 훔쳤어. 이거 입을래 어밀리아?" 주얼스는 기운 없이 손짓으로 가죽 재킷이 놓여 있는 구석을 가리켰다. 새것이었고 주얼스가 습관적으로 훔친 다른 새 가죽 재킷들 위에 얹혀 있었다. 도벽이라고 했고 가죽 재킷이라는 게 처음 등장했을 때부터 그렇게 해왔다고 했다. 자기 애인 펄을 찾는 중간중간 머리를 식힐 겸 하는 일이었다. 커피 한잔 하는 것이나 취미 활동하고 비슷하다고 할 수 있었다.

　　"아니 괜찮아." 어밀리아는 이런 일이 있을 때마다 늘 괜찮다고 했다. 약기운이 떨어지면서 조금씩 정신이 들었다. "있잖아 주얼스." 어밀리아가 말하며 일어나 앉았다. "나 그 방 못 얻었어. 그런데 얻고 싶지도 않아. 만약 내가 여기로 들어오면 바로 병원으로 돌아가게 될 거 같아."

　　"그래, 그럴 것 같다." 주얼스가 말했다. 주얼스는 여전히 졸린 상태였고 눈을 감은 채 머리를 부드러운 베개에 푹 묻었다. 우울한데다 독감에 걸린 조각상 같다고 어밀리아는 생각했다. 어밀리아는 방을 둘러보았다. 크고 어둡고 붉은색이고 한쪽이 기울어진 모퉁이에 조그맣고 어두운 스탠드가 하나 있었고, 그걸 보자 또 한차례 불쾌한 기시감이 닥쳐왔다. 어밀리아는 스탠드에서 고개를 돌려 창문 쪽을 쳐다보았는데 이 방 창문도 전부 널판으로 덮여 있었다. 어밀리아는 한숨을 쉬었다. 헬레나는 대체 무슨 일을 겪었길래 이렇게 두려워하며 살까? 몇차례나 공격을 당했길래? 집이 정말 포위 상태인 걸까? 주얼스도 마찬가지라고 어밀리아는 다시 친구를 보며 생각했다. 주얼스는 무지막지하게 부자라 어디든 원하는 데서 살 수 있었다. 하지만 잃어버린 애인의 과거에 영원히 살 수 있는데 뭐 하러 다른 데로 가겠어? 주얼스는 이렇게 말할 것이다. 어밀리아는 다시 드러누웠다.

"항상 '우리'라고 그러잖아." 주얼스가 눈을 감은 채 한숨을 쉬며 말했다. "하지만 사실 헬레나 혼자야. 다른 사람을 끌어들이려고 하지만 다른 사람들은 그냥 질려서 짐을 싸서 나가버려. 나만 빼고. 나는 안 가. 펄 때문에. 하지만 난 그 사람 말 안 들어. 문을 닫으면 뭐라고 하는지 안 들리니ー"

"근데 주얼스. 지금 문이 닫혀 있는데도 그 사람이 뭐라고 하는지 또렷하게 들리잖아." 어밀리아가 말했다.

사실이었다. 헬레나는 다시 지하 벙커로 내려가서 긴급한 일급비밀 임무를 수행하고 있었다. 헬레나가 소리 지르고 지시를 내리고 명령하고 지휘하는 소리가 들렸다.

"누가 같이 있는 거야?" 어밀리아가 물었다. "아냐." 주얼스가 말했다. "혼자 떠드는 거야."

어밀리아가 다시 깨어났을 때 주얼스는 이미 일어나서 코트를 입고 있었다. 펄을 찾으러 또 나가는 길이었다. 나가기 전에 먼저 두 사람이 마실 차를 우렸다. 어밀리아는 친구가 덮어준 담요를 젖히고 일어났다. 어밀리아도 다시 약효가 돌기 전에 돌아가고 싶었다. 방은 추웠지만 차 맛은 아주 좋았고 주얼스가 같이 먹을 비스킷도 주었다. 이제 거식증에 시달리지 않는 어밀리아는 비스킷을 받아 먹었다.

두 사람이 아래층으로 내려가 현관문 앞에 서자마자 문이 열렸다. 반항아 디디였다. 디디는 절대 초인종을 세번 누르고 들어오지 않았다. 문을 열어젖히고 당당하게 성큼성큼 들어왔다. 헬레나가 안테나를 바짝 세우고 아래층 임무 통제 센터에서 뛰어올라왔다. 열린 철문 틈으로 들어온 가로등 빛이 그들을 비췄다. 가로등이 있어서 정말 다행이야, 어밀리아는 생각했다. 어밀리아와 주얼스는 집 밖으로 나왔다.

뒤쪽에서 헬레나가 잔뜩 날이 선 채로 통제력을 잃은 무너질 듯한 목소리로 디디에게 이성애자 여성 문제를 추궁했다. 어밀리아는 두가지 이유 때문에 놀랐다. 첫째로 이성애자 여성은 이 집에 살 수 없다는 데 놀랐고, 둘째로 디디가 이성애자라는 데 놀랐다. 놀라운 정도가 아니라 경악할 만한 일이었는데 디디는 브릭스턴에서 지난 6년간 미스 디젤 다이크*로 뽑힌 사람이기 때문이었다. 이런 이

* 극도로 남성적인 스타일의 레즈비언.

런, 어밀리아는 생각했다. 누가 알았겠나? 항상 뭔가 새로운 걸 배우게 된다. 그때 주얼스가 몸을 숙이고 사실을 바로잡아주었다. 어밀리아는 이런 섹슈얼리티 문제에 대체로 느린 편이라 지금 언급되는 이성애자가 디디가 아니라 다른 사람이라는 걸 미처 알아차리지 못했던 것이다. 요점은, 어떤 불량 세입자가 이성애자 여자를 데려왔고, 여자를 달래고 등을 두드려주고 차를 내주고 하는 소리가 들렸다는 말이었다. 불량 세입자는 이성애자 여자를 달래려고 했고 이성애자 여자는 우는소리로 상처를 받았다고, 그것도 다른 것도 아니고 빌어먹을 덩치 큰 남자 따위의 하찮은 존재 때문에 상처를 받았다고 털어놓는 것을 들었다고 했다.

"그게 바로 당신이야!" 헬레나가 디디를 손가락으로 가리키며 소리쳤다. "내가 뭘 어쩌든 상관 마!" 디디가 소리치더니 이렇게 덧붙였다. "B를 주든 C를 주든 F를 주든 맘대로 해!"

"이 집에서는 안돼!" 집주인도 소리쳤다. "규칙 알잖아. 규칙을 깨뜨렸어. 이성애자 여자를 데려와서 —" "아참, 깜박했어." 주얼스가 속삭였다. "헬레나한테 네가 이성애자가 아니라고 했어." —"괜찮아." 어밀리아도 속삭였다. "어쩌면 아닐지도 몰라. 이성애자였으면 좋겠지만. 지금까지 워낙 문제가 많아서 —" —"내 여동생이라고!" 디디가 외쳤다. "내 동생도 못 데리고 와!" "안돼!" 헬레나가 소리쳤다. "이성애자는 안돼!"

"그런데," 어밀리아가 속삭이던 소리를 더 낮추어 말했다. "헬레나한테 네 불강하에 대해 말했어?"

"아니." 주얼스가 속삭였다. "내가 틀렸을 수도 있지만 지금은 말하기에 적당한 때가 아닌 것 같아. 조금 더 미뤘다가 적당한 날을 봐야지."

그래서 어밀리아는 자기가 여길 떠난다는 것, 헬레나가 자길 원하지 않는다는 것, 아직도 집이 없다는 것, 그 처량한 방을 얻고 싶지 않다는 것이 전반적으로 좋은 징조라고 생각했다. 가벼워진 기분으로 그곳을 떠나 '죽을래 살레 그 시트 내놔' 호스텔로 하룻밤을 더 보내러 가기로 했다. 주얼스가 가로등까지 배웅해줬다.

"잘 있어 주얼스." 어밀리아가 말했다. "우리 둘 다 빨리 나았으면 좋겠다."

"잘 가 어밀리아." 주얼스가 말했다. "그렇게 될 거야."

두 사람은 포옹을 했다. 그리고 주얼스는 뒤로 물러서 몸을 돌리고는 반대 방향으로, 오래전에 잃어버린 진주를 찾으러 다시 떠났다. 어밀리아는 호스텔을 향해 걸어가면서, 모든 면을 고려해볼 때 그런 광기에서 벗어났으니 이제 안전하고 건전하다는 생각이 들었다. 사회복지사에게 오늘 보러 간 곳은 적당하지 않았다고 말할 생각이었다. 내일은 다른 곳을 보러 가겠다고 어밀리아는 마음을 먹었다.

평화 협상, 1994년

다 같이 모여서 텔레비전으로 정전停戰 가능성에 관한 뉴스를 보고 있는데 어밀리아가 갑자기 황당한 제안을 했다. 어찌나 황당한 소리였는지 다들 고개를 돌려 어밀리아를 쳐다보았다.

"무슨 소리야?" 친구들이 날카롭게 말했다. "소풍이라고? 왜? 여기 있는 게 뭐 어때서?" 친구들은 얼굴을 찌푸린 채 입을 벌리고 어밀리아 입에서 나온 것처럼 들린 말이 진심으로 한 말은 아니기를 기대하면서 어밀리아를 빤히 보았다. 오래된 친구 어밀리아가 요새 조금 이상해진 것 같긴 했다.

어밀리아는 '차오, 봉주르, 헬로'라는 프린트가 있는 머그잔을 내려놓고 안락의자에서 몸을 일으켰다. 보시와 마리오의 안락의자였고 머그잔도 보시와 마리오의 것이었다. 보시와 마리오는 결혼해서 지금 부부인데 아기 때부터 지금까지 함께 자라오면서 그런 기미가 전혀 없었던 걸 생각하면 참 놀라운 일이었다. 어밀리아가 런던에서 친구들을 만나러 와서, 보시와 마리오의 집 거실에 퍼걸, 빈센트, 서배스천과 같이 모여 있었다. 본의 올드파크 로드에 있는 작고 깔끔한 집이었고 티타임이었다. 올드파크 로드는 인기 있는 길이긴 한데, 난폭운전을 하는 난폭운전자들이나 인도 위에서 뭔가를 부수길 좋아하는 아기들한테만 인기가 있었다. 아기들이 부수는 게 인도 자체일 때도 종종 있었나. 어밀리아는 예전보다 상태가 훨씬 나아 보였고 결과를 깊이 고려하지 않은 채 이런저런 아이디어를 계속 무모하게 던지고 있었다.

"내 말은 그냥," 어밀리아가 함박웃음을 지으며 친구들을 둘러보며 말했는데 그 웃음은 틀림없이 우연이었을 것이다. 유사 이래 어밀리아 러빗의 얼굴에 그런 것이 나타난 적은 한번도 없었으니까. "소풍 말이야." 어밀리아가 말했다. "관광도 하고, 바닷가에도 가고, 언덕에도 올라가고, 산책하고, 걱정 안하고, 신선한 공기를 마시고, 막대사탕 사고, 찻집에서 차 마시고 이런 거, 기분전환 같은 거, 뭐든 할 수 있어. 어때?"

믿기지 않았다. 생각할 수도 없는 일이었다. '걱정 안하고'라니 그건 대체 무슨 소리일까? 친구들은 어밀리아의 달라진 모습에 놀라 움찔 물러섰다. 게다가 어밀리아가 영국에서 병원에 있었다고 하지 않았나. 일반적인 병원도 아니고 정신적인 종류의 병원이라고 했다. 빈센트처럼. 친구들은 빈센트를 쳐다보았다. 빈센트는 손톱을 물어뜯으며 정전 관련 뉴스를 보고 있었다. 다시 어밀리아를 돌아봤다. 자기들끼리 눈길을 주고받았다. 원래도 깊은 주름이 더 깊어지고 입은 더 벌어지고 팔걸이를 잡은 손에 힘이 들어갔다. 이중에 느긋하고 편안한 사람은 하나도 없었다. 그러니 당연히 방어적으로 대응할 수밖에 없었다.

"그거 무슨 농담이야 어밀리아? 우릴 놀리는 거야? 장난치는 거면──"

"농담 아냐." 어밀리아가 말했다. "당일치기 여행이라고 해. 사람들 많이 해. 영국에서만이 아니고. 아일랜드 사람들도."

"어떤 사람들?" 친구들은 어밀리아가 단 한 사람 이름도 대지 못하리라는 걸 알면서도 물었다.

당연히 어밀리아는 대답하지 못했다. 어밀리아가 아는 이곳 사람들은, 어밀리아도 여기 살 때 그랬듯이 당일치기로 어디 놀러 간다는 생각은 단 한번도 해본 적이 없었다. 뭐 하러 그러겠나? 굳이 다른 데에 가서 골칫거리를 찾지 않더라도 자기 집에 있는 것만도, 동네에서 주말을 보내는 것만으로도 충분히 힘들지 않나? 어밀리아가 더 잘 알 텐데 하는 표정으로 친구들은 쳐다보았다. 어밀리아는 자기

뿌리를 떠나지 말았어야 했다. 영국으로 건너가지 말았어야 했다. 결국엔 병원에 들어가지 않았나.

"게다가," 보시가 몸소 보여주듯 몸을 크게 부르르 떨며 말했다. "엄청 추울 거야. 독감에 걸리고, 폐렴에 걸리고, 결핵에 걸리고, 죽을 거야."

"지금 8월이야." 어밀리아가 말했다. "엄청 덥겠지."

"거기까지 어떻게 가는데?" 마리오가 물었다.

"기차 타고." 어밀리아가 말했다.

"폭탄에 날아갔어." 퍼걸이 말했다. "아닐지도 모르지만, 그렇게 될 거야. 아니면 철로가. 이거나 저거나. 그러니 말이 안돼. 갈 수 없어. 여기 있어야 해."

"차를 빌릴 수도 있지." 뜻밖에 빈센트가 이렇게 말했다. "어밀리아가 운전할 수 있으니까." 이것도 뜻밖이었다. 다른 친구들이 빈센트를 쳐다보며 눈썹을 치킨 채 생각을 하기 시작했다. 자기들도 모르는 사이에, 자기들은 절대로 모르는 사이에, 진짜로 그 제안을 받아들인다면 어떤 기분일까 조심스럽게 생각해보기 시작했다. 어쩌면 어밀리아가 운전하는 차를 타고 떠날 수 있을지도 몰랐다. 어디인지는 몰라도 거기 가서, 그 뭐라는 거 — 당일치기 여행이라는 걸 하고 돌아와서 다시 원래대로 돌아갈 수 있을지도 모르는 일이었다. 그런다고 해서 뭐 손해를 보거나 그러지는 않을 것 같았다. 딱 한번 이렇게 이질적인 외출을 해본다고 해서 삶이 달라진다거나 그러진 않을 것이다. 그들이 크게 의존하고 있는 뿌리 깊은 편협한 정체성을 유린당하거나 빼앗기지는 않을 것이다. 그래서 그래, 당일치기 여행이 말이 안되는 건 아니다, 돌아와서 다시 비참하게 살 수 있다면 갈 수도 있다고 결정을 내렸다.

"한번 해볼 수도 있을 거야." 빈센트가 말했다. "잘 안되면, 다시 안하면 되고. 괜찮을지도 몰라. 내일 어때? 아내도 데리고 올게."

어밀리아는 아내 어쩌고 하는 소리는 당연히 빈센트가 아무 말이나 지껄인 거라 생각하고 무시하고는 차를 빌린다는 생각을 접게 만들려고 애썼다. 삶이나 사람의 양상이 그러하듯 (어떻게 보느냐에 따라 모순적일 수도 불가사의할 수도 있는데) 이제는 어밀리아가 소풍이라는 것 자체가 안 좋은 생각이라고 말하고 있었다. 운전은 하고 싶지 않았기 때문이다. 어밀리아는 운전을 안한 지 아주 오래되었다. 이들 중에서 유효한 운전면허가 있는 사람이 어밀리아뿐이라는 건 사실이었다. 다른 사람들은 아예 면허를 안 땄거나(보시, 빈센트, 마리오), 혹은 상상의 면허만을 가지고 있거나(빈센트), 실제 면허가 있었지만 술에 취해 잃었다가 나중에는 오래전 무릎 쏘기 상처가 재발하면서 다시 잃었다(퍼걸). 서배스천은 재미있게도 사실은 면허가 있었지만 안전금고 안에 숨겨두고 일급비밀로 취급했다. IRA가 서배스천에게 면허가 있다는 사실을 알게 되어 서배스천의 차를 징발하러 올까봐 그런 것이었다. 서배스천에게는 차가 없었지만 혹시라도 자기가 차를 갖게 되면 어떻게 될지 늘 걱정했다. 서배스천은 '일어날 수도 있었던 일' '일어났어야 하는 일' '일어날지 모르는 일'의 세계에 살고 있었고 실제 현실에 와 있는 일은 거의 없었다. 반면 어밀리아의 면허는 다들 알다시피 흠결 없고 성스럽고 건실하고 방정했는데 13년 전 면허시험에 통과한 이래로 운전을 해본 일이 거의 없기 때문이었다. 이제 운전을 한다는 생각은 어밀리아의 뇌에서 '불가능한 것' 분야로 분류되어 있었다. '불가능한 것'에는 '커튼 달기' '괜찮은 생계수단 마련하기' '주택담보대출' '생활보조금' '늘 두려워하지 않기' 등도 포함되어 있었다.

불가능한 것들로부터 생각을 돌려보니 다른 친구들이 고개를 끄덕이며 꽤 생기를 띠고는 당일치기 여행에 대해 떠들며 반짝이는 아이디어라고 말하고 있었다. 어밀리아는 친구들 마음을 돌리려고 애썼다. 첫째로 갈 만한 곳이 없고, 둘째로 갈 데가 너무 많아서 한군데를 고르기가 불가능하니, 그냥 여기 있는 게 좋지 않겠냐고 말렸다. 친구들은 들은 척도 안했다. 표결에 부쳐 5대 1로 졌으니 이제 더 반대할 수도 없었다. 어밀리아는 가는 길에 사고가 나지나 않을지, 아니면 오는 길에 사고가 나지는 않을지, 고속도로에서 시속 10킬로미터로 달려도 될지 하는 생각에 골몰했다.

❖ ❖ ❖

다음 날은 맑고 화창했다. 초등학교 때 보던 그림책에 나오는 소풍날하고 똑같은 날씨였다. 게다가 일기예보에서, 백분도가 어떻고 화씨가 어떻고 섭씨가 어떻고 하는 게 너무나 낯설고 이해가 불가능해서 아무도 자세히 들을 생각은 안했지만, 오후에는 더 맑고 화창한 날씨가 될 거라고 했다. 적어도 대부분의 지역에서는 그럴 거라고. 처음에는 빈센트가 아직 오지 않아 다섯명이 있었는데, 여섯으로 늘었다가 다시 다섯이 되었다가 다시 일곱이 되었다. 차가 출발하기도 전에 이런 일들이 일어났다. 처음에는 일단 어밀리아와 퍼걸이 차를 가지러 갔다.

어밀리아가 보기에는 그냥 너무 작지도 너무 크지도 않고 보통 바퀴가 있고 보통 창문이 있는 빨간색 차였다. 문이 네개 있고 트렁크가 있고 엔진이 있고 지붕이 있고 좌석이 있고 운전대가 있었다. 어밀리아가 차에 대해 아는 건 이 정도였기 때문에 퍼걸을 데리고 갔다. 퍼걸은 도와달라는 어밀리아의 요청에 일단 잘난 척으로 반응한 다음 가고 오는 길에 내내 넓은 앞좌석에 앉을 수 있게 해주면 돕겠다고 조건을 걸었고 이어 어밀리아가 하는 일을 꼬치꼬치 트집 잡아 비난했다. 어밀리아는 그러거나 말거나 내버려두었는데, 어차피 어떤 행동이든 다른 사람의 행동을 막을 수는 없다는 걸 이제 알고 있었고 또 한번에 중요한 한가지 일에 대처하기만도 벅차기 때문이었다. 이 순간 어밀리아는 일단 운전에 집중해야 했다.

어밀리아와 퍼걸이 차를 끌고 오자 친구들이 바로 올라탔다. 그러더니 다시 내렸는데 첫번째 탑승은 연습이어서 그랬다. 다시 올라탄 다음에 또 내렸고 다시 탄 다음에 소리쳤다. "가자 애들아, 이거 끝내버리자." 하지만 차 밖에 있었던 퍼걸과 어밀리아가 미처 타기도 전에 보시, 마리오, 서배스천이 세번째로 다시 내렸다. 이렇게 타고 내리고 하면서 계속 서로 밀치고 이렇게 앉았다가 또 저렇게 앉았다가 다시 내린 다음 또 반복했다. 뚱뚱하고 몸이 물렁한 서배스천이 쿠션 역할을 했는데 보시와 마리오는 서배스천이 자리를 많이 차지하니 그 정도는 감수해야 한다고 했다. 서배스천이 가운데 앉고 보시와 마리오가 양옆에 앉았는데 그러다가 마침 지나가던 조 매클린의 여자친구 중 한명도 끼는 바람에 더 끼어앉아야 하게 됐다. 금발에 날씬하고 뉴로지에 사는 여자친구였는데 털이 북슬북슬한 핸드백을 흔들며 한가하게 모퉁이를 돌다가 일행을 마주쳤다. 조 매클린 여자친구가 뭐 하는 거냐고 물었고 당일치기 여행을 가려 한다는 말을 듣더니 정말 듣도 보도 못한 획기적인 아이디어라며 자기도 같이 가도 되겠냐고 했다. 일행은 차에 자리가 없는데도 좋다고 했다. 사실 이 사람을 잘 알지는 못하지만 조 매클린의 여자친구들은 다정하고 사교성 있고 친절하다는 평판이 있어서 싫다고 거절하자니 너무 매정하게 느껴졌기 때문이다. 그래서 이 여자친구도 뒷좌석에 추가로, 그러니까 세 사람 위에 앉았고 그때 서배스천이 마음이 바뀌었다며 다시 밖으로 나왔다.

조 매클린 여자친구가 온 것과는 아무 상관이 없는 일이었다. 다들 조 매클린의 여자친구들하고는 늘 사이가 좋았기 때문이다. 전적으로 서배스천 본인의 문제였다. 트집잡기 좋아하는 정신건강 분야 종사자라면 '전적으로'라는 말이 부적절하다고 주장할지 모르겠지만. 사실 친구들이 다 같이 용기를 내서 당일치기 여행을 가기로 결정을 내리긴 했으나 공기 중에는 여전히 강력한 공포감이 감돌고 있었다. 서배스천이 이 공포감을 압축해서 간명하게 표현한 셈이었다. 서배스천을 '표출된 문제'라고 불러도 좋을 것이다. 이렇듯 공통 심리가 한 구성원에 의해 표출된 경우를 가리키는 전문용어가 뭔지는 모르겠지만 아무튼 서배스천이 행동으로 부인할 수 없이 명백하게 보여주었다. 서배스천은 히스테리를 일으키며 몸부림치고 밀치면서 외쳤다. "안돼! 못 견디겠어! 나 나가게 해줘!"

서배스천은 미지의 것에 두려움을 느꼈고 너무 오래 지녀온 정체성을 놓아버리는 것에 거부감을 느꼈다. 친구들 중에서도 가장 신경이 예민한 서배스천이니, 서배스천이 당일치기 여행을 간다는 가능성을 고려하고 그 생각을 실제로 실천에 옮기리라 기대한다는 것 자체가 지나치게 무자비하고 무심한 일이었다. 그렇게 무자비하고 무심한 사람이 누구냐면 바로 어리석고 주제넘은 미친 아이디어를 가지고 영국에서 건너온 어밀리아 보이드 러빗이었다.

"네가 뭔 짓을 했는지 좀 봐!" 보시가 소리쳤다. "불쌍한 서배스천을 놀라게 했잖아. 과연 이게 잘하는 짓인지 모르겠다."

"이거 잘하는 짓 맞아?" 마리오가 친구들을 둘러보며 호소하듯 말했다. "내 생각에도 잘하는 짓이 아닌 것 같아. 지금이라도 그만두고 집으로 가서 문을 닫고 텔레비전을 켜면 예닐곱시간 뒤에는 「배리모어」*를 볼 수 있어."

"하지만 아직 아무 데도 안 갔잖아!" 퍼걸이 외쳤다. "아직 시작도 안한 일을 어떻게 멈춰? 자, 자, 서배스천, 진정해봐. 마음을 가라앉히고 다시 타."

"못해!" 서배스천이 헉헉거렸다. "그러면 죽을 거야! 죽을 거야!" 어밀리아는 차에서 내려 서배스천의 등을 두드려주었다. 신체 접촉에 익숙하지 않아 달리 어떤 방법으로 달래야 할지 몰랐다. 서배스천은 계속 안달하고 땀을 흘리며 자동차 보닛 위에 쓰러져 있었고 감당해야 할 삶의 무게가 힘겨워서 작은 눈에 눈물이 고였다.

"괜찮을 거야." 어밀리아가 어깨를 토닥토닥 두드리며 말했다. "짧은 드라이브일 뿐인데 뭐." 토닥토닥. "즐거운 시간 보내고 돌아오면 어느새 끝나 있을 거야." 토닥토닥.

* 1991~2000년에 방영된 영국 코미디 쇼.

"한번 시도나 해봐." 토닥. "딱 한번이야." 토닥. "어쩌면 너도 좋아할지도 몰라." 토닥토닥. 조 매클린 여자친구도 안타깝다는 듯 혀를 차더니 차에서 내려 서배스천을 달래려 했다. 어밀리아 반대편으로 가서 보닛 위로 몸을 숙인 채 "자, 자" 하고 속삭였다. 얼굴에 웃음을 띠고 "오냐오냐" 하며 얼렀다. 보시도 서배스천을 어르려고 차에서 내렸다. 보시가 오냐오냐를 맡아 하는 동안 여자친구는 둥개둥개를 했고 여자친구가 둥개둥개를 하는 동안 어밀리아는 토닥토닥했고 보시는 오냐오냐했고 그러다 결국 서배스천은 자기한테 이런 일이 벌어지는 걸 참지 못하고 친구들을 밀치고 빠져나갔다. 서배스천은 튀어나가 발을 힘껏 구르며 달려 모퉁이를 돌아 아딜리 스트리트로 사라지더니 자기 집 문을 박차고 안으로 들어갔다. 문이 쾅 하고 닫히는 소리, 소파 스프링이 튀어오르는 소리가 났고 이 모든 일이 누가 눈을 깜박이거나 뭘 어떻게 하거나 다시 투표를 하자고 제안하기 전에 순식간에 일어났다.

"서둘러!" 퍼걸이 자동차 지붕을 두드리며 외쳤다. "서배스천이 다시 오길 기다릴 순 없어. 너무 늦었어. 서배스천은 결정을 내린 거니까. 불쌍한 서배스천은 어쩔 수 없어." 퍼걸은 우리 생각도 해야 된다고 했다. 할 일을 해야 된다고, 이 당일치기 여행이라는 것을 완수할 시간이 필요하다고 했다. 어릴 때 그림책에서 본 기억을 더듬어보면 보통 소풍은 오전 9시경에 시작했었다. 그런데 지금 벌써

11시에 가까워지고 있었다. 그래서 다들 차에 올라탔고 문을 닫고 다시 출발할 준비를 했다. 빈센트도 오지 않을 듯했으므로 어밀리아는 시동을 켜고 핸드브레이크를 풀었다. 아랫입술을 깨물며 천천히 차를 빼내면서 이날 운전하는 도중에 운명이—더 정확히 말하면 어밀리아 본인이—누군가를 치는 일만은 없기를 기도했다. "오늘뿐 아니라 다른 날도요." 어밀리아는 얼른 이렇게 덧붙여 만일의 사태를 방지했다. 혹시라도 하느님이 입 밖에 내지 않은 요구까지 당연히 들어줄 수는 없다고 어깃장을 놓을지도 모르기 때문이었다. 어밀리아가 "하느님 감사합니다. 후회하지 않으실 거예요"라는 말로 기도를 마무리하는데 다른 친구들이 소리쳤다. "멈춰! 어밀리아 혼잣말 그만해! 빈센트가 와 게다가—아내도 데려왔어!" 어밀리아는 깜짝 놀라 급브레이크를 밟았다.

놀란 까닭은 빈센트가 상상의 산물, 말하자면 상상 속의 불가사의한 암살자 같은 사람하고 결혼한 게 아니라 진짜 사람하고 결혼했다는 사실 때문만은 아니었다. 그 여자가 일본인이라서도 아니었다. 어밀리아가 이곳이 정말 달라졌다고 느낀 까닭은 여기 진짜 사람, 동양인, 드문 사람, 본 출신도 아니고 아도인 출신도 아닌 사람이 동네에서 돌아다니는데도 아무도 문밖으로 나와서 저 사람이 어느 종교에 속하냐고 묻지 않았기 때문이었다. 빈센트의 아내는 작고 여린 사람이었고 빈센트의 팔을 잡고 애정 가득한 눈으로 빈센트의 회색 눈을 올려다보고 있었다. 아무도 어밀리아에게 이 여자가 누구인지 어디에서 왔는지 언제 빈센트와 결혼했는지 설명해주지 않았고, 어밀리아는 아무도 모르는 건 아닐까 하는 의심이 들었다. 어밀리아는 빈센트와 아내가 차 있는 곳으로 올 때까지 빤히 쳐다보았는데 물론 그건 무례한 행동이었다. 두 사람은 차 문을 열고 다른 사람들 위로 기어올라왔고, 당연히 인사나 소개 따위는 없었는데 그런 것은 텔레비전에서나 일어나는 일이기 때문이었다.

어밀리아는 다시 운전대로 몸을 돌려 두번째로 출발했다. 빈센트와 아내 때문에 놀라는 바람에 운전에 대한 두려움은 머릿속에서 사라졌다. 그래서 쉽게 차를 몰고 본을 빠져나왔고 수풀이나 허리가 굽은 노인이나 길가에서 망치를 가지고 정신없이 노는 아이를 치지도 않았다.

그래서 친구들은 차를 타고, 계획에 따라(어딘가 조금 다른 데에 가서 뭔가 좀 괜찮은 걸 하자는 걸 계획이라고 부를 수 있는지는 모르겠지만) 가고 있었다. 아무 준비도 안했고 정보도 없었고 목적지도 없었고 무슨 일이 일어날지 전혀 짐작도 못하는 상태였다. 알코올중독이었던 적이 없는 빈센트의 아내를 제외하고는 전부 개심한 알코올

중독자라 술은 끊었는데 술 대신에 뭘 가져오겠다는 생각
은 아무도 못했다. 그래서 샌드위치도 없고, 과일도 없고,
사탕도 없고, 군입질거리도 없고, 비스킷도 없고, 레모네
이드도 없고, 케이크도 없고, 심지어 차도 없었다. 지도도
없고, 나침반도 없고, 여벌 옷도 없고, 손전등도 없고, 여
행 가이드도 없고, 이정표도 없고, 가벼운 읽을거리도 없
었다. 그냥 맨몸으로, 공포와 불안만 가득한 채로 왔고 본
에서 멀어질수록 이런 감정은 점점 커지기만 했다. 본에서
벗어나는 데 익숙한 어밀리아만은 길을 떠나는 게 겁나지
않았다. 다만 운전을 해야 하는 게 걱정이었다.

예를 들어 어밀리아는 고속도로를 몰랐고, 아니 이론적
으로는 알지만 어떻게 고속도로로 들어가고 거기서 어떻
게 나오는지를 몰랐다. 지도는 외국어 같고 도로 표지판은
잘못된 길로 빠뜨리려는 음모 같았다. 뭔가 공식적으로 보
이는 게 나오면 초조하고 불안했다. 어밀리아는 친구들에
게 A도로를 따라가다가 어려워지면 B도로로 가고* 그것
도 어려워지면 알파벳 단계를 더 낮추고 그러다가 언젠가
는 걸어야 할 거라고 말했다. 고속도로 표시가 녹십자 코
드**와 또 십이십이단표***와 십계명과 머릿속에서 뒤죽박죽

* A도로는 주요 간선도로, B도로는 그것보다 통행량이 적은 도로.
** 영국 도로안전협회에서 보행자 안전 인식을 높이기 위해 조직한 캠
  페인.
*** 우리나라의 구구단 같은 십이단 곱셈표.

되었지만 다른 친구들이 괜찮다고 격려해주리란 기대는 안 들었다. 친구들 상태를 보면 격려란 있을 수가 없는 일이었다.

특히 퍼걸은 남을 비난하는 데 재주가 있었는데 정말 탁월한 능력을 보여주었다. 차가 출발하자마자 비난을 시작했다. 퍼걸은 비판, 특히 자기가 하는 비판은 "유용하고" "합리적이고" "어밀리아의 현실을 건설적으로 고찰하며" "정당하고 객관적인 논평을 제공"하는 것인 양 했는데 그런 걸 어밀리아가 요청한 적이 전혀 없다는 사실은 안중에 없었다.

"떤허 대체 어디서 땄어?" 퍼걸이 너무 느리게 간다고 이십분 동안 잔소리를 한 끝에 이렇게 물었다. "인정해 어밀리아. 네가 미쳐서 공포에 시달리기 때문 아니야?"

퍼걸은 대답을 기다리지 않았고 대답을 듣고 싶어하지도 않았는데 왜냐면 하느님처럼 모든 답을 이미 알기 때문이었다. 그래서 퍼걸은 바로 모든 결함과 단점 목록을 읊기 시작했다. 당연히 본인의 결함과 단점은 아니었다. 어밀리아의 정신 상태 목록을 작성하며 어밀리아가 소심한 운전자라는 게 이 사태의 원인인데 소심한 운전자인 까닭은 신경쇠약을 일으켰기 때문이고 신경쇠약을 일으킨 까닭은 어밀리아가 퍼걸이 아니기 때문이라고 했다. "나를 좀 봐." 퍼걸이 말했다. "나는 멀쩡하고, 다 나았고, 술도 끊었고, 신경쇠약도 일으키지 않았어. 완전히 정상이야.

나는 아무 문제가 없어."

퍼걸이 빨리 신경쇠약을 일으키면 좋을 텐데, 어밀리아가 생각했다. 하지만 퍼걸이 그럴 일은 없었기 때문에 그 말을 입 밖에 내지는 않았다. 대신 퍼걸이 짜증 나고 실망스러운 겁자 같은 인간이라고 말했다. 술을 끊은 뒤로 살이 쪄서 늘어졌다고도 말했는데 그건 사실이 아니었고, 또 퍼걸이 신체적으로 매력이 하나도 없다고 했는데 그건 사실이 아니었고, 생각이 좁아터졌다고 했는데 그건 사실이었고, 말이 많다고 했는데 그건 사실이었고, 또 어밀리아자신이 차를 운전하니까 마음만 먹으면 퍼걸을 차에서 쫓아낼 수 있다고 말했는데 그건 논란의 여지가 있었고 그러니 다른 말로 하면 사실이 아니었다. 퍼걸은 웃으며 네가 하는 말이 바로 네가 미쳤다는 증거라면서 계속 어밀리아의 정신 상태를 평가했고, 이따금 "정당하고 객관적인" 논평을 뒤쪽에 있는 다른 사람들에게도 날카롭게 던졌다.

뒤쪽에서는 투덜거리다가 이내 퍼걸의 뒤통수를 밀치며 꺼지라고 했는데, 그러다가 삼십분쯤 지나자 인내의 한계에 다다랐다. "끝났어?" 뒤쪽에서 말했다. "아직 다 안 왔어?" "이제 돌아가면 안돼?" "우리 못 돌아가면 어떡해?"

그러고는 우울하게 들판과 들판과 도로와 도로를 바라보았다. 불안발작을 일으킨 것처럼 차는 계속 달렸고 노랗고 공격적인 가시금작화 덤불이 여기저기에서 계속 나타났다. 다들, 그러니까 가시금작화 덤불 말고 여행자들이,

가시금작화도 좀 그런 것 같긴 했지만, 부루퉁한 상태였고 마음을 가라앉히고 조금이라도 여행을 즐겨보려는 노력은 조금도 안했다. 자동차는 여름의 녹색, 진녹색, 선녹색, 다른 녹색들을 지나쳐 달렸는데 여행자들은 이런 다양한 빛을 보면서도 아무 감동도 받지 못했다. 이게 뭐라고? 이렇게 생각했다. 시골은 재미없었다. 황량하고 적대적이고 편집증적이고 반사회적인 것으로 가득한 곳이니 계속 불평이 쏟아져나올 수밖에 없었다. 폐소공포증, 광장공포증, 외국공포증 그리고 그냥 평범한 공포증을 느꼈다. "멈춰!" 이렇게 외쳤다. "아냐, 괜찮아. 조금 더 가. 이제 됐어! 방향을 돌려. 이제 멈출 때가 되지 않았어?"

어밀리아는 처음에는 친구들이 멈추거나 출발하라고 할 때마다 시키는 대로 했지만 그러다보니 자동차 엔진에 무리가 가는 듯해서 나중에는 말을 듣지 않았다. 얼굴을 잔뜩 찌푸리고 어깨를 쳐들고 몸을 앞쪽으로 바싹 당겨앉았다. 운전대를 꽉 쥐고 손에 힘을 잔뜩 주고 머릿속으로는 친구들의 공격을 전부 받아쳤다. 이렇게 투덕거리는 가운데 백미러를 확인하고 대시보드를 확인하고 창밖을 확인하고 다시 백미러를 확인하고 하다보니 두통이 생겼고 차가 뒤쪽에서 나타나면 불안해지고 차가 앞쪽에서 나타나도 불안해지고 어디에 나타나든 불안해졌다. 차들에게서 벗어나려고 B도로로 접어들었더니 다른 차들도 똑같이 따라왔다. 그래서 B마이너스 도로로 접어들었는데 그

길이 사람 몇이 지날 길로 바뀌고 사람 하나가 지날 길로 바뀌고 장난감 차가 지날 길로 바뀌더니 구불구불한 선만 남았고 마침내는 길이 사라지고 낭떠러지 끝이 나왔다. 세상 끝에 온 것이었다. 이제 더 갈 수 있는 곳이 없었다. 어밀리아는 브레이크를 밟을 때가 되었다고 결정을 내렸다.

다 같이 불안하게 주위를 둘러보았다. 아무것도 없었다. 자동차도, 사람도, 그들 외에 다른 무엇도 없었고 계속 일행을 따라오는 듯한 가시금작화 덤불뿐이었다.

"이게 끝이야?" 차 뒷좌석에서 외쳤다. "도착한 거야? 이게 재밌는 거야?"

"아냐." 어밀리아가 말했다. "길을 잃었어. 아직 도착 안 했어."

계속 주위를 둘러보았다. 모든 게 크고 공허했다. 무엇보다도 쓸쓸했다. 조 매클린 여자친구가 분위기를 북돋으려 애썼다. "여기가 뭔가 좋은 데인지도 몰라. 여기가 자이언츠 코즈웨이일지도. 어릴 때 들었는데 신기한 모양의 바위가 있는 유명한 관광지래." 하지만 신기한 바위는 보이지 않았고 낭떠러지와 사나운 노란 가시금작화 덤불뿐이었다. 그것 말고는 사방 수킬로미터 내에 아무것도 없었다. 마리오가 말했다. "좋은 추측이고 아주 친절한 말이긴 한데, 내 생각엔 어밀리아가 길을 잘못 든 것 같아. 우린 몬 산맥에 있는 앤트림 글렌스에 있는 게 분명해." 퍼걸은 마리오더러 바보라면서 앤트림 글렌스는 몬 산맥에 없다고 했다. "그렇다고 몬 산맥이 앤트림 글렌스에 있는 것도 아니야. 우린 아일랜드공화국에 있어. 차가 그 방향으로 왔어." 퍼걸이 말했다.

"아냐." 보시가 말했다. "위쪽으로 왔어. 스코틀랜드로."

"참 잘도 그렇겠다." 퍼걸이 말했다. 여자친구는 귀를 틀어막았다. "아 좀, 싸우지 말자." 여자친구가 말했다. 어밀리아는 아무 말도 하지 않았다. 편두통이 이는 지점을 확인해보고 싶어 손거울을 꺼냈다. 아까 그 위치에 작은 뾰루지 같은 게 만져졌었다. 스트레스 때문일 거라고 생각하고 거울을 보았는데 거울에 비친 모습을 보고 큰 충격을 받았다. 뾰루지가 하나가 아니었다. 세개였다. 세개라면 군집이나 다름없었다. 군집이 생기다니, 그것도 이렇게 빠르게! 평범하게 사는 게 이렇게 힘든 일일 줄 누가 알았겠나?

마침내 말다툼이 잦아들었지만, 차에서 내려 다리를 펴고 좀 돌아다니기 위해서 잠정적으로 멈춘 것에 불과했다. 심호흡도 했는데, 뜻밖에 그게 효과가 있다는 걸 다들 알아차린 듯했다. 그래서 깊이 숨을 들이마시며 공황에 빠지지 말고 차 한잔 마시면서 생각을 정리해보기로 했다. 차를 마시러 자동차로 돌아갔는데 그제야 아무도 차를 가져오지 않았다는 사실을 깨닫고 공포에 휩싸였다. 친구들은 비틀거리고 흔들거리고 휘청거리며 벼랑 가장자리로 갔는데 어밀리아는 벼랑 위에 올라가는 순간 뭔가 익숙함을 느끼고 휘적거리기를 멈췄다. "있잖아!" 어밀리아가 외쳤다. "이 벼랑 꿈에 나왔었어 내가 ─ " 거기서 말을 멈췄다. '내가 병원에 있을 때' 그랬다든가 죽은 로버타 매콘을 벼랑 위에서 만났다든가 그 모든 일을 멈추려고 벼랑 너머로 한번인가 두번인가 몸을 던졌다든가 하는 말은 하지 않았다.

친구들은 듣고 있지 않았다. 휘청거리기를 마치고 차로 달려갔다. 당장 카페를 찾아서 차를 마셔야 했다. 그 욕구가 너무 절박해서 이번에는 누가 어디에 앉을지를 두고 다투지도 않았고 어밀리아도 바로 운전석에 올라타 후진으로 벼랑에서 빠져나왔다. 곧 다시 제대로 된 길에 올라섰는데 밸리캐슬로 가는 길이었다. 바닷가가 있고 찻집이 있고 유명한 래머스 축제가 열리고 '옐로맨'이라고 불리는 토피 사탕을 파는 밸리캐슬은 다들 들어본 곳이었다. 다들 계속 "찻집" 어쩌고 웅얼거리는 가운데 빈센트의 아내(이름이 카요였다)가 말했다. "머리카락 바위와 흰 바위. 배리캐슬 근처에도 큰 바위가 있어."

다른 사람들은 티백 생각에 빠져 있었지만 카요는 계속 설명했다. "큰 바위는 옛날에 잔인하게 죽임을 당하고 벼란에서 바다로 던져진 두 곤주의 이름을 따랐어." "으으음." 다른 사람들이 뭔가 살인과 혼란이 나오는 이야기인가보다 하고 솔깃해져서는 말했다. "재밌겠는데. 차 마신 다음에 거기로 소풍 갈까?"

❖ ❖ ❖

그래서 밸리캐슬로 가서 차를 세웠는데, 주위에 카페가 많았는데도 바다를 보고는 홀린 듯이 바다로 달려갔다. 빈센트가 소리쳤다. "봐, 배야! 출발한다! 어서 타자!" 그래서 배에 탔다. 어디로 가는 배인지, 타도 되는 배인지 확인해볼 생각은 안했다. 알고 보니 타도 되는 배이긴 했다. 래슬린섬으로 가는 작은 여객선이었는데 선원 두 사람은 "……옷을 제대로 안 갖춰입었는데" "……외투를 가져왔어야지" "비가 올지 몰라" 등 배가 다시 육지로 돌아가지 않을지도 모른다고 암시하는 말을 중얼거렸을 뿐 그밖에는 가는 길 내내 아무 말도 하지 않았다.

"라-사-린섬." 카요가 다른 사람들과 같이 뱃머리에 앉으며 말했다. 카요는 바다를 내다보며 말을 이었다. "들어본 적 있어." 다른 사람들이 카요를 쳐다보았다. 어떻게 아일랜드에 대해 이렇게 잘 알지? "난 간호사야." 그 말로 설명이 된다는 듯 카요가 말하더니 빈센트를 돌아봤다. "여보, 라-사-린이 살인이 아주, 아주 많이 일어난 곳 아니야?" 빈센트는 아마 그럴 거라고 했지만 다른 사람들은 고개를 돌렸다. 되찾은 여행에 대한 열정을 또다시 잃고 싶지 않아서 카요가 하는 말을 못 들은 척했다. 당일치기 여행이라는 혁신적인 걸 해보자는 분위기로 돌아와 있었다.

작은 배였고 배에는 그들 일곱 친구와 선원 두 사람밖에 없었다. 선원들이 계속 서로 눈짓을 주고받는 걸 보고 벨파스트에서 온 여행자들은 미묘한 저류를 감지하고는 불안과 짜증을 느꼈다. 의혹을 품고 싶지 않았기 때문이었다. 의심을 품고 싶지 않았다. 알아들을 수 없는 비밀스러운 말이 오가는 건 싫었다.

그래서, 짧은 순간 마음이 들뜨고 기대감이 솟았으나, 익숙한 두려움을 떨쳐버리기는 힘들다는 걸 알게 됐고 다시 우울이 그들을 감쌌다. 그러자 차를 마시고 싶었던 게 생각났고 밸리캐슬에서 차를 마시기로 한 걸 깜박했다는 것도 생각났고 바다를 건너 도착한 곳에서 차를 마실 수 없으면 어떻게 하지 하는 걱정이 솟았다. 친구들은 바다 건너, 점점 가까워지는 래슬린섬을 바라보았다. 벼랑이 있고 또 벼랑이 있었다. 섬 전체가 벼랑에 둘러싸인 것 같았다. 어밀리아는 그 벼랑이 또, 죽은 로버타 매콘을 만난 벼랑과 같은 곳임을 알아봤다. 그게 나쁜 조짐이 아니길, 과거의 유물이 계속 따라오는 게 아니길 바랐다. 다른 친구들을 불안하게 만들까봐 입 밖에 내어 말하지는 않았지만 그러지 않아도 친구들은 이미 불안해하고 있었다. 어밀리아가 불안을 부추기고 말고 할 것도 없었다. 하늘은 파랗고 햇볕이 쨍했지만 바다 날씨는 쌀쌀해서 섬에 도착했을 무렵에는 다들 벌벌 떨고 있었다.

배에서 내려 돌아보았더니 여기 바닷가는 파도가 훨씬 거칠었다. 여기에서 헤엄치려면 엄청 힘들겠다는 생각이

들었다. 그들 중 수영을 할 줄 아는 사람은 아무도 없었다. 수영을 배우자면 물에 빠져 죽을 수도 있기 때문이었다. 그래서 오래전에 물 대신 술독에 빠지기로 결정을 내린 것이었다. 어느덧 맑은 하늘도 사라지고 잿빛 구름이 몰려들고 있었다. 일곱 친구가 불안해하는데도 선원들은 아무 관심이 없는 듯했다. 친구들은 뱃삯을 내면서 배가 몇시에 돌아가는지, 돌아가기는 하는지, 이렇게 황량한 곳에서 뭘 할 수 있는지 물어보는 걸 깜박했다. 그냥 서둘러 어떤 방향으로 갔다. 어느 방향이든 아무 상관이 없었기에 그냥 아무 곳이나 비를 피할 곳을 찾아서 무작정 걸음을 옮겼다.

친구들은 거리에, 일종의 거리에 있었고 비를 막으려는 듯 두 손을 치켜들고 빠른 속도로 걸었다. 푸르른 산울타리나 들판, 나무, 그밖의 온갖 자연이 펼쳐져 있었지만 전혀 이해할 수 없는 것이었으므로 무시했다. 여기에는 카페도 상점도 식당도 핀볼 머신도 심지어는 비를 피할 차양조차도 없다는 게 곧 명백해졌다. 지나가는 할머니를 발견하고 말을 걸려고 다가갔다. "우리 어디 갈 수 있어요?"라고 물을 생각이었다. 그런데 노인은 일행이 입을 열기도 전에 몸을 부르르 떨더니 모욕이라도 당한 듯 성난 눈으로 노려봤다. 친구들은 어리둥절해하며 멀어지는 노인의 등을 보고 있다가 다른 행인을 멈춰세웠다.

"실례합니다." 빈센트가 말했다. 덩치가 크고 우락부락하고 장비와 그물과 꼬챙이와 가방 등을 주렁주렁 달고 있는 남자였다.

"배가 고파요." 빈센트가 말했다. "하지만 이건 알아주셔야 하는데 우리는 술은 마시고 싶지 않아요. 우리는 술을 안 마셔요. 우리 전부 다 이젠 안 마셔요." 다른 친구들이 눈을 흡떴다. 빈센트가 자기들이 어떻게 태어났고 학교 첫날에 어떠했는지 떠들기 전에 퍼걸이 얼른 끼어들어 물었다. "차를 마실 만한 곳이 있을까요?" 잠시 침묵이, 한참 침묵이 흘렀고 그 사이 남자가 그들을 위아래로 훑어보았다. 여행자들도 마주 보았다. 점점 불편해졌다. 남자가 쳐다보는 방식이 마음에 안 들었다. 우리가 뭘 잘못했다고?

"그래!" 남자가 말했다. 그 한마디를 듣는 순간 이 사람을 붙들어세운 게 실수였다는 걸 깨달았다. "그래!" 남자가 다시 말했다. "니들이 우리 땅에 건너올 만큼 센 놈들이라 이거지?"

친구들은 놀랐으나 아무 말도 할 수 없었다. 남자 뒤쪽에서 파도가 높이 솟구쳤다. 파도보다 남자가 더 무섭게 보였다. 쉰살쯤 되어 보이고 불그레한 뺨이 불룩 튀어나왔고 배는 거대하고 퉁퉁했으며 얼굴에 치사하고 불쾌해 보이는 웃음을 띠고 있었다.

남자가 웃었는데 무얼 보고 웃는지 알 수 없었다. 무언가 눈에는 보이지 않지만 재미있는 게 있는 모양이었다. 그러더니 웃음을 멈추고 얼굴을 찌푸렸다. 친구들은 뒤로 물러섰다.

"니네 어디 가?" 남자가 벨파스트 억양을 흉내 내며 우렁우렁한 소리로 말했다. 슬금슬금 물러서는 게 못마땅한 듯했다. 성큼 가까이 다가와 다시 일행 앞에 섰다. 그러더니 아무 예고 없이, 거대한 덩치에 어울리지 않게 재빠르게 몸을 숙여 무언가를 카요의 멜빵 치마 가슴 주머니 안에 넣었다. 카요는 비명을 지르며 그걸 꺼내 던지고는 다른 사람들 쪽으로 뛰어왔다. 친구들이 카요를 둘러쌌다. 남자는 포복절도를 하며 손가락질을 하고 발을 굴렀다.

바닥에 떨어진 것은 쓰레기 비슷한 것, 축축하고 찢어지고 쭈그러진 쓰레기 ─ 종이나 손수건이나 뭐 그런 알 수 없는 것이었다. 무례한 장난이야, 친구들은 생각했고 여행 내내 뭔가 나쁜 일이 일어나리라고 예상하긴 했어도 실제로 그런 일이 일어나자 충격과 상처를 받았다.

"이상한 사람이네." 퍼걸이 말했다. "자 얘들아. 저 사람은 바깥 활동을 안 하는 사람인가보다. 우리보다 더한가봐."

일행은 뒤로 물러섰고 남자는 그걸 승리로 받아들였다. 그들도 그가 승리로 받아들이리란 걸 알았지만 신경 쓰지 않았다. 조금은 신경 쓰였지만. 어릴 때부터 눈에는 눈으로 갚으라고 배우면서 자라왔던 탓이다. 하나를 잃으면 둘을 죽이는 게 그들이 사는 곳의 원칙이었다. 그럼에도 이겼다고 신나하는 남자를 그냥 두고 돌아섰다. 겁이 났기 때문일 수도 있고 어쩌면 그 미친 세계에 들어가고 싶지 않았기 때문일 수도 있다. 남자는 승리감에 취해 펄쩍펄쩍 춤을 추고 있었다.

"좀 정신 나간 사람이지, 웅?" 빈센트가 말했다. 그러고 는 카요의 어깨에 팔을 둘렀다. "가서 이 길 끝에 뭐가 있 나 보자."

친구들은 미친 남자가 따라오지는 않는지 이따금 뒤를 돌아보며 길을 갔다. 남자는 따라오지 않고 계속 쓰레기를 손가락질했다가 그들 쪽을 손가락질했다가 하고 있었다.

"어떻게 했길래 불쌍한 앰브로즈가 저렇게 화가 났어?"

다른 사람하고 맞닥뜨렸다. 느닷없이 어떤 여자가 나타 났다. 여자 뒤쪽으로는 언덕과 벼랑밖에 없었는데. 예순살 쯤 되어 보였고 스카프를 목에 단단히 묶었다. 여행자들은 대답하지 않았다. 잔뜩 불안한 상태인데다가 자기들 관점 에서는 '불쌍한' 앰브로즈를 화나게 할 일은 전혀 하지 않 았기 때문이다. 하지만 앰브로즈의 관점에서나 이 여자의 관점에서 볼 때 어떤지는 알 수 없는 일이었다.

"미스 시사데이 패럴." 여자가 말하길래 자기 이름을 말 하는 거라고 생각했다. 그런데 아니었다. 나름 도움을 주 는 거였다. "3호 집." 여자가 말했다. "이 길로 죽 가."

친구들은 조심스러운 얼굴로 쳐다보았으나 여자는 더 이상의 설명 없이 그들 뒤쪽 줄줄이 늘어선 집들을 가리켰다. 방금 지나온 길 너머였다. 앰브로즈는 가고 없었고 돌아보니 여자도 이미 사라졌다.

"무슨 일이 있었던 거야?" 퍼걸이 물었다. "어디로 사라진 거야? 어디에서 나타난 거지?"

"집에 가고 싶어." 조 매클린 여자친구가 개똥인지 양똥인지 사슴똥인지 말똥인지 소똥인지 선사시대 괴물 똥인지에서 발을 떼며 말했다. 이 이상한 곳에서는 뭐가 뭔지 알 도리가 없었다. "배가 언제 출발하는지 알아볼게." 여자친구가 말하고는 가버렸고 나머지 일행은 뭘 어떻게 해야 할지 모르는 채 모여 있었다.

"그 시사데이라는 여자한테 가는 거야 마는 거야?" 보시가 물었다. "여기 있는 게 더 나쁘려나 거기로 가는 게 더 나쁘려나?"

"가야 할 것 같아." 빈센트가 말했다. "춥고 배고프니 기운을 좀 북돋아야겠다."

친구들은 망설였지만 빗줄기가 더 굵어졌으므로 가기로 했다. 시사데이의 집에 도착했을 때 누가 대표로 말을 할지 동전을 던져서 결정했다.

집 앞에 도달했을 때는 다들 비에 흠뻑 젖었고 처음에는 산들바람이었던 바람은 찬 바람으로 변했다가 이제는 찬 바람도 아니었다. 된바람이 불어닥쳐 얇은 옷이 펄럭거렸다. 그 집에 '식사' '간식' '요리' 따위의 간판이 전혀 보이지 않아 친구들은 절망했다. 그래도 집 안에 불은 피워져 있다는 걸 굴뚝을 보고 알았다. 거기에서 희망을 얻고 나아가기로 했다.

마당 울타리 문이 야트막해서 넘어가도 될 것 같아 문을 타넘은 다음 좁은 진입로를 따라 굳게 닫힌 검은색 현관문으로 갔다. 놋쇠 노커로 문을 두드렸다. 기다렸다. 다시 노커를 두드렸다. 여자가 나와서 문을 열었다. 그 여자가 시사데이 패럴이 아니기만을 빌었는데 왜냐하면 문 사이로 빼꼼 내민 얼굴이 날카롭고 조금도 친절해 보이지 않았기 때문이다. 어밀리아가 뾰루지가 돋은 얼굴을 비췄더니 여자가 화들짝 놀라면서 기분 나쁜 표정으로 물러섰다. 그러나 잠시 뒤에 희고 야윈 얼굴이 다시 문틈 밖으로 나왔다.

"당신들이 앰브로즈 그레이에게 무슨 짓을 했는지 들었어." 여자가 말했다. 일행은 멍하니 쳐다보았다. 대표로 뽑힌 어밀리아조차 당황해서 아무 말도 못하고 있었다. 아무도 입을 열지 못했다. 시사데이가 말을 이었다.

"그래놓고 무사할 거라고 생각 마. 우린 너희 같은 벨파스트 인간들 잘 알아." 그러더니 이렇게 외쳤다. "음식 안 해!" 뭐라 말할지 몇마디 겨우 생각해낸 어밀리아가 미처 입을 열기도 전이었다. "나는 간식거리나 식사를 만들어." 시사데이가 방금 한 말과 정반대로 이렇게 말했다. "하지만 너희들 먹을 건 안 만들 거야. 그래 뭘 먹고 싶은데?"

"차하고 샌드위치요." 그들이 말했다. 그러고는 어깨를 으쓱했다. 여자의 말을 듣다보니 혼란스러웠고 모든 것이 오리무중이고 실망스럽고 화도 났다. 다시 해가 나기 시작했다. 대체 무슨 일이 일어나고 있는 건가? 시사데이가 입을 떡 벌렸다.

"아니 아니 아니 아니야. 샌드위치 같은 건 안해. 샌드위치라니! 대체 날 어떤 사람으로 보는 거야?"

친구들은 그 질문에 대답하고 싶은 마음이 굴뚝같았지만 이제 나쁜 말은 쓰지 않기로 노력하고 있었으므로 아무말도 하지 않았다. 시사데이가 고개를 저었다. 카요를 가리켰다. "이 사람은 누구야? 당신 누구야? 어떤 샌드위치? 대체 무슨 이유로 우리 섬에 온 거야?"

"치즈요." 어밀리아가 나머지 질문은 무시하고 그중 하나에 대답했다. 여자는 화를 벌컥 내며 문을 쾅 하고 닫아버렸다. 친구들은 영문을 알 수 없고 어떻게 해야 할지도 알 수 없는 상태로 문을 빤히 바라봤다. 다 같이 느끼는 우울감이 더 깊어졌다. 퍼걸이 "가자" 하고 말했다. 아까 돌풍이 몰아친 직후에 쏟아지다가 해가 나면서 그쳤던 눈보라가 돌아와 힘없는 햇살을 몰아내고 있었기 때문이다. 친구들도 눈보라에 쫓겨 진입로로 돌아가 작은 울타리 문을 넘었고 시사데이가 라이플을 가져와서 무차별 사격을 하기 전에 빨리 가는 게 좋겠다고 했다.

"이제 어떻게 하지?" 마리오가 말했다. "이게 우리 희망이라고 생각했는데. 상황이 나아지지 않으면 술을 먹고 싶어질 거 같아."

"맞아." 다른 사람들도 말했다. "소풍을 떠나지 말았어야 했어."

"서배스천이 똑똑했네." 빈센트가 말했다.

"아니야!" 어밀리아가 외쳤다.

"맞아!" 다른 사람들이 어밀리아에게 외쳤다. 집에 안전하게, 어쩌면 안전하지는 않을지 모르지만 어쨌든 모든 게 예측 가능한 집에 있을 현명한 서배스천 생각을 잠시 했다. 집에 돌아가면 서배스천을 위해 작은 봉헌초를 켜야겠다는 생각을 했다. 만약 집에 돌아갈 수만 있다면.

친구들은 잠시 말없이 있다가 길을 따라 조금 걷다가 다시 걸음을 멈추고 한데 모였다. 앞쪽에서 무슨 일이 벌어지는 것을 침울한 심정으로 바라보았다. 부리가 노란 새가 수풀에서 땅으로 내려앉아 통통한 지렁이를 잡았다. 고양이 한마리가 새를 지켜보고 있다가 덮치려고 수풀 아래에 자리를 잡았다. 준비 태세를 하는 고양이의 등 위로 노래기 한마리가 기어갔다. 고양이는 새에게 집중하느라 처음에는 노래기의 존재를 알아차리지 못하다가 결국은 알아차리고 짜증스럽게 발로 벌레를 쳐내고는 새한테 달려들었다. 노래기가 도랑으로 날아가는 순간 새도 지렁이를 버리고 날아올라 고양이는 빈손이었고 모든 게 이전하고 똑같은 상태로 돌아갔다.

"우리가 여기 모여서 이걸 보고 있다니 말이 돼." 퍼걸이 말했다. "고양이, 새, 벌레나 구경하고 있다니!" 다시 다들 어밀리아를 비난하기 시작했고 이 상황에서 재미난 점을 찾을 생각은 안했다. 어쩌면 재미난 점이 없을지도 몰랐다. 낯설기만 한 추운 섬에서 오도 가도 못하게 되었으니.

어밀리아가 뭐라고 대답하기 전에, 사실 아무 대답할 말이 없었으니 무슨 말이라도 하려고 노력해보기 전에 배에 갔던 여자친구 오드리가 기쁜 얼굴로 돌아왔다.

"좋은 소식이야, 좋은 소식!" 오드리가 멀리서 소리쳤고 카요가 오드리가 달려오는 걸 발견했다.

"배가 간대?" 카요가 물었다.

"응!" 오드리가 도착했다. "그런데 두시간 더 기다려야 된대."

다들 시계를 들여다보았고 시간을 앞으로 돌리고 싶었다. 하지만 그래봐야 소용이 없으므로 그러지는 않았다. 오드리가 다시 입을 열었다. 나쁜 소식을 더하지도 않고 또 좋은 소식을 들려주었다. 길 아래쪽에서 가게를 발견했다는 것이었다.

조심스럽게 가게 안으로 들어갔는데 나이 지긋한 아주머니들이 몇명 있었다. 구석에 모여 꿈쩍 않고 서서 그들을 쳐다보고 있었다. 시사데이가 가장 앞에 있었는데 가게에 그들보다 먼저 오겠다는 강렬한 의지로 바람처럼 달려와서는 차갑고 하얗고 야윈 얼굴과 어울리는 차갑고 하얗고 야윈 손으로 쇼핑백을 그러쥐고 이미 사람들에게 어떤 부류의 육지 사람들을 상대하게 될 건지 사전 정보를 준 상태였다. 불쌍한 앰브로즈를 괴롭혔어, 이렇게 속삭였다. 치즈 샌드위치를 먹고 싶대. 할 일 없이 재미로 길에 모여 있는가 하면, 우리집 울타리 문을 걷어차고 들어왔어. 여행자들은 이런 말이 오가는 가운데 슬금슬금 옆걸음으로 움직였다. 여기는 가게였고 그들은 뭔가를 사러 들어왔기 때문이다. 여자들도 말썽꾼들을 한눈으로 보면서 슬슬 옆걸음으로 움직였다. 여기는 자기네 가게라는 걸 표정으로 드러내면서.

계속 그러고 있을 수는 없어서 여행자들은 눈길을 돌려 가게에 뭐가 있는지 보았다. 처음 눈에 들어온 것은 카운터 뒤의 여자가 그들을 보고 웃음을 짓고 있다는 것이었다. 뜻밖의 일이라 당연히 의심부터 했다. 마주 웃어주어야 하나? 이거 무슨 함정인가?

"래슬린섬은 자연 경관이 볼만하지요." 가게 주인이 말했다. 여행자들이 고른 주스와 빵, 비스킷을 봉지에 담으며 시사데이가 중얼거리는 소리보다 목소리를 높여 말했다. "탐조객인가요 아니면 산책객인가요—아! 둘 다 아니라고요." 가게 주인은 웃으며 탐조객도 산책객도 아닌 사람들의 흠뻑 젖어 추레한 모습을 훑어보았다.

친구들은 가게 주인에게 고맙다고 인사하고 다른 사람들의 말 없는 시선을 의식하며 밖으로 나갔다. 나와서 가게 문을 닫으니 안도감이 들었다. 비는 느닷없이 쏟아진

만큼 또 갑작스레 멈췄다. 어딘가 앉고 싶어서 언덕 위로 올라가보기로 했다. 교회와 성당을 지나쳐 서쪽으로 계속 가다가 지그재그 오솔길에서 벗어나 벼랑으로 올라갔다. 거기 앉아서 음식을 나눠 먹으려고 했다. 그런데 그럴 수가 없었다. 긴장을 풀려면 일단 먼저 싸워야 했다.

"너 이 좀 핥지 마." 보시가 커스터드크림 샌드위치를 먹고 있는 퍼걸에게 말했다. "손톱 좀 물어뜯지 마." 퍼걸이 어밀리아에게, 또 막 손톱을 물어뜯으려고 하는 여자친구 오드리에게 말했다. "내 남편한테 발 대지 마." 아무도 빈센트한테 발을 얹지 않았는데도 카요가 말했다. 빈센트는 잠이 들었고 카요는 혹시 그런 일이 있을지 몰라 미리 화를 내는 거였다. 어밀리아는 마리오에게 말했다. "마리오, 누가 너한테 말 걸 때마다 '뭐?'라고 말하지 좀 마." "뭐?" 마리오가 말했다. "그 뾰루지 짜 어밀리아." 퍼걸이 말했다. "너무 오래 됐어." "넌 그 지나치게 비판적인 태도 좀 어떻게 해봐." 어밀리아가 말했다. "그래, 맞아." 여자친구도 여행을 하다보니 기분이 침울해져서 이제는 성격 좋은 여자 역할은 접기로 하고 말했다. "그 털북숭이 핸드백 잠금장치 딸깍거리는 짓 좀 그만해." 퍼걸이 말했다. "정말 짜증 나는데다 그러면 신경질적으로 보여." "아." 보시가 말했다. "얘가 신경질적이라고? 그럼 너는 아니라고 생각한다는 거야?"

투덕거리기가 한동안 계속되었고 멈출 수가 없었다. 편

을 갈라 싸웠고 그러다가 어밀리아, 보시, 오드리로 이루어진 한패가 일어나서 벼랑 다른 쪽 가장자리로 가 앉아서 음식을 먹었다.

두 패거리가 말없이 마른 빵, 커스터드크림을 먹고 오렌지에이드를 마시고 상대 패거리를 노골적으로 무시하며 그래도 싸다고 했다. 그들이 앉아 있는 벼랑은 '비명의 절벽'이라고 불리는 곳이었지만 그런 사실은 전혀 몰랐다. 또 몰랐던 사실은, 래슬린에 있는 벼랑이 대부분 그렇지만 이곳에서도 사람들이 살해당해 그 너머로 던져진 일이 있었다는 사실이었다. 그건 몰랐지만 긴장한 채로 경계 가장자리에 앉아 있는 건 어쩐지 익숙한 일이었다. 벼랑이 부르는 힘이 느껴져 자연스럽게 가장자리로 이끌렸다. 여기에 있으면 정서적으로 안도감과 해방감이 느껴졌다. 아, 이제 좀 낫다, 그들은 앉아서 이렇게 생각했다. 드디어. 안전한 느낌이었다. 집에 온 것 같은 느낌이었다.

그렇게 강풍 속에서 100미터 높이 낭떠러지 끝에 앉아 다리를 흔들며 당일치기 여행이라는 힘겨운 일을 잠시 쉬면서 음식을 먹고 있자니 안도감이 들었다. 심호흡도 하고 기분이 조금 좋아지기 시작했는데, 뒤쪽에서 소란한 소리가 들려 길 쪽을 보니 앰브로즈 그레이가 올라오고 있었다.

앰브로즈는 팔과 주먹을 휘두르며 성큼성큼 걸어왔고 가방과 그물은 어딘가 버려두었는지 없었다. 두 패거리 다

얼른 일어나서 울부짖는 벼랑 가장자리에서 내려왔다.

"내 거야!" 앰브로즈가 외쳤다. 아주, 아주 화가 나 있었다. "내 절벽이야! 내 절벽! 꺼져. 아일랜드로 돌아가. 아무도 당신들 안 불렀어. 너네 집으로 돌아가!"

"여긴 관광지는 아닌 것 같아. 그렇지?" 퍼걸이 말했고 카요가 대답했다. "맞아. 내가 진작 마래주걸. 여기는 관관지가 아냐."

사실 그들도 마음 한구석으로는 앰브로즈 그레이가 다시 나타나리라 예상했고 기다리고 있었다. 당연히 올 거라고 생각했다. 예상대로 앰브로즈가 지금 여기 나타나서 화를 내며 커다란 덩치로 버티고 서 있었다. 문제는 맞서 싸워야 할지 말지 알 수가 없다는 것이었다.

다시 도망갈 수도 있었다. 그랬는데도 만약 따라오면? 벼랑 너머로 던져버릴 수도 있었다. 그렇지만, 이 친구들은 패배자일지는 몰라도, 자라온 환경에도 불구하고 다른 사람을 벼랑 너머로 던져버릴 수 있는 부류의 사람들은 아니었다. 그런 생각을 해볼 수는 있었다. 증오와 복수를 염두에 두도록 길러졌으니까. 그렇지만 잠깐 ― 그다음 생각이 떠올랐다. 만약에 앰브로즈가, 그들을 벼랑 너머로 던져버리려고 하면 어떡하지? 친구들은 벼랑 끝에서 얼른 벗어났다. 이 상황에서는 그게 절대적으로 최선 같았다. 앰브로즈가 이걸로 만족하고 돌아가기를 바랐다. 그런데 앰브로즈는 만족 못했다. 다시 쫓아왔다.

"봐!" 보시가 말했다. "저 사람이 미쳤다는 걸 인정하고 도망가보아야 소용이 없어. 저런 사람은 항상 쫓아온다고. 안전할 수가 없어. 이제 어떻게 하지?"

"어떤 마음가짐이 있어야 해." 어밀리아가 말했다. "솔직히 나도 그런 건 없어. 하지만 나중에는 그런 마음가짐을 어딘가에서 어떻게든 얻을 수 있을 거야."

"하지만 지금은 어떻게 하냐고, 어밀리아." 마리오가 말했다. "도움이 안되잖아." 친구들은 이런 이야기를 하면서 언덕에서 내려왔다. 계속 뒤를 돌아보았는데 앰브로즈가 더욱 분개하면서, 마치 유린당한 것처럼, 복수하고 싶다는 듯이, 악착같이 쫓아오고 있었다. 그러더니 마침내는 무언가가 떠올랐는지 걸음을 멈췄다.

"내가 이겼어! 내가 이겼어!" 앰브로즈가 소리치며 다시 또 경중경중 뛰면서 춤을 추었다. 친구들은 "아 우리가 졌어! 우리가 졌어!" 하고 외쳤고 다음에는 이렇게 말했다. "자자 ─ 저 사람은 미쳤어, 미쳤다고. 가자. 배 있는 데로 가자."

그래서 바닷가로 내려가 배에 올라 출발했고 무수한 학살이 있었던 슬프고 작은 섬 래슬린을 떠났다. 그런데 만약 떠나지 않았다면? 다들 그 질문을 머릿속에 담고 있었다. 만약 떠날 수가 없었다면 어떨까? 혹은 떠나고 싶지 않았다면? 래슬린섬이 자기들 고향이었다면 어땠을까? 앰브로즈 그레이 같은 사람이 계속 나타나는 곳에 살면 자기들도 그렇게 한없이 방어적이게 되지 않았을까? 어렵고 어쩐지 무서운 의문이었는데 아무도 답을 떠올릴 수가 없었다. 하지만 그런 질문을 했다는 것 자체가 용감한 일이었다. 그들은 한곳에 모여앉았고 뭍으로 가는 내내 단 한 순간도 싸우지 않았다.

옮긴이의 말

1996년 경찰이 내가 다니던 대학교를 에워싸고 헬기를 동원해 최루액을 살포하면서 강제 진입해 학교 안에서 저항하던 학생들을 연행한 일이 있었다. 그때 나와 같은 세대의 젊은이들은 종종 'X세대'라는 이름으로 불렸다. 문민정부가 들어서며 사회의 민주화가 이미 이루어졌으니 이제 등장한 젊은이들은 사회가 아니라 자기 자신에게 관심을 갖고 자유를 즐기는 게 마땅하다는 생각을 강조하려는 용도로 주로 호명되는 말이었다. 그때 학교 안에 모여 있던 학생들은 아니라고, 여전히 국가의 폭력이 우리를 옥죄고 있다고 항의했다. 학교가 완전봉쇄 되기 전에 나는 도서관에 있었는데 도서관 창문으로 들어온 햇빛에 헬기 그림자가 떠 있는 것을 보고 1980년 광주 다큐멘터리에서 봤던 장면을 떠올렸다. 무서웠다. 정문에서 검문을 하고 있다고 해서 잠겨 있는 서문을 넘어서 학교에서 빠져나왔다. 내가 알던 세상과 다른 세상이 닥쳤다는 생각이 들었다.

다음 날은 학교 앞 서점에서 아르바이트를 하는 날이었다. 경찰이 학교 앞 도로를 통제하고 있어서 한 정거장 전에 내려 걸어가야 했다. 손님이 없는 한적한 서점에서 근무 시간을 채우고, 국제노동자협회 소식지가 굴러다니길래 집에 가서 읽어볼까 하고 무심코 가방에 넣었다. 집에 가려고 학교 반대편 버스 정류장으로 갔는데 거기에도 전경들이 쫙 깔려 있었다. 학생처럼 보이는 사람들을 골라 검문을 하고 있었다. 노문과 선배가 가방 안에『러시아 문학사』라는 책이 있다는 이유로 닭장차로 끌려갔다는 이야기를 들은 게 퍼뜩 생각났다. 내 가방 안에 새빨간 표지의 국제노동자협회 소식지가 있다는 것도. 마치 모든 자유를 가진 것처럼 아무렇게나 행동하고 아무 책이나 읽고 아무 노래나 불러도 아무 일도 없을 것이라고 믿었던 순진한 나는 갑자기 다른 세상 한가운데에 떨어진 것 같은 기분이 들었고, 어떻게 해야 할지 몰랐다. 식은땀이 흘렀다.

다행스럽게도 이 이야기는 슬랩스틱코미디로 끝이 난다. 가방을 보자고 하면 어떻게 하나 너무 떨렸던 나머지 나는 서둘러 걷다가 전경들 앞에서 엎어졌다. 전경이 "아이코, 괜찮아요?"라고 물었고 위험인물이라기에는 너무

어설퍼 보였는지 검문은 하지 않고 보내줬다.

내가 한 경험은 찰나의 것이었지만, 『노 본스』에서 극도로 폭력적인 사회에서 피해망상이 어떻게 사람을 사로잡고 제대로 사고할 수 없도록 망가뜨리는지를 보면서 그때의 기억이 떠올랐다.

『노 본스』는 『밀크맨』으로 2018년 부커상을 수상한 애나 번스의 첫번째 소설이다. 데뷔작이지만 2001년에 출간된 이후 오렌지상(현 여성소설상) 최종 후보에 오르고 위니프리드홀트비 기념상을 수상하는 등 상당한 주목을 받으며 애나 번스라는 작가의 이름을 알렸다. 『밀크맨』과 같은 원숙한 스타일을 느끼기는 어렵지만, 대담하고 충격적인 서술과 천연덕스러운 블랙 유머는 이때부터 이미 날카롭다.

이 소설은 1969년 영국군이 처음 북아일랜드에 왔을 때부터 1994년 정전 협상 때까지, 벨파스트 안의 아도인이라는 작은 지역 공동체를 중심으로 일어난 일을 한 장면 한 장면 보여주는 식으로 구성되어 있다. 처음부터 끝까지 일관된 형식으로 한줄기의 이야기를 이어나가는 형태가 아니라 분절된 단편들로 이루어졌다. 연작소설처럼, 각각의 장을 완결된 글로 볼 수도 있지만 또 이 이야기들이 느슨하게 연결되며 전체적인 구조를 만들기도 한다. 이야기마다 중심인물이나 시점이 달라지는데 가장 많이 등장하는 인물은 어밀리아라는 여자아이이다.

책 첫 부분에서 어밀리아는 애나 번스가 어렸을 때 실제로 살았던 동네이기도 한 아도인이라는 지역에 사는 일곱살짜리 아이로 등장한다. 소설은 "트러블은 목요일에 시작됐다"라는 문장으로 시작한다. 어밀리아는 이 '트러블'(북아일랜드 독립투쟁을 둘러싼 분쟁)이라는 것 때문에 앞으로는 친구들과 길에 나와 놀 수 없을 거라는 말을 듣고도, 길에서 못 놀 정도로 나쁜 일이 있을 수 있다는 걸 도무지 이해 못할 만큼 순진하고 그저 평범한 아이다. 그러나 우리는 소설에서 시간이 흐르면서 트러블이 그뒤로 30년 가까이 계속되며 사람들을, 일상을 처절하게 파괴하는 모습을 지켜보게 된다. 이어지는 이야기들은 그야말로 폭력으로 가득하다. 국가의 폭력, 무장단체의 폭력, 학교 선생님들의 폭력, 학생 사이의 폭력, 가족 안에서의 폭력이 겹겹이 어밀리아의 삶을 극한으로 몰고 간다. 길에 나와서 놀지 못하게 될까봐 걱정했던 어밀리아의 어린 고민이 돌이켜보면 너무 숫되고 어이없어 더욱 안타깝게 느껴질 지경이다. 그런데 소설은 이런 처참하고 부조리한 폭력과 죽음의 이야기를 "모든 일이, 언제나 그렇듯, 그다음의, 새로운, 과격한 죽음에 묻혔다"(153면)라는 식의 심상한 말투로 맺으며 그다음 비극을 향해서 나아가곤 한다. 시간이 흐르면서 어밀리아의 심신이 섭식장애와 알코올중독을 거쳐 조현병으로 추정되는 정신병에 이르기까지 점점 망가져가는 것은 피할 수 없는 일이다.

전쟁에 관련된 이야기는 보통 남자들을 중심으로 남자들이 주도하는 군사적 움직임을 따라 서술되는 경우가 많다. 그렇지만『노 본스』는 어밀리아를 비롯해 가장 약한 존재들이 폭력의 무게를 가장 무겁게 짊어져야 한다는 이야기를 하고 있다.『노 본스』의 이런 주제의식과, 사뮈엘 베케트를 연상시키는 부조리함과 희비극성 등의 특징은『밀크맨』에서도 그대로 볼 수 있다. 이 소설을 번역하면서 먼저 작업한『밀크맨』과의 연관성을 생각하지 않을 수가 없었다.『노 본스』의 어밀리아를『밀크맨』의 '가운데 딸' 그리고 애나 번스 본인과 겹쳐 읽게 되기도 했고,『노 본스』에서『밀크맨』에 나오는 알약소녀나 알약소녀의 동생, 아무개 아들 아무개의 원형 같은 인물들도 볼 수 있어 흥미로웠다.『노 본스』는 17년 뒤에 독창적 문체와 강력한 목소리를 갖춘『밀크맨』이라는 완성도 높은 소설로 재탄생할 토대와 씨앗을 고스란히 품고 있는 소설이었다.

'노 본스'(No Bones)라는 원제를, '본'(bone)이 소설에서 여러가지 중의적 의미로 쓰였기 때문에 그대로 음차해서 한국어판 제목으로 삼았다. 소설에서 '본'은 아도인에 있는 어떤 장소의 이름이기도 하고, 여러차례 등장하는 '부인할 수 없는 명백한 사실이다'라는 뜻의 숙어 'no bones about it'에서 가져온 말이기도 하다. 그런 한편 '뼈'(bone)는 이 소설에서 여자들이 도달하려고 하는 앙상한 몸, 욕구도 희망도 없는 몸, 섹슈얼리티가 거세된 몸을 뜻하기도 한다.

여성들이 이런 신체를 추구하는 까닭은 소설에 묘사된 것과 같은 암울하고 폭압적인 사회에서 폭력이 특히 여성의 신체에 집중되기 때문이다.『밀크맨』에서 서술자가 위험한 반국가단체 지도자의 성적 관심을 받으면서 위기에 처하게 되듯이,『노 본스』에서도 어밀리아가 성적 폭력에 거듭 노출되고 어밀리아의 어린 시절 친구 메리 돌런이 친족 강간으로 아기를 출산하는 일이 벌어지는 등, 섹슈얼리티 자체가 여성들에게 무엇보다도 위험한 것이 된다. 전쟁 상황에서는 여성의 신체에 대한 자기결정권이 무엇보다도 쉽게 저버려진다. 어밀리아의 거식증은 여성의 신체를 함부로 침해하는 폭력 속에서 차라리 몸이 없어지기를 바라며 자기 몸과 벌이는 전쟁이라는 생각이 든다.

『밀크맨』도 그랬지만『노 본스』도 읽기 편한 소설은 아니다. 폭력과 광기 속에서 정상적으로 생활하지 못하고 망가져가는 사람이 숱하게 나오고 결국 어밀리아가 런던의 거리에서 신경쇠약을 일으키는 지경에까지 이른다. 그렇지만 소설은 마지막으로 가면서 회복의 가능성을 언뜻 내비친다.『노 본스』가 고통과 비극의 원인도 사람이지만 구원의 가능성도 사람 사이에 있다고 말하기 때문에, 터무니없이 지독한 이야기일지라도 유머와 천연덕스러운 과장이 섞인 문체로 전달하기 때문에, 책을 읽고 난 뒤에 찝찝

한 불쾌감이 남지 않아 좋았다. 그랬다.『밀크맨』의 마지막 문장대로, 나도 거의 웃을 뻔했다.

홍한별

노 본스

초판 1쇄 발행 / 2022년 6월 20일

지은이 / 애나 번스
옮긴이 / 홍한별
펴낸이 / 강일우
책임편집 / 양재화
조판 / 박아경
펴낸곳 / (주)창비
등록 / 1986년 8월 5일 제85호
주소 / 10881 경기도 파주시 회동길 184
전화 / 031-955-3333
팩시밀리 / 영업 031-955-3399 편집 031-955-3400
홈페이지 / www.changbi.com
전자우편 / lit@changbi.com

한국어판 ⓒ (주)창비 2022
ISBN 978-89-364-3874-6 03840